上海基层文学
组织会员文集

时间 会给你 最好的 答案

上海文艺出版社
Shanghai Literature & Art Publishing House

上海市作家协会 编

目　录
Contents

第四辑　汉字长征

第一辑
遇见江南

在普陀，遇见江南文化

钟经纬

上海的红色文化、海派文化和江南文化，不仅是上海文化的形态，也是上海城市文脉所在，更是我们感受这座城市温度的重要内容。当你在上海市区 citywalk 时，高楼林立中随处可见近现代优秀历史建筑，以及梧桐树下、里坊弄间众多的红色革命旧址，早已司空见惯。但说到上海的江南文化，很多人眼前首先浮现的是上海的五大古典园林，朱家角、枫泾等江南古镇，嘉定、松江的老城等，在市区可能也就是豫园城隍庙了。没错，这些的确是上海江南文化的重要标志性构成，但其实，在上海中心城区，在普陀区也能遇见不少江南文化。也许是过于低调，并没有"出圈"，但也绝不影响它们作为上海江南文化代表的地位。

普陀的江南文化是由其自然和历史地理所决定和孕育的。作为上海中心城区之一、苏州河蜿蜒流经14公里、"因河而兴"的普陀区，位于市区西北部，相较于其他城区，成陆较早，至晚宋元已成市镇村落，明清则日渐繁华。我记得2016年，上海曾组织过"百个上海乡土文化符号"的征集，普陀有7项入选，其中至少有5项属于江南文化；而普陀评选出的十大乡土文化符号则至少有8项属于江南文化的范畴。具体而言,在我看来,普陀的江南文化至少有宋元文化、苏州河水文化和传统地域文化等三个方面。

纵观整个上海,留存至今的宋元文化遗迹并不是很多,中心城区除了宋代龙华塔,最具代表性的宋元文化遗存和要素基本保存在今天普陀境内。古吴淞江"宋时阔九里",真如古镇正是其北岸宋元之后逐渐发展起来的江南水乡市镇。真如其因寺而兴,得名于元代真如寺,明代成镇,遂为"编氓鳞比,商贾麇聚"之地。真如寺原在宝山大场,元延祐七年(1320年)移建于此。如今真如寺大殿仍为元代遗构,并一株与大殿同时代的古银杏相伴。大殿两前金柱间横梁上双钩阴刻"时大元岁次庚申延祐七年癸未季夏月乙巳二十日巽时鼎建"的墨字清楚地记录了它的年龄。真如古镇虽然目前已无其他历史古迹可寻,但水系脉络和基本的街巷格局依然保留至今,并传承下了"真如羊肉制作技艺"、"真如庙会"等非物质文化遗产。在今天真如城市副中心的高楼大厦间,依然能感受到七百年历史古韵,这是上海其他城市副中心所无法比拟的。除了真如寺大殿这一上海唯一的元代地面建筑,上海唯一的元代地下遗址也在普陀,即著名水利家、画家任仁发的遗作志丹苑水闸遗址。此前,任仁发作为水利家留下的作品仅留存于史书,一直没有被发现,直到志丹苑水闸遗址于2001年现世。志丹苑元代水闸位于古吴淞江支流赵浦故道,正是任仁发设计建造的、可与史料印证的唯一实例——赵浦闸。此外,水闸遗址还发现了韩瓶、有八思巴文的木构件和瓷器等宋元遗物。如今,在这里可以遇见都市里少见的建在遗址上的博物馆——上海元代水闸遗址博物馆,零距离感受考古文化和乡土文化。此外,桃浦地区南宋时期离海岸线尚较近,建炎三年至绍兴三年(1129—1133年)间,韩世忠抗金时由苏州经海上移军设营屯兵于此,留下不少史迹和传说。

至今仍有三处文物遗迹可以寻访,即韩塔、绿杨桥和古井,已成为桃浦地区历史文化的符号。

江南大地,水系复杂、河网密布,因水而生、因水而兴,是许多江南市镇共同的发展轨迹,普陀也不例外。苏州河(吴淞江)"唐时阔二十里",随着经济发展,水流减速、泥沙淤积,"宋时阔九里",经明代的疏浚,汇入黄浦江,成为其支流,方才形成了今日所见之格局。千百年来,"吴淞江水兴普陀",以苏州河为主干的河网自然资源孕育了普陀典型的江南水文化。这包括河网水系组成的自然生态资源,桥梁、渡口等水文化的人文要素和以元代水闸遗址为代表的古代水利文化。苏州河在普陀境内九曲十八弯,岸线曲折、形态优美,被誉为"苏河十八湾",今又因21公里的苏州河岸线而被称为"半马苏河"。苏州河上桥梁众多,目前普陀境内就有18座之多,虽然都已是现代桥梁,但也不乏一些有着历史文化内涵的老桥,如曾经的造币厂桥(今江宁路桥)、谈家渡桥(今宝成桥)、学堂桥(今华政校园桥)等,均有近百年历史。除了桥梁,苏州河上还曾有许多渡口,如小沙渡、谈家渡、曹家渡、新渡口等,如今虽已无渡,但大部分地名仍在使用,这些共同构成了苏州河江南水文化的人文内涵。上文所述之志丹苑元代水闸遗址则为我们了解古代上海水利文化提供了经典案例。它也是我国第一座考古发现的古代水闸遗址,对于了解苏州河流域历史变迁以及江南地区的水利文化具有重要意义。行走于"半马苏河"两岸,品读江南文化,无疑是品读上海这座城市的诗意之举。

除了宋元以来的历史文物、苏州河的水文化,普陀同样有着丰富的非物质文化遗产,包括音乐戏曲、民间技艺、风俗风情等类型的传统文化。"江南丝竹"是江南地区特有的民间音乐形式,既在私宅茶楼演奏,也在婚丧喜庆、节日庙会助兴,风格秀雅精细,是江南水乡的文化符号之一。民国后,上海成为江南丝竹传承的中心,普陀还衍生出了具有地域特色的"长征江南丝竹"。"长征江南丝竹"起源于清代同治年间,成为上海江南丝竹的一个重要分支。普陀的玉佛禅寺被誉为"江南名刹""沪上首刹",不仅拥有文物建筑和佛教文物珍品等物质文化遗产,其梵呗艺术传承百多年,融江南丝竹、打击音乐与佛教仪轨和思想于一体,形成独特的"玉佛禅寺传统梵呗艺术",成为上海市级非物质文化遗产。真如古镇的"真如羊肉制作技艺"成名于清乾隆年间,已有两百多年历史。据载,鼎盛时期,古镇街上羊肉馆多达三十余家,可见风气之盛。再如,宜川社区的"赵家花园菊花种植技艺"亦有两百多年的传承历史,已在此传承了九代。赵氏家族自清乾隆年间开始种植花卉,无论在拥有的苗圃面积还是在花市的份额,都曾在上海地区首屈一指,菊花更是一绝,"赵家花园"这一地域片区名便源自于此。如今,春日去玉佛寺聆听梵音妙乐,炎夏去真如老街吃一碗羊肉面,金秋去宜川公园赏菊花,一定是在普陀遇见江南文化的最佳打开方式之一。

无论是宋元古迹,还是母亲河的温情,抑或是传统味道和风情,在普陀,一定可以遇见上海文脉,遇见江南文化,遇见美好生活。来一场品读江南文化的专属 citywalk 吧。

钟经纬,普陀区作家协会会员。城市遗产保护专家,复旦大学文物学博士,副研究馆员。现任上海市普陀区文化馆党支部书记、馆长,华东师范大学研究生校外导师。

忆昔抚今说水桥

李新章

四十年前,高中刚毕业的大哥去了崇明县的农场工作。回信中说,他十分想家,说他想起故乡的炊烟,就想到外婆的白发;想起故乡的橹声,就想到父亲的渔网;想起故乡的水桥,就想到母亲洗的衣裳。而今,故乡的变化翻天覆地,液化气灶代替了柴灶,炊烟不见了;宽阔马路代替了水路,橹声不见了;自来水代替了水缸,水桥退休了。那些曾经流淌在水桥上的悠悠岁月,也渐渐地褪了颜色。

水桥不是桥,而是架设在河与岸之间的一组石板阶梯,是早年江南人去河里淘米、洗菜、洗衣、挑水的地方。江南风调雨顺,雨水充沛,水系发达,水桥最下面的石板一般都是埋在水里的,随后紧依着河床的坡度,拾级而上,步步走低又步步走高。我家的东浜滩就有一座水桥,一色的青石板,光洁如玉,早已磨出岁月的包浆。水桥的右边,有一棵古老的榉树,主干上半部微微弯曲后仰,像个仰望着天空的驼背老人。老树浓密的枝叶旁逸斜出,风一吹,抖落一地斑驳的阳光,如散落的钱币,在水面,在石阶,叮当作响。

麦浪是金色的,麦蝶是白色的,蜻蜓是砖红色的,知了是青灰色的。小伙伴们的暑假是多姿多彩的。当然,也要帮大人收麦、拍油菜籽、拔秧、种秧。拔秧回来,光着满是黑泥的小脚丫,提着沾满烂泥的小木凳,和大人一起去到水桥,洗手洗脚洗凳子。听大人谈论病虫害如何根治、麦子收购价是涨是跌、东家的女孩考上了"医专"、场角头的老汉明天出院等等。让我们成了消息灵通人士,我们很得意。但外婆叮嘱,只许听,不需说,更不能评论。

每日清晨,男将总是摸黑起床,最先下到水桥,将两个木桶摁进沉淀了一个晚上的清澈的河水里,灌满水,一头一个,挑起水桶往家赶。弹跳着扁担的背影,就贴在清亮的曙光里,就像贴在耳畔的清亮的田山歌似的。挑水到家,倒满自家的水缸,放几颗明矾进去,这一缸水便是全家人全天的生活用水,是维系全家人生命的琼浆。妇女们惺忪着眼睛,头发看似慵懒、随意,却是刻意抹了头油,梳妆打扮过的。她们不约而同地来到水桥上,或提着盛了白米的淘米箩,或挎着满是脏衣服的大木盆,三五成群,各占水桥的一角,伴着水面荡漾着的圈圈涟漪、树上的蝉声、若隐若现的鸟语,淘洗着一盆盆、一篮篮、一箩箩水汪汪的生活。淘米时,空心的碎米粒就会漂出米箩,浮在水面。早已守候在水桥周边的柳条鱼群,在碎米与碎米之间呼唤着、跳跃着、哄抢着,像落雨,像点缀,像弹奏。

盛夏的黄昏,太阳尚未落尽,红星港成了孩子们天然的泳池,水桥便是他们栖息童趣的地方。夕阳中,本来平静的河面陆续沸腾起来,十几二十个大小不一的童年伙伴挤向水桥,或互相间泼一会水,或纵身一跳,一个燕子翻身没入水中。大孩子会带个木盆,让它漂在水面,自己则屏气潜入河底,将河蚌等贝类从河泥里掏出,再钻出水面,将河鲜放进木盆,于是,晚餐的八仙桌上便又多出一碗鲜美可口、浓油赤酱的野味,一直让我们面红堂彩。红星港是母亲河,清澈的河水好比她的乳汁,养肥了河里品种繁多的鱼虾蟹蚌,让我们从小知道了河流的恩典,也学会了钓鳝、网鲤、钗鱼、捉鳖等本领,从小养成了聪慧、勤谨的品质,懂得了"自己动手,丰衣足食"的道理。

那些还不会游水的小童,安坐在光溜的青石板上,观望着在水中摆姿弄影的哥哥姐姐,分享他们的快乐。三弟也在其中,当时他还不会游水,坐在水桥上看我们在水中游戏,心便发痒,便学着我们的样子,噗通一声,一头栽入河中。一旁摸蚌的国文,发现水面漂浮着一团黑发,抓起来一瞧,是不会游水的我家三弟,便立即将他救起。幸亏发现得早,保住一条性命。为此,大哥想出一个让三弟"下河"的好办法,他与我合力,卸下我家南屋的木门,借着木门的浮力,将它放在水面,让三弟伏在门上,然后推去河的中央。我与大哥则在三弟的尖叫声中,嬉笑着在水面抚门浅游。每一个孩子都晒得黑油油的,远远看去,像是一群墨黑的鱼鹰在河水中闹闹咋咋。

秋水太凉,不能下水游泳,而水桥却不会因此冷落。伙伴们选上水桥的一隅坐下,安静地挑起一杆细竹,水面的浮标,是废弃的海绵拖鞋,剪成米粒大小的十几颗,穿在渔线上的。浮标一扯,那些隐在水中的咬了鱼钩的鳊鱼、鲫鱼和昂刺鱼,便会陆续被钓起。它们或清蒸,或红烧,体面地摆上了各家的餐桌,营养了我们的童年,使得我们的童年对水,对鱼有一份憧憬,也有一份期待。

深秋,伙伴们早已进了学堂,五谷早已进仓,麦种早已撒进垄田,白亮的稻草早已堆成一垛一垛的。江南水乡进入农闲期。男将们却闲不下来,为了保持河水的清洁,他们将水泥船推入河中,站上船,用竹竿与网袋特制的工具——罱,将河底的淤泥刮下来,捞进船舱,河泥则成为不可多得的有机肥料,被一担担地挑上岸,泼进刚出头的麦苗上,如同给准备过冬的麦苗披上了一件肥厚的保暖的衣衫。这道既疏通河道又刮取肥料的工序就叫"罱河泥"。

渐渐长大，我识字了，能读出墙壁上刷着的"少生孩子多养猪""猪吃百种草，又长肥来又长膘"等宣纸标语了。渐渐地，河里放养水葫芦、水狐狸、东洋草等猪食草料，成了一种潮流。河面不辽阔了，水也不清澈了，无法饮用了，家家户户都挖井取水了，都用井水淘米、洗菜、洗衣了。盛夏，个别贪玩的同伴跃入爬满猪草的红星港中游泳，起来的时候，起一身疹子。

　　再后来，我家用上了"水龙头"。河泥这种有机肥也被化肥代替了，到了我们这一代，"罱河泥"的传统手艺，也断了传承。久不疏通的河道越来越浅，河水越来越脏，闲置的水桥上长满打滑的青苔。渐渐地，我家的那座水桥，几乎淹没在了齐膝的荒草中，如一本被人遗忘了的过气的日历，荒芜着，颓废着，终因年久失修而塌陷了。看着，心里总有些惆怅，也有些期待。

　　印象中，我出生时，我家的水桥就已经老了，似乎它从未年轻过。直到两年前，"美丽乡村"建设，我看见红星港两岸重现了不少年轻的水桥，它们设计精美、整齐划一，如一幅承前启后的美丽画卷，呈现出一派新江南的独特风景。

　　也许，它们与我小时候的水桥相比，早已面目全非。也许它们只是新农村建设中的一排道具。也许它们早已丧失了淘米、洗衣、游泳、挑水的初心。但是，它们毕竟还存在着，还历史性地静坐在红星港的河与岸之间，连接新江南的过去和未来，如一声穿越时空的田山歌，嘹亮着新江南的前世今生，嘹亮着祖祖辈辈的江南人热爱生活、向往幸福的不息追求。

　　李新章，上海市作家协会会员。作品散见于《新民晚报》《解放日报》等。出版《迟来的钥匙》小说集。现为奉贤区作家协会常务副主席。

酷暑中品书画赏荷花

莘小龙

　　这几天来,天气一直是酷热,持续着烧烤模式。对于生活在江南水乡的人们,今年这样的"秋老虎"是挺厉害的,也是难得见的。外出到大街上,稍稍走了几步,便浑身是汗;热辣的太阳光,灼着人们的皮肤,真有点儿疼。

　　平日里,拎在手里的皮包,不觉得有多少分量。可现在,还是这只包,背在我的肩上,有点儿沉。

　　庚子年春节以来,我没有进过曲水园。因此,心里生出了一份念想。毕竟作为沪上五大古典园林之一的曲水园,有着太多的文人逸事和名胜古迹,好让我们寻觅和探趣呢! 当然,相比至今还在受到新冠肺炎疫情肆虐的许多国家,经济社会运行难以正常,百姓生命安全难以确保,作为一名中国人,真是幸运,值得自豪,理应为我们伟大的社会主义国家点赞!

　　前几日里,看到微信上有消息:八月初青浦区政协之友社在曲水园有书画展陈。于是,今天吃过中饭之后,就径直来到了曲水园里的书画长廊,一幅一幅、从头到尾,认真地品读着,还用手机拍了不少照片。长廊里静悄悄的,偶尔有人走进来,看看就离开。所有展陈的作品,书法约占 1/3,书体以行书和草书为主,笔力遒劲,龙飞凤舞;画作以花卉、鸟兽、山水居多,挥洒自如,气象清新。所有这些书画作品,都充分展现了书画家们热爱生活、老有所乐的精神风貌。

离开了书画长廊,没有几步就来到了建于清代的小濠梁。它与悦来飞对、凝和堂、涌翠亭隔池相望。小濠梁依山傍水,既可衬托山之高耸,又能获得倒映成趣。因此,每次游览曲水园,小濠梁是我必定驻足流连之处矣。

下午一、二点钟,天空里尽是炙热的暑气,实在让人难以消受。可是,对于一心想着要好好欣赏一番曲水园别样景致的乐游者而言,又算得了什么呢!

在小濠梁里稍一坐定,首先悦耳的是热烈地欢叫着的蝉鸣。虽然看不见蝉们躲在哪里,但它们那富有节律的纵情欢唱声,不能不让你为之心动,热情奔涌起来。渐渐地,只剩下悠远的几声蝉鸣了,是那么的柔软,是那么的舒服。

不知不觉中,荷花池将我的目光和心绪全都收拢了过去。

这荷花池说不上大,但确实是曲水园中水的灵魂。它外通护城河,引进的河水是园内弯弯曲水以及大大小小的水池水塘、长长短短的明沟暗渠的水源。荷花池在赤日炎炎的照耀下,更显得郁郁葱葱,碧绿闪烁,婀娜多姿的莲叶倒影,无不清晰可见。池中绿叶田田,粉红鲜嫩的、洁白晶莹的几支荷花,仰望着头,偶遇微风拨弄,摇曳多姿,楚楚动人。池塘里的金鱼,或大或小,或三三两两,或成群结队,一会儿自顾自地游弋,一会儿张头探望与游客热情地嬉戏,他们那种自在神游的生活,是多么地令人羡慕啊!

莘小龙,上海青浦人,上海市作家协会会员、上海诗词学会会员。几十年潜心学习文学,出版散文集《且行且记》、诗集《一片湖,江南》。

漫步"二酉"闻书香

一位书友告诉我,最近上海又新开了一家书店,很有特色,值得一逛。于是我按图索骥,在新天地马当路建国东路口的一幢新建红色大楼的底层一隅,找到了这家书店。红色砖墙上挂着一块不大的四个汉字店名的招牌:二酉书店。

我感到这书店的店名起得很有意思,很有藏书的意含。立马想到了"学富五车,书通二酉"的典故。可见店主用心何其良苦。相传湖南沅陵县西北有大酉、小酉二山。这里山高林密,悬崖陡峭。秦始皇焚书坑儒,令儒生痛心疾首。有咸阳儒生,冒死将家藏千卷竹简书籍秘密南运至此,藏于二酉洞中,使得儒教文化得以保全。刘邦建汉后,经典书籍受到重视,把二酉藏书洞列为一大圣迹。尔后到二酉山朝圣的书生秀才络绎不绝。"书通二酉"对于继承、延续、发展中华民族五千年文化史和文明史作出了重大的贡献。

二酉书店大门口有一副楹联:"古洞寻书探奇字,思杯空吟三千年。"近年来,上海开业的新型实体书店注重阅读空间的营造、场景化设计、差异化经营,引入咖啡成为一种潮流。使阅读者手拿一本心仪的书,桌前放一杯满足味蕾的咖啡,可以享受独自的时光,使阅读更加立体,书店也就更加温馨。

虽然对于书店的经营理念有时会有碰撞,传统书店以售书为根本,而新潮书店却以阅读为主旨,但增加人们对读书的兴趣和对书籍的酷爱,依然是所有书店的共同任务。老话说:"书中自有黄金屋,书中自有颜如玉"。在学校学不到的知识,自己可以"读万卷书,行万里路。"只要对读书有兴趣,总会找到时间、找到地方、找到适合的书籍去探索知识的奥秘,汲取养料。我们不会忘记小时候夏天拖着木拖板,走过弹硌路,到小书摊上看连环画;去邮局门口阅看用铅丝网夹挂的报纸。我还记得在北京念大学时"文革"期间,经常去王府井东风市场内的对外不开放的旧书店,触摸泛黄的书脊,呼吸旧书的味道,才发现书因为有了书店才有它的气息。如今是网络时代,恐怕还是需要摊开读本去享受其中的乐趣,纸质书刊的味道在网络里是找不到的。

二酉书店分为二部分,进门处为小酉,左侧跨上半个台阶便是大酉。大酉确实比小酉大,藏书也比较多。书架旁有沙发和茶几,不过写着"消费入座"四个字,我不敢坐下翻书,只能站着翻阅。我来这样的书店主要是好奇和体会书店的氛围。人不多,我仿佛徜徉于西溪河畔,看着河水流淌,听着鸟鸣,享受着夏日炎炎的凉爽和绿树浓荫下的静谧。这里没有匆匆的脚步声,也没有嘈杂的戏笑声,只有书页翻动的窸窣声。人、书和生活融为一体,它们是不可分割的组成,让人随意地待上半天,在书中行走。无论是阅读叙述万物之神和意蕴的天地,或者描写或长或短、或显或隐的人生;还是阅读层层叠叠时代、反反复复兴亡的历史,或者书写源远流长、毫无尽头的时间,都有一种兴奋,都有一种获得感。带我们走进那个年代,感知那段往事,每一寸书页也记录着我们阅读的痕迹和内心的感怀。

当我捧起这些书时，我会对书籍、对书店，多一分敬意、多一分尊重、多一分爱护，它能让阅读融进生活，让心灵在字里行间纯洁。

如果我们想在浩瀚无垠的知识海洋里畅游，耐心、尽力、刻苦的学习态度将是一艘砥砺前行的船，能够载你驶向成功的彼岸。无捷径可走，勤奋刻苦是两个不可或缺的条件。正如唐代诗人韩愈所说："书山有路勤为径，学海无涯苦作舟"。

钱坤忠，上海市作协会员、浦东新区作协会员、中国远洋海运作协会员。退休后陆续出版散文、诗歌集《情怀》等三部。

留在我记忆中的三个锚地

杨 琦

去年6月,我和夫人跟随朋友一起到太仓两日游。作为曾在军舰上当过水兵,在远洋船上做过的海员,那天,我饶有兴致地在游览了浏河古镇等景点后,慕名来到当年郑和下西洋的起锚地——刘家港。

刘家港位于浏河古镇东部浏河与长江的交汇处,距离我们所住酒店只有一刻钟的车程。来到此地,只见不锈钢管围栏的梯形石台上一只两人高的巨大的铁锚矗立在由汉白玉砌成的浮雕上,上面镶嵌着"锚泊瀛涯"四个大字。我驻足远望,长江微波荡漾,烟波浩渺。几艘驳船与拖轮正在江面上缓慢前行,20多艘船只停靠在浏河闸内。左岸汇入长江的河流是新中国成立后疏浚的新浏河,当年郑和船队开拔的老浏河就在堤岸右边。由于浏河泥沙淤塞,刘家港口亦逐渐萎缩。眼下看到的已经变成一片青色农田,浏河水断流,在接近入江口的百米处萎缩成一汪废弃的小溪流。看到此番景象,我不禁心生感叹,难道这就是我国第一位航海家郑和拔锚起航的地方吗?"天下第一码头"的刘家港,海运千艘、盛极一时的繁荣景象虽不复见,但凭借刚刚参观过的天后宫和浏河镇郑和纪念馆中一件件陈列物品、图片和浩瀚史料,可以依稀想象,600多年前,那鼓乐喧天、号角齐鸣、千船竞发的宏伟场面。郑和就是从这里带领船队,驾驶着宝船,带着丝绸、瓷器和茶叶,浩浩荡荡地向着太平洋出发,开辟了一条海上丝绸之路。这锚地见证了郑和开启中国远洋航海的壮举。

我凝神注目耸立在眼前的这只铁锚,不由联想起我曾到过的另外两个锚地。

吴淞口锚地

就在一个月前,我们也曾游览过吴淞口的炮台山森林湿地公园。片片的芦苇荡,繁茂的树木,雄居的炮台,精致的矿坑花园,还有比邻的雄伟壮丽的现代化邮轮码头和过去曾经指挥来往船舶进出繁忙上海港的白色塔楼——吴淞信号台,这些自然组成了一条上海水上门户的风景线。

站在修缮一新的观光栈道上,我的视线从沿江美丽景点,顺着吴淞口向外延伸而出的防波堤,定格在长江和黄浦江汇流的一片水域——吴淞口锚地。

数艘货轮锚泊在水波荡漾的江面上;从海上、长江和黄浦江来往上海的大大小小的船舶穿梭而过,汽笛声声,一片繁忙景象。看着锚地和浩渺的江水,我浮想联翩。

从那座古炮台,我仿佛看到100年前耀武扬威锚泊在这里的外国列强的军舰,当年陈化成英勇抗击侵略者的悲壮场面。

我仿佛又回到当年自己服役的军舰,正护渔护航归来,在这里锚泊等待进港的情景。我和战友们兴奋地走出战位和舱室,一起站在甲板上,欣赏多日不见的那片璀璨灯光构成的军港之夜,还有信号兵舞动信号旗,举起信号灯,发出旗语和灯光信号,和吴淞口信号台军民亲切"对话"的情景。

多少年来,作为进出上海水上物流、人流的重要一站,吴淞口见证了我们国家远洋运输船队和上海港的变迁和发展。

我从部队转到远洋运输公司工作,因为那时的上海港尽管有了较好的发展,但码头数量、规模和设施还是赶不上外贸运输的需要,我们的远洋船舶,绝大部分是杂货、散装船,设备简陋,装卸速度慢。再加黄浦江的水深限制,船舶等待潮汐进港,往往一锚抛下去就呆上几天甚至十几天。经过数日战风斗浪的远航,船员好不容易到了"家门口",就是不能进"家门"靠码头。船舶兄弟站在甲板望着近在咫尺那熟悉的灯火辉煌的上海港,心情兴奋之余,也不免有些遗憾,担心船舶不能及时进港装卸货,不能尽快下船和家人相聚。每当此时,船舶的领导"公关部长"和"服务员"两肩挑,从锚地乘轮渡船下来,不是跑港区码头调度,千方百计争取船舶早日靠上码头装卸货物,就是到公司联系交通,让班车和轮渡,尽快把前来探亲的船员家属送到船上。

还记得,当年我们上海远洋运输公司承担了建设宝钢、金山石化工厂和上海汽车制造厂的设备进口运输任务。满载这些建厂大件的船舶,不得不在这里锚泊排队等待进港卸货。

改革开放后,为适应国际航运技术的发展和国家外贸日益增长的需要,我国远洋船队引进集装箱船,并逐渐向载重吨位大型化、设备现代化方向发展。作为上海的母亲河黄浦江,面对这些越来越大型化的船舶,尽管多次疏浚,港口设施也有很大改进,这些庞然大物还是越来越难以施展"拳脚"。

一晃20多年过去了,上海港的发展没有仅仅囿于一条黄浦江而困住手脚,在建成并营运造船、集装箱码头和物流贸易一体化的外高桥保税区的同时,上海为建设国际航运中心,开发建设了洋山深水港。小洋山和比邻仅有一水之隔的大洋山对我和那些曾在海军舰艇部队当过水兵的老战友是再熟悉不过了。

　　上世纪六七十年代,我们服役的舰艇部队担负守护国防和护渔护航任务,时常在附近巡逻。当年大洋山、小洋山,还是只有少数渔民居住的小岛。因为这里水文条件比较好,我们军舰经常锚泊在这里,在避台风的同时补给舰上伙食。锚泊之余,水兵们还登岛采买新鲜蔬菜、海味特产。有时我们还驾艇登岛游览散步,享受海岛风情,并时常为困难的渔民送去粮油。

　　如今的洋山岛却发生了翻天覆地的变化。长达五六公里新建的码头,桥吊林立,巨轮进出,一个全球最大的现代化的智能集装箱码头在这里赫然落成。作为上海最近的深水良港,已经成为上海国际航运中心新坐标。洋山深水港经过规划建设和多年发展,国际班轮航线遍及全球各主要航区,上海洋山港完成货物吞吐量与完成集装箱吞吐量,连续多年保持世界第一。为适应着上海航运中心的建设,中远海运集团总部搬迁到上海,得益于祖国造船技术的飞速发展,引进了一艘比一艘更大的现代化船舶,发展成了名列世界前茅的航运企业。

　　令人欣慰的是,当这些大型现代化远洋货轮到达上海时,船长们再也不愁在锚地长时间锚泊,就可以及时进港了。

　　重拾这些记忆,从浏河陈家港锚地到上海的吴淞口锚地,再到今天的洋山深水港,这"三个锚地"可以说是发展的三个"节点",代表了我们祖国航海事业的前进轨迹——我庆幸自己见证了上海港的变迁和航运中心的建设以及我国远洋运输事业日新月异的发展。

　　杨琦,浦东新区作家协会、中国远洋海运作协会员。小说、散文、报告文学等作品散见各级报刊。

我的 233 米故乡

李榕樟

张爱玲说,我以为爱情可以填满人生的遗憾,然而,制造更多遗憾的,却偏偏是爱情。回过头来看,一个人对于家乡,对于自己曾经留下过足迹的地方,也是这样,关心越多,就会对一些事不麻木,有所发现,不仅是荣耀,而且还有遗憾,由此伤痛、怅惘。

我国著名作家苏童《八百米故乡》曾提道:1982 年夏,他在一条名叫齐门外大街的街道上居住了二十多年,与父母乔迁新居,从苏州城最北端的那条老街上继续往北五百米,过一座桥,再穿越一条很短很狭窄的街道,左手是他母亲工作的水泥厂,右手的工厂宿舍楼,那就是他们的新家。这次乔迁的直线距离,没有超过八百米……

苏童说,八百米成为一个象征,就像一个人发现故乡的路,很短,也很长。

而在我心中,故乡的路的概念是二百三十三米,比苏童的要短,那就是上海市南汇路的总长。我每天都在走路,到过天南海北的无数路,可是我只记住这一条路的确切长度,只因我非常年幼时,作为解放军 20 军转业军人的家属,随父亲回原籍来沪,从浙江瑞安到上海静安,在一个大雨滂沱的夜晚,从瑞安自南堤街草堂巷

46号"状元居"部队大院乘坐一辆装载着家具、蒙着雨篷的解放牌军车经长途跋涉进入南汇路34弄。可以说,南汇路就是我的摇篮,我宁静的港湾,也是我旅途上的拐杖。风风雨雨我的人生轨迹,兜来兜去,都兜不开南汇路。步入婚姻,我解缆问桨向别处去,迁走户口,可过了才一年,我又携妻子欣然来到故里;职场奋斗多年后,我调回静安,南汇路纳入采访的视野,我在笔端讲述的人和事,有时就在南汇路上……

钻石好地段

很长一段时间以来,中苏友好大厦(上海展览中心)、上海商城和恒隆广场、中信泰富广场、梅龙镇广场组成静安最强天际线,梅、泰、恒、上海商城多年创税额达到亿元以上,形成静安"梅泰恒金三角",商业之繁荣、地理位置之优越、建造质量之高,沪上很少有能与之比肩者,由此,成为上海最时尚的地标和商圈,蜚声海内外。静安南京路商会和美国第五大道商会联手,加强合作和互惠互利,梅泰恒商圈2012年秋入选上海首批"知名品牌创建示范区",均有赖于此。紧邻梅龙镇广场,在最东边的就是南汇路,它坐收梅龙镇广场以西诸楼之叠加效应,堪称"钻石地段",事实上,在规划图纸上,南汇路南段曾一度被注释"拟建设钻石广场"的字样。

上海开埠后,设在城内的上海道署处理涉外事务越来越多,因道署与租界相距较远,光绪中年,"洋务局"设立,办公地在新闸路赫德路(今常德路),19世纪末迁至静安寺路(今南京西路)。洋务局为办公人员上下班方便,购置今江宁路、南京西路、泰兴路、北京西路间地块建设职员住宅。占地广阔,环境优美,又为上海道署官员城外下榻之地,故名"道台花园"。辛亥革命时上海道署解散,"道台花园"由上海军政府接管。政府因为财政非常拮据,就将花园售给法租界董事麦边(GeorgeMcBain),于是花园改称"麦边花园"。今奉贤路旧名"麦边路",就是因此得名。

1922年,麦边将花园卖给英商香港大华公司,英国人在原静安寺路(今南京西路)戈登路(今江宁路)以东、占地60余亩的大块园地上,大兴土木建起坐北朝南的多功能综合性饭店,取名"MajesticHotel"。"Majestic"一词意为雄伟、宏丽,于是被译作"大华",即非常雄伟华丽的意思。

大华饭店的主体建筑是一幢假三层英国市政厅建筑,底层是一个可容千人的会厅兼舞厅,会厅中央是以多根爱奥尼克大理石柱支撑的穹顶,使底层和二层相通,这幢建筑又被大块草坪和葱郁的树木包围。大华饭店是当时上海最为豪华的花园式旅馆。这一带的进一步开发建设与一个叫孙春生的海上宁波人紧密相关。

1943年,大华路改名为南汇路。其时,正逢二战,美、英废除了历史上与清政府签订的不平等条约,与战时陪都重庆的国民政府改订新的条约,放弃治外法权和在华一切租界。8月,汪伪政府象征性地从日本方面"接收"上海公共租界,或许为了讨好和美、英交战的日本,或许也为了讨好本地百姓,汪伪市政府10月10日出了一纸公文,改了258条街的名儿,抹去路名中的西方痕迹,其中,大华路被改名为南汇路。当初,大华路的居民大概对汪伪政府不买账,觉得大华路路名挺好,故私下一直继续称这条路为大华路,时至今日,知道南汇路路名诞生于抗战胜利前者寥寥无几。

李榕樟,笔名林木、三棵树,中国散文学会,上海微型小说协会、摄影家协会、老新闻工作者协会、静安区作协会员。曾任报社记者、常务副总编、副刊编辑。现为某杂志编辑部主任。个人文集《雨中听琴》《窗里望月》由上海人民出版社等出版。

漏斗浜记忆

邱生根

漏斗浜,一个形似漏斗状的小河浜,坐落在金泽镇育田村的中东段,浜口有座桥,桥边是我家。

或许是故土情深,儿时的记忆常常使人醉在梦中。

同所有的乡村一样,我的家乡并不大,但很美。一条由南向北不到千米的小清河,有"北栅口"和"南栅口"组成。两岸素墙灰瓦的前后埭老屋,直弄通幽园,翠竹摇烟云。八字河埠的石驳岸和石方柱砌筑的船舫浜,凸现出这里曾经居住着富甲一方的大户人家。在河的正中间,淀山湖的源头活水流经这里斟个头,将不足半公顷水面的漏斗浜轻轻地抱在怀里。而漏斗浜就成了一个天然的小水库,供枕河百姓休养生息。

每当夏天,漏斗浜就被当作游泳场,我同小伙伴们在河中削水片、打水仗、玩躲濛濛头(潜水)比赛,受惊的鸭子在河面嘎嘎嘎地四处逃散,引得岸上汪汪汪地鸡飞狗跳。偶尔不小心会咕咚咕咚喝好多生水,但那时的水是甜甜的。累了就靠在岸边那棵大柳树下睡一觉,兴致来时还爬到树上捉蟊蟟、掏鸟蛋,光腚的顽皮大王被刺毛虫蜇得又喊又叫。到了傍晚,大人们结束一天的劳作,有的在河里淘米

26

洗菜、提水烧饭洗衣服。有的则荡漾在水中消弭身心的疲惫。这时我们弟妹三人就会把春凳搬上石板桥,坐在上面吃夜饭、乘风凉、看风景。从桥上往下看,不时便有满载稻谷的船儿穿桥而过,此时水声、橹声和人们的欢笑声,声声入耳;桥影、船影、人影倒映在绿水青波中,呈现出一幅如诗如画的美景。

冬天,当河面结上厚厚的冰层,漏斗浜就成了我们小八腊子白相的大世界。洁白如玉的冰面上,红彤彤的太阳映照着一张张红红的脸,恰似晴空中一朵朵含笑的向日葵。男孩女孩有的在跳绳、造房子、打弹子、扳棱角(陀螺);有的相互追逐着滚铁圈、滑弹子车,一起做解放军抓敌人、老鹰捉小鸡的游戏,宁可摔得鼻青脸肿也毫不放弃。

到了春季,田间地头的油菜花盛开时,就是抓鱼的好时节了。人们在垂柳婆娑的河浜里扳罾、罱鱼、归网、趟网样样都有。河滩头的石头缝里,是荡鳢鱼产卵的地方。只要用手指去摸它的卵,那看卵的鱼爸妈就会来咬你,这时你只要抓准时机,手指一扣,一条黑乎乎、毛绒绒的荡鳢鱼就浮出水面,晚上餐桌上就又多了一道美味。

住在浜下游的大块头是我的赤卵兄弟,人长得敦实可爱,就像鲁迅笔下的闰土。不过他不像闰土一般在西瓜地里叉野味,而是在河浜里叉串条鱼,他一叉一个准,没人能比得过他。长大后我去当兵,他从事渔业养殖,听说现在日子过得挺滋润。

在浜的北岸,有两间稻草屋顶的牛棚,四周没有围墙,只有栅栏。里面拴养着老、中、青三头耕牛。清粼粼的河水,茂盛的河漫滩,水清草肥牛羊壮。小时候经常跟着父亲去犁地。套上轭头,勒紧背索,护正犁把,一声吆喝牛就负重前行。随着牛拉着铁犁掀起滚滚泥浪,青蛙、泥鳅、黄鳝、还有蜗牛样的田螺都成了我的囊中之物。当夕阳西下一天劳作结束,听话的老牛便会低头让我踩着牛角,一仰头把我送上牛背。这时我骑着牛一侧一晃在前面走,父亲扛着犁在后面赶,身后的田地早已翻整完工,仿佛铺上了一床崭新的被褥弥漫着清香。放眼望去,就像是漏斗浜的河面那样平整,又如似那淀山湖的微波在层层涌动。此情此景,我在赞叹这田园牧歌般的美丽画面的同时,与乡亲们一样,更钦佩父亲是个躬耕能手。

小时候最热闹、最隆重的是浜南的三官堂庙会。每年的农历十月廿七是三官老爷生日。这一天,全村的男女老少和方圆百里的乡亲,从四面八方赶来,有打莲湘的、有看戏听书的、还有摆摊叫卖的小商贩和笛声清脆挑来挑去的换糖担,那香甜软糯让人垂涎欲滴的斩白糖、噼啪纸、掼炮,既饱口福也能玩夠。这时三官老爷面前早已备好桌宴,摆满红烛、香炉和供品,后面的人举香翘望。一天下来老爷身上挂满了人们奉献的礼物和钱,大家怀着美好的愿望和虔诚的满足感渐渐散去,盼望来年有更好的收获和钱财。

千情汇成一粒土,"一片冰心在玉壶"。漏斗浜是我童年记忆中最美好的部分……

邱生根,青浦区作家协会会员。退伍军人,当过文书,媒体记者。文章刊载于《空军报》及《青浦报》等地方报纸。

宝山的河

吴建国

1975年春天,原宝山县的数万名中学生,分批来到宝山中心医院参加"选飞"体检,我有幸成为几名合格者之一。从郊区农村来到县武装部身体复查、政审填表,钱彗茹阿姨安排我们住在县政府招待所。那年我16周岁,第一次离开父母来到县城里,一切都是那样的新奇陌生。招待所的门前有一条河,每当看到潮涨潮落、看到杨树的垂枝在河面上轻轻摇曳时,感觉就像家里一样,亲切的感受油然而生。

在以后二十年的飞行生涯里,到任何一个地方,只要看到河流,我就会想起家乡的河。几乎每一个城市,都有一条河被当地称为母亲河,主人会从历史地理、文化传说、民俗风情等角度,赞美他们的母亲河。但在我的心里,唯宝山的河是最美的。宝山的河,美就美在有潮汐的规律:潮涨河水涨,潮落河水落,这样的流水是有生命的。新世纪前夕,我转业回到了宝山,这是一次真正意义上的着陆,我迫不及待地去寻找当年印在一个少年心里的河。

一

　　罗店被称为古镇,它的位置在长江入海口的南岸,有记载:罗升在此开店形成集市而得名。那是公元 1350 年前后,距今已近七百年了。罗店在今天宝山的行政区划内,是宝山区内最早成市成镇的地方。那时候,选一个晴好的日落时分,站在拱桥上向东北远眺,今天月浦杨行吴淞这个方向,还在滚滚的长江大潮里,而近处清晰的岸线,是沿今天沪太路的走向南偏西延伸的。

　　罗店坚定地站在长江的波涛前,终极原因是身后的九峰十二山,和松江青浦嘉定已经形成的陆地板块。长江流水的方向是固定的,但在入海口这片区域内,流水在月球和太阳引力的作用下发生定时的止落回涨,海潮和长江下泄的淡水合在一起,沿长江入海口上溯,使这片区域内的水位迅速上升,这就是长江入海口的潮汐,每日两次倒流上涨,然后又是两次平潮后在落潮里的快速下泄。

　　长江上游带来的泥沙,大都在平潮的半个时辰里,在水下快速沉淀凝集,这是冲积平原的形成特点。淤泥的堆积是一个漫长的过程,在时间里渐渐长到了海平面上……河的概念是从这个时刻开始的:退潮时刻,水很快退尽,遗留在泥面上的水,由于莞草、芦苇、野茭白和水杨树根植在泥土上,阻挡了流水,这些植物的根部泥土相对板结,水的流向会避它们而去,合围的水在泥面上东奔西突,在滩涂上寻找低位,哪怕是一条浅浅的水印,都会顺着这条流水的痕迹,找到深水区的长江。而这股流水的痕迹,就是河的开始。落潮的时候,下泄的水就会顺着这个路径流到深水区,同时有许多支流汇集进来,这样,汇聚到这条水道的水量大小,就决定了这条河的宽窄深浅,而涨潮时刻,水是从这条河里泛上来的,然后再到达所有的小河小浜。

作为河的地位,就这样确定了。因此,宝山的河是潮汐河,而潮汐河河道的密度一定是最高的。

二

吴淞零点,是中国确立最早的高程基准面。1860年以后,在张华浜的黄浦江边设立了人工水位站,这个观测点距离长江不到三公里。根据1871年至1900年期间水位观察记录,确定了最低水位的高程。这个意义是:中国海拔高度的形成在上海宝山的吴淞。直至上世纪五十年代,国家在黄海测得海平面的平均高度,以此确定了中国海拔高度的零米基准点,被称为中国高程或者黄海高程。1985年中国高程比吴淞高程低了1.717米。对照这个国家高程,上海市境内最高的大金山为103.7米,松江的天马山为98.2米,而川沙和南汇的东海边为负1米。但全中国水位高程的测定依然沿用吴淞零点。对于宝山人来说,最直观的是1912年在吴淞口这里建造的水位钟,它的零位指示加上1.717米,就是今天我们脚下陆地的海拔零高度。

宝山区域的海拔高度不尽相同,大部分地区都在2米左右,而月浦地区的一些地方,海拔高度为负2—3米。比如农历六月十五,吴淞水位钟指示的最高水位在4.153米,这个时刻,潮位的海拔高度为2.436米,宝山全境内地平面都在水位之下。因此,围圩筑岸,是宝山的先人生存立命的基础;因此,沿长江边构筑挡水的堤岸,是居住在这片土地上的人痛楚的心结和沉重的负担。直到上世纪三十年代,现代工业的进步,机器用在了挖泥筑岸上,长江大堤变得空前的高大和坚不可摧,而全国解放后水泥的广泛运用,使每一个连接长江的河口上,都建设了大型的水闸,包括连着黄浦江的蕰藻浜上,它的所有河口也都建了水闸。直至今天,在宝山境内延用和废弃的水闸总共有多少,已经很难统计。

水闸调节控制了进入河道的水流,把潮汐挡在了宝山之外,并且完美发挥了排涝的功能。这样有利于人的居住生存,有利于农田的耕作和稳定的收成。但是,阻挡了潮流的自然流动,很多河道就变成了死水,使船运的功能逐步衰竭,社会生态从缓慢的划船出行变成了便捷的陆上出行!筑路过程中,修桥是最大的投资,而填埋河道是最为简捷的办法,就是这个时间段里,把大部分小河填平了。第二个填埋河道的高峰是在上世纪五十年代,我国南方发现了血吸虫病,钉螺是这种可怕的疾病的传染源,而钉螺就生长在水流静止的小河里。第三个填埋河道的高峰是上世纪七十年代初,国家人口高峰的到来,粮食紧缺,河道滩涂变成了良田,而农业机械化最大的障碍就是河沟。这之后,几乎每一个生产队的船,弃用后购置了拖拉机。第四个阶段是这个时代的大开发,不论是工业项目还是住宅项目,本质上对河流的填埋和流水管道的重新构筑。今天的宝山年轻人不会相信,繁华的北翼商业街下面,原来是一条翻滚着波涛的河流。

我们今天看到的宝山的河都是被"修改"过的,特点:一是拉直,原始的走向基本没有了;二是每一条河的尽头都是水闸。这样的河,只有蓄水和灌溉的功能,基本丧失了船运和长江潮汐里水体交换的功能。无数小河小浜被填埋之后,如今宝山境内的河流仅有:蕰藻浜,练祁河,马路河,湄浦,北泗塘,沙浦,走马塘,杨泾,新槎河,桃浦,西弥塘,东茭泾,西四塘,南四塘,荻泾,潘泾,杨盛河,北泗塘……这些河流很少互相交叉,但它们最终的流向全都是长江。

三

　　河流的入海口大都具有潮汐规律,就长江入海口附近的杭州湾和北边的灌河口,潮汐的动能巨大,只是因为水体氯化物(盐分)的浓度达到了 3000 毫克/升以上,涨潮的时候,都被拒挡在各个支流的水闸口外。长江入海口得益于上游巨量的来水,每年发生咸潮的时间只有一周或者更短,氯化物的相对浓度在 300 毫克/升以下,但就是这样的氯化物含量,对于土地上植物和淡水养殖都是致命的。因此,在长江入海口这片区域范围内,南岸的川沙南汇,北岸的江苏启东和直面东海的崇明岛横沙岛,都保持着高度的警惕,不能让咸潮倒灌进入河流。宝山是长江入海口地区受咸潮影响最小的地域(最长的一次是 2004 年 2 月,咸潮到达位置在宝山区的陈行水库),这几乎完全淡水的潮汐环境,是上苍对于宝山这片地域的恩赐。

　　在太平洋西岸,在完全淡水的环境里,有潮汐动能和明确潮汐规律的地域,可能只存在于上海市的宝山区。上溯到隔壁的太仓南通,都因为潮汐动能不足,无法在一次潮汐过程中完成陆地上河流的水体交换。只有宝山,具有这样得天独厚的自然条件,因此,也只有宝山可以做潮汐河的文章。

　　即便现存的河流,也可以在宝山全境内实现在一次潮汐中水体的更换。但是,今天市民的感受是,区内的河水永远是静止的,很少看到开闸放水进入河道,很多支流小河的水质发浑发黑了,河面上漂满了绿色的藻类,但水闸依然紧闭着。因此有市民建议:在中低潮位时,打开水闸,让长江里的潮流自然地进出我们的河道。

　　如果把闸门有限度地打开,允许长江的潮流从长江沿岸的水闸和黄浦江、蕰藻浜进入宝山的河,这个流域的范围已经到达了普陀区和嘉定区的部分区域,总的面积超过 600 平方公里。单纯从宜居的角度看,比如农历初一或者十五,早晨七点钟开始,你门前的河里,河水开始上涨,到午时 12 点,涨到了河岸的上沿,风轻轻一吹,河里的浪花就飞溅到你的脚下,然后河水开始渐渐退去,到晚上 6 点钟,河床的浅水里,小鱼和泥鳅在游弋,河坡上爬满了田螺,从泥缝里吐出清水的是河蚌,在蕰草上蹦来跳去的是青蛙……到来傍晚 7 点,河水又开始上涨了,满潮时刻正好在宝山人的梦境里!这样的河流,这样的涨落,使土地上、河道里水的自净能力发挥到了极致。这片土地上生长的庄稼,病虫害是最少的,而生活在这里的人们,内心是最为安宁和滋润的!

世界上因为水,万物蓬勃茂盛,生命得以延续。宝山应水而成市,应水而繁荣;相对于一个源头一个流向的河流,潮汐河的水涨水落,更具有生命的活力。在宝山的土地上,河是神圣的,每一条原始的河,都形成于自然的合力,她的生命是和岸上的万物生灵联系在一起的。今天,我们守护每一条河,爱护她如同自己的生命,因为循着她们的名字,即使在久远的将来,依然有人能读到宝山的河和一个时代的故事。

吴建国,上海宝山人,宝山区作家协会会员。海军航空兵部队服役 18 年,1988 年获得《清明》文学奖,同年获《萌芽》文学奖。

窗　口

陈文华

换了办公室后,眼前豁然亮堂起来,原本被遮挡的视线可以御风而行,一马平川,直抵词人说的"平芜尽处、春山之外"。

原先我办公室所在的教学楼,是一幢日字形的建筑,从我所在的窗口向外望,正前方和左右两边都是墙面,虽然高楼林立的间隙形成了一方天井,也栽着些绿植,终究数量有限,时日久了,难免觉着色彩单调,空间逼仄。如今搬进了坐北朝南的新大楼,视野开阔,凭栏临窗,天光云影,树梢屋脊,抑或是远处路上行走的人们,都有可能成为目光捕捉的焦点,可以肆意远眺,也可安静俯视,可尽放飞天马行空的思绪。

窗口的左侧是原先高大的教学楼,不时有朗朗书声传来,右侧靠着小区,密密的居民楼与长天共一色。热闹的是正南方向,一条穿城而过的不知名的小河横卧在窗口下,静水深流,善利万物而不争。沿小河往南是层层叠叠的绿色,不同品种的树争先恐后地摇曳生姿,唯恐错失这一夏最后的热情。最招摇的是一字排开的夹竹桃,正蘸水而开,花事纷缤;然后依次是数株碧玉妆成的垂柳,两行叶色有些斑驳的樟树。再往南是只闻人声不见人影的操场,被一些银杏和错落有致的杉木密密包围着。操场原本是红色的跑道围着绿色的足球场，拍成相片也很好看，此时隐身于森林般挺立的丛丛浓荫中，像是蒙上了一层神秘的面纱。

"处，去也，暑气至此而止矣。"已是九月了，然而暑气未消，秋色也迟迟未能尽染层林，不过时节的替换是永恒不变的，我看着窗外，漫不经心地聆听着大自然的深奥，参与这场悄无声息的秋的狙击。

眼前不时有鸟飞过，尾翼展开时有漂亮的白色，比麻雀大，还常常旁若无人地高歌一曲，这热闹的歌声让我的视线瞬间抵达了很久以前的某次远眺。三十多年前，我还是个初三的学生，记忆中学业逐渐繁重。我们教数学的李老师和教语文的张老师堪称最佳拍档，一个认真负责、严谨治学，一个博学多才、幽默诙谐，用现在的话来说，全班同学都是两位老师的超级"粉丝"。他们建议学生下课后多看看窗外，以放松眼睛、调节疲惫的状态。那时，我们的教室在4楼，窗外就是连绵的农田，大家逐渐喜欢上了站在窗边聊天背书，很有些指点江山的味道。

忘记了是哪个下午，我也如现在这样临窗而立，看窗外秋色澄澈，阳光灿烂，一望无际的稻田随风起伏，不时有很大的鸟儿鸣叫着突然掠过天际，清晰、生动、鲜活，仿佛梵高的油画，缓缓驱散了我的茫然。那时没有补课，没有生涯规划，家长也不紧盯着成绩册。我们不像今天的孩子这样早熟而忙碌，很多时候，对于中考，对于未来，我们只是被动地随波逐流。我至今记得那一刻远眺的震撼。那大片大片活力四射的金黄色，毫无预兆地在刹那间填满了我的视线，进而长驱直入心海并从此盘踞下来，在时间的过滤机里从容沉淀，完美收藏，许多年来宁静沉睡，直到此刻，和着偶遇的鸟鸣声，猛然惊醒，像珍贵的出土文物一样在记忆中重见天日迅速绽放，直至光芒万丈，并无端引出了一段与时光有关的、看似深刻实则浅薄的碎思。

"平芜尽处是春山,行人更在春山外。"现代城市里没有青草繁茂的原野,也没有原野尽头的隐隐重山,极目处除了楼群就属行人。然而陌上游子和楼头思妇,有多少人能站成桥上的风景,装饰别人的梦?无数次当我们站在时间的窗口,眼里的风景曾经是别人诗意的劳作,也终将成为别人的失去,而我们这一刻在看风景,下一刻却不知在哪一扇窗后?也许,人生就是这样有意或无意地凝视,从一个窗口到另一个窗口的变迁。

一切起承转合,最后都会被时间合理地碾碎,许多曾自以为是的奔波奋斗,触动感官的春花秋月,其实不过是季节纯粹的又一次轮回。多年前,我曾回过学校,校名改了,教我们的老师早已退休,新校园非常漂亮,我们教室窗外那涌动的稻浪早已消失得无影无踪,但其实她们一直都驻扎在我心里,于无声处,始终保持着最初唯美的容颜。

陈文华,嘉定区作家协会会员,中学高级教师。曾在《青年报》《劳动报》《为了孩子》《文汇报》(电子版)等多种报纸杂志发表文字,有《植根本土:高中历史课堂的乡情与活力》《千载有余情》等个人专著、合著和主编书籍多部。

青州叶落听秋语

秋天，无论在哪里飘落，都是一个诗意的季节，而我始终认为她是有自己独特的语言，姑且称其为"秋语"吧。

听，"未觉池塘春草梦，阶前梧叶已秋声。"

看，"高楼目尽欲黄昏，梧桐叶上萧萧雨。"

思，"故人万里无消息，便拟江头问断鸿。"

悟，"人人解说悲秋事，不似诗人彻底知。"

……

秋天的语言如她的色彩一般，独具一格而又彼此相得益彰，时而高亢，时而低沉，时而婉约，时而豪放。在刘禹锡的眼中，秋天的语言是："自古逢秋悲寂寥，我言秋日胜春朝"，在杜甫的眼中，秋天的语言是："万里悲秋常作客，百年多病独登台。"

而我的家乡山东青州市，位于山东半岛的一座齐鲁古城，她经历了千年的风雨，写满了历史的沧桑，四季交替演绎出醉人的风景，但说她哪个季节最有特色，更令人向往，我想应该是秋天，因为在这个季节里，我可以看到她整个生命的完美表达，在这个季节里，聆听她的诉说，她也更想为归来的游子讲述她的故事。

青州,为"中国古九州"之一。因地处东海和泰山之间,位于中国东方,"东方属木,木色为青",故名"青州"。

　　每年休假,我也尽量选择在夏末秋初,这个季节对我而言不仅是身体的舒适,更是一种诗意的回归。青州,典型的温带季风气候,四季分明,不同于热带终年的炎热,也不同于亚热带的温和湿润。江南,小桥流水人家,秋天似乎很难在这里有话语权,千百年来留下的多是"南朝四百八十寺,多少楼台烟雨中"的烟雨朦胧,或是"春水碧于天,画船听雨眠"的安逸。而北方的秋天更是在讲述生命的轮回,从春天的杨柳依依,到夏天的风姿绰约,秋天是生命的高潮,也是谢幕,在这个季节里,生命进行着最后的燃烧,仿佛要将一切土地烧的通红,火热,让人在独立寒秋之中,看万山红遍,层林尽染。

　　从上海休假回来,我是照例要进行一次山水的游历,仿佛告诉她和她们,我回来了,这就是游子和她们离别多日的一次拥抱,每一寸土地在此刻变得无比的亲切,季节的变化刻下了时间的痕迹,但每一道痕迹仿佛更能让这座古城变得更加厚重,更有历史的嚼劲。今年因为疫情的原因,回到家乡,自觉地在家中自我隔离了一周,这一周意味着我出门的时候已经到了国庆节(中秋节),我的假期真正开始了,我自由了,仿佛久困笼中的鸟儿重新回归了大自然,那一刻,打开门,呼吸一口气,都觉得从头爽到脚。

　　从家里出来,沿着南阳河北岸,一路欣赏着河岸两边的秋色,聆听路人讲述着小城的故事,走到路的尽头,是范公亭公园,与其说自己走来的,倒不如说被范公亭的秋槐与易安亭的美色"绑架来的"。范仲淹先生为官一任,给这座古城留下的最好的财富便是自己的"办公室",也就是范公亭,后来易安居士李清照也来到了青州,选择了与范仲淹"为邻",搬进了这座园林的北边。不知他二人当初是如何考虑与选择的，但我想有一个原因与我应该相似，那便是便于游览青州的湖光山色。也正是在青州，李清照将自己的书房命名为"归来堂"，将居室命名为"易安室"，从此宋代诗坛便有了"易安居士"的传说，才有了"常记溪亭日暮，沉醉不知归路"的自由洒脱，更有了"一种相思，两处闲愁"的千古一愁。靖康之变后，李易安与丈夫便开始了流亡生涯，在流亡的道路上写下了"欲将血泪寄山河，去撒东洲一抔土"，这是对青州的无限怀恋，这是离别青州的离愁，在秋日里飘落的冷雨。

张居兴，上海市浦东新区作协会员、中国远洋海运作协会员、青州市摄影协会会员。现为中远海运船员上海分公司二副。

人生境界是清欢

　　人们在追求事业成功和物质享受的诗意生活中,也应该注重精神层面的追求和提高。人们应该追求内心的宁静和自由,拥抱自然、人文和美好生活,不被外界的压力和纷扰所干涉和束缚。古代不少文人墨客,在追求清欢的豁达无拘束的随意生活中,给我们留下了太多的人生清欢哲理诗篇。

　　宋代苏轼的"明月几时有,把酒问青天。不知天上宫阙,今夕是何年?"这句诗表达了诗人在夜晚仰望明月,借酒消愁的心情。感叹人生短暂,天地无穷,清欢自在的意境,被后人称为"清平乐"。

　　唐代白居易的"离离原上草,一岁一枯荣。野火烧不尽,春风吹又生。"这句诗表达了人生短暂,万物有生有死的道理,也反映了万物循环不息,生生不息的自然规律,表现了一种清欢自在的心态。

　　唐代王文涣的"白日依山尽,黄河入海流。欲穷千里目,更上一层楼。"这句诗表达了人们一直向往远方,追求更高层次的精神追求,表现了一种不断探索清欢之路的精神境界。

　　还有种种意味隽永耐读再三的表达诗篇:

雪沫乳花浮午盏，蓼茸蒿笋试春盘。人间有味是清欢。

何似伯鸾携德耀，箪瓢未足清欢足。

身健在，且加餐。舞裙歌板尽清欢。

今夕亦何幸，重复接清欢。

对此频胜赏，一醉饱清欢。

道是今年胜去年，特地减清欢。

雪意留君君不住，从此去，少清欢。

辄持薄技，上侑清欢。未敢自专，伏候处分。

清欢久，重然绛蜡，别就瑶席。

好把深杯添绿酒，休拈明镜照苍颜。浮生难得是清欢。

清欢易失，怕轻负、年芳流水。

……

当代婆叟们，在微信中底气十足道：花甲晚霞别样红，逍遥自在乐其中。虽说岁月不饶人，仍要活得似顽童。乐观豁达心态好，赛过蓬莱众仙翁！这充分阐述描绘了，年老心不老的"芸芸须生"辈分们的清欢之情。

浙江杭州灵隐寺内有这样一副对联："人生哪能多如意，万事只求半称心"。对联语言朴实，却富含哲理。这种"半称心"的生活和知足常乐、随遇而安的心态，被林语堂先生称为"中国人所发现的最健全的生活理想"。换言之，这难道不是中国人所崇尚至高无上的清欢境界吗？

人生境界的提高，不仅要靠个人的努力，也需要一种积极向上、乐观向善的生活态度和人生价值观。只有在心灵自由的状态下，人们才能更好地探索人生的意义和价值，拥有更加丰富和充实的人生体验和感受。因此,我们应该不断追求清欢自在的境界,以平和心态面对生活中的起伏和挑战,享受生命的美好和快乐。

朱贯赋,中国远洋海运作协会员,原中燃上海公司会计师。爱好文学创作,曾在报纸杂志发表作品逾百篇,多次荣获各类作品奖项。

河埠那棵角树

城市里有各种各样的树,银杏、樱花、桂花……它们是天空和大地的点缀,是人们眼中的风景。还有梧桐,它把天空弯成一座长长的弓桥。夏天,人们从阴凉的桥下飞驶而过,又好似穿越长长的隧道,总像穿不透未来,但是,我们总能看到一束微光,从隧道的那头照过来。

它让我想起另一种况味,像是稀疏的孤独,零星散落在荒野,或密密麻麻的热闹,成群地聚集在水边,在遥远的童年的乡下。

角树的叶也如梧桐,像手掌,却不似梧桐,到了秋天,有如同油画般美丽的树叶,角树的叶更像一个劳动的老农的手,毛糙而筋脉充盈。

乡亲们用乡音唤它"喀树",在喊出"喀"字时嘴巴再张开一些,音再重一些,好像喉口要咳出一根鱼刺——"喀——树",以至于我将其与"壳"联系起来,现在才得知,它真就是"壳树"。它还有另外许多名字:縠浆树、奶树、楮树、谷树……

入乡随俗,也是适合植物的。角树长得和村庄很般配,一个不修边幅的老农的样子,或者一个一早起床,虎虎地抹几下脸,几天才会刷一次牙的孩童的样子,散散懒懒地舒展着枝丫。

而它是热爱大地的,仿佛"死"是对大地的不敬,以至于,只要种子落在地上,它就能拼命生长,一两年就能蹿得几米高。只要有大角树的地方,一定会有一根一根细细长长的小角树像潜入水底的孩子不知何时从水中一个一个冒出头来。

然而,在村民的心中,角树是一种没用的树,是不招待见的树,大概正是因为它如此疯狂地生长,又找不着它的好处。印证了朱熹的"谷,一名楮,恶木也"的说法。

其实,它在童年我的心中,却是一棵热闹的,不乏可爱的"爱心树"。

我甚至想给它取另外一些名字:杨梅树、毛毛虫树、啪嗒啪嗒树、木耳树、天牛树、蚂蚁树………

清代《花镜》记载角树:雄,皮斑而叶无桠杈,三月开花,即长成穗,似柳花而无实。雌,皮白,中有白汁如乳,叶有桠杈,似葡萄,开碎花,结实红似杨梅,但无核而不堪食。

记忆中的这棵角树长在家的河埠头,是一棵开碎花结实的雌树。

我家河埠头是村里的一个公共场所,前后左右共四家人合用。

角树最有趣的时候是炎热的夏天,我们时不时亲近它,因它的枝头那鲜红的果实,如绒线织的帽顶上的小球,湿漉漉的。它会啪嗒一声掉下来,落到河里,果子落下的地方,便会惊起一波又一波金色的跳动的涟漪,那是鱼儿们追逐的痕迹。哥哥以及邻居的三兄弟,都是游泳的好手,他们游到果子身边,拿起红果子往远处甩去,有果子的地方又惊起一波金色的涟漪。而我们几个妹妹,站在河埠的石阶上,咯咯咯地笑。

为了能看仔细,我会在河边用搪瓷脸盆去捞一些小小鱼儿,一般都是穿条鱼，盆里放上一只红色的角树果，看果实在水盆里绵绵地荡漾，小鱼儿也会去啄，但不那么激烈了，只到它们对它"熟视无睹"，自管自地在盆里游来游去，我便将它们倒入河中。

有时候，我到河边洗碗，回岸时，猛然会发现，角树的身上不知何时冒出了一朵又一朵黑色的花，走近它的身边，欣喜地一朵一朵采下来放在碗中，回到家让妈妈做一道美味的木耳蛋汤。而妈妈又不肯我们多吃这树上的木耳，她说，久久奶奶因为吃了大量的角树上的木耳，头颈里长了许多肉疙瘩。不知是不是因为角树中白色汁液在作怪，就像蟾蜍身上的浆液，一粘到手上就会留下一个肉疙瘩。妈妈还告诉我们，也有人身上奇痒，就用刀在角树身上划一刀，用它的白色的粘稠的汁液涂抹，但是是不是真有效果不得而知。

角树不像榆树，身上不时会有"洋辣子"落下来，刺痛肌肤。哥哥会在夏天的清晨，拿把竹椅放在角树的伞下，甩出挂着蚯蚓的鱼竿，投入鱼食。而我和姐姐，则会在午后，搬来小木凳，在它的树阴下看书、织毛衣，看果实啪哒哒哒落进水里。

珍姐有一次告诉我一个秘密，她说：太阳落山时，你站在河边的这棵树下，能感觉到地球在转动。夏天，我喜欢穿着漂亮的花裙子在场地上不断转圈，转了一圈又一圈，转得晕头转向时才会感觉这个"地球"是转动的，可是，现在一动不动就能感觉地球转动，是多么重大而奇妙的发现？吃完晚饭，看着太阳一点一点下山，西边的天空像拂着彩纱，我偷偷地溜到河边，按照珍姐说的那样，静静地站在角树下，闭上眼睛。或许，那一刻，我真的感觉到了地球的转动，在我幼小的心中，那也算是一种美好的幻觉和憧憬吧。

角树带给我们童年的快乐，或许还不仅仅只是这些，比如常常会从它的身上飞下一些黑白点斑纹的美丽的天牛，我们会捉起一只，抓住它两只像京剧美猴王头冠上的翎羽,听它咿咿呀呀地发出奇怪的叫声……

而成人是没有时间去明白孩子的世界的。角树,仍旧还是无用的,以致于人们常常想尽办法去除它。河埠的那棵角树最终也还是不见了。

然而它们永远不会死去。无论是城市还是乡村,角树仍然会在某些角落大胆地生长。有时会看到一些陌生的女孩,采食它的红果子,或看见有人会采摘它的绿叶子……它这一无是处的树,竟还是中国造纸术发明的原材料,和千年前,祖先遮体的"衣料",仅仅这些,就够伟大了吧。

天生我才必有用,橘生淮南则为橘。不是种子,是土壤,是时代的视角和人类的眼光……

它终究成不了像梧桐一样的城市风景,然而它会一直在我的记忆中。那已消失的,河埠的那挂着红果,长出黑木耳的角树,永远砍不尽的角树。

蒋勤妹,青浦区作家协会理事。诗歌作品曾在《文学报》《湛江文学》《岁月》等报刊发表,漫画作品曾入选市美术家协会举办的美展。

乡愁是耳朵抹不开的记忆

王玉华

崇明山歌从来是每一个崇明岛的孩子记忆里抹不开的温暖,扎根于血脉的那一种亲切,也许就是所谓乡愁的所有诠释吧。

崇明作为一个移民岛屿,在历史文化的底蕴上,或许并没有什么华彩的乐章。唐诗三百首没有崇明人,宋词没有崇明人,元曲没有崇明人,明清小说传奇也没有崇明人,但是在这个其实没有山的世界最大泥沙沉积岛上,她有崇明山歌。称得上著名的古代诗人中,大概也只有民族英雄唐顺之在崇明抗倭时候写过关于崇明的诗。她不曾声名远播,却留在了每一个崇明岛的孩子的灵魂深处。

或许是江海的阻隔,崇明方言,长久以来都很少受到外来语言的影响,崇明山歌也就自然保存着古音的语调,原生态的纯美,"平、上、去、入"四声各分阴阳,仅一曲古意出焉的崇明山歌调,谁还能说崇明文化积淀的浅薄。

一样的山歌,动人的传说一定要有刘三姐的歌声吗?"贵妃娘娘来崇明,东海白浪笑盈盈。白是白来嫩是嫩,好像滩上鲜芦根。"杨贵妃在安史之乱后,来崇明隐居,据说酿造出了崇明老白酒,如此崇明岛的美丽传说同样在歌声里流传千年。

当下的法国欧洲杯,激战正酣,《马赛曲》是高卢雄鸡的民族魂,"鸡蛋,鸭蛋,手榴弹,打死鬼子王八蛋。"回望那一段硝烟弥漫的岁月,孩童都知道奋勇杀敌保家卫国的崇明儿女的精神在这一曲简单的童谣里血脉偾张、慷慨激昂。

"哥哥你走西口,小妹妹我泪花流。"信天游是黄土高坡的文化符号,它的情歌是高亢的。而《十望郎》的情意绵绵让四面环水的崇明岛——祖国的第三大岛,它那大江大海澎湃的涛声都有了温柔如水的情怀。美了、美了,醉了、醉了。

"摇啊摇,摇到外婆桥。"或许是有中国人的地方就有的歌谣,柔软了整个江南记忆的歌谣,而"摇啊摇,一摇摇到外婆桥,外婆对我眯眯笑,捉条鲤鱼红烧烧,头爿熟,尾巴焦,盛在碗里蹦蹦跳,猫猡吃仔喵喵叫,小狗吃仔豁虎跳"崇明版的《外婆桥》一点点的俏皮,满满的温暖,更是将所有记忆里的江南完完全全地鲜活生动起来。

"夜上海,夜上海,你是一个不夜城。"崇明是上海的一部分,没有魔都大都市的繁华,或许也从来都不艳羡那一份繁华。"金油车银堡镇,铜新开河铁浜镇。""狼山骑马到佘山,中间经过金鳌山。金鳌山在崇明岛,山上有塔称镇海。"这才是崇明儿女的爱,从来不需要想起,永远也不会忘记的那一种自豪感才更加完美!

"牵磨节嘎吱,牵勒哈人吃?牵勒外婆吃,外婆勿要吃,省勒外孙吃……"现在的孩子还会唱这充满着乡土气息的曲调吗?还需要会唱这充满着亲情温暖的曲调吗?说文化的传承太大,说老人的喜欢却一点也不小。文化根基的存在,需要非物质文化遗产这样的认定来传承,更需要口口相传的自然延续。这首崇明山歌里面的经典,外婆教妈妈,妈妈教会我,而我也教会了女儿。

江风千年,芦苇又绿了岸,崇明山歌向天空绽放,田园诗也好,生活秀也好,都是最真实味道。带着爱,崇明岛的孩子们,如果你已经记不全那些伴随着一代代的崇明人的成长的歌声,那么跟着儿时母亲在摇篮边的温馨一起轻轻哼起……

王玉华,崇明区作家协会会员、理事,作品散见于各类报刊 200余篇,获得 2022 年市民诗歌节征文一等奖。

生命的颜色

吴 安

绿,是生命的颜色,常常让人们从失落中看到希望。

记得很多年以前,我有一段时间情绪很低落。那次去承德避暑山庄的时候,一路上,我看到了成片成片连绵起伏的山。所有的山上,严严实实地覆盖着密密实实的翠绿的草和层层叠叠的碧绿的树。除了车子行驶的道路之外,满眼除了绿,还是绿。车子在广阔的绿色海洋里奔驰了很久,我的心也在那片望不到边际的绿色海洋里奔驰了很久,在广袤的绿色中久久地浸润着,久久地汲取着大自然所赋予的能量。在那一片绿里,我突然有了热泪盈眶的感动,突然意识到生命的坚韧不拔,突然心里就回荡起了"阳光总在风雨后,乌云上有晴空"的旋律。很多年以后,我已经几乎遗忘了避暑山庄里依山就势的布局、飞檐斗拱的建筑,逐渐淡忘了避暑山庄里精致优雅的装饰、行云流水的书法,然而那一路驶来映满眼帘的漫山遍野的绿,却依旧如昨日般清晰,如阳光般温暖。那片绿,曾经照亮了我的眼,而直到如今,每每回想起来,它依然像当初一般照亮了我的心。

其实,不只是我,我身边的很多人都曾领略过绿色的魅力。我的一位同事,家里从不栽培姹紫嫣红的鲜花,只在一个透明的小水缸里倒上清水,插了绿萝,养了金鱼,放上几只小螺蛳。鱼吃绿萝根上的绿藻,小鱼的排泄物为绿萝提供生长所需的养分,螺蛳则清除水中的垃圾。于是,一个卓然天成的微生态环境油然而生。我的同事从不为换水、喂食而操心,她只需静静地待在小水缸旁边,看着绿萝的叶子在风中轻轻地摇来摇去,看着小鱼的尾巴在水中翩翩地摆来摆去,看着螺蛳的青壳在缸壁上悄悄地挪来挪去,有趣极了。看着,看着,她就会忘记生活中的不愉快,仿佛自己也变成了一株绿萝,在自己的一方天地里,与世隔绝,只与知音相伴。后来,她不知从哪里找来了一些光滑圆溜的鹅卵石,白色的、黄色的、褐色的、青色的,煞是好看,大大小小、参差不齐地在缸底密密麻麻地铺上一层,这缸绿萝就更加盎然生趣了。我的另一些朋友喜欢在院子里、阳台上种些绿植,绿色也给他们的生活增添了一丝丝情趣。我还听闻昔日的同学,把切去了长叶的青葱、用水泡得裂开豆衣的绿豆等蔬菜种在盆子里,有些竟真的种活了,冒出了芽,长出了叶,成了饭桌上的一道道佳肴。

　　不少文人雅士也都在文学作品中表达过对绿的赞颂。朱自清惊诧于梅雨潭的绿,在散文《绿》中表达了自己对于绿的陶醉。艾青则通过现代诗《绿》,描绘了春回大地、到处绿色的美丽景色。唐朝的贺知章吟诵过《咏柳》:"碧玉妆成一树高,万条垂下绿丝绦。"一个"碧"字和一个"绿"字,描绘出了柳树别样动人的绿,绿得茁壮,绿得亮丽,衬托出美好的春光。最广为人知的是美国作家欧·亨利的短篇小说《最后一片叶子》。凛冽的寒风中,饱经风霜、穷困潦倒的老画家贝尔门画的那片常青藤叶子,使身患肺炎而奄奄一息的穷学生琼西感到了生命的蓬勃而恢复了健康。那片叶子,"靠近茎部仍然是深绿色,可是锯齿形的叶子边缘已经枯萎发黄",但就是这样一片似乎已经枯黄的叶子,却用那仅剩的一点点绿,给琼西的心中灌注了无穷的绿色的希望。由此看来,对绿的赞美,古今中外达成了共识;对绿的热爱,是跨越种族、不分你我的。亲近绿,源于人的本性,与文化无关,与年龄也无关。你看,两三岁的小孩子步履趔趄颤巍巍,可看到了绿色的小草,总忍不住挣扎着走过去,欢喜地碰一碰,快活地摸一摸,眼睛弯弯,涌出了无数闪亮闪亮的小星星。年轻人喜欢用鲜花拉近关系,手捧一束玫瑰、百合、勿忘我或者康乃馨,不用言语,一切情感都寄托在花语之中,用一簇簇茂盛的绿色映衬出的深情厚谊,令人格外心动。耄耋老人呢,喜欢聚在一汪绿水边、一排绿树旁,看着明亮的绿色,他们的皱纹里舒展出淡定的笑容,眼角绽开智慧的花朵。

绿,是生命的颜色,充满了生命的活力,充满了生命的能量。它带给人感动,也带给人希望。

吴安,松江区作家协会会员。作品刊发于《当代华语名家文选》《中国诗文书画家名作金榜集》《杏林记忆》《梦里水乡是故园》《杂文月刊》《报刊精粹》《女报》《文渊》等。

依米花和尖毛草

蒋忠平

闲来读书,读到有这样的一花一草,让人顿生感叹。

一种是花,据说在非洲的戈壁滩上,有一种不起眼的小花叫依米花。这种花呈四瓣,每瓣自成一色:红、白、黄、蓝,这仅仅是它外表的独特之处,它真正的奇特之处还并不止于此。

在戈壁滩那样的环境中,只有根系庞大的植物才能很好地生长,而依米花的根,却只有细细的一条,蜿蜒盘曲着插入地底深处。通常,依米花要花费五年时间才能完成根茎的穿插任务,然后一点一点地积蓄养分,在第六年的春天,才在地面吐绿绽翠,开出一朵小小的四色鲜花。

更为让人们惋叹的是,这种极难长成的依米小花,花期却不长,仅仅两天时间,它便随母株一起香消玉殒。如果我们称其为昙花一现,也许也并不为过。

另一种是草,同样是在非洲,热带草原上,生长着一种毫不起眼的植物叫尖毛草。据说,这种草在最初生长的半年时间里,它是草原上最矮小的植物,炎热的太阳炙烤着大地,长期的干旱使尖毛草只能长出一寸来长的高度,在那段时间里草原上任何一种植物都比它高,都比它长得茂盛,几乎让人忽略了它的存在。但半年过后,在雨水到来之际,尖毛草就像被施了魔法一样,以每天半米的速度向上疯长,三五天的时间它就会长到两米左右的高度,成为非洲草原上最高的"草地之王"。

人们对尖毛草这种生长现象感到非常难以理解,就开始探寻它的生长秘密。人们终于发现了尖毛草的生长规律,在最初的半年时间里,其实尖毛草也在长,只是不往上长,而是往下长,长在根部,尖毛草的根部有时能长到 28 米长。在外界自然条件不具备时,尖毛草就默默无闻地在根部积聚营养和能量,一旦条件成熟了,就开始疯长,直至生长的速度让人瞠目结舌。

尖毛草的生长奇迹,从表象上看似乎一团迷雾,但当刨根溯源,了解了它的生长过程时,就会豁然开朗。尖毛草之所以能够成为"草地之王",其实它已经付出了远远超过其他植物的"艰辛"和"寂寞"。一年十二个月里,它用六个月的时间生长自己的根茎,默默地为将来的"爆发"积蓄能量和养分。很多时候,我们只是看到了尖毛草短时间内像个暴发户一样的快速生长,却忽视了在地底下默默忍受了半年的时间,我们只惊讶于尖毛草快速生长的结果,却忽略了它那看不见的生长过程。在它成为"草地之王"以前,其实已经付出了超乎其他植物多少倍的艰苦劳动和艰辛代价,凭着自己的努力,积蓄了充足的能量,在大地上扎下了深深的根!

依米花的生长和我们所熟悉的蝉的生命历程有着惊人的相似。它们只是大自然万千家族中极为弱小的一只小精灵,可是,它们却以其独特的生命方式向世人昭告:生命一次,就美丽一次。

是啊!在我们来来去去忙忙碌碌的人生中,也有令我们感动的瞬间:一次的青春,一次的成功,一次的勇往直前,一次的轰轰烈烈,一次的无悔人生……一次，仅仅一次，却需要长时间坚忍不拔的进取和历尽艰辛的跋涉，它甚至需要耗尽一个人一世的光阴、毕生的精力！

人生的路途远比依米花的一生漫长，可是，在这段漫漫求索的艰辛历程中，我们并非一定会比依米花做得更好。因此，我们要像时钟里的那根秒针一样，坚持每秒滴答摆一下，你就会在不知不觉中拥有很多很多，成功的喜悦就会慢慢浸润我们的生命！

而尖毛草的生长奇迹同样给我们人类以启迪和深思。人生也正是这样，一个人只有踏踏实实地去下苦功，心无杂念地去蓄积能量，默默无闻地去夯实基础，而当你的基础所蕴含的能量已大大超过他人时，奇迹就会降临在你的身上，你就会一跃而起成为生命中的"尖毛草"。世上本没有魔法，刨开泥土，看那些超群植物的根，你就会发现奇迹的所在！像尖毛草一样在明处亮相，却在暗处蓄光。如果你是芸芸众生中的一棵普通的小草，那么你就应该力争成为一棵人生的尖毛草！

蒋忠平，笔名诚凡，崇明岛人，上海市崇明区作家协会会员。大专文化，上世纪八十年代开始从事业余写作。作品散见于《解放日报》《新民晚报》《东方城乡报》《崇明报》等报纸杂志。

春天的遐想

高　几

天雷滚滚,驱散天下乌烟瘴气,唤醒沉睡的生灵。闪电在空中织出完美的破碎的光网,撕开浓稠的黑夜。伴随着震耳欲聋的隆隆雷声,开启地球之"春之夜"电声晚会。喵星人惊骇地望着被一次又一次撕裂的黑幕,彷徨无措,无心嬉闹进食。所有的夜虫都闭紧发声的器官,静待风止云开的明媚黎明。斜雨摩挲着变色的茶花、郁郁葱葱的墨竹以及遮阳伞和水井的井盖,演奏着"叮叮""沙沙""簌簌""扑扑"组成的交响乐。

一缕晨光终于从东边发白的云天之际漏出来,无声地把周围的云霞染成柠檬黄色。柳枝舒展着柔软的身段,向河里的鱼儿、油鸭、水鸟献媚。桃花像贵妃醉酒般粉雕玉琢,小海蒂一样的马齿苋挺胸傲立,而田野里奔跑着无知少年。白蝴蝶在小雏菊和白三草中灵动地飞舞,中华蜂从油菜花和苜蓿丛里采蜜。清澈的沟渠里小鲫鱼欢快地逆流而上,正像少年在无边无垠的田野里没有方向地追逐。春天是如此美好,即使烟雨濛濛的清明,也被赋予沉静的美。哀思之中掩藏着寻春踏青之逸。

人们像惊蛰出洞的虫兽,从各种地方出来,涌向草地、树林、河滩,以表示对春的赞美。

柯灵在《故乡的三月》中写道:"春天是使人多幻想,多做梦的。"这就是春天的魅力。和煦温润的天气犹如绰约的女子让人流连。人们在树林、草地支起帐篷,架起烤炉,一边谈话,一边滋滋地烤着牛肉、羊肉和茄子。几朵流云似的炊烟似有若无地萦绕在周围,各种诱人的气味充斥于鼻腔。小孩子在草地上撒欢,或者牵着风筝的线,仰望天空,逆风而行。风筝后的天空一片纯净,除了蓝什么也看不见。湖边遍地的诸葛菜虽没有紫罗兰那样魅惑,却令人更想亲近。

花,是春的主题。当我走过屋前的小路时,就有香气透鼻而来,细微、缠绵,让我禁不住打了几个喷嚏。不同的花有不同的气味,不一样的人也有不一样的春之情怀。喜欢运动的正好伸个懒腰,踏着晨光跑上红褐色的跑道。喜欢品茶的坐在午后的院子里,烧开水壶沏上一杯碧绿的炒青。喜欢读书的斜靠布艺沙发上的软垫,在春光中品味书香。春天是如此美好,可以尽情完成春之心愿。哪怕其实人类、地球、甚至宇宙都是时间中的一个过程,最终掉出时空化为虚无,春天,也让这个过程更绚丽。

高几,青浦区作家协会理事,理学学士。若干散文见诸报端,亦创作小说。

第二辑

从未离开

找 妈 妈

高明昌

上个周末十点回老家,车子开到家门口,隔着不锈钢围墙,看见两扇拉门都关着,就试着按了几次喇叭,是短音,短音不够响,但清脆,我想告诉在里屋的老母亲,你的儿子回来了,你不出来拉拉门?我按了四五次,眼盯着客堂的大门,可大门依旧一动也不动,一秒钟过去,两秒钟过去,三秒钟过去,我的脑海滚过无数的悬想,心逐渐开始不安、烦躁。

急匆匆地起开车门、急匆匆地下脚落地,迈的是大步,开的是大门,进大门,门开到一半,侧过脸,第一眼射向的就是母亲的睡床,见床被不隆起,干干净净,平整地叠着,知道母亲没有睡觉,这个时间段不在床上,身体就安好。我再往厨房间跑去,看见厨房间安安静静,母亲不在那里,心里开始慢慢放松、慢慢平静。母亲出去了,出去看就好。可母亲去了哪儿?

想起了村上的老人活动室,活动室离开我们家不远,走步不过百步左右,我连大门都未拉上,就去了老人活动室,找了一间,又找了一间,找到了第三间,看见一张台子上的边上,母亲悠然地坐着,微侧着身体,张大着眼睛,看着打牌的几位长者出牌,听着只有打牌发出的声音。我心里的石头终于落地,看了母亲一眼后,我便悄悄地退了出来,走出活动室,走到场地上。

你回来了,母亲在我身后叫着我。

我转身,与母亲相望片刻,我说,妈,你继续看吧。

母亲说,不了,你来了,就回家了。

娘俩就一前一后地走回了家。母亲说,不晓得你回家,所以跑出去了。我说跑出去是好事,热闹、热闹,解解闷、散散心,好事哎。

母亲叮嘱,今后你回来,先打个电话,我在家里等着。

让母亲等着里屋,或者倚门而待,好是好,但母亲小小的惊喜与自豪也就少了。在我的心里,一直固执地认为,我回老家,既要有定时,更要有不定时,这样就可以让我去找找母亲,找母亲,说到底也是一件幸福的事情。

我从小就喜欢找母亲。那全是童年里的故事。

我五六岁时,一直和父母住在一个房间,住一个房间睡觉的好处很多,下床尿尿了,喊一声"我要起来",母亲就像声控开关,分秒不差,电灯拉亮,我就在光明的指引下,轻手轻脚,走向了该去的地方。待我回床睡觉了,几秒钟过后,扑哧一声,白亮隐去,黑暗袭来,我又开始做自己想做的梦。

再次醒来,窗外的黑色在慢慢隐去,我以为天亮了,跳着下床,开始找妈妈,房间里没有,找到了灶间、猪棚,找到了水桥头。母亲不在,此时才明白妈妈去秧田拔秧了。沿着田埂,七转八弯。我走到了一处田间,看见的全是忙碌的人影,听见的全是纷乱的声音。那时,我惊奇地发现:秧苗在蠕动,人头在攒动。在水声与夜色之间,老家的田野里居然隐藏着无数的神秘与壮观,我的心开始涌动。

母亲在哪里？几乎所有低头拔秧的人，看上去全像母亲。

母亲轻声喊，在这里，在这里啊。

母亲轻微的喊声，像是耳语，只有我知道在那儿发出，又知道喊声的具体内容。我跳下田岸，在水里，像一只年轻鸭子的奔突，哒哒地到了母亲身旁，母亲说，不好好睡觉，来这里，干什么？

我告诉母亲：我饿了。

是饿醒的呀——母亲睁大眼睛，什么话也不说，擦了擦手，拉着我上岸了。娘俩一同回到了家。母亲上灶下灶，加水烧粥，一阵忙碌，最后将饭碗捧给了我，叮嘱吃好后，还可以睡觉，天亮透后再起床。

我嗯了，心里暗喜，找到了母亲有饭吃，无关天色，也无关穷富。

后来，我长大了，长大了就成了飘落的树叶，我去了上海读书。

我从丽娃河读书回来，是跨区进县的旅程，是跨越黄浦江的旅程。一直记得母亲的忠告，书读不完了，就别回来了。可在我看来，再忙的读书也替代不了家的召唤，月半后，我总要回家一次的。周六到了，学校大门口挤得水泄不通。所有学生都站在马路边上，肩上有大包，手里有小包，探着脖子，瞪着眼珠子，一辆又一辆公共汽车开过，看见对得上自己回家路途的那一辆，连着喊：车来了。车不是家，但车可以载你回家。我的手开始抖动，脚开始晃荡。是啊，上车就是归途。

我从来不想象母亲会在海边村的奉柘路上、在老家的门前等我。一生侍农的母亲没有诗意，她永远在田里劳作，田野里的庄稼，随着一年四季的更迭，随着每茬作物的轮作，随着无数像母亲一样的母亲的早出晚归，颜色在不断地替换着，就像我的读书一样，读完古典文，再读现代文，读了一本，写了一文，每天都有新的播种，新的希望，新的结果。

我从钱桥镇回家，要走三里路，走路就是看风景。

周六的休息，只有读书人有，只有上班的人有，出工人是没有的。母亲一定是在田野里。田野的某个角落，植物在水渠边静守，动物在河中心漫游，遇见或者错过，都是天地的筹谋。我沿着小径慢走，小径两边，青草、足印、气味悄然散布着泥土、流水、庄稼的气息。我看见了母亲，母亲对着大地在挥锄。冬日的黄昏，母亲似乎只穿着淡薄的秋衣。母亲不冷么？母亲不会冷，我三里地还没有走完，身上已经热乎乎，而母亲正在干活，干着力气活儿。

慢慢地，母亲也看见了我，她没有掷下锄头，而是单手握住锄柄，另一只手向着我，向着老家的方向，给我挥着，不断地挥着，那意思我懂得：你先回家。

我的眼圈，似有眼压高的反应，太阳穴一下子紧绷了起来，有点热。

弟子规"出必告，反必面"涌上心头；"每天放学回家，第一件事找妈妈，找到了妈妈，就算回到了家"再默念一遍。母亲劳动讨生活，是为家，是为我，此刻，我只做遥远的长久的平望，是听话，是理解。母亲的那只手还没有停止挥动，它只以母子互通的发射与接收着特别的讯息，我心底似有声音发出：妈妈，儿子收到，全收到。

我转身了，我找到了妈妈，妈妈也找到了我。

高明昌，中国作家协会会员，现任奉贤区作家协会主席。出版《等一块云走过》等 5 本散文集。《轮》获上海市作家协会会员年度作品奖励。

活出一份美好

翁 杨

同学聚会,在京城任职的同学推荐大家看《正阳门下小女人》的电视连续剧。结果,剧中小酒店老板徐慧真的人生故事深深扣动我的心扉。我亲外婆和徐慧真太像了。60年代初,在北京城,寡妇徐慧真带着掌管的小酒店第一个参加公私合营。在江苏海门,寡妇外婆带着她掌管的两艘捕鱼船第一个参加公私合营。她们不哀叹命运的不公,而是热爱生活,懂得感恩,乐观从善,凭双手创造生活,活出一份岁月的美好。

外婆是遗腹子。她在母亲腹中,父亲就病故了。因家中有百亩地,所以孤儿寡母没挨饿受冻。外婆进私塾读过书,所以外婆能看《红楼梦》等书。外婆说,小时候她每天早上要与二姐进自家果园,爬树或下地采摘各类果子,吃饱后爬下树一路小跑上学堂……六七十年代,每每听外婆描述这个场面时,我和妹妹都羡慕得流口水。

20多岁时,外婆风光出嫁。外公是一个借腹子。太婆婆不能生育,所以买通怀有私生子的女子,装有孕。数月,就把刚出生的婴儿偷偷抱过来。这样遮人耳目,变成"亲生子",祖上的财产才不至于被族人侵夺。外公长得风流倜傥,家中有船只与良田,外婆对婚姻称心

65

满意。哪知好运不长,外婆生下孩子后,日本鬼子的子弹无情夺走了外公的性命。那年外公 27 岁,外婆 28 岁,我母亲 6 岁。从此年轻守寡的外婆对外要掌管好几艘捕鱼船的生意,管理好出租的田地;对内,要服侍好婆婆、照顾好独生女,还要提防族里的亲戚借口"没有男丁"来夺家产。几年工夫,经营不善,外婆把家里的田地全卖了,最后只剩下两艘捕鱼船。外婆盼望解放,她说成立了人民公社,她把船只交给公家管理拿定息,她才能喘口气不受累。

母亲高中毕业后就偷偷和小姐妹渡长江到上海读书、教书。母亲很快就嫁给了父亲,作为书香门第出生的长子,家长不同意父亲入赘,外婆郁闷。后来,听到我出生的消息,外婆格外高兴。她带了奶妈到上海照料我,几月后,放心不下太婆婆,外婆就带着我与奶妈回到海门。从此,海边的六间大瓦房成了我儿时的乐园。

在乡间,外婆有着极高的威望。她当任人民公社的食堂会计。虽说家中只有太婆婆、外婆和我 3 个女性,但家里人来人往始终热热闹闹。门前一大片沙地里有 6 棵柿子树、还种上花生、蚕豆、红薯、玉米、甜芦粟、西瓜、菜瓜等吃的食物。这些果实我仨哪吃得了,邻居与村民们可以来家随时享用。外婆的好客是数十里地闻名的,"吃善静老板的等于吃公家的"。记忆中,柿子红了,我就跟在外婆身后一篮子一篮子送给人家。西瓜熟了,我会叫别人来抱回去。大冬天,只有我们家门前的土窖里放着甜芦粟,那时是稀罕食物,我从小会一根一根抽给人家吃。

新麦登场,外婆叫人扛来自家榨的大桶菜籽油,请人用新面粉做成馓子,开大油锅炸,金黄干脆的油馓子叠成小山,其美味赛过当今的油条、巧果。家里一大桶一大桶藏好后,再一箩筐一箩筐地分送给亲朋好友。油馓子放入开水里煮再放进鸡蛋就成了"油面水浦蛋",

那是当地产妇吃的"专供",而我这个"宝贝疙瘩"是想吃就能吃的。

我5岁时,太婆婆走了,家里只有我与外婆相依为命。20岁的近邻香姑就像自家人,她是外婆的忠实追随者,顺理成章成了我的保镖加玩伴。外婆去食堂做账,香姑带着我做跟班。晚上香姑驮着我回家,香姑喜欢穿白土布中式斜门襟齐腰上衣,圆圆的摆,紧腰身,下面是黑平布长裙。黑黑的长发挽个发髻插上一朵鲜花。她喜欢种花,她家的花圃里种的最多的是栀子花,一排排密密匝匝,开出白色大朵花儿,香味扑鼻。5月花开季节,四周邻居都沾光闻香,香姑来我家不忘摘几朵放在瓶子里,满屋香味缭绕。香菇喜欢把栀子花、白兰花插在发髻里,她给人带来愉悦的香味。香姑帮着外婆烧饭,也常在我家吃。当时海门的稻米珍贵,唯有我吃白米饭,但我喜欢外婆做的红豆高粱米饭、小米白扁豆粥、红枣玉米糊、荞麦萝卜丝饼、红糖高粱米糕……这些粗粮美食填满了童年的记忆。外婆喜欢每次多做,所以来家蹭饭的也多,加上更大的诱惑是家里常年鱼虾不断,这还得感谢"杨长顺"。

外婆家有两艘捕鱼船。外婆给它们取了"杨长顺"与"杨长风"的船名。"杨长顺"在乡里排号为第二大船。解放战争时期"杨长顺"光荣入选,被编为"渡江战役27号"参加了解放军渡长江的战斗。外婆夸"杨长顺"是艘"吉祥船",一场战斗,船身没有挨到一颗敌人的子弹,船上的解放军官兵毫发无损。解放后,杨长顺每年捕鱼数量最多。每次渔汛归来,外婆总会带我去码头迎接。杨长顺很耀眼,不仅船大装饰漂亮,而且船上的工人一律穿着崭新的白麻纱衣裤,这是外婆规定的。每年船出征与归来,船上的人一律穿上老板为每人定制的服装。这是一种吉利的仪式,也成了海边一道靓丽的风景。记得外婆说过的:"谁敢说渔民脏?我们是懂体面的。"每次杨长顺上的老大会为我带来五彩的贝壳和神奇的小海螺,还会给我们好多好多的鱼虾。吃不完只能晒成虾干、鱼干。外婆喜欢做糟鱼。我家的院子里会晾起数十条黄鱼。然后外婆用大大的缸一层酒糟一层黄鱼腌好封存。三周后食用,微红的鱼肉又香又鲜嫩,半年不会坏。逢年过节亲朋好友家餐桌上的糟鱼准保是我外婆送的。

每年的六月是农闲之时,外婆的娘家亲戚喜欢来我们家吃"夏饼"。新面粉调成浓浆,用大半个茄子沾上新菜油,在铁锅里一扫,一小勺子面浆画个圆,一张像春卷皮一样的面饼成了。配菜很讲究,一定要用到几个菜肴:红烧虾、韭菜肉丝、咸蛋炒绿豆芽、蟹粉烧豆腐、肉糜蒸蛋、鸡丝炒干丝、毛豆炒青瓜丝……每人一个大盘子,放上饼后把这几样小菜一一放进去,包成一个大大的蛋饺样,再加一大勺黄瓜丝醋凉水滑溜地开吃。这种"夏饼餐"算当地的宴席,外婆的法宝就是肯用大量的新鲜蟹肉。红薯干、赤豆、芸豆汤也是我家一道来客喜欢的常用点心。冬天天天一大锅招待四方来客。炒花生、炒蚕豆八仙桌上长年放着,所以大家喜欢来我家,进门自由自在,当然自留地里干活也自觉自愿。家里不愁没人洗碗,也不愁没人扫地擦桌。

在外婆的熏陶下,我也是一个大气的娃。每次收到父母寄来的上海什锦糖、大白兔奶糖和万年青饼干我会叫大小朋友们排好队由我来发,每人一颗或一块,发光为止。为此反倒常常被外婆阻挠。她说这是父母给我的稀罕物,要留一半慢慢吃。食品计划年代,弟妹每每听我絮叨这些,他们不信说我吹老牛。

外婆当年的乐善好施,也给她带来好人缘。最有趣的是开会评论家庭成分,大伙儿对外婆表态:"善静老板,你的家庭成分由你自己定!"外婆想"地主"不行,家里的田地早被她卖光了,"贫农"太穷了,难为情,"中农"最合适。于是母亲的家庭成分为"中农"。后来母亲想入党就责怪外婆:妈妈你真傻,叫你挑,怎不挑个"贫农"让子女有个"好出身"呀。为此,外婆后悔得肠子都绿了。

60年代,为了我的读书问题,外婆卖掉江苏海边的六间大瓦房,来到上海。那时,大多人家三代甚至四代同住在狭小的空间里,样样生活物品都凭票供应。几年后,家里又添了妹妹和弟弟,家里家外全靠外婆主持,住房困难,缺吃少穿,日子紧巴巴的,但外婆不叫委屈,不畏风雨,不急不躁,笑对人生。

上海一带的弄堂里,十七八户人家彼此都熟悉了解。孩子和孩子是玩伴,老人和老人是"姐妹"。相互帮助,又相互攀比"谁家会过日子",最明显的是看过年的"亮相"。一个外乡小老人在上海的弄堂里应该是没有什么地位和发言权的,但外婆就凭一双巧手,就凭大气喜欢助人的人品,就凭我们家的年味有特色而树立了一个好形象,好口碑。一个家只要有一个会过日子的好女人操持,这个家便温暖、和睦而快乐!

物质紧张的年代,"吃"成了追求的目标。老百姓的传统就是过年一定不能寒酸。要富足,要热闹,要有年味,这样才能开启新年美好的攀高。

外婆做的甜酒酿是弄堂里的"招牌"。外婆对糯米选用严格,对烧饭的水分讲究,最后会用一点白糖水吊味,所以会甜中带鲜。甜酒酿中放进米粉揉成团做成一个个米饼,在大锅里煎熟,香飘诱人。邻居有讨教,也有偿鲜的。外婆的拿手绝活还有"酒糟黄鱼"、"自制甜面酱"、"核桃枣仁米糕"。一家独制,众家尝鲜。

每年秋季,外婆就会用新面粉做成面饼再让它发酵,最后做成面酱,送给街坊邻居。过年时,八宝炒酱就用自家的甜面酱,绝对比现在饭店的好吃。每年入冬后,外婆会买好多小黄鱼晒干后,一层酒糟一层黄鱼腌好封存。年三十前打开糟黄鱼的密封瓦罐一股浓浓的香味会飘洒。黄鱼很贵，外婆说在上海只能吃吃小黄鱼了。外婆特制的核桃枣仁米糕被邻居们称为"超过北京城里皇族们吃的茯苓夹饼"。七成糯米三成大米制成米粉后，加核桃仁、枣子仁、甜猪油丁、白糖一起蒸锅，三小时起锅后要不停地揉硬，纱布裹着不停摔打变成两三寸的厚度。如今的崇明糕没有这么好的食材。这样的米糕切成小块放进酒酿，再放水浦蛋，加上肉粽子真是美味早餐。外婆要求我包的枕头粽用的肉馅和豆沙从头至尾放到位，要一口见馅……

从大年三十到年初五，孩子们穿着新衣、新鞋袜，到处跑，对长辈鞠躬问好拿小红包。家家的桌上一定会有鸡鸭鱼肉等菜肴，一定会有粽子、米糕、汤圆等点心，一定会有孩子喜欢的糖果饼干瓜子等零嘴。而这六天好日子的背后，家庭主妇付出的是大半年的心血。

记忆中，年初四后外婆就要为明年过年穿的新鞋做准备了。她乘新年我们父系大家族见面就悄悄给每个大人小孩拓鞋样，外婆会剪各种鞋样，纳坚实的鞋底，缝制时尚的鞋面，最后制成一双双漂亮的布棉鞋。那个年代，一双合脚的新棉鞋是珍贵的礼物。我的堂弟妹，表弟们尊敬地称我外婆为"好奶奶"，至今扫墓时不忘给她献上一束菊花就是念着贫乏年代那一双新棉鞋的情意。

这样红红火火的过年父母认为太奢侈了。外婆总是强调"一家人家过年没有个年味，就不像一家人家，对不住孩子，也对不住老祖宗"。我们仨孩子总会坚定地站在外婆一边。长大后我才知道，10多年里，我们全家五口人把外婆家的六间房子、两艘捕鱼船换来的人民币变成食物全部吃进了肚子里。

时光在温馨中慢慢流淌，有外婆的日子，生活有情趣，回味好滋味。外婆无私地爱孩子、爱家人、爱奉献，变成了美好的年味定格在我的记忆中。

翁杨,上海市作协会员,金山区作协理事。部分作品被收入《新民晚报》"夜光杯文丛"的《夜光杯小品精选》《夜光杯文粹》。出版了《爱,穿越了岁月》散文集。

"痴人"画梦

张志萍

上世纪五十年代,上海老城厢南市区敬业中学一堂初中语文课上。方芸芙老师上完课文《水浒传·智取生辰纲》,最后带了一句"中国有部伟大的小说叫《红楼梦》"。谁承想方老师这一句话,让戴敦邦心生一念,从此笔墨恋红楼,结缘一生。

1954年,在上海第一师范中专就读的戴敦邦到初中同学王邦俊的苏州老家过暑假。一天在桐荫下,夜晚凉风习习,望着繁星点点的广袤苍穹,在同学家院子乘凉的少年戴敦邦竟激情勃发,脱口而出:"将来,我是一定要画《红楼梦》的!"

二十多年后,戴敦邦当年的誓言果然成真:1977年末,应外文出版社邀请,在上海工艺美术研究所编辑传统工艺资料的戴敦邦赴京创作英文版《红楼梦》插图。

肩负插图重任,让曾经以创作农民起义题材为主的戴敦邦迷茫而又忐忑:创作这部"嗲来西"的古典文学作品,该从什么地方入手?当听到出版社领导说该书出版后要远销国外,以飨外国读者,使之成为世界了解中国的一扇窗口,戴敦邦更加诚惶诚恐,似乎有点找不着北了。

戴敦邦说,他是幸运且生逢其时的。当时北京正好召开全国"两会",吃住都在北京友谊宾馆的戴敦邦,遇到了扶他上马的伯乐——来北京参会的著名红学家周汝昌,译者杨宪益、戴乃迭夫妇,红学界的前辈阿英、启功、吴恩裕、端木蕻良等。戴敦邦一家家拜访求教。周汝昌告诫戴敦邦,要画《红楼》,最好到北京西郊找个破庙去画;吴恩裕专门陪同戴敦邦去西郊寻访曹雪芹故地;还有前辈画家丁聪及《文汇报》北京办事处的老刘和画家方成、钟灵等,不仅将红学知识毫无保留地传授给戴敦邦,还悉心指点,帮助他进一步理解《红楼梦》原著;曾经参加过延安文艺座谈会的前辈画家华君武、蔡若虹,指导戴敦邦通过艺术性地塑造人物,提高绘画的层次,蔡若虹还就如何画好柳湘莲提出了非常大胆的意见和建议。前辈的无私指点,让戴敦邦茅塞顿开,受益匪浅,而这些伯乐也在日后成了他的良师益友。

1978年,戴敦邦创作插图的三卷本英译版《红楼梦》先后出版,他也因此走上了专业创作中国古典文学名著的快车道。四大名著的绘图作者,读者耳熟能详,而声名鹊起的戴敦邦赫然在列。戴敦邦说,他是因依傍画名著而得到天赐机缘,或确切地说是获得时代赋予的机遇,使他有机会参加中国美协组织的去西北地区艺术宝库朝圣参观之旅。在文化之都举办的中国人物画创作学习班上,戴敦邦有机会拜识心中偶像叶浅予、潘洁兹、刘凌沧、晏少翔、任率英、亚明、张仃,作家陈登科,诗人白桦、韩瀚等;结识了学习班的同道人王怀琪、徐启雄、卢沉、周思聪夫妇、刘文西、陈光健夫妇、白德松、林墉以及付小石、王弘力等,这些大师至今多半已成故人,但他们的从艺经历和宽容的为人之道,对戴敦邦影响深远,更是鞭策他奋发图强的原动力。戴敦邦说,他列举这些师友的名字,绝非为了炫耀什么,而是感恩他们的无私给予,使他有机会能跻身艺术家的行列,由此,他更加坚定了自己的终身选择,咬定青山不放松。

数十年来时过境迁,戴敦邦虽创作颇丰,却一直心留遗憾——当年出版的英文版《红楼梦》仅有36幅插图,根本不足以阐释原著的精髓。他想用手中的画笔,再度绘制《红楼梦》。

戴敦邦年届六十、刚从上海交大退休时,面对很多朋友的善意劝说,毅然决定再度出山,为《红楼梦》每回创作两幅画面,120回故事一共绘制240幅,出版了中国第一部国画版《红楼梦》。2000年元旦该书首发日,面对寒风中读者排起的长龙,戴敦邦心中涌起发自内心的感激之情,至今难以忘怀。之后,他又创作了西班牙文版《红楼梦》插图。戴敦邦对中国传统古典名著《红楼梦》的酷爱,可以说达到如痴如醉的地步。

2011年之后,右眼失明的戴敦邦应中国邮政之邀,救场创作《红楼梦》邮票。那时,戴敦邦本已有繁忙创作任务在身,但一则他知道救场如救火乃艺人该有的秉性和职业道德,二则他对《红楼梦》情有独钟。他放下手头创作,全身心投入《红楼梦》邮票的创作,大有"舍命陪君子"之慨。凝聚心血的30幅《红楼梦》邮票终完稿了。因种种原因,虽然最后制成邮票只用了四幅,但这也被他视为对在风雪荒野中孤愤归西的曹雪芹先生送上的一瓣心香。

从1977年到2019年,四十余载光阴,可谓弹指一挥间。萦绕在"80(岁)后"国画家戴敦邦心中的《红楼梦》情结却历久弥坚。他视通千里,思接悠远,一直追求艺术上的新突破,探索《红楼梦》画稿的新变化。继2016、2017年在上海书展推出《大闹天宫》(《西游记》人物画)和《群雄逐鹿》(《三国演义》人物画)之后,2018年,他在上海书展又推出《水浒传》新版人物画集《逼上梁山》。今年上海书展,"戴粉"们又得以一饱眼福,因为勤奋的戴敦邦先生和上海辞书出版社再度合作,携手出版了《戴敦邦画说红楼梦·大观奇缘》。

今年 2 月 23 日早晨,刚过完传统中国年,笔者来到戴敦邦工作室。矍铄敦厚的老人拿出他创作的 303 幅《红楼梦》。"这 300 余幅画稿,其中 263 幅是我去年参加上海书展结束后开始创作的;40 余幅旧画稿是为了将新补的画面故事情节连贯而择用的,包括未被采用的邮票原画稿和我自己及弟子们画的长卷,其中饱含了我对红楼画创作薪继火传的殷殷之盼。"戴敦邦第四位弟子向风是位瓷刻家,追随戴先生多年,他以独到的瓷刻,毫发无异地将戴敦邦的红楼画全图再现于坚硬的瓷板上。戴敦邦曾感慨地对向风说:"感谢你在做前人未曾或者无法完成的事,唯有瓷板画的'红楼'传承千秋万代,而我纸面上的红楼画,百年后即灰飞烟灭了。曹雪芹会感谢你的。"然而,这句话竟成了师徒间的永诀——向风撒手人寰时年仅 43 岁,只留下 40 幅红楼瓷刻画……而今,只要戴敦邦打开工作室大门,迎面映入眼帘的便是由向风当年攀高为他安装的房顶照明灯。每当抬头,戴敦邦总是眼含热泪,后悔自己当初不该跟向风说这句话。

面对呈现在笔者眼前的"红楼"精美画稿,戴敦邦娓娓道来,讲解其艺术构思。在人物画中透露诗之情韵是本书的一大特色,如黛玉的《咏絮》诗"草木也知愁,韶华竟白头!叹今生,谁舍谁收?嫁与东风春不管,凭尔去,忍淹留",在相应的画稿中,戴敦邦通过如同飘萍纷纷陨落满地的柳絮,将黛玉的病态之美、书卷之华、多愁之质、悲凉一生刻画得淋漓尽致。

张志萍,静安区作协会员。上海支部生活政法条线记者,媒体从业 30 余年,联系政法条线 14 年。

走近大师

李雨宣

2014 年秋,由于工作变动,我来到普陀区图书馆,在他们的特色馆——上海近现代作家作品手稿收藏展示馆工作。这是一个集收藏、保护和展示上海近现代作家手稿和作品的展馆。从 2010 年起,他们还做着一件很有意义的事情:为那些在上海工作和生活过的老作家们拍摄影像访谈录。列入他们拍摄计划的大多是一些在文坛有相当知名度、著作等身且年事已高的老作家。能够抢救性地为他们留存影像资料,不管是对于作家本人,还是对于文学爱好者,乃至海派文学和我国的文学事业,都是一件功在千秋的事。

因为工作原因,我得以接触到这些著名作家。如:钱谷融、徐中玉、白桦、欧阳文彬、赵丽宏、圣野等,在文学界几乎都是首屈一指的大师级的人物。和许多读者一样,来这里工作之前,我也仅仅是用手指去触摸过他们的名字,拜读过他们的文章,而对于作家本人,是无缘见到的。能够面对面聆听他们的讲述,更是一件可望而不可及的事。而今,能有这样的机缘,可以对面聆听他们的教诲,目睹大师的风采,领会他们在处世习文治学上的风范,于我无疑是受益匪浅的。以下仅择其二三以记之。

2019年春节前夕,通过上海作协和上海翻译家协会努力,我们和92岁的著名翻译家、作家王智量先生取得联系。智量先生是国内顶级大翻译家,是第一个完全原作固有的诗韵律翻译普希金的《叶甫盖尼·奥涅金》的翻译家,被称为"中国尝试再现'奥涅金诗节'的第一人"。

这样一位国宝级的翻译家,现在居住在华东师大的一幢老式楼房里,这幢几十年前号称为教授楼的老式楼房,现在看来却很是破败,没有电梯,楼梯狭窄,房间光线不好,不够通透,由于年久失修,门窗都已变形,先生的妻子在门边常备一个榔头,关门的时候需敲打门框才能顺利关好房门。就是在这样一个老式小楼里,先生一脸微笑地迎接着我们。

智量先生待人极为谦和,一再追问我们,你们花费这样多的时间和精力来给我作拍摄,你们觉得值得吗?这话问得我很是汗颜。

智量先生的祖父王世镗是于右任的老师,母亲毕业于圣玛利亚学堂,在他童年时就开始教他英语。少年时,先生考中北京大学法律系。解放后,哈尔滨成立了外国语学校,专门培养知识分子学习俄语,先生有幸被北大党委选中,于1947年正式开始学俄文。在"冰城"哈尔滨,学习俄语的王智量,在街角的旧书店里遇见了自己"生命中的太阳"——俄国著名诗人普希金的《叶甫盖尼·奥涅金》。热情洋溢的诗句、天马行空的想象,让他立刻典当了自己的西装买下这本诗集。从学习到全文背诵,先生最终拿起纸笔,开始了关于《叶甫盖尼·奥涅金》长达30余年的翻译工作。《叶甫盖尼·奥涅金》的翻译工作才刚刚开始,先生被打成右派,大环境的变故打乱了生活的节奏。这本曾点亮王智量人生的诗集,无形中变成了他苦难的源头。在那些最最苦难的日子里,先生始终没有放下手中的笔。常常是在繁重的劳动中,一边干着农活,一边背诵着《奥涅金》的诗句,一边推敲用怎样的语言把它译得更为贴切。收工后,油灯下,他用千方百计找来的报纸的边边角角,记录白天译出的诗句。

回上海时,先生随身携带着一个纺织袋,里面装满了报纸边,都是他翻译的《叶甫盖尼·奥涅金》。

在智量先生狭窄的书房里,先生捧着那本《奥涅金》,这本陪伴了先生70多年的《奥涅金》,它的书页早已泛黄,封面早被磨得破损,每页的空白处都留着先生细小的笔迹,这些笔迹都署有日期,像极了一篇篇极短的日记。先生默默地凝视着这些文字,久久不语,思绪已然回到过去。

"我的诗,甘愿让一个读者读一千遍,而不愿让一千个读者只读一遍,"先生说,"要让中国人看到西方诗歌的节奏和韵律美,我们有责任把这些美的东西找回来。"九十二岁的高龄,先生给我们读着俄文版的《奥涅金》,虽然我听不懂,但是我能感受到诗节的魅力,《奥涅金》的韵律真的很美。

同样是顶级翻译家的吴钧陶先生,是智量先生的好朋友。能被称作是诗人,而又有着翻译家头衔的,时下已越来越少,而吴钧陶先生却将这两个荣誉兼而得之。他能写很自由抒情的新诗,也能写格律严谨的旧体诗。他能将中国的唐诗三百首,以及杜甫、鲁迅的诗作译成英语让外国友人去读,也能把狄更生、奥登、庞得的现代诗翻译介绍给中国读者。

现年92岁的吴钧陶先生,居住在常熟路的一栋新里洋房里,去拜访吴先生的那天,已临近2019年的春节,也正赶上南方罕见的极寒天气。进到里屋,迎接我们的是先生慈祥的、暖意融融的笑脸。屋里亮着灯,照亮这间三十多平米的集卧室、书房、会客厅于一体的房间,墙上挂着一幅先生自题的对联:"身无分文债,家徒四壁书"。房间里除了一张大床、一张书桌、几把椅子外，余下的就是书橱、书柜和藏书。书橱上挂着先生和夫人早年间的两幅照片，都是20多岁的年纪，神采相当俊逸。

吴先生个头不高，由于长年腿疾，走路不很方便，但是这些难抵他与生俱来的热情和幽默。看到我们，先生非常高兴，让我没有想到的是，他与智量先生重复着几乎同样的话：你们觉得值得吗？来拍我这样一个老头子。那天，我背着一款红包，当我把包放在桌上时，先生说：我今天收到了红包。我刚要检讨自己，先生又说了：今天你们来，就是给我送的红包。看他指着我的包，我这才明白过来，先生是何其幽默呀！

吴先生出生在一个殷实之家，童年过得无忧无虑。但是天生身体孱弱，十三四岁时，在病榻上一躺就是六七年。长时间囚禁于斗室之中、病床之上，他考虑最多的就是对生命本体的追问，"我是谁？我从哪里来？要到哪里去？"宇宙之谜、生命之谜是他在夜深人静时常常思索的问题，思绪的终端就是诗，写诗、译诗、在诗海中神往邀游。身心的折磨，没有摧垮他对诗的信仰，反而养成他"敏于思"的习惯。

"在时间的风雨里/黑发渐渐褪色/为了抚慰这一点白雪/夕阳把它染成金色"

"人生本来没有意义/正如水本来没有滋味/但是正如可以使水变甜变咸/我们也可以使人生变得丰富多彩"

吴先生的诗平实内敛，富有哲理。年逾九旬，与诗为伴七十多年，虽因诗惹祸受到错误批判，但他是对诗从来没有半点怨言。时来运转，吴先生对诗依旧痴心不改。1986年，于花甲之年出版平生第一部诗集《剪影》，他戏称自己是诗坛的"花甲新秀"。耄耋之年，诗心不灭，又陆续出版《幻影》《心影》《人影》三部诗集，另有散文集《留影》《云影》,是为影子系列。

还想说说白桦先生,多年以前,当我还是一个高中生的时候,就读过白桦先生的诗,有一首《叹息也有回声》的诗作,至今给我留下难以磨灭的印象:

> "我从来都不想做一个胜利者,
> 只愿做一个爱和被爱的人;
> 我不是,也从不想成为谁的劲敌,
> 因为我不攫取什么而只想给予。
> 我竟然成为别人眼中的强者,
> 一个误会!有海峡那么深!
> 我只不过总是和众多的沉默者站在一起,
> 身不由己地哼几句歌。
> 有时,还会吐出一声长叹。
> 没想到,叹息也有风暴般的回声!
> 可我按捺不住因痛苦而流泻的呻吟,
> 因爱和被爱而如同山雀一般的欢唱;
> 痛苦莫过如此了。
> 必须用自己的手去掐断自己的歌喉。"

是怎样的经历,才能让作者发出这样的叹息,又是怎样深刻悲痛的绝望,才能让诗人有了扼断自己歌喉的悲鸣。

2014 年底,带着年少时的诸多疑问,在加入《苦恋——白桦访谈录》摄制团队后,这些疑问都得到了回应。半生风雨后,岁月染白了先生的须发,暮年的白桦和爱人恬然而居在上海的一处老式公房里。

一生的颠沛流离,并没有消解先生对生命的希望和对于文学的信仰。白发和皱纹间潜隐的,依旧是对生活和文学的苦苦爱恋。

2019年1月15日,晨起猛然得到先生去世的消息,强压心中的悲痛,想哭却哭不出来,脑海里总是浮现出几年前坐在先生对面的场景,再大的风雨,留下来的都是雨过天晴后的平静,他娓娓道来的,正是他那大起大落的一生、起伏跌宕的经历,而那些经历,任谁听来都是惊心动魄、肝肠寸断。先生已故,找到几年前为他拍好的片子,音容笑貌,宛如昨昔。先生身后,唯留他的文字,依然犀利如一柄锋芒的剑,直指良知、骨气和历史的疮疤。

行文至此,脑中浮现的是一张又一张温和、亲切的面孔:97岁"老顽童"般的儿童文学作家孙毅,近百岁的女作家欧阳文彬,号称"一百岁的诗娃娃"的圣野,作家、诗人赵丽宏,《于无声处》的作者宗福先,知青文学的代表人物叶辛,患有强直性脊柱炎的陈村,女作家王小鹰,《伤痕》的作者卢新华,还有已经去世的钱谷融、徐中玉、任大星、丁锡满、丁景唐……他们早已名满天下,但是无一例外地,他们把自己的姿态都放得很低,态度诚恳,倾听认真,平易近人,留给访者的是如沐春风般的舒适和回忆。他们中的很多人,在那个特殊的年代都遭受过不公正的对待,腥风血雨,几近命殆。但是,他们信仰不灭,与之交谈,你会时刻感受到他们对文学那种永不言弃的热忱和追求,以及对我们这个国家、对我们这个民族、对我们这个时代的那种深深的炙热和忧患。

李雨宣,普陀区作协会员,主任编辑,副研究馆员。曾就职于省级媒体报业集团,长期从事记者、编辑工作,现任职于普陀区图书馆。长于散文和纪实文学创作,文章散见于各大报端及丛书、杂志。

时间会给你最好的答案

我的 14 年记者生涯中,遇见过许多人,许多事。

其中有一位,是年近百岁的老爷爷。他叫蒋振国,1929 年生,是上海铁路局的离休干部,专职创作宣传画。2024 年,他 95 岁了,还是坚持在家画画,不肯停笔。熟悉他的人都叫他"民间画家"。由他创作的《芷江西前世今生》连环画,每月刊登在《芷江西社区晨报》上,到我写这篇文章的时候,已经发表了 105 期。

这是一位很有意思的老人。他对我说:"何记者,你叫我画画,我的生活就有了目标。要不然,每天窝在家里,听着这位老友生病了,那家老人去世了,多影响心情。"

没错,画画的主意是我出的。2013 年,我还在《芷江西社区晨报》做记者和责任编辑,有一天,在永兴路上的光华坊小区,看到黑板报上有一组粉笔画的人物肖像。我驻足的原因是,那画确实逼真。深浅有致,充满层次感,细节也很讲究,比如发丝的纹理、眼角的皱纹、衣领的褶皱……虽然是宣传画风格,但放在上世纪中叶建成的老小区里,一点也不违和。

我马上想到了作者是谁。因为社区里以前给他宣传过。那时

82

候,他已经 80 好几了。我感觉这个爷爷很有意思,就约了登门拜访。

那年夏天特别热。我看到他的时候,他提着毛笔,在给铅笔画稿勾勒线条。他的房间很简洁——桌子、床、橱柜,都是老式家具。老爷爷的穿着也很简单——上身就一件白色汗衫。墙上还有一张放得很大的照片,内容当然也是他在画画,是过去记者采访他的时候给他拍的。

我就问:"爷爷,您能给《芷江西社区晨报》也画点东西吗?"

他对社区很熟悉。他画的芷江西社区的十米长卷,用一个词来描述——全是细节。有人认出了古早的星火电影院,有人看到了地标小区城上城的下沉式广场。就连共和新路高架的大转弯,也和照片上一样。画面上还有姿态不同的人物。

他说,这里面的细节,都是他现场采风所得。他并没有用照相机去拍——老人不太会用这玩意,而且,对着照片画画没意思。他就带一支笔,一叠纸,站在马路边上,刷刷速写下来,相当于做笔记。

因为在社区里出名,请他义务帮忙画的人很多。他很忙,但他很讲信用,说好哪天交稿,绝不拖延。有几次我去取画稿,听到他说前一天晚上画到十一二点。不是卡着 deadline 干活,是对之前的画不满意,重新来过。我吓了一跳,心想:老爷爷,您都这么大年纪了,不至于要这么认真吧!怎么比高三学生还用工!

到了 2015 年年初,我和这位爷爷已经很熟了。在他画完农历羊年的新春头版后,我有了新的想法:"爷爷,你能记住这么多场景,而且每个月都在画,为什么不把您见过的那些人和事画成连环画呢?只要您能画,报纸每个月给您登一期。"

他觉得这个提议不错。文艺一点的说法是,如果人生注定要在时间的长河中慢慢前行,他认为,即便年至耄耋,也应当做点事。

他不爱烟酒，不搓麻将，当然也不跳广场舞。别的老人在小区里"家长里短"时，他说："有那功夫闲话，不如用来劳动。"所以，他没空和人闲聊，每天画自己的。

有毅力的人都认真。他列了个表格，把每期画作的主题名字、日期、篇幅都登记上去，一目了然。我仍旧是每个月到他家去一趟，取走当期画稿，讨论下期主题。

连环画的名称是我起的。还是宣传画风格，忆往昔峥嵘岁月。场景的时间跨度颇大，有六七十年代自建砖房的艰苦，八九十年代添置家电的喜悦。考虑到他一直住在这一带，我说："就叫《芷江西前世今生》吧！"

根据他的记录，第一期刊发于2015年4月15日，黑白稿，简洁但过于朴素。我们琢磨着怎样让效果更好，第二年年头改为水彩画，直到现在。如果你对比过当时的画和现在的画，你会发现，前后画风高度一致。

唯一的区别是，第一期诞生于2015年年初，他86岁。第一百期发表于2023年10月，他94岁。稳定是一种硬实力。

不过他说，还是不一样了。"以前画一根线，不管直的曲的，都是一笔到底。"前两年我去看他，他说，年龄上去了，手抖，直线要借尺来划。视力也退化了，画细节时，要拿一个放大镜对着看。

2023年年末，我再去看他，他把砚台、眼镜盒子都拿了出来，"现在要借用它们的角度勾线了。"一个放大镜已经看不清楚，他干脆叠了三个。

但是画稿的清晰度和整洁度，看起来并无变化。八年来，他似乎只中断过一期，就是22年年底"阳"的时候。"有一次我摔破了头，缝了针，我也没停。阳的时候没办法，躺在医院里，人都动不了了，哪还能画的成。"

也有心疼的人劝他:"都画一百期了,蛮好了,多休息休息吧。"但他不肯。他说,报纸上的这个版,就像他的一块自留地,"别人想画还没地方发表呢!"

不断更新的连环画,也让他拥有了固定的粉丝群。这是他成就感的来源。"小区里的人看到我,都同我打招呼。他们说,以前的生活,你怎么记得这么清楚?看到你画的,我们也想起来了。"

100期的第一幅画上,他在画画,我在边上看。这就是《芒江西前世今生》诞生的场景。

那个时候,我和他都没有想过,这连环画究竟会画多长时间。

前不久,他被推介为2023年全国新时代"百姓学习之星"。街道说,像他这样的精神是非常难得的。看来,人生根本不必想太多,时间会给你最好的答案。

何雅君,普陀区作家协会会员,《新闻晨报》记者,华东师范大学汉语国际教育硕士。著有《水泥森林的春天》等。

"嘉定三屠"后的文化生态

黄友斌

1645 年,在"嘉定三屠"的抵抗中,侯峒曾、黄淳耀率领下的嘉定人可谓刚猛、激烈、英勇、悲壮。那是大敌当前,对异族仇人的拼死抵抗;是你死我活、鱼死网破的慷慨成仁;是忠肝义胆,对儒家信仰的忠实履行。

为了叙述的方便,让我们回顾一下侯、黄殉难时的悲壮一刻。

清兵逼近时,侯峒曾和两个儿子玄洁(字云俱)、玄演(字几道)跳入叶池,父子三人拥抱着沉入池底。这时,清兵冲杀进来,见人未死,便用钩子捞上来,用刀砍死。

侯峒曾的头被割下,挂在了嘉定城的城墙上。侯峒曾的女儿辅义、孙女异来为了免遭侮辱,先后自尽。侯家大院里做饭的、开"车"的仆人杨恕、龚元也先后随主人慷慨赴死。

另一边,在嘉定城南门坚守了三天的黄淳耀、黄淳渊兄弟得知父亲被杀,号啕大哭。兄弟俩共骑一匹马来到城西的竹胜庵,留下了"进不能宣力皇朝,退不能洁身自隐……"的宣言,双双自缢而亡。

清兵攻城时,受哥哥侯峒曾之命,弟弟侯岐曾逃出嘉定城,奉母亲龚氏避往江村(因盘龙江而名,今闵行区紫堤村)故居。隐居乡村的侯岐曾,一面竭力支持沉重的大家庭的负担,一面以故国旧臣的思念"时时仰天扼吭",和抗清志士与夏允彝、夏完淳父子、陈子龙、杨延枢等往来,密切关注时局的变化。后来,侯岐曾因藏匿"朝廷钦犯"陈子龙被捕。顺治四年(1647)五月十四日,侯岐曾与夏完淳、顾咸正及仆人侯驯等,被杀害于松江城西门间第一桥,时年52岁。至此,侯家满门忠烈,黄家兄弟血溅白墙。

所幸的是,侯峒曾的妻子李氏和他幼子玄瀞(字智含)、侯岐曾的儿子侯玄涵(字研德)也成功逃到了城外。

黄淳耀四岁的儿子被同城好友苏渊收养,苏渊视同亲生,长大成人后,被苏渊招为上门女婿。也就是说,侯、黄"烈士"都留有后代,保住了血脉。

侯玄瀞与侯玄涵遁入寺门,当了和尚。6年后,他们还俗回到了嘉定。"嘉定三屠"后,侯家的家产全部籍没。侯玄涵的家,就安在嘉定城东的小河边,虽然简陋,但侯家到底没有被新帝国定为某种特殊册籍,没有"特务"盯梢、"锦衣卫""站岗",知名的文士此时还可以自由出入。

二十多年过去,烟已散去,血已淡化,一切归于平静。

康熙九年(1670),吴越地区的十四位大知识分子来到大明帝国"烈士"侯峒曾、侯岐曾后代侯玄涵的家里,进行一次聚会和慰问,因为聚会的地点在侯氏东园的明月堂(位于今秋霞圃),史称"明月诗会"。

史家一般认为,这是一次主题为"反清复明"的聚会。这,的确是一次有意思的聚会。

14位尊贵的客人来了,这可忙坏了侯玄涵。聚会的地点,就在过去是自己家,后来一度是邻家,现在又回到侯家、位于练祁河边侯氏东园的明月堂。招待用酒没有钱买,研德就紧急变卖了古董:"家君以汉印二枚属策飞棹从昆阳王宛仲换酒百斤适到。"

十几位知识分子的名单,在这里有必要交待一下他们的身份。

王泰际:马陆人,与"烈士"黄淳耀是明朝的同榜进士,这一年,他的孙子2岁,他的孙子便是后来为康熙皇帝献瑞诗的嘉定第一位状元王敬铭。

王晖:王泰际的儿子、状元王敬铭的父亲。王晖已经是新帝国的庶吉士。庶吉士相当于博士研究生,是帝国的"后备干部"。

赵子瞻:顺治十八年(1661)进士。推官(法官),已成为新帝国的一名司法干部。

许自俊:嘉定人,70岁,聚会的时候,他刚刚参加完帝国的科举考试,是新科进士,正等待帝国的提拔任用。

叶奕苞:与顾炎武同样爱好金石考古。此时"博雅擅歌"。9年后的康熙十八年(1679),被推荐"博学鸿词科",也做过帝国的后备干部。

张鸿磐:南翔廪贡生,清朝初年,写过《请照旧永折疏》的报告,向新政府反映嘉定农民负担重,请求以钱折粮。这表明,他也有意与新政府对话沟通。

陆元辅:"烈士"黄淳耀的弟子,学识渊博,文章倜傥,诗词流逸,"嘉定六君子"之一。

苏渊:"烈士"黄淳耀最要好的朋友。

宋琬:顺治四年(1647)进士,授户部主事。大清建立仅3年,就积极为新政权服务。清初大诗人。

还有流浪诗人余怀(淡心)以及沈武音、赵山子、马万、孙致弥等。

对"烈士"后人来说,这批尊贵的客人,有前辈、有故交;有官吏、有文人。侯玄涵天真地把这次聚会,命名为"明月诗会"。明眼人一看便明白,这个"明月",表面上是说天上的那一轮圆月,抑或可以是东园别墅的"明月堂",实际上是想要大家回忆前朝那个"明"。

文士们来到"烈士"家里,怀念英雄、勉励后辈、畅叙友情。在说过了一番故国情思、为志士招魂、节哀保重之类的话之后,语重心长的,则是"正视现实,面向未来"之类的关照。

然而,一旦端起酒杯,几两小酒下肚,诗兴勃发,大家的心情便轻松了许多,什么故国、烈士、气节、忠魂也就忘记得干干净净了。

比如,大家在诗作中,都愿意把目光关注在"荷叶浜前路","小阁倚回塘,危桥客屐妨","水涨陂塘阔"这种吟山赋水、小桥小溪、花鸟虫鱼之类的句子,就跟"今天的天气……哈哈哈哈"的感觉差不多。

来看宋琬的一首:"老树清溪曲,柴扉乱竹间。家同曹社覆,园似楚弓还。"宋琬先生显然把重点放在了侯氏东园,也真难为了他,身为清帝国的京官,来到前朝"烈士"的家里,除了天气景致、园林布局,还能说些啥?

就连曾经写过悲愤《七歌》的余淡心,在 12 首诗作里,也只有"破巢留李燮,逝水问巫咸"一句有些感慨,剩下的,就只是"苹风生笛浦,花雨覆琴床"、"微风吹柳絮,正是晚春时"这样流连光景的句子了。

当然,也许大家认为,25 年了,别提啦!没必要再去勾起那些陈年往事,不要搞得悲情戚戚,免得瞳孔放大、血压升高。

对过去有点回忆、对故人有些怀念的,属陆元辅一首。这跟他是黄淳耀学生的身份有很大的关系:

> 城破荒园在,啼枝夜有乌。
> 血藏悲二父,玉碎痛诸孤。

乔木年年冷,桑田日日殊。

知君家国泪,暗洒向春芜。

　　"孤城百战后,兴废十年间。泪与铜仙下,人随木主还。"马万的
这一首诗,虽然也提到了"泪",但这显然是为了照顾主人的情绪,更
多的,还是后面的感慨和轻松:练祁河边的侯氏东园,物归原主。哈
哈,值得高兴。

　　值得一提的是,太仓的吴梅村也常常来嘉定。作为明朝旧臣、大
清新官的吴梅村,每次来,都要登门拜访侯"烈士"后代。梅村跟研
德,成了莫逆之交。但需要注意的是,吴梅村早在清顺治十年
(1653),就接受朝廷聘请,当上了国子监祭酒,做上了"国立北京大
学"的"校长"。虽然此举是有司再三"敦逼",梅村推辞再四,二亲流
涕相求的"不得已"之举,但他毕竟有过仕清的事实。对大明王朝的
从前和过去,对于侯、黄烈士,再多回忆和议论,对他来说,就等于"端
碗来吃肉,放下筷子骂娘",与身份不符。"苦竹编篱茅覆瓦,海田久
废重耕。相逢还说廿年兵,寒潮冲战骨,野火起空城。门户凋残宾客
在,凄凉诗酒侯生。西风又起不胜情,一篇《思旧赋》,故国与浮名。"
梅村不愧是诗词高手,写景写情,词意凄婉,感慨万端,这与他悔不该
应诏入都仕清,"误尽平生"的性格有关。

　　往事不堪回首,往事也无需回首。

　　岁月沧桑,流年似水。一切都在悄悄发生变化:大家发现,满族
大清这个异族新朝并不是传说中的洪水猛兽:天还是那片天,并没有
倒塌;地还是这块地,并没有洪水;庙也还是那座庙,该敬的神,依然
在那儿坐得端详;孔老夫子的学说、儒家的教义,同样还是经典;科举
取士的大门,依然敞开。

更令人惊讶的是,现在的皇上,那个叫爱新觉罗·玄烨的康熙帝,名字虽然有点拗口,但他居然对我大汉的经、史、子、集、诗、书、音、律都颇有研究,还下令整理编辑了《古今图书集成》、《康熙字典》、《佩文韵府》、《大清会典》。

清朝并没有强推那些蝌蚪一样的满文鸟语,南腔北调的乡音,仍旧流行于市肆。一切都照尊照旧。一句话,大家过去干嘛现在还干嘛。甚至,官吏的脸色,比从前好看;官府的衙门,比从前好进;税赋的负担,还有所减轻,"三饷"(辽饷、剿饷、练饷)都取消了。

侯玄涵显然也注意到大家情绪的微妙变化。于是,在后来编辑的《明月诗简》中,他花了很大的篇幅,写侯氏东园庭园别墅的际遇:"十七年来披荆剪茅,苟栖其身。瓶无粟也,园无丁矣;沼无鱼也,门无宾矣。荷花桂树,自荣自落,凌霄之木,或出下矣。尚何有于园乎。"

《明月诗简》是这次聚会后,侯玄涵在朋友资助下,把大家的诗作刊刻结集,在朋友间互相传抄的一本小册子,流布范围很小,所以,在后来的文字狱中,幸免于难。

王泰际(研存)老先生作为"烈士"的亲朋故交,在兵乱后回马陆老家,"闭户著书,足迹不入城市"。他选择了一条沉默之路。

而他的孙子王敬铭,39岁时,被南巡的康熙皇帝带到皇宫武英殿任纂修官,45岁被康熙钦点了状元。康熙多次说,王敬铭是第一个由我亲手教出来的状元。对嘉定王家来说,新帝国有大恩大德,当今圣上是再生父母。"这就难怪生在嘉定的王鸣盛,在他的著作《始存稿》中,对'乙酉之乱',根本就不着一个字。"(黄裳语)

一些人屁颠屁颠,笃笃悠悠北上做官,更多的人忙着复习迎考,为新帝国服务。统计显示,顺治、康熙两朝,仅嘉定县,就有17人考中进士,包括状元王敬铭,榜眼胡宏,这说明,帝国,并没有忌讳"嘉定"这两个敏感的字。

据称,1645年以后,嘉定侯姓多改姓杨或姓徐。侯姓相约:不应举入仕,不为清朝服务。或务农力耕,或设教卖画,或治撰史志,宁可一生布衣,也要保持忠烈本色!

但仅仅过了二十多年,也就是"明月诗会"的时候,侯岐曾的孙子侯大年,就在北京。他在北京干嘛?我们知道,他与大清帝国的户部主事、后来做过吏部郎中的诗人宋琬,关系甚密,是复习迎考、疏通关节?还是投靠在宋琬的门下幕僚,间接为帝国服务?我们不得而知。

黄淳耀那位被苏渊收养的儿子,后来有了名字:云程。他发奋学习,后为"副贡"(贡入国子监的生员为贡生。录取名额外列入备取的,为"副榜贡生",简称副贡),他想通了,要为帝国服务! 25年,正好一代人的时光,国恨家仇,便消融得无影无踪。

又过了106年,乾隆四十一年(1776),大清帝国追谥侯峒曾、黄淳耀为"忠节"。按今天的说法,是被官府正式批准命名为"烈士"。但帝国的意思很明显:要天下的布衣百姓学习嘉定侯、黄对朝廷的"忠",而非反抗的"烈"!

侯峒曾的儿子侯玄瀞,著有《智含诗文集》、《方外诗文》。侯岐曾的儿子侯玄涵,著有《格致录》、《掌亭集》、《玉台金镜录》、《燕喜楼日记》。

有意思的是,他们两人,在著作封面自己名字的前面,不约而同都是:〔明〕侯玄瀞撰,〔明〕侯玄涵(玄泓)撰的格式。

只有他们,固执地认为,自己是明季遗民,而非清朝主人。

再后来,在叶池,周佛海题写了"赍恨在清池,碧血寒漪溶一片;捐生完大节,忠臣孝子各千秋"的对联,周佛海褒扬了忠烈,但后来的事实大家都知道,他自己却成为一名大汉奸。

参考:黄裳《翠墨集》、《榆下杂说》

黄友斌,嘉定区作家协会会员。《嘉定报》原总编,热爱地方文史,陆续写作过一批各时期的嘉定文人。著有《古代嘉定名人》(上海文艺出版社),《练川词集》(上海辞书出版社)。主编出版《嘉定800》《嘤城故事》等书。

一幅珍贵的墨宝

谢天祥

书房墙上挂着一幅字,那是 1991 年金秋一百十岁的苏局仙先生馈赠我的,上面题写"菊仙祥和"四个大字,厚重饱满,翩翩欲仙,弥漫着祥和之气。30 多年来,一直陪伴着我,每每瞻仰,心怀敬意,总会勾起我对苏局老深深的思念。

苏局仙(1882—1991)是一位最长寿的晚清秀才,最年长的书法家,最高寿的诗翁,最高龄的上海文史馆馆员,令人敬仰。家父兰轩与苏局老是诗友。上世纪六十年代初,两人相识于豫园。那时,家父常去豫园湖心亭茶楼,在那里,他结交了许多文友,也幸遇苏局老,两人作诗相和,相知相慕。苏局老曾这样写道:"湖心亭为游客品茗之所,谢公兰轩与其吟侣暇辄畅谈,其间上下千古,滔滔不绝,麈毛有时为落。十年前,我曾一驻足矣,地甚幽雅,热闹中的清凉境也。赋贻谢公并证前踪。"惠诗四首,其一:"日在画图中,诗人意兴浓。高谈贯上下,卓识洞西东。湖水心同白,山花眼底红。回思前十载,我也寄游踪。"家父酬答苏老五律四首,其一:"惠我清新句,坡翁情意浓。寸心驰左右,一水隔西东。湖榭柳全绿,山庄花满红。梦魂飞林履,同忆旧时踪。"家父七十华诞,九十六岁的苏局老吟诗挥毫以表祝福:

"白下门庭古,吴江水自悠。文章双玉凤,烟渚一沙鸥。鼓吹新诗调,觥酬旧酒筹。好如君子竹,晚节更坚遒。"家父仰慕苏局老的学识和人品,称赞"先生年届期颐,好学不倦,吟诗千首,犹能作擘窠大字。"家父率成二律,其一:"东湖仙筑绝嚣尘,百岁遐龄杖履春。十亩桑麻真隐士,满园桃李尽文星。榴花时节宾朋集,盛世光阴老少亲。愿附苏门常作客,只怜才拙不如人。"苏局老回诗曰:"几经亲玉貌,未改旧春容。文彩风流客,幽闲清自躬。千秋绵世泽,双凤耀江东。企望知心友,箴言勖老翁。"从他俩的翰墨留香的吉光片羽中,能感受到彼此温馨可亲。

苏局老长期从教,桃李满天下。退休回乡后,把一生酷爱的诗词与书法作为精神寄托,砥志研思,精进不休,并且都获得了很高的荣誉。1979年,他的书法作品《兰亭序》荣获全国群众书法比赛一等奖。1985年,104岁的苏局仙被评为全国健康老人,称"上海市第一老人"。苏局老的长寿秘诀,一时间成为坊间美谈。早在1978年,家父就曾约上几位好友前往南汇牛桥村"东湖山庄"专访苏局老,聆听先生养生之道。家父记载,"戊午夏四月十一日,偕王退斋、薛平子、李天行、邬式唐、王公予、姚青云、范应昌诸公暨陈宝金、沈海凛二同志在苏局丈家中畅谈,薛、邬、王三公均八十有余,席间,并有海凛女弟子大唱革命歌曲"。那日,大家兴致盎然,气氛活跃。苏局老笑道:要说养生之道,其实我也没什么道,无非就是起居有时,饮食有节,晨早早起身,略事劳动,晚九时即卧,或日中略作午睡,每日读书作诗时间,亘七、八小时,且考据群典,寻章觅句。有诗云:"体力劳动日常亲,起居饮食皆有道。"家父感叹:"时有人叩马相伯先生养生之法,先生谓'余别无养生之法,惟自知不浪费精神耳'。又谓'年轻人须注意三点:一不浪费精神,二少吃东西,三早起早眠'。今苏老的养生之

95

道实含有相伯先生不浪费精神之至意,清心寡欲,淡泊自甘,今深得个中三昧俱长寿之征也。"

苏局老与家父情同兄弟,他对我们晚辈也十分关爱,在与家父的书信往来中多次提到过我们,其中有一句铭记深刻的励志之言:"贤郎继起振家声"。他勉励我们要崇尚品行,勤奋好学,不断追求。遗憾的是,以前我从未见过他老人家。

1991年金秋的一日,我在工地上遇到一位南汇籍造桥师傅,闲聊中得知他是苏局仙的同乡,他告诉我苏老已一百十岁,尚健在,就要五世同堂了。我听了曷胜欣慰,心想该尽快去拜谒。说来也巧,时隔一周,我正好要去南汇参加一个会议,机会难得。那天下午等闭会,我便急忙赶到南汇县政府,找到了时任县人事局局长的苏局老的孙子。苏局长十分热情,陪我一同前往周浦乡牛桥村。

已是夕阳西下,小村十分安静。在一幢老宅前,只见一位老人正在井边打水。苏局长叫了一声:"阿爸,有客人来了。"老人双手提着两桶水稳步走来,近看,老人肤色健康,面相慈祥,原来,他就是苏局老78岁的儿子(上海文史馆馆员、上海市书法家协会会员)苏健侯。健侯老连忙放下水桶,微笑着示意我跟他走。入屋,见苏局老正坐在书桌前,他刚病愈不久,身穿棉袄,目力已差。当他得知我是故友兰轩的儿子,缓缓起身,连声说"哦哦,好好"。他让我坐在他身旁,亲切地问我的工作和家庭情况,说起与我家父的一些往事,记忆清晰,如同昨日。席间,健侯老相陪一旁,还不时插话。不觉夜色降临,我欲告辞。苏局老缓缓站起身来,健侯老忙上前去搀扶。看到这一幕,我眼眶湿润了。

苏局老重情重义。多少年过去了,他仍然念着故友,对待故友的晚辈亲如慈父。这是一种慈悲,一种敦厚,一种谦逊,是祥和之道。

约莫过了一周，我收到一封寄自南汇的邮件，打开一看，竟然是苏局老的墨宝，"菊仙祥和"，寓意深长，这是老人家对晚辈的寄语，是美好祝愿。感佩之至，笔舌难宣。于是我忙给苏局老回了一封信，深表敬意与感谢。未料，不久，传来噩耗，"苏局仙在上海仙逝"。太突然了，回想这一个多月来的经历，冥冥之中，自有天意。手捧墨宝，悲喜交集，一缕墨香，萦绕心间。

次年金秋，我收到健侯老寄来的信件，内有他书写的一副对联："两代忘年交，一片友爱心。"寥寥数语，尺素情长。这是我和健侯老共同的心愿：父辈的友谊，要传承下去。

谢天祥，青浦区作家协会会员。在报纸杂志上发表多篇散文，出版桥梁专著《青浦古桥》《泖河秋泛图》，散文集《桥缘》，参与编著《上海的桥》。曾在上海市民"终身学习"征文活动中获一、二等奖。

父亲，我的太阳

季仙莲

我从不追星，只追太阳，因为太阳自带光芒，而我心中的太阳就是父亲！

尽管出生在贫穷落后的农村，成长在勒紧裤带干革命的六七十年代：每天上学前放鹅，放学后拔猪草挣学费，晚上在煤油灯下完成作业还要纳鞋底做布鞋；农忙时凌晨开早工、晚上开夜工，农闲时顶风冒雪挑沙石、修水库挣工分，因营养不良体质差，早上醒来双眼总是被眼屎糊住，只能慢慢用水化开……十几岁就尝尽了生活的艰辛，但回想少年往事，我依然觉得快乐和幸福，因为我的生命里有一个太阳一般始终散发着光和热的父亲。

父亲在解放初期就入了党，虽在政治运动中蒙受过不白之冤，却丝毫没有动摇自己的政治信仰。"四清"时，父亲被抄过家，由于家里实在翻不出值钱的东西，抄家者竟然把楼板给撬走了，以致我家那间房是整个大院十来户人家中唯一没有楼板的；"文化大革命"末期，父亲被别有用心的人贴大字报，被关在祠堂里隔离审查，遭诬陷受侮辱。尽管如此，父亲也从未在我们面前流露过对党和政府的任何不满情绪，他一辈子都以自己是一名共产党员为荣。

"文化大革命"时期,父亲是大队治保主任,而开批斗会是一项革命任务,但父亲天性善良,从不会恶意整人,即使不得已要批斗地富反坏右,也只是象征性地走个过场。我们村有个被遣返回乡的右派,一家五口都不会农活,挣不足工分,父亲总是想方设法照顾他们、保护他们,不仅帮助他们能按时分到口粮,还找各种理由帮助他们躲过批斗,成了他们一家最信赖的人。

　　父亲个小体瘦,在重体力活上没有优势,但脑子活络,不管学什么往往都无师自通。他是村里的第一位电工、第一位拖拉机手、第一位电灌站管理员、第一位碾米机手……村里的电器化、机械化就是从父亲手上起步的。

　　在我的记忆里,父亲是属于公家的:农忙时,开拖拉机耕田,几乎走遍全村 11 个生产队的水田,为抢农时起早贪黑;农闲时,开拖拉机跑运输,跑衢化买氨水,跑福建送鸡崽,跑临海运缸冰(农民用来积肥的粪缸中结在缸壁上的一层污垢,黄岩、临海一带的橘农四处采购缸冰,用来做橘树的肥料),为赶路早出晚归,对待乡亲,总是有求必应,哪家需要碾米磨面就去开机器加工,哪家电灯不亮就上门查线路,还有兄弟分家、婆媳不和、邻里矛盾、婚丧嫁娶……父亲似乎无所不能。

　　父亲还会干一些冒险出格的事。那是计划经济时期,国家为了保障粮食供给,不允许农民种经济作物,否则就会被割资本主义的尾巴,也不允许买进卖出,否则就会被当成投机倒把遭到严厉打击。父亲为了改善社员们的生活,曾与生产队长谋划种甘蔗。我们浙江农村过年前有自制冻米糖的习俗,其主要原料之一是红糖,所以公社允许生产队匀出一两块田地种青皮糖梗用来榨糖,我们生产队就会偷偷地在糖梗田中央种一点脆甜多汁的黑皮甘蔗。那糖梗长高了,像一片青纱帐,根本发现不了田中央的甘蔗,收割时直接埋在地里,等到过年时再挖出来分给社员。在那个物资极度匮乏的年代,过年时有甘蔗吃,也是令人羡慕的。父亲为了增加集体收入,曾与生产队长到温州贩过牛。当时耕牛属于重要的生产资料,各县都设有专门的牛市场,但永康牛市场上可交易的耕牛数量少,价格高且大多老弱病残,他们俩长途跋涉到200公里外的温州瑞安牛市场,以低价买回几头一两岁的小黄牛,养壮实后训练成耕牛,再牵到永康牛市场以较高价卖出去。诸如此类,搞一点副业创收,因此我们生产队的年终决算分红,每年都是我们村11个生产队中最高的,一个工(以一个成年男子劳动一天的底分10分为单位)的工值能达到三角六分左右,而最低的生产队只有七分钱。

父亲虽是个农民,却也是一个讲究的人,胡子刮得干干净净,衣服穿得整整齐齐,吃饭从来都是只吃七分饱。

父亲爱好文艺,且善于交际。20世纪70年代曾带头组织过大队俱乐部,实际上是一个婺剧团,父亲担任后台的铙钹手,保留剧目有《智取威虎山》《沙家浜》《红灯记》《杜鹃山》《白毛女》等革命样板戏。每逢春节,从年三十演到年初三,热闹非凡。

父亲见过世面,且能说会道。我家边上有口大池塘,那既是村民的鄂家雪要日常浣洗处,也是全村的信息交流中心。这里每天晚饭后都会聚集一大堆人,议国事、谈农耕、聊生活,而父亲常常会成为焦点,眉飞色舞,手舞足蹈,特别有感染力。

父亲善烹饪,但下厨房似乎是女人的事,只有两种情况例外:一是下雪天。那时候的天特别冷,屋檐上挂满冰凌,又没有可以御寒的衣服,大家只能躲在被窝里取暖。这个时候,一日三餐就由父亲全包了,他会做好饭菜,在床前倒放一张凳子,用四只凳脚架住那口煮好饭的大锅,然后给我们盛饭夹菜。那情形,现在回想起来,还是觉得很温馨。二是大年初一。父亲总是早早起床,按习俗为我们煮好长寿面,每碗面下卧两个白煮蛋,中晚餐则会整一大桌菜,有荤有素,让我们吃得心满意足,那舌尖上的享受足够回味一年。

遗憾的是,父亲生养了六个女儿还是没有等到儿子的降临,这在靠体力吃饭的农村,自然是矮人三分,好事者还编成歌谣嘲笑我们,但父亲对我们的爱从未因此减少一分一毫。我从小体弱多病,父亲对我更是怜爱有加,我是在父亲的夸奖声中长大的,父亲人前人后提起"我们家阿莲"时,那神采飞扬的样子至今历历在目,那是我自信的源泉。

在我的心目中,父亲既是一个光明磊落、顶天立地的汉子,也是一个聪明好学、多才多艺的才子,还是一个温柔有爱、乐于助人的男人。父亲,就是我生命中的太阳!因为父亲所给予的光和热,即使在人生的冬天,我也从未感到寒冷,即使在人生的黑夜,我也从未迷失过方向!

李仙莲,笔名幽草,松江区作家协会会员。一个爱写作的语文老师,在诗歌网、散文网以及报刊上发表作品。曾在上海市征文比赛中获奖。

你从未离开

陈　莉

　　近了,近了,更近了,我又看到那连绵的青山起伏,烟雾萦绕着山峰翠意不绝……还是小时候看到的那般模样,近到眼前,我仿佛被它温暖的环抱住,九峰山,亲爱的外婆,我来看你了。

　　还是很小的时候,随母亲来到这个听过许多遍,无数次想象中的小山村。它在宁波市郊外,一个叫做陈华浦的地方,那里住着外婆和母亲兄妹七人。后来母亲在二十岁的时候随大姨来到了上海安家落户。等我长到四五岁的样子,就听母亲念叨起家乡的点滴,说起我那可爱的外婆。外婆是宁波市区普通人家的女人,嫁给了日本留洋回来的外公。外公英年早逝,留下了外婆和年幼的七个子女,外婆一人拉扯着孩子们长大,过着拮据的生活。孩子们成人后,开始陆续离开家乡,他们有的去了北京,有的去了南京,母亲是到了上海。外婆依然守护着家乡的老房子。

　　那栋老屋我还是很有印象的,类似于四合院的模样,只是浓缩精小版。舅舅一家住在前屋,外婆一人住在后屋。屋里永远打扫得一尘不染井井有条,木质的地板和几样老式的家具,一台新潮的收音机和几盘上海滩布鲁斯舞曲的磁带,依稀显示着主人的些许不同。墙上挂着子女们成家后的全家福,空闲时外婆总会眯起眼,笑呵呵的看看照片,擦拭相框的玻璃。镜框里有我看到的外婆和外公留下来的唯一一张合影。外公戴金丝边眼镜,西服领带,一副知识分子的模样,外婆则烫着花式波浪,锦缎的旗袍,笑得很满足的样子。那时我就歪着头问她,外婆你也来过上海吗?外婆则露出自豪的神情来,来过来过,住好大的洋房,穿貂绒大衣,去百乐门跳舞,还有自家的轿车呢。以后听母亲讲,那时是外婆一生中最享福的日子。外公当时就职日资洋行做翻译,在上海的确过得舒心而惬意。所以我相信外婆是开过眼界见过世面的,这也许就是外婆和一般的农村妇女不同的地方。

七七事变后,怀抱爱国心有正义感的外公不愿再为日本人做事,于是外婆带着孩子们回到宁波老家。外公病逝后,家中少劳动力,儿女成群,外婆过起了更拮据艰难的日子。但每次和她聊起在上海的往事,她自豪懂经的那份优越感就会显露无遗。

外婆年龄大了,更希望在外的子女能回老家看看。但孩子们总是忙总是有各种理由难以动身。外婆还是一人住在旧屋里,每天打扫的干干净净,每天自己买菜做饭洗衣服。我随母亲去的日子不算最多,印象里一到乡下,外婆就乐得合不拢嘴,拿出早就为我们准备好的芋头干和地瓜片。从走廊里的那口大水缸,捞最糯最滑的年糕条,然后开始切青菜,煸肉干,下年糕给我们做中饭。母亲和外婆开始家长里短,年幼的我就和姐姐调皮的翻弄外婆的东西。那只雕花的被当做案头的箱子上,永远有一盒小孩们误以为是高级货的饼干盒,里面装着母亲和她的兄弟姐妹们寄回去的家书。据说每次外婆都会请村里识字的老人念读好几遍,又照着原样折好放回饼干盒。

到晚上,外婆又开始忙活着做酒酿圆子,那纯正的酒酿是外婆亲手酿制了个把月才成的。八十多岁的那会儿,她还能一口气吃下三大碗小圆子。乡下的被子一点也不潮湿,透着阳光充裕的香味,被子的横头新缝着松软的毛巾条,钻进被窝能让人很快就进入甜美的梦乡。母亲告诉我们,知道我们要回乡下,外婆会早早提前二个多月准备,住的吃的用的,她都拿平时积攒的最好的东西给我们用,然后一天天的数日子,计算着我们回去的天数。

外婆是长寿的,活到 93 高龄。在外婆诞辰 100 年的前夕,我做了一个梦,梦里的外婆安详可亲,她硬朗健在倔强依然。

陈莉,青浦区作家协会理事、青浦区舞蹈家协会会员、青浦区民间艺术家协会会员、青浦区文联委员。负责运营青浦区图书馆的青溪讲坛。

第三辑

人生奔跑

漫步在航运街

吴锦祥

　　这条街多少有点与众不同。但在旁人眼里也许就是一条普通的街——北外滩东大名路。仅仅2000多米长度,沿路和周边就麇集着4000多家航运及相关服务企业和功能性机构。漫步期间,你会处处感受到航运的元素,连商务楼里走出来的白领们交谈中都离不开航运的话题。脚底下有波涛的涌动,拂面而来的是太平洋的风。这里贯连大海,通向五大洲。

　　每天我从地铁站出来,沿着公平路就到东大名路了。过街时往往会有一个长长的红灯让路人等候,下班回家时往往也会在此处被红灯滞留。红灯的时长也反映了车流量和这条街的特殊性,更似乎在提醒路人不要太匆忙,歇一歇,感受一下这条街的风情和前世今生。

　　而每当我驻足等候红灯的那一时刻,内心总会涌起阵阵涟漪和波澜,有时是五味杂陈。因为我走在这条街前后整整五十年,可谓是这条街变迁的见证人。

　　站在东大名路的人行横道线,只见东西两边已建和在建的高楼比肩接踵,往西最显眼的无疑是"浦西第一高"——白玉兰广场高耸入云的花型大楼,往东最显眼的则是对外营业不久的北外滩来福士双塔大楼。位于提篮桥的远洋宾馆在周围摩天大楼的傲立下相形见绌,感觉特别低矮。

想当年远洋宾馆是上海第一批合资酒店,名为亚洲宾馆,颇有现代气息。记得那年落成后的首次招聘,宾馆门前排起了长龙,蜿蜒曲折,盛况空前。俊男靓女,热情高涨。我所供职的上海远洋运输公司是远洋宾馆的中方股东,企业的重要会议和活动经常会在这里举行。那时上海其他宾馆饭店都没有旋转餐厅,又面临浦江的独特位置,引来各方人士,包括上层领导的青睐,成为观摩、浏览的热门处所。

2000年,我母亲八十大寿,庆贺晚宴就安排在远洋宾馆顶层的旋宫。我要让母亲开开眼界。那天母亲特别高兴,她从没见识过偌大的圆形餐馆一小时会自转一圈,窗外浦江两岸360度尽收眼底,服务小姐也殷勤有加,令老人不胜感叹,颇为儿子的单位和儿子个人的出息而自豪。而我则在母亲的自豪中陶醉。

转眼二十年过去了,远洋宾馆当初的光华已不再,如今夹在新建的拔地而起、新颖别致、熠熠生辉的巍峨大楼间,不仅显得低矮和黯淡,在我眼里难免觉得不协调,甚至有些憋屈。但有时想,这就是发展的社会,成长中的上海,腾跃中的中国航运业呀!

从1972年我进入东大名路378号的中国远洋运输公司上海分公司起,半个世纪目睹了这条街上一点一点的变化。尤其是进入新世纪,上海按照国家建设上海国际航运中心的总体部署,着力开发北外滩,打造东大名路航运街,于是旧貌换新颜,奇迹在不知不觉中出现,以至我自己都往往要举头仰视,从内心里发出感慨。

漫步在东大名路,你常常会感觉到历史的纵深和厚度。这一带早年曾称为徐家滩,十九世纪中叶就有了简陋的码头,也是上海最早的港口发源地。由于航运的兴起,沿江就有了百老汇路和东百老汇路。百老汇路以酒吧为主,东百老汇路以五金店为主,分别服务于下船休闲的海员和船舶修理配件。至上世纪四十年代,百老汇路和东百老汇路分别易名大名路和东大名路。上世纪二十年代初,一批怀揣梦想的青年志士也是分别从这里搭乘轮船漂洋过海,去欧洲寻求救国图强之路,为改写中国历史奠定了基础。同时爱因斯坦、泰戈尔、萧伯纳、卓别林等世界名流也是从这里登陆上海及中国,从而有了彼此的交流和互动,为中国了解世界和世界了解中国发挥了巨大的作用。此后由于日本侵华战争和内战,航运和港口都遭受了极大的破坏。新中国建立之后才建起了上港三区、五区。与之相配套,也有了航运公司、上海国际海员俱乐部、海员医院等企业和机构。

东大名路378号小红楼建于1908年,是一栋缅甸式建筑。原址为英商耶松船厂,外墙红砖,顶部塔型绿瓦翘檐,造型别致,因历史悠久风格独特被称为"小红楼"而闻名沪上。建国后,民生轮船公司、港湾医院和北方区海运管理局先后在此入驻。1972年,中国远洋运输公司上海分公司从外滩中山东一路9号乔迁至此,从而书写了航运业浓墨重彩的一页。

与小红楼毗邻的是一栋浅灰色的西楼,为中远下属的航运服务机构。上世纪末拆除后在原址重建了远洋大厦,是上海最早的智能化大楼。落成不久,时任总书记江泽民专程视察,并为中远集团题词"开拓创新,艰苦奋斗,发展远洋运输事业"。

我在小红楼里断续工作过多年,经历了指挥海外接侨的惊心动魄、中国第一艘集装箱船扬帆启航、开辟中美航线的艰难和曲折、航运业重组的纵横捭阖……

1997年中国海运集团落户东大名路700号,在上海鸣笛启航,为航运街增光添彩,更为中国航运业高歌猛进铆足了劲。2016年,中远、中海两大航运央企重组整合——中远海运集团横空出世——世界最大的航运企业诞生在黄浦江畔,在世界航运界掀起了惊天波澜。东大名路700号成为新集团的总部,引领着中国航运界迈上了新的征程。

世纪之交,虹口区建立了东大名路航运街建设办公室和北外滩建设指挥部,航运街的建设就此掀开了新的篇章。路边的民居和商店陆续拆迁,代之而起的是现代化的酒店、商务楼和滨江绿化带,其中许多都不约而同地注入了航运的因子,别具特色。让人刮目相看的是"世界会客厅"和上海港邮轮城景区以及主建筑"一滴水"。后者景区内有彩虹桥、魔都矩阵户外拓展项目等,是黄浦江45公里滨江贯通后唯一一个沿江亲水景区,被评为国家4A级景区。时尚、品味、动感、浪漫,成为市民及外地客游览观光的热门打卡地。

记得数年前,我带几位媒体的朋友前去国际客运中心探访中日航线的客轮新鉴真轮。沿江边不觉走叉了道,无意中误入建设中的滨江大道,朋友惊讶于此处的亭台楼阁,草木葳蕤,曲径通幽,别具一格。那时多少带点神秘,此后不久这里就全部对市民开放了。

还有一次与一位海外来沪探亲的友人打的途经东大名路,他早年也曾在此工作过。当我向他介绍时,他扶着眼镜看了又看,简直不敢相信,连叫车子开慢些,嘴里禁不住啧啧称赞。

经过二十多年的持续推进和政策配套,航运街引来了世界航运界的八方来客,从而实现了从"老码头"到"航运一条街"再到"航运总部基地"的华丽转身。北外滩成为了中国大陆地区航运服务企业最集聚、航运总部特征最明显、航运要素最齐备、航运产业链最完善的区域之一。一条条新的航线连接"一带一路"从这里铺设和延伸,一个个新的记录在这里创造和刷新并向世人昭告。2022年上海港集装箱吞吐量4730万TEU，迭创新高，连续13年领先世界，傲立群雄。2021年和2022年，连续两年由交通运输部和上海市共同主办的北外滩国际航运论坛在世界会客厅隆重举行，引世界航运界瞩目。尤其是2021年首届北外滩国际航运论坛，习近平总书记发来贺信，高度评价航运业在国际贸易发展中的重要性以及发挥的作用。

如今的航运街尽管新建筑鳞次栉比，摩天大楼遥相呼应，但仍然保留了少数作为历史保护建筑的老建筑，如小红楼、高阳大楼等。途经那些老建筑，总会有一种沧桑感。诚如俄国作家果戈理所说的"建筑是世界的年鉴，当歌曲和传说已经缄默，它还依旧诉说"。

东大名路以海而生，向海而兴，是新中国航运业发展的缩影，也是中国改革开放的经典代表作。漫步在航运街，常常会有飘忽感，仿佛穿越时空，新旧叠加变幻，让人浮想联翩；也会有海涛拍击感，在内心溅起一朵朵浪花，让人反省，给人动力，催人奋进。

吴锦祥，高级政工师，上海市作家协会会员、中国远洋海运作协上海分会主席、浦东新区杂文学会副会长。著有杂文、散文专辑2本。

烟波浩渺淀山湖

唐　泉

靠山吃山,靠水吃水。仁者乐山,智者乐水。

淀山湖是山与水最完美的结合。淀山湖因置身淀山而得名。聪明的你一定会问我:淀山在哪?

申城因春申君而成就,地处长江三角洲冲积平原入海处,鲜见滴翠峰峦。

一座古老的寺院报国寺,沪上名刹玉佛寺下院,千百年来护佑着方圆百余里数万子民的休养生息。在报国寺连接三一八国道的交叉处,矗立着一块书有繁体"澱山"字样的磐石。

"淀"字本身的意思为浅浅的湖,淀山湖平均水深确实只有两米,如果这样理解,不把人带入"白马非马"的坑才怪呢。

笔者童年生活在丘陵地带,经常站在高高的山冈上遥看远方依约隐现的黛色山影,大人们总是悠悠地说:那才是真正意义的山。

读初中需要步行十几里山路到公社所在地,读高中更是要翻过那一座座黛色山影,县城才有高中,当年的镇政府叫人民公社,公社所在地才有一条沙土铺就的单车道公路通往外面的世界,每天早晚各有一趟客车往返公社与县城之间。当年的我,每每独自走在寞索的山道上,并未想出"宇宙的尽头"之类的词汇来加以形容。却拼命幻想着有朝一日能够逃离这些大大小小的山,走向外面的世界……

淀山甚至比不上我们家任何一座小土丘,却能给如此规模巨大的湖泊命名,曾经的淀山湖规模是现在的十几倍大,尽管两岸有那么多好听的地名,譬如商榻,千灯……

2002 年 5 月,踌躇满志的我因工作原因,来到了烟波浩渺的淀山湖畔。紧张的工作,让我无暇认真审视这片日后盘桓了十余年,耗费了最美年华的所在。

直到多年以后离开了这里,才在回首往事时,于百度上看到这样一段关于淀山的描述:"真山真水方显江南水乡之特色。山名淀山,海拔 12.8 米,周围 600 多米被绿树植被覆盖,山虽不高,名气极大,为浙西天目余脉,历史上曾有'九峰之祖'的说法。此山为始,如登山望湖,有'淀峰晚照'的天然美景可赏。"

沿岸古镇朱家角隔湖与江苏昆山遥相呼应,解放前淀山湖畔都属于江苏省管辖。现在的昆山市,却有着一座用淀山湖命名的小镇——淀山湖镇。淀山湖的北面现属于江苏昆山,按照山南水北的说法,昆山一面属于阳,上海这边属于阴。改革开放后昆山的迅猛发展,或多或少应该得益于申城的"阴"功。

翻开厚重历史之烟尘往事,淀山湖地区在抗战时期曾活跃着一支红色武装——共产党领导下的丁锡山、汤锦延游击队。他们经常利用淀山湖水网密布的复杂环境与日、伪军及国民党反动派进行艰苦卓绝的武装斗争,曾让方圆数百里的敌人闻风丧胆。抗战胜利后,以蒋介石为首的国民党反动派为了抢夺革命胜利果实,对共产党领导的八路军、新四军以及游击队进行了疯狂围剿。时任国民党青浦县第二区(设立在朱家角镇上)区长、号称淀山湖一霸的蔡用之,联合了国民党铁道警备旅、苏州青年军二二师各一部，还调动了江苏省保安团和昆山、嘉定、松江、吴县等县的保安团等反动势力，对丁、汤游击队进行包围伏击。激战两昼夜，淀山湖游击队终因寡不敌众大部分被俘或牺牲。1949年2月，正处于扶摇直上、炙手可热的蔡用之，预感到国民党反动政府的末日即将来临，几经周折找到了共产党地下组织领导人。在我党代表晓以利害后，毅然决定弃暗投明，重回人民的怀抱。在上海即将解放前夕，蔡用之深感当年围剿丁、汤游击队罪孽深重，在伪昆山县县长沈霞飞的劝说下，准备逃去台湾。蔡用之临上飞机时，忽然又犹豫了，因为舍不下妻子儿女，最终，蔡用之还是选择折回了即将解放的朱家角。患得患失的投诚人员蔡用之，在1950年镇压反革命运动中的公审大会上因罪恶巨大被镇压。1982年11月9日，上海市中级人民法院发出了（82）沪中刑申字第490号刑事判决书，在32年后，历史给蔡用之一案画上了公正的句号。

淀山湖连通着青浦西乡数十条水系，淀山边上就是拦路港，顾名思义，大桥修通之前的出行被这座淀山严重阻碍了。

2002年，台湾著名建筑大师李祖原先生"用世界语言说文化中国"的理念，用DNA生命设计书的推理确定了淀山湖畔古镇朱家角的功能定位。在建新、拆旧的同时，改建、修缮了不少老宅、古屋。舒宅、阿婆茶楼等一批古屋、老宅在"修旧如旧"原则指导下，保留着原有的风貌和独有的韵味。

淀山湖作为黄浦江上源水源地，为了加强周边环境保护，沿湖建筑一律退让500米以上，还建设了绿荫如盖的环湖大道，吸引游人如织，美不胜收。

淀山湖岸基纵深千米延续着众多低矮的人工景观山林，淀山湖大道蜿蜒其中，路侧芳草鲜美，落英缤纷。景观初具规模之后，各具特色的建筑镶嵌在如茵绿植其中,结庐如斯,夫复何求!

当年,农民和渔民是严格区分的,农民的女儿嫁到渔民家,拌嘴的时候会以"网船上的人"作为语言"攻击"。

为了出行方便,当地村民几乎家家都有一条小木船作为交通工具,即使妇孺,摇船穿越十里八乡都不在话下。

渔船曾经是渔民的家和生产资料。在改革开放春风吹拂和社会主义现代化建设的进程中,很长时间了,它们都不再出发,而是静静地停泊在往日的港湾,任由湖水的荡涤,宛如一道定格的风景线,成为了游人或依或靠的拍照背景。

报国寺香火旺盛,暮鼓晨钟、诵经之声不绝于耳。渡引着善男信女如流从善。报国寺浮屠庄严而肃穆,七级便是功德无量。淀山或许只是露出湖泊的一块高地。报国寺的建成应该早于淀山湖的命名,不然怎么不被称为"淀山寺"呢。

近年来,随着民族企业华为总部落户在淀山湖畔,作为第四次工业革命的排头兵,定会在美丽的淀山湖谱写更加华美的篇章。

报国寺的香火旺盛,我佛之仁恩泽无限,仁者乐山,终于醍醐灌顶。

写于 2024 年 3 月 19 日

唐泉,安徽芜湖人,上海南陵商会文联主席、上海市普陀区作家协会会员。中共党员,安徽省南陵县 10、11 届政协委员。

115

今夜月光如练

顾亚华

一

网上说,今年农历三月十六夜晚十一时,天空将出现一轮又大又圆又难得一见的超级月亮,竟不免怦然心动。谁知离好戏登台只剩两天,网上的预报变了脸,说此日夜晚阴有阵雨。有雨必有云,有云难见月,多少天的期待就这样泡汤了。

不过仔细想来,风雨雷电,时而交错,不正是我们这个地球之所以如此美丽的缘由吗?俗话说"春雨贵如油",杜甫的《春夜喜雨》说得更好,"好雨知时节,当春乃发生。随风潜入夜,润物细无声……"这一场又将为江南地区带来一片生机的春雨,比起一次看不看无关紧要的"奇特天象",究竟哪个更重要呢?

我是乘着中国特色社会主义的五彩祥云,住进这得天独厚的十层高楼的。每每打开窗户,倚窗远眺,仿佛伸手可以采摘云朵,便不由赞叹自己这个出生在抗战初期的穷人儿子福运不浅。看吧,只要我愿意,窗外时时刻刻都有风景等着我。尤其是右侧那条犹如架在半空中的罗山路,两旁的万盏灯火,总会在日落时分如约而至。一眼望去，一条亮彻高架上下通道的灯火长龙由北向南延伸，其状态蔚为壮观。据说就目前而言，这是浦东地区最长的一条灯龙。随着去年这个时候，直达上海自贸区临港片区的罗山路南段工程开工，估计要不了等到今年底，一轴上百公里长的罗山路巨幅画卷，将尽情展示浦东从上世纪改革开放以来城市交通建设的辉煌业绩。虽然，这万灯巨龙以后或许不再是新鲜的风景，但有位醒哲说过，任何新奇的事物，不可能永远保鲜，但欣赏者若能换一种思绪，换一种情操去凝视，眼前的景色也将会百看不厌。例如故乡、例如名著、例如心仪的爱人、例如父母留下的那两张布满皱纹的老照片。

正当我面对罗山路思绪纵缰的时刻，忽然感到今夜的夜色有些不太平常。眼前数百亩至今因种种原因而尚未开发的动迁废墟和零星土地，往日的此刻，总是薄暮冥冥，灰蒙蒙地无法分辨，还是因为蛙鸣声的此起彼伏，以及野鸭子冷不丁发出的几声啼叫，才会让人感到这儿还有一片旷野。但今日此刻，竟然能看清楚这旷野中的绿树田禾，以及里边几条小河里时而被惊飞的夜鹭。

这不是月光吗？可月亮在哪里呢？就在这短促的迟疑中，只见左前方十几间柜式工房中的一间忽然间柜门开启，随后走出一对40岁左右的民工夫妻，男的干练健壮，穿一套蓝格子夹层睡衣；女的体态窈窕，穿一袭腰带松扎的大红睡袍。看样子，是两人刚洗完澡后走出柜房爽爽身子的。此刻，只见那红袍女子一手指着头顶上的天空，一手推搡着身边男人一个劲的叫喊，"快看，快看，十五的月亮，好亮好亮啊！"这一喊也突然提醒了我，便一拍窗台自语："对啊，今夜不是农历辛丑年三月十五吗？"我顺着女子手指的方向搜去，一轮又大又亮的明月，仿佛就停泊在我头顶上，正尽情泼撒着比通常更柔和、更皎洁的银光。看来嫦娥仙子一定是在为明天的超级演出组织一次彩排呢！哦，真感谢这对夫妻，要不是他们的提醒，要不是他们生活在随时可以仰观宇宙、呼吸天脉的"柜式工房"里，今晚这场彩排一定会与我失之交臂。

二

还是去年这个时候，就在我居室窗下那条早就规划修筑，但迟迟不能启动的小区南环大街，终于盼来公告开工了。一支十几人的工程队民工师傅，便相继陆续进场，一一住进了工程指挥部为他们准备好的个性化柜式工房。这对民工夫妻来得晚，而且还很特别，他们从浙江北部一个山村出发到达上海，便直接去了一家"柜式工房租赁公司"，以月租费 500 元的代价，租了一间外观漂亮、内设考究别致的移动式"鸳鸯房"，然后由这家公司的送货大卡连同他们俩一起，将这出租工房运送来到工地。由于一时找不到停放的安置点，这车便悄悄地停靠在我的身边，一位红衣女子从车窗里探出身子向我问路。就这样，我与这对民工夫妻有了一面之缘。有了这次相遇，之后便相识相熟。这一年多来，他们几乎在我的眼皮底下，勤快地劳作施工、默默奉献，那种一丝不苟对待工程质量的严谨作风，深深地感动着我，也一天天拉近着我与他们之间的距离。每每打开南窗正巧看到他们时，会向他们扬一扬手，说声"大家好"。他们呢，也会投桃报李，客气地招呼我。

提起这"柜式工房"，笔者从他们那里曾经听到过这样一个故事，其中竟包含着我国路桥建设工人的过人智慧和工地民工宿舍的伟大创新。那是上世纪末，眼前这位男子的父母，也是像他们这样造桥筑路的他们家第一代民工夫妻，因为工地上没有人性化的民工宿舍，便到离工地不远处一家"集卡修理厂",以 100 元人民币买下了那只被报废的箱柜。然后利用自己的聪明才智,敲敲打打改装成了"房车"一样个性化的民工宿舍。就这样一个开头,竟引发了一场划时代的"工地宿舍改革",并渐渐蔓延全国,最后风靡全球。根据网上信息,我国目前起码有 20 多家具有一定规模生产这种被称为"移动别墅"的公司,除了满足国内市场需求,每年出口到境外的营业收入可达数百亿美元。

记不起哪位智者说过,"高手在民间,一项伟大的创意,往往始发于民众之中。"毛主席他老人家也曾经指出:"只有人民,才是创造世界历史的动力。"但在一开始有些不以为然的人看来,这样的所谓创新,既不是高精尖产品,又是以民工师傅自身利益为动力,其"光色"终究有些黯淡。但笔者认为,这样的看法显然失之偏颇。正是这种以人性化需求为目的的创造,结束了之前建筑工地上几十位民工师傅蜗居在同一间狭窄逼仄的工棚里,以致换一条内裤都要钻进被窝里的历史,将自己的工余生活推上了充分享受"私密化"、人性化的高质量台阶,因而可以称得上是一种伟大的"行业革命"。这种柜房可以随时接受家属的探亲和亲友的来访,结束了以往牛郎织女式的探亲必须等到大年夜的传统习惯。这样的创新难道还不值得庆贺吗?

三

月亮是多情的,尤其像今夜这样的超级月亮。要不,当年欧阳修不会留下"月上柳梢头,人约黄昏后"这样脍炙人口的诗句。月光是催情剂,据说男男女女在月光下谈情说爱,女孩子不再怕羞、不再矜持,成功率会事半功倍。

我再次品味起眼前的月光来。便记起了清代诗人罗泽南的咏月诗《竹枝词》来，"皓月凌空照绿波，广寒宫里舞嫦娥。凭谁扫却蟾蜍影，天下清光应更多。"我看到今夜的清澈月光，一定是有人把月宫给扫了一遍，使月亮中原本那团深深的黑影淡了许多，因而也使这罗山路两旁的灯下黑也变得亮堂起来。哦，我明白了！即便是天上神仙住的宫阙，也不能忘了打扫啊！

　　又一阵爽面的东南风吹来，还夹带着一阵阵甜糯悦耳的女中音歌声。还是那位红袍女子，在便携式录音盒带的伴奏下，正唱响着那首在神州大地广泛流传的颂歌："我和我的祖国／一刻也不能分割／无论我走到哪里／都流出一首赞歌……"哦，一位40多岁的民工女子，嗓音还像关牧村、毛阿敏那样甜美，在这深夜的寂静中，在这超级亮的月光下，这声音显得格外动情，声声都是这位红袍女子的自然流露。一阵阵声浪涌向远方，也推开了其余柜房的柜门，把柜房内的其他男女民工吸引了出来，一个个围在她的周围。于是，清亮的独唱慢慢变成了合唱："我歌唱每一座高山／我歌唱每一条河／袅袅炊烟／小小村落／路上一道辙。"

　　哦，20年了，据说从结婚的那天起，这位红袍女子就学着婆婆的榜样，发誓当一名筑路女工，要与身边这男人夫唱妇随、游走天涯。她说："泥木工匠不是你们男人的专利，我不懂可以学，不会做技术活，可以做普工活！"于是，她与丈夫一起走南闯北，形影不离。

　　这对民工夫妻或许并不关心特朗普的下台、拜登的上台。甚至也不需要那些只会说，不会做的人给他们上一堂提神补脑的思想教育课，鼓励他们为建设社会主义大厦添砖加瓦。还用多说吗？对于他们，"添砖加瓦"已经不是文人们用来比兴赋的成语，而是每天必须要干的力气活儿，是藉此吃饭的生机。他们日升而作，日落而息，遵守的是天宇时钟,担心的是明天会不会下大雨,致使他们白白耽误一个工日。他们把自己看作手中的一块砖,一片瓦,一旦砌在那里,就要整整齐齐、安安稳稳地定格在那里,让人们放心地踩着它,走向美好幸福的未来。

歌声还在继续,反反复复的尾声,把他们热爱祖国的热情推向高亢,推向极致:"我最亲爱的祖国/你是大海永不干涸/永远给我碧浪清波/心中的歌。"这是一群普普通通的劳动者的歌声,这歌声宛如一群白鸽响着鸽哨嗡嗡地盘旋在旷野上空,传递着新时代中国的民工师傅们真真切切、直直白白的爱国情怀。他们在告诉全世界,他们正努力地劳动着,他们正快乐地生活着。

歌声停了,一片掌声,自己鼓励自己。民工夫妻,手挽着手,神清气爽地走进了柜房,其他的民工师傅们也各自走进自己私密的领地。今夜月亮无眠,但他们不能无眠。他们还需要休养生息,消除疲劳,抑或还需要一次与生俱来的情感释放。

哦,此时此刻,我已经不再企望看到那颗"超级月亮",那不过是一闪而过的天象而已,它能超越这些大国工匠从内心奔放出来的自然朴实、洁白素雅的鲜活情操吗? 回答是肯定的:不能!

顾亚华,上海市作家协会会员、浦东新区作家协会影视(戏剧)专委会顾问。著有多部散文集、戏剧集并曾获得多类奖项。

红萝卜和十个肉馒头

可　燃

我读过莫言写的《透明的红萝卜》,那文章中的黑孩,拔了生产队田里的红萝卜,队长把黑孩的新褂子、新鞋子、大裤头子全剥下来,团成一堆,扔到墙角上,说:"回家告诉你爹,让他来给你拿衣裳。滚吧!"黑孩转身走了,起初他还好像害羞似的用手捂住小鸡儿,走了几步就松开了手。老头子看着这个一丝不挂的男孩,抽抽搭搭地哭起来。

我小时候有过像黑孩一样事情,去隔壁生产队拔过红萝卜,被生产队长打过,回去被妈妈斥骂过。

那是六十年代初,父亲1957年已经被抓去劳动改造,我们全家妈妈、姐姐、我,以及一个丧偶的外婆,从上海城区被赶到了罗店农村,我八岁,刚上一年级。

人民公社把农民家里的锅灶都拆了,把铁锅拿去大炼钢铁,生产队成立了大食堂,家家去食堂吃大锅饭了。宅上农家的墙上写着许多标语:"放开肚皮吃饱饭,鼓足干劲搞生产!","电灯、电话、楼上楼下,跑步进入共产主义!"……等等口号。最后,大锅饭把粮食都吃没了,大跃进跨进了大饥荒。生产队食堂解散了,家家户户只能重砌炉灶,又独立开火烧饭。

计划经济时代,农民是不能随便种植农作物的,必须按照公社指示种庄稼。我所在生产队是蔬菜区,菜农不管刮风下雨,每天必须要下田去收割蔬菜,运往收购站交售,再有收购站运送到菜场卖给城镇居民。而菜农的粮食要到粮店去买。粮食供应分为城镇居民户口和农村农民户口,居民户口可以供应大米,农民户口供应籼米,居民可以买面粉,农民只能买糎粉(半粒米为糎)。

为了填饱肚皮,我家米里放点菜皮叶子烧为菜饭,糎粉和水放点盐为米糊汤,一锅子米糊汤你勺一碗,我勺一碗,最后把舌头伸出来,把粘在碗上的米糊舔得干干净净。过后一场尿,肚子又空落落的。长期的吃不饱,营养不良,人人都希望能吃上一顿饱饭。

我就读的罗店镇中心小学操场外面即是严家宅生产队种植的红萝卜田。我们有几十个同学上学必经这一块红萝卜田。

有一天,同学们发现田里这片绿茵茵的红萝卜都长大成熟了,同学们欣喜若狂,大家都不约而同地闯到田里,拉着叶子使劲拔出了红萝卜,红萝卜从泥里拔出来带着深褐色的泥土,大家在身上的衣服上擦掉泥土,狼吞虎咽地吃着红萝卜,吃饱了,孩子们即撤。一连几天,严家宅的红萝卜田是同学们必去的地方。孩子们几天的光顾,把靠田埂的一垄红萝卜全拔光了,少了绿叶只留出光秃秃黑乎乎的一垄田地了。生产队长巡视田块时发现了这"杰作",他下决心要捉住这些偷红萝卜的"贼骨头"。

严家宅生产队长当过兵,平时工作很认真,待人很严肃,也很凶悍。年青时被国民党拉壮丁,解放战争时被解放军"俘虏"后,投诚参加了解放军,朝鲜战争时转为志愿军,虽然身经百战,腿上也负过伤,立了许多功,但由于当过国民党兵的历史原因,战争一结束就复员到农村了,当了生产队长这小官。因为平时为人凶悍,人们在背后叫他"俘虏兵"。

中午,社员们都回去吃饭了,"俘虏兵"尽心尽责地蹲在萝卜田的一坟墓后面,静候"贼骨头"的光顾。

我们这批孩子中午上学,观看田里四周没人,即去"作案"了,五、六个孩子,闯进萝卜田里,每人拔了二、三个拔腿就走,我想拔个大一点的,往田里多走了几步,拔了二个刚想走,背后被人一把抓住,侧头一看是"俘虏兵",此时"俘虏兵"几天来的对"贼骨头"的憎恨,全发泄到我身上,他对着我就是一顿拳打脚踢,几个孩子见势不妙,丢下红萝卜飞一样的逃脱了。

一顿打骂后,我被打得哇哇大哭,"俘虏兵"拎起我,又重重地放下,手指着我脸:"不许哭!下次还来吗?"

我被吓得止住了哭声,哽咽着回答:"不来了!"

"下次再来!我把你脚也敲断!""俘虏兵"凶狠地对我大声嚷道。

一个八岁的孩子,那经得起身材高大魁梧的大人惊吓,我看着跑得飞快远去的伙伴,一边哽咽一边求饶回答:"下次不来了!下次不来了!""俘虏兵"看着我这毛小囡,也搞不出啥名堂,他松了手,我才一溜烟地逃脱了。

回到家里,妈妈看到我鼻青眼肿,一身的泥土熊样,一个劲地问我怎么回事?因我知道做了坏事,吞吞吐吐讲出了和伙伴们一起偷萝卜的经过。妈妈听后,对我一顿责骂,问:"为什么你要去偷萝卜。"

"肚皮饿。"我虎着脸,低着头,很不愿意地回答。

"偷人家东西是不好的行为,从小养成偷东西习惯,大了要受法律制裁,被警察捉去,要坐监牢的懂吗?"妈妈大声训斥着我。接着母亲又讲了许多做人要诚实的道理,我默默地听着,也不住地点头。

妈妈对我偷萝卜的行为作了训斥和教育,但我被"俘虏兵"打的一事她也非常心疼。

那时物资非常紧张,即使商店有食品,光有钱是肯定买不到食品的,必须要粮票,再加饼票,饼干票,就餐券等等票证。但是黑市上还是有高级食品,所谓高级食品,就是比日常计划供应的价格高出十倍,如鸡蛋5分一个,高级蛋要5角,肉7角一斤,高级肉要7元、8元一斤,那时一个农民劳动一天所得工分,到年终分配才2角、3角钱,工人一月30元是高工资了。所以这高级食品大家只能望而却步。

60年代上海二十四层国际饭店是全国最高、最奢侈的饭店,只有国家高级干部和外国洋人光顾。走过南京路的国际饭店,也只能仰望这全国之最的建筑。

红萝卜事件后几天,妈妈携着我走进了国际饭店。妈妈对我说:"今天姆妈买肉馒头你吃,让你吃到饱为止。"她从口袋里掏出了5元钱,买了10只肉馒头,在大堂里找了空闲座位坐下。

我看着穿着白色工作服服务员端出来的肉馒头,热气腾腾,只只饱满,我是垂涎欲滴,欣喜若狂。我从来没见到过这么漂亮和诱人的白馒头,拿起了一只先给妈妈吃,妈妈看着我讲:"姆妈不吃,今朝是买给你吃的,姆妈不饿。"我见妈妈不要吃,即转手就往自己的嘴里塞,一口咬下去,肉汁水即淌出来,这是啥味道,我现在已经记不得了,肯定是很好吃!我以前肯定从未吃到过这么好吃的肉馒头。

一会儿十个肉馒头都被我吞下了肚,我站起来拿着手绢边擦嘴巴边笑着讲:"馒头好吃!"可是妈妈一个也没有吃。事后我知道这五元钱是妈妈节蓄了好几个月的存款。

在以后的日子里,妈妈总是让我先吃饱,妈妈清晨起床烧的粥,第一碗从锅底捞起的厚粥让给我吃,她吃薄粥。在这三年困难时期,我确实是在妈妈呵护下长大的。

改革开放以后,我事业有成,有了自己的企业。我即把妈妈接到了身边,和我们居住在一起。妈妈60岁的时候,胆石症开刀后又得了败血症,医院几次发病危通知,让我准备后事!我即把支票押给了医院,并吩咐医生全力抢救,我对医生说:"妈妈只有一个!"通过白衣天使不分昼夜的抢救,终于转危为安,妈妈终于逃过了一劫,并多活了32年,后来妈妈以92岁的高龄仙逝。

时至今日我还很后悔,那时为啥没有硬塞给妈妈吃馒头呢?现在妈妈去天上了,讲一千个、一万个后悔,也没有用了,只怪当时我年少无知不懂事,懂事已是当事人。

现在每年妈妈的忌日、清明、冬至,我摆上的祭品,不知她能否吃到?

可怜天下父母心,我"偷"了红萝卜,妈妈买了高级馒头让我吃。六十多年过去了,母亲的爱让我至今自责和后悔不已。

王平华,笔名可燃,上海人,中国报告文学学会会员,上海市作家协会会员。务过农、做过工、下过海、经过商、从过政,现任上海龙云体育用品有限公司总经理。业余时间写作,发表于市、区各家媒体。出版小说《黄梅天》、散文《生活的脚印》。

路灯忆旧

夏　云

对于早出晚归的我们来说,那守卫在马路边的路灯有些被我们冷落了,从来感觉不到夜晚路灯带给我们的这份平和安详。如果有一天它不亮了,我们才知道我们已经习惯在路灯的呵护下行走。树老根多,人老话多。我也是两鬓见白,很忧伤地怀念想起小时候弄堂里默默无闻的路灯。

那时,空调二个字也没听说过,住在弄堂里的上海人家,连电风扇好像也不曾见过,石库门的夜晚,弄堂里是夏天乘凉最好的去处,家家户户石库门洞开,男女老少全部在路灯下乘凉休闲。小孩子们则在路灯下写作业做功课,大人们摇着蒲扇享受,嗑家常,张家长李家短的,也有些花边新闻。

黄昏,要启用家里唯一的家用电器——电灯,也要请示妈妈。人在弄堂里,家里的电灯就自然关掉,尽管这盏灯的功率总是很小。好在弄堂的路灯从窗棂的格子里照进来,昏暗的房间里仍隐约可以借到路灯的光线,这时我不得不用无私来形容弄堂的路灯了,这盏灯彻夜长明,成了我们的床头灯,却不需要交电费,当然这是妈妈的想法,孩子们哪里会这么持家。

由电费联想到妈妈总是太过节省甚至有些苛刻。早上吃泡饭，大小四口，妈妈给的钱只能让我买回二根油条，回家后妈妈把油条一根拉成二根，仍然是每人一根。我们仨小孩总是很听话，虽然知道根数不变，体量却是缩水一半，看到妈妈总是留下她的一份让我们小孩再分享，就无话可说了。小时候看着妈妈如此艰难，也想着为妈妈分担些，于是，我暗暗地想了一个办法。那天抄电表的叔叔来，我就自告奋勇说，我会看数字，于是我利索地爬到写字台上，正好够着电表上的数字，我把看到的数字记在心里并暗暗减去10，然后让叔叔写在本子上。妈妈操心的脸上露出难得的笑容说，我们借了路灯的光，电表也转得慢了。下次抄表我记着要减去20，以此类推。冬天到了，叔叔来抄表，抄出来的数字让妈妈吓一跳，一个晚上在床上疑惑又叹息，电费怎么这么多！"小孩读书不好，阿拉伯数字总认得吧。"妈妈还在嘴里絮叨。我知道我又做了坏事。但绝不敢坦白，心里怕怕的，会乖上一整天。直到今天，谁家还借路灯的光线为家里照明？

妈妈或许就是那盏路灯，年岁也长了，电瓶电量不足。好东西也吃不动了，路也走不动了，我们去看她成了她的奢望。于是，我不由自主地拉开窗帘，看见母亲的光辉仍孤独地守护在窗外。

夏云，1960年生，上海市作协会员，宝山区作协会员。顾村诗社成员。诗歌发表在《绿风》《上海诗人》《扬子江诗刊》《大河诗刊》《散文诗世界》等期刊。有个人诗集、散文集。

桂花雨下"美人靠"

姚美芳

深秋的江南,天气渐凉,微风徐徐,翻动起梧桐树金黄色的落叶。小区长长短短的林荫道上,已是桂花盛开,芳香四溢。"亭亭岩下桂,岁晚独芬芳,叶密千层绿,花开万点黄。"人间花木,在属于它们自己的季节里,各舒其韵,给单调平庸的生活,平添几分幽情。

错落有致的枝叶,疏疏密密交织掩映,遮住了仍有些火气的阳光,使整个小区显得凉爽宜人。桂花树下,远远近近,安排着许多木制的靠背长椅,被风雅人士称作为"美人靠"。人们走久了,走累了,便可以随处坐下,歇歇脚,积积力。特别是那些上了年纪,步履蹒跚的老年人,更是感谢小区居委干部的用心良苦。

总是到了这个时候,流转的光阴,纷纭的往事,会在眼前不断幻化。母亲端坐在桂花雨下的"美人靠"上,她那终日无语,也无笑容,孤独无助的模样,像周作人笔下的"祖母",默片似的留存在我的脑际。是那么清晰,那么生动,便在我心海深处,泛起阵阵酸楚……

由于父亲的突然离世,母亲很快地仓促老去,一场大病过后,母亲便丧失了基本生活的自理能力。这些年头,每到丹桂飘香的季节,母亲便是一袭红衣,由女儿牵着手,在小区的林荫道上,走走看看,接接地气,不紧不慢地散步。走累了,便在长椅子上坐一坐,靠一靠,让桂花的芳香沁入心脾,也算是一种放松,一种小小的陶醉。从小种花的母亲,还能识得金桂、银桂、丹桂的不同品种,辨清它们的特征、共性与差异。小小米粒,看似无情,却是有意。淡雅的小花,因为能给病中之人带来慰藉与快乐,也就绽放成了一道顾盼悠悠的风景。

相依为命的母女俩,常常这般如此。有时,女儿要去菜场买些菜肴,也总是不忍心把母亲一个人留在"美人靠"上。正左右为难之际,母亲便会幽幽地说:"快去快回,我闻闻花香,坐在这里等你。"女儿便三步并作两步,去了菜场,买些母亲爱吃的菜肴回来,远远看见一袭红衣的母亲,斜坐在长椅上,向迎面走来的邻居询问:"看见我女儿了吗?我坐在这里等她。"年迈而可怜的母亲,犹如幼儿园里的稚童,望眼欲穿地盼望迟到的家长前来认领。每当这时,女儿便会感到心痛到了极点,便赶忙飞奔过去,半跪半蹲在母亲身边,握住了她那双凉凉的小手,母亲依然端坐在桂花树下的"美人靠"上,如一尊玉雕石刻的圣母,不言不语,脸上无有笑容,只是发梢间,洒落了不少米粒般的桂花,幽幽地香……

想起儿时,在江南一个粉墙黛瓦的小村庄,也曾有过一帘似曾相识的风景。母亲手牵一个羊角辫的小姑娘,走在斜阳西下的乡间小道上。沿途有蛙鸣,有炊烟,有牛背上吹着短笛的牧童……水清清,云淡淡,桂花的芳香,弥漫了整个典雅的小村庄……

此刻想来,女儿是多么愿意半跪半蹲,永远俯首于这幅圣母图前,尽一份为人子的孝心啊。可是,母亲已经不在了,她,永远地走了。以后的岁月里,再走过那一排排桂花树下,走过桂花树下那一张张"美人靠"旁,女儿就再也无法从容自若。"我,坐在这里等你。"迷迷糊糊的一刻,似乎听见母亲还在如此这般地说。

我总是恍惚地认为,母亲会守着她的诺言等我。坐在桂花雨下的"美人靠"上,不言不语地等我,一直等到我渐渐老去。然而,母亲真的不在了,并且是永远地不在了。这,已经是一个无法更改的事实了。我终于弄明白了这一点,却是只能目送不能追。非是母亲失约,而是我们终究敌不过岁月的无情,无常的残酷。人世间的生老病死,任是对谁也不讲情面的。

又是萧瑟秋风的季节,又是桂花飘香的日子。只是,母亲已经不在了。桂花,被称作金秋的使者。苍翠的叶,米粒般的朵,素雅的香,坚挺的骨,在苍白惆怅的无依岁月里,慰我孤独寂寥。一树桂花,开谢了,明年还会重来。但是,人呢?最是孝亲不能等,只因子欲养,而亲不待——有那么多的曾经,来不及回忆;那么多的明天,来不及谱写。而今,回不去纯情的昨天,留不住故去的亲人……

姚美芳,中学语文高级职称,上海市作家协会、浦东新区作家协会会员。著有长篇小说《等待》、诗歌散文集《永远的回眸》。

炽烈的西班牙之火

赵建人

西班牙旅游回来,请允许我不要再说血脉偾张的斗牛,不要再说热烈沸腾的弗拉门戈舞,也不要再啰嗦巴塞罗那的高迪和他的那座似乎永远不会完工的圣家族大教堂。因为这些东西讲的人已经太多太多了。

自古圣贤皆寂寞,唯有游者畅其怀。游走在这个地中海边热辣奔放国度的几天里,耳边不时会回旋起一首乐曲,它就是夏布里埃(1841—1894)的《西班牙狂想曲》。时至今日,我大概仍然无法相信,夏布里埃这位老兄,竟然鬼使神差会是个地地道道的法国人。在我眼光里,能写出如此红红火火的一首曲子,能把西班牙人狂放热烈的歌姿舞态,用精妙绝伦的音乐语言描绘刻画出来的人,无论如何总得有几分伊比利亚半岛上的勇敢豪侠之气吧。谓予不信,那就请听:1957年5月某日,伦敦金斯韦大厅,乐池灯光渐亮。只见指挥大师阿根塔先生,面对训练有素经验丰富的伦敦交响乐团,刹那之间,他手里的那支魔力无穷的细细棍子疾速地舞动起来。就仿佛是哪一位从天而降的神奇魔术师,无端弄来一大堆浇满汽油的干柴,又是谁竟然在这众目睽睽之下,用他那极富魅力的音乐灵感,迅速点燃了星星之火。于是,顷刻之间在我们的面前,就"腾"地一下子燃起了一大片一大片的熊熊烈火,火苗旺旺的红红的滚烫滚烫的四处乱窜。呼呼的烈风中,我们仿佛看见一群群身穿节日盛装的西班牙姑娘和小伙子,伴着一种热辣辣的舞步节奏,发狂似的唱着叫着吼着跳着,辛辣芬芳的酒气到处氤氲飘散,间或,还嗅得到古巴雪茄的烟味,这些癫狂的舞者不停地扭动着他们的永远不知疲倦的腰肢,他们的皮鞋磕地的声音简直震得我们耳朵根子生疼……

以上,就是我品赏夏布里埃《西班牙狂想曲》时的真实感受。

那么,就在如此躁热奔放的背景音乐里,我们先去马德里,瞻仰西班牙文学大师塞万提斯的塑像。一说起要看塞万提斯,我立刻兴奋万分,因为这联系着我童年时的一段非常快乐的时光。终于来到西班牙广场,塞万提斯纪念塑像果然典雅精致大气漂亮,其背景是巍然耸立的西班牙大厦,塑像前面是一个极其敞亮的喷水池,水花晶莹四射,池水泱泱澄澈。整座雕塑整洁肃穆,纯白花岗岩雕砌而成。塞万提斯高高地端坐正中,好似整个世界都在对着他"高山仰止,景行行止"!我仔细端详,他的眉宇之间却露出深深的无法解脱的忧郁愁苦。此时此刻,这位举世闻名的文学大师低垂双目,默默无言望着前面两位自己笔下的人物:一个骑马,一个骑驴,骑马者瘦骨嶙峋,身材高俊却已然苍老,手执一杆长得出奇的铁矛;骑驴者面容微胖,憨厚朴实,相貌平庸。无疑,这就是堂·吉诃德和他的仆人桑丘的青铜塑像。塑像色泽深棕近黑,发出幽暗的金属光泽,在整座白色的标志性城市建筑之中显得如此鲜明醒目。

记得是在我十三四岁的时候,正是中国文化荒芜,无书可读,知识反动的荒诞年代。忽然有一天,我在石库门弄堂的一个角落里捡到一本破书,封面和前面几页早已不知去向,最后的封底和之前的十几页也缺失了。尽管如此，我还是津津有味地读了起来。这本书里的人物和故事真是太有趣了，看到精彩之处，我独自一人禁不住哈哈大笑！书里的那个"戆大"，他竟然把旋转的风车当作敌人，真的会挥起手中的长矛冲上去和它英勇搏斗。结果摔下来，跌得鼻青眼肿，伤痕累累，长矛也断成了三截。后来，这本有趣的破书在我周围的小伙伴之间传阅，大家都读得开心极了，笑声不断。有位读高中的大哥哥告诉大家，这本书叫《堂·吉诃德》，是西班牙作家塞万提斯写的。

关于塞万提斯的悲苦生平，以及他的代表作《堂·吉诃德》在欧洲文学史上首创性的重要地位，就无须我啰嗦了，大家可以去查查"百度"。甚而至之，如今有西方学者从它的故事里竟然还引申出人类哲学中一个普遍的带根本性的问题：如何平衡处理理想和现实之间的巨大矛盾？真叫人啼笑皆非！

来萨拉戈萨游览。这是西班牙第五大城市，阿拉贡自治区和萨拉戈萨省的首府，它坐落于伊比利亚半岛东北部，拥有两千多年的历史。在流水清清的埃布罗河边，艳阳下远远的就看到了皮拉尔圣母基督大教堂。这座宏伟瑰丽的大教堂的另一边，就是萨市的中心广场，广场跟着教堂取名，就叫皮拉尔广场了。教堂外墙全部采用深米黄色的砂岩板材砌筑，屋顶中间是个巨大的圆形穹顶，周围其他穹顶就显得略微矮小，覆盖着蓝、黄、白三种颜色混合镶嵌的筒瓦，如此巧妙的配色，于巴洛克式主体风格里，彰显出浓郁斑斓的伊斯兰风采。朝前走近了些，抬起头认真数了数，它竟然有大小不等共11座穹顶。教堂四角，还竖立着四座高耸入云的钟楼。大教堂可以免费进入参观，但内部不许拍照。有个二维码，你扫一下，游客需要照片可以从网站里获取。上世纪三十年代，西班牙内战时，有三枚炸弹落下来，穿破了教堂屋顶。幸运的是，炸弹都没有爆炸。真要衷心感谢圣母玛利亚的神奇保佑了！如今,其中两枚炸弹还挂在墙上,向人们述说这段充满热血和牺牲的历史。步入教堂,你会被这里的富丽堂皇和虔诚肃穆所惊呆。神圣辉煌,洁白庄严的氛围中,供奉着皮拉尔圣母,人们都真诚地尊称她为"柱子圣母",梵蒂冈天主教教宗若望·保禄二世还赞誉她为"西班牙人民的母亲"。相传当年耶稣十二使徒之一的圣雅各历经千辛万苦,传教来到萨拉戈萨。公元40年1月2日,他竟然在一根柱子上见到圣母玛利亚显灵了！圣母谆谆嘱咐圣雅各,要他把基督的光明传播给西班牙。据称这还是圣母升天之前唯一的一次显灵。目前的这座教堂兴建于1681年到1872年,由一座主殿、两条走廊和两座小礼拜堂组成,相当的恢弘宽敞壮观。在里面兜兜转转,寻寻觅觅,足音橐橐,真的看到了当年圣母显灵过的那根柱子！室内装饰着不少西班牙浪漫主义绘画大师戈雅的作品。尤其应该好好欣赏一下的,是这里的天顶画,异常精美,其艺术水准绝对不输于梵蒂冈的西斯廷天顶画。这是戈雅的巅峰之作。这方面,戈雅和米开朗琪罗应该是有得一拼的。

走出教堂,来到皮拉尔广场。广场正中竖立着戈雅的青铜塑像,画家手执画笔,表情沉郁严肃,站立在高高的白色大理石基座上,底下是暗红色的地坪,周围还点缀着几件戈雅创作的雕塑作品。弗朗西斯科·戈雅(1746—1828)是西班牙国宝级的著名画家,类似意大利的达·芬奇。他出生在萨拉戈萨市郊农村,父亲是个贫苦的祭坛镀金工匠。他在这里度过了童年和青少年时期,并且开始学习绘画。他禀赋出众,当上宫廷画师后,画风华丽却并不远离现实,不刻意美化封建贵族。在他真实细腻的笔触下,依然能清晰地看出贵族们"金玉其外,败絮其中"的本质。

1808年,拿破仑军队入侵西班牙,给人民带来灾难和死亡。腐朽懦弱的王室竟不战而降。5 月 2 日,不愿做亡国奴的西班牙人民发动了马德里起义,反抗侵略。1814 年,戈雅创作了油画《1808 年 5 月 2 日》,揭露侵略者对西班牙人民的蹂躏,真实记录西班牙人民可歌可泣的斗争场面。画家以自己的画笔作为武器,以缤纷的颜料作为弹药,他让这次英勇的起义在画布上永垂不朽。

当时的宗教裁判所禁止裸体画,戈雅特意画了一幅《裸体的玛哈》,反抗封建意识。画作完成后,社会一片哗然。他又机智地画了一幅几乎相同的《着衣的玛哈》作为掩护,而将《裸体的玛哈》深藏起来。关于这两幅不朽名作的故事,如今可是众说纷纭十分热闹。人家姑妄言之,我们就姑妄听之吧。

戈雅的名画大部分都珍藏于马德里的普拉多博物馆。两天前我们津津有味地欣赏过。这是一个和我们的北京故宫、巴黎卢浮宫、伦敦大英博物馆、圣彼得堡冬宫等等相类似的艺术珍品荟萃之所。

夏布里埃的《西班牙狂想曲》选自 DECCA 公司出品的唱片:Espana。里面有不少作曲名家描写西班牙的乐曲;而且,这张唱片的音质奇佳,录音效果特别好,音乐的立体感很强,模拟味道浓浓的。

赵建人,中国远洋海运作协会员。现为《视听前线》杂志主笔。爱好音乐和文学,发表各类文学作品 100 多万字。多次获上海市"振兴中华读书征文"一等奖及先进个人称号。

扎根心中的映山红

王树军

我喜爱养花,阳台上的花木小天地里,经常是绿意葱茏,群芳争艳。但有一种花却一直未能请回家中,而只能常在心中念叨,那就是春天山野里竞相盛开的映山红。

那是一种多么美丽可爱的山花哟!在部队时,我们雷达站常年驻守在川西南海拔三千多米的大凉山巅,空气稀薄,环境艰苦,方圆数十里荒无人烟。整日陪伴我们的除了云遮雾绕,便是那漫山遍野倔强生长着的映山红。每年春夏之交,营地四周的山坡上,举目望去,到处都是一簇簇、一片片怒放着的花丛。火红色的、淡蓝色的、雪青色的、还有洁白无瑕的,开得那样奔放自如,那样绚丽多姿,真让人心醉。战友们都特别喜爱映山红,每逢花开时,几乎每个房间里,都能看到瓶插的刚刚采来的鲜花。我那时尚不懂养花之道,只在心里想,为何在这穷山野岭中竟会开出如此美妙的花来?

后来我听说,映山红就是彝语里的索玛花,是周边彝族乡亲人见人爱的迎客花,蕴涵着欢迎和祝福的深意。1935 年春夏,毛主席率领中央红军长征时,曾取道凉山彝民区北上。"索玛花儿一朵朵,红军从咱家乡过,红军走的是革命路,革命的花儿开在咱心窝",大型舞蹈史诗《东方红》中那首脍炙人口的歌曲"情深谊长",唱的就是当年红军战士与彝族同胞的鱼水深情。在我们驻守的凉山彝族自治州首府西昌境内,有一处掩映在绿树和索玛花丛中名为彝海的湖泊,据说长征途中,时任中央红军总参谋长的刘伯承与彝族首领小叶丹就是在这里举行"彝海结盟"的。汉彝同胞的兄弟情和军民团结的手足情一直被人们传为佳话。时至今日,仍常有人来此瞻仰,舀上几杯清澈的湖水,遥想当年那幕颇具传奇色彩的盛景。听着"情深谊长"的悦耳歌声,讲着索玛花开的动人故事,使我对眼前的映山红油然而生一份敬意!

不久,电影《闪闪的红星》又把江西革命老区灿若云霞的成片映山红呈现在我们面前。苏区人民依依惜别北上抗日的红军后,在血与火的艰难日子里,依旧英勇顽强地坚持与敌斗争,将岭上盛开的映山红喻为红军队伍的胜利归来。"夜半三更哟盼天明,寒冬腊月哟盼春风,若要盼得红军来,岭上开遍映山红",深情委婉的歌声,寄托着对亲人红军的无限思念。感人至深的故事使我印象中的映山红再添一层心心相印、不屈不挠、渴望胜利的深刻含意!

回到地方后,我常常忆起军营四周终日相伴的映山红,心想若能在家中摆上几盆那该多好,无奈野生映山红属国家"三有"保护植物,未经林业部门许可不可私自随意挖掘,一直未能如愿。听一位朋友说过,他费了好多功夫,才托人带来一棵映山红树苗,特地用了杜鹃花最喜欢的肥沃山泥,挑选出最理想的泥盆,并在盆底埋下基肥,精心栽培和养护。没曾想"有心栽花花不发",没过几天,先前还是红艳艳的花朵便开始凋零了。接着枝叶也渐渐枯黄……我想,这大概是映山红的个性吧!她并不贪恋暖房温室的优厚条件,也不愿置身于浅盆薄土之中,而是执著地,心甘情愿地将根须深扎在养育自己的那片土地上。花木尚且有此傲骨，何况我们这些炎黄子孙？于是我常以此花的品行自勉。

春回大地，又到映山红盛开的季节了。近日，我和几位战友正在筹划前往浙西，看望一位已八十高龄的老首长。他说这回要带我们去他家乡，看看那里的青山绿水和满山满坡的映山红。想到不久后的欢聚，想到又能见到如诗如画、念念不忘的映山红，我的心又醉了。

映山红啊，你虽未落脚在我的"小天地"里，但已深深扎根在我心中！

王树军，中国远洋海运作协会员，退休前供职于中海油运党委工作部。长期从事文字宣传工作，做过企业报副刊编辑。后期参与编纂志书。

川沙,一座明城堡

潘建龙

长江奔腾,东海扬波。

在时间的长河里,在一粒粒沙子的积聚中,堆积出一片大地,它的名字叫浦东;在先人前赴后继的劳作奋斗中,建造起一座明代城堡,它的名字叫川沙。

击败海上入侵者

四百余年前,一场抗击海上入侵者的战争在浦东打响。连年征战,广大百姓深受其苦。仅从嘉靖三十一年到三十四年有文字记载的倭寇骚扰就超过 20 多次。川沙、南汇、六团、新场、高桥等地到处留下了倭寇的罪行,到处成为埋葬敌人的坟墓。翻开厚重的历史,一段段血写的事实在字里行间流淌,一个个英雄的故事至今传说——

倭寇在中国海盗王直的引领下,乘着数百首战船,在清浦(今高桥以北一带地区)登陆抢劫,然后沿海路向南进发,攻破南汇千户所。

倭寇渡过黄浦江,攻入上海镇,杀死镇海卫指挥武尚文。焚烧县镇,县镇半成废墟。浦东二百余里地满目疮痍,死者盈路。

倭寇又掠上海西部地区。首任海防佥事董邦政率兵追击,直至小湾(今唐镇东部)。不久,贼首萧显自金山沿水路至上海天妃宫前抢劫粮船。指挥黎鹏举、镇抚胡贤奋力迎击。战斗中鹏受伤,贤战死。都司韩玺闻知与萧贼战于四墩(今南汇区黄路),并联合监生梁家东斩敌首八十余级。

倭船七艘,冲入吴淞江,直逼上海城东门(1553年十月筑城)。倭寇围城十八日不能攻破。兵备任环统领民兵三百和少林寺僧八十八人来援。倭寇见状逃窜,追至蔡路、合庆一带交战。

川沙之寇,攻南汇所。董邦政率兵捣毁川沙洼倭巢,杀寇500余人。乔镗又追击倭寇于六团湾。败寇收拾残部,不敢轻出。

四百多年前的那场歼倭之战,对于许多川沙人来说已经十分遥远和陌生。我们没有给战死的英雄或者死于屠刀下的人民垒造凭吊的纪念碑,然而,今日当我们登上川沙城墙,定然不会忘记这段血色的历史。

大丈夫乔镗

在剿灭来犯倭寇的大大小小数十余次战斗中,涌现出了不少本土的杀倭英雄。川沙六团地区有个叫乔镗的太学生,面对倭寇侵犯,挺身而出,慷慨激昂:"大丈夫当殉知遇,赴缓急,功在社稷,利及桑梓,乃不虚生天壤间,负此七尺躯!"乔镗招募乡勇,教战于民,成为一支打击海上来犯倭寇的有生力量。

每一次与倭寇的战斗,乔镗都经过周密的部署,"出与寇战,无不一人当百,斩获无数"。嘉靖三十四年年初,川沙之寇袭击南汇城,佥事董邦政乘空虚之际捣毁了倭寇在川沙的巢穴,杀死500余人。残敌在六团湾被乔镗阻击斩杀几尽。8月，柘林出海之寇被俞大猷、董邦政、卢镗打得落花流水。余寇700多人窜至川沙。乔镗率领300名士兵及南跄巡司弓兵70人伏击于川沙东南老护塘旁的潘家桥。这时嘉定县丞张潮率部赶来，从后面夹击倭寇。经过激战，700余寇几乎全歼，仅有5人渡河越塘逃生。

嘉靖三十六年(1557)倭寇被赶出沿海，民众稍稍安宁。为长治久安计，乔镗、王潭向朝廷上书谓："……惟柘林、川沙二堡，去海为近，又洼水积深，易于泊舟，贼得日出其支，掳掠吾民，既饱，辄扬去，莫敢谁何？后至勤六军杀贼不下数十举，贼无以大创而徒肝脑吾民。为今日计，莫若早建城……故川沙、柘林两城，于今为亟，否则盗贼蔓延，声援不及，既非体势所宜，又他日杀敌之费，当不减于两城，而民已毙矣。"明廷听取乔、王两人建议同意建城。

在松江海防同知罗拱辰及上海知县牛镜等支持下，乔镗召集川沙父老乡亲，自嘉靖三十六年九月起筑城，至当年十一月即告完工，速度之快，令人莫不惊讶。新修的川沙城周长四里，高二丈八尺，基址宽三丈有余。设东、南、西、北四座城门，东门名镇海，南门称迎瑞，西门是太平，北门为拱极。东、西、南、北城门各架吊桥向外连接。城周壕沟(护城河)宽12丈，深1.5丈。城墙上建月城4座，雉楼372垛，炮台12座。城内先后设置守堡千户公署、百户所、军器库、把总司署、抚按行台、演武场、城隍庙、社学、下沙二三场、盐课司、南跄三林巡检司等。《仰德祠碑记》云："城成，而倭舶东西行海中者，不敢复措意。"江南吴中四大才子之一文徵明撰《新建五城记》："昔也朝夕悄悄，不能自保，今则帖然也……恃以无恐矣。"浦东三林秦荣光竹枝词云："嘉靖倭来自海东，经过村镇劫灰中。浦东久踞为巢穴，堡筑川沙贼始穷。"

乡人感激乔镗御倭建城之功,在川沙城西门处建造仰德祠以志纪念。道光年间,川沙同知何士祁重加修缮并撰《重建仰德祠碑记》,表达了世代川沙人民对乔镗的敬仰之情:

> 睇高城之嵯峨兮,畴筑之御倭。
> 历太平之蕃庶兮,错廛舍以星罗。
> 俯濠水之澄波兮,隄屹障而徙鲸鼍。
> 溉良田以万顷兮,宜木棉兮宜稻禾。
> 城之巢巢倚公之力,海之不溢氓食公泽。
> 公之灵兮在天,飒下降兮有几筵。
> 有子从公兮两旃,福我惠我兮屡丰年。

心中之城

2022年8月初的一天,东方渐白,川沙城还未完全醒来。在这特殊的日子,我再登上川沙城墙。

风流总被雨打风吹去。当年周长4里的城墙仅存东南处50余米。屈指细算,离第一次见到它已经过去41年。

1981年6月的第一天,我从张江带领学生赴川沙城厢小学(观澜小学)参加庆祝六一活动。不意间,在校园东南角发现一段城墙,极是惊讶。不由自主伸手向上,却不能至顶。城墙是一个男孩的梦。秦始皇、孟姜女,苍苍茫茫金戈铁马,引无数英雄竞折腰都是少年时代的憧憬。眼中的川沙城墙固然没有万里长城的浩荡雄风,但是它实实在在地满足了我久久渴望的童心。试想初成之时,新城耸然于海疆,御敌于国门之外;皓月当空,戍楼刁斗,旌旗猎猎,狗吠虫鸣,兵勇游弋,应是何等壮美。

1992 年 10 月,我游览北国,第一次登上万里长城,遥望南天不由感慨:长城是农耕文明的产物,是抵御铁骑长矛的防线,是中华各族称霸中原的见证。与长城不同,川沙之城一开始就是保家卫国、抵御从海上入侵的中国最早的海防工事之一。面对无垠大海,接天巨浪,傲居泱泱大国之尊,习惯于金戈铁马思维的封建统治者,在一次次来自海上的入侵中,终于痛苦地开始清醒:金戈铁马时代已经终结,威胁主要来自海洋,只有坚船利炮才能保全疆土、立世界民族之林。

今天,海浪早已远离东去,听不到一丝浸润咸味的海风低吟。多么美好而古老的小城!然而,我们能高枕无忧吗?

当年中日淞沪战役的炮声震撼城墙脚下。国难当前,川沙人民万众一心,众志成城,夹道送行二十二位青年奔赴淞沪前线。打败侵略者,不做亡国奴,送行人群中有父母乡亲、兄弟姐妹,但是没有一声哭别的抽泣。淞沪之战失利,川沙子弟兵随部队参加南京保卫战。1937 年 12 月 12 日,南京失守。半夜时分,部队被迫撤至下关。此时长江阻隔,弹如雨点,二十二人跳入江中,最后二十一死,仅一人生还。

流连川沙城垣,默立岳碑亭前,祭奠英雄丹心,感叹民族苦难。1942 年 9 月 25 日中秋夜,在金华城西白龙桥,中国军队一部被绝对优势敌人所包围,突出重围已经毫无希望。为了不被日军俘获,一位青年军官毅然举枪成仁。这位青年生于浦东川沙,大名张在森,是年十九,任炮兵排长。黄炎培撰《国殇张在森君传》:"金华白龙桥之战,我尚死一副营长,士兵伤亡不及百,而敌死少佐大队长一,上尉一,中尉一,士兵三百以上。君之死,以不肯被俘受辱,苦战至最后一分钟,引枪自杀于秋宵皓月之下。"

拾级下城墙,胸臆似波涛。川沙城墙,不仅仅只是砖与石所垒成,更是这块土地上人民百折不挠之精神、血肉之躯所凝固的化身!

突然想到,在有多少浦东人远赴万里长城,崇拜秦皇汉武一代天骄的丰功伟业的今天,浦东人同样应该通过登临近在咫尺的川沙城墙,凭吊我们本土的英雄,铭记民族曾经的苦难!

潘建龙,浦东新区作家协会会员。长期从事浦东文史资料的挖掘整理编纂工作。著有散文集《遥望钟楼》《浦东史话三百题》等。

一盆金银花

王德章

我家阳台上养育的一盆金银花,几经风浪,几经岁月,几经剪插,依然春意盎然、生机勃勃。这对于我来说是金不换、银不换、宝贵无价并具有特别纪念意义的一盆花卉。

那是在 1980 年春天,我随天津远洋栖霞山轮从祖国上海驶往法国马赛的中途,挂靠西班牙的海外属地加纳利群岛的拉斯帕尔马斯港。这是我第二次来到拉斯帕尔马斯港。第一次来此那是在 1973 年秋天,我第一次担任天津远洋金沙轮报务员,只为加油加水上伙食,在此临时停靠一个下午和一个夜晚,第二天一早续航,开往法国马赛。来也匆匆、走也匆匆,对该港当地的印象不深,只觉得在远隔西班牙的非洲西北海岸,有一座属于西班牙的大西洋中的一个美丽海岛:四面环海,天青青,水蓝蓝;山清水秀、植被丰茂;空气清新大氧吧、菜蔬新鲜又便宜。

加那利群岛在西班牙的海外属地疆域上是一个独特的存在。她是哥伦布发现美洲新大陆前,抵达的最后一块土地;她是曾被喜欢旅游的人们一度认为是被上帝与阳光偏爱的大西洋上的群岛,它四季如春,景色旖旎:一半是火山,一半是海洋。如果说火山是她的起源,那么海洋就是她的灵魂。她是著名作家三毛生活过的地方。数千万年前,一场火山爆发形成了一个主岛和六座小岛,共同构成了加那利七星岛,三毛曾把那七岛形容为"大西洋里的七颗钻石"。

按有关规定,在抵港之前的 48 小时,我轮电台就有顾船长拟就的"ETA/EstimatedTimeArrival",通过巴塞罗那海岸电台转发给拉斯帕尔玛斯港的船舶代理公司。船代梁先生是一名华侨(中国广东梅州),还是一个文艺青年。他与我核算好船舶报费之后,热忱地介绍说,加那利群岛在西班牙疆域上,是一个独特的存在。它是哥伦布发现美洲新大陆前,抵达的最后一块土地。他问我:你知道三毛么?

我答:我知道一些,三毛是我们中国当代著名作家,浙江定海人,她的第一部散文集《撒哈拉的故事》,讲述她和荷西婚后,夫妻二人在沙漠的生活经历;之前先后发表《哭泣的骆驼》《稻草人手记》《温柔的夜》等……我都拜读过的。梁先生介绍说:三毛就定居在这里。只不过她现在外出云游了,有没有兴趣去看一看她的旧居外貌呢? 我说,好啊,求之不得呢。于是,我叫上二副刘亮、大台服务员律志魁,凑满三人,请假下地。梁先生驾车直奔泰尔德(Telde)小城邻近的三毛旧居 CalleLopedeVega, 3, 35214PlayadelHombre, LasPalmas, Spain。三毛与荷西夫妻双双在此度过了最快乐、最惬意、最幸福的日子。尽管房子的主人外出了,铁将军把门。虽略有遗憾,但能在门口走一走、看一看,我心亦已满足。

三毛居住的那扇白门、那片红瓦,还有那一株挺拔高耸的相思树,尤其是相思树如同三毛的如椽大笔仿佛在告诉我:"我们现在的家,坐落在一个斜斜山坡的顶上。厨房的后窗仿佛是一幅画框,微风吹拂着美丽的山谷,落日在海水上缓缓转红,远方低低的天边,第一颗星总像是大海里升上来的,更奇怪的是,墙下的金银花,一定要开始黄昏了才发出淡淡的沁香来。"我看到矮墙根处的金银花,花儿虽没有玫瑰的艳丽,也没有玫瑰的丰韵,更没有玫瑰的高雅,但是一朵朵、一瓣瓣、一簇簇都是那样的淡雅、幽静,赏心悦目。花儿散发那种淡淡的清香,比玫瑰花的浓郁更令人深入心脾、沉醉神往。我晓得,自然界一草一生命、一花一世界。花开不是为了凋谢,而是为了结果,其结果也不是意味着生命的终结,而是彰显着繁衍重生。

我不禁默默地说:三毛老师您好,多好的金银花啊!看到您的金银花,就等于拜访了您!纪念,请送我一枝吧。我满怀着崇敬小心翼翼地掐下一段十几厘米长的枝条带回船上,插栽在一只花盆里。春季和秋季都随时可以扦插,插到盆土里浇一点水就行,关键是特简单易养护、好打理,它的生命力极其顽强,扦插即活,耐寒耐热,一盆能养很长很长的时间,远比扦插绣球花、月季花的长根速度要快,爬藤速度也特别快。金银花的花儿有两种颜色:一是金黄色、二是淡红色的,一般是在春季开花,花儿又多又芳香。

三毛就是这样的一株金银花!

花开不同赏,花落不同悲;若问乡愁情,唯在正芳菲。

王德章,中国远洋海运作协会员,中国远洋海运(天津)有限公司退休报务员。钟爱散文,时有习作发表。

柿子黄了

朱春荣

一阵酒桌喧闹之后，大伙在粼粼波光中，枕着浪的嘈杂和游鱼的沉静，渐渐地睡去，可我今夜却无法入眠，思乡的忧愁在浪涛间游行，仿佛是远方无数的猩红在海面跳跃，又像是夜神的眼眸被渔火燃亮。此刻悄悄地开了门，看海面清辉一片，从舷窗爬进满屋如水月光，恰似母亲的温柔。我倚门，忽而泪水盈盈。

总以为反复思乡的心情，在即将到来的中秋月圆之夜不再飘起，可蓦然与如盘的月色相遇，却让我思绪万千，思乡的情愁如春潮般泛起。我那遥不可及的家，定然于这清冷皎洁的银盘下睁着不醉的双眼，凝视远方召唤那个正作远航漂泊的游子。而此时，明月当空，我孤影自怜，满身寒战，本想闭眼睡，可一合眼乡思又自个爬上睫毛，我只能隔着舷窗对着月儿痴痴。

每年入秋后，尤其在农历八月十五中秋节前后，全家人总会放下手头的活抽空相聚围坐，笑吟吟地对酌，数说这一年的收获、幸福和健康。一向忙里忙外不轻易一同上桌吃饭的父母亲也会乐欢欢的端坐在儿孙间，端着酒杯，呷上两口，满颊透出幸福的红晕，那是自足的神韵。面对满桌的儿孙，父亲说，日子富点穷点无所谓，只要平安健康,再穷的日子有这光景也舒心。我在心里也曾不止一次的提醒自己,有空一定要多陪陪他们,让他们舒心的享受晚年。可是多年过去了,面对远航漂泊无法安定相伴的职业无奈,我无法兑现自己的承诺,想着年逾七旬的父母仍在操持着那几亩地,仍在耕耘着那几份忧愁,他们那染霜的鬓角、微风中飘动的白发、渐渐微弱的身躯,无时不刻不成为我剪不去的挂念和心中无法抑制的痛。

我不能承诺"父母在,儿不远行"的千古陈规,曾经多次电话里父母促儿归。再次电话,我沙哑的嗓音道不出一句思念的词汇,而家那头早已等候的父母却是一个劲的为已知天命的儿子传来温暖"儿子身体好吗,今年天气热,一个人在外多当心,是胖了还是瘦啦,船又开到哪儿了,今年中秋节又不能回来团圆啦",母亲"唠唠叨叨"大半个小时没有挂电话的意思,末了又不忘说几句"儿子,树上的柿子黄了,快点回来吃啊"。母亲知道我爱吃柿子,而我更知道此刻的母亲是多么的盼儿归啊。慢慢的放下电话,心里面却像是被无数的柿子堵着,愣了半天也找不出一句回应母亲那份期待的心,那一刻让我再次感受被人牵挂、被人疼的幸福。

起风了,浪涛开始骚动"哗哗"地拍打船舷。船开始颠簸,像是挂在枝杈满树的柿子,浮浮悠悠,从峰顶滑向谷底,忽又从谷底趋向峰顶……

朱春荣,上海浦东新区作协会员、中国远洋海运作协会员,中远海运"双鱼座"轮水手长。喜欢文学、摄影。有三百多篇散文、诗歌、游记等发表于报纸杂志。

一碗水潽蛋，打开尘封的记忆

曹卫东

一种普通而又常见的食物——水潽蛋，美味里却凝结着别样记忆和情感，乃至烙在心田，铭记一生。

上世纪八十年代的一个初夏，还是少年的我，在翘盼中等来了又一个心仪的暑假。放假第一天，归心似箭的我即肩负行囊向着故乡南通进发，在经历了两次转车和一天的颠簸后终于回到了儿时生长的这片土地。

一天的旅途劳顿虽感辛苦，但随着快乐模式的开启，钓鱼、游泳、下棋、画画、看书等节目几乎成为了每天的必修课，整整一个暑假都沉浸在了幸福之中。然而快乐的时光总是那么短暂，只短短五十余日，又到了该挥手作别悻悻而归之时。老屋前槐树上的秋蝉鸣叫声一浪高过一浪，对着窗外寒蝉的凄叫声，我突感失落，心中默念着下一个短暂的寒假赶快来临。

第二天清晨，为了送我回去，一家人五点不到就起来忙碌了。姑祖母拿出家里早就积攒好的草鸡蛋，10个鸡蛋分成两份，先煮了6个白煮蛋塞在我的包里，其余的做一碗水潽蛋，碗中鸡蛋数量足有4个之多。端起碗一次吃不下那么多，我还在嘀咕埋怨。姑祖母笑着对我说:"东东,多吃点,后面还要赶一天的路了,你正是长身体的时候,不能饿着肚子。"要知道在那个物资还比较匮乏的年代,鸡蛋可是家里最好最有营养的食物了,这可是留着招待来客的,姑祖母、祖父、祖母一个月里都舍不得吃上几回。

又是别离时刻,我拿起行囊,坐在三叔的自行车上,依依不舍地去往县城。数次回头,抑制不住的泪水模糊了我的双眼,只见那并不遥远的路口,姑祖母一直遥望着,不时向我挥手,她的身后是渐渐模糊的老屋,还有屋顶上那缕缕炊烟。许多年后,那个并不遥远的路口和姑祖母拄着拐杖送别我时的情景,仿佛在我记忆的深处定格。

到县城后我独自一人登上长途汽车,临窗而坐怅然若失,车外的景致迅捷后移,我知道故乡是真的离我越来越远了,而历历往事开始占据了我的脑海。

听说早在抗战时期,姑祖父就已过世。那时的姑祖母才新婚不久,并没有儿女。此后她就搬来祖父祖母处生活,一起相依为命,并在漫长的岁月里成为家中最受尊敬的长辈。多年来,她帮助祖父祖母一起扶养大了我的所有叔辈,为这个家辛劳着。由于我父母长年在外工作的缘故,我出生后 10 个月就被送回了老家。从此,姑祖母又主动承担起了照顾我的任务。那时她已年逾花甲,却视我如同己出,含辛茹苦地把我抚养长大,一直到我 13 岁回到父母身边。都说"少年不识愁滋味",10 多年时间对我无微不至地照看,她更是落下了一身病痛,对此我却浑然不知。此后我们两地相隔数百公里之遥,只能于每年的寒暑假才能再度相聚。等到大学毕业参加工作后,常趁着有限的几个假日赶回故乡探望三位老人,尽管如此,但一年相见的时间仅寥寥十数天。

多年后一个春寒料峭的傍晚,在老家侍奉老人的父亲打来电话，说姑祖母已于傍晚时分故去了。惊闻噩耗，电话这头的我，头嗡嗡作响，半晌说不出一句话来。撂下电话和手头工作，简单收拾行李，我从北京经转上海，从十六铺码头赶往南通。当轮船驶近故土的那一刻时，强忍了半天的泪瞬间夺眶而出。这一刻我终于读懂了"近乡情更怯"中的深意。到了家中，祖母给我端上了一碗热气腾腾的水潽蛋，但我脑海却一片空白，对着姑祖母的遗体我长跪不起。

此后，当我再读李密《陈情表》一文，边读边为之动容，为姑祖母的晚年及她弥留之际，未能在身旁尽孝而深以为憾。此后每年清明前往南通祭祖时，我总不忘拿几个老家的草鸡蛋，亲手做一碗水潽蛋，学着姑祖母的样子，在碗里放少许盐和酱油，并撒满葱花。然后独自躲到一边，默默把它吃完。一碗在手，却凝神半晌，唇齿间却再也品不出昔时那碗水潽蛋的味道。其实我知道，我并不在乎其中的美味，只是任一碗水潽蛋，打开我那尘封的记忆罢了。

这个阳春三月，百花尚未来得及齐放，一场疫情却在猝不及防中突袭了申城。经过多日的居家封控，家中食物日渐匮乏，此时尚存不多的草鸡蛋成了家中的至宝。每日早晨，妻子都会做两碗水潽蛋，端到我和儿子面前，每碗一个，我把我的那碗推给妻子，妻子却又把那个鸡蛋倒向儿子的碗中。懂事的儿子却又推让给我们，如此几个回合，经不住我们的执拗，那碗水潽蛋才回到了儿子手中。

妻对儿子说："你爸爸省给你吃，那就多吃点，你正是长身体的时候。"望着儿子吃得津津有味的样子，妻子会心地笑了。我知道，她那笑容里满是幸福和爱。望着妻子的笑容，想着那句"多吃点，现在正是你长身体的时候"。我转过身，窗外又是一个艳阳天，久违的思绪不由地又回到了那缕炊烟升起的地方。

一碗水潽蛋,见证着人世的悲欢和岁月的沧桑。我想,在这流淌着的岁月长河里,或许思念才是唯一的语言。

曹卫东,中国诗歌学会、中华诗词学会会员,上海市普陀区作协会员。诗歌散文见于《上海文学》《江南诗》《延河》《鸭绿江》《特区文学》《江河文学》《参花》《世纪》《华夏》《党史纵横》《大江南北》《档案春秋》《文史杂志》《诗词报》等刊物。曾获"诗在中原歌咏中华"第七届中国诗歌节优秀作品奖等30余个全国文学赛事奖项。

航拍宝山

张幸珍

2021年是中国共产党迎来百年华诞的喜庆之年,作为一名老新闻工作者,我关注更多的是从央视到地方各级电视台,屏幕上不断播出中国人民在中国共产党的领导下,全面建成小康社会的全方位新闻报道、电视专题片、纪录片、故事片等。

曾经有年轻记者问我:在您的记者生涯中,最难忘的采访是什么?我脱口而出:航拍宝山。

1990年8月9日下午,是我人生第一次乘飞机,那年我31岁。我对乘飞机既感到新奇,又有点害怕。临出发前我写了一封信留在家里,怕万一发生意外回不来,可以对3岁的儿子有个交代。此举是为人母的多虑吗,不是!乘直升机,我不知道有多危险,但是心头总有一种隐隐的不安。

航拍宝山,在宝山的历史上是第一次。1990年宝山刚建区两年,为了招商引资,区政府急需一部介绍宝山区情的专题片。宝山电视台第一次承担摄制这部电视专题片的任务。广电局领导特别重视,专门成立了摄制组,我很荣幸和台里的袁世福、夏美钰、陈国荣、秦晋、邹建华、王伟荣等六位同事去执行这项特殊任务,绕宝山上空进行航拍。此前经过一个多月的紧张拍摄，摄制组几乎走遍了宝山具有代表性的方方面面，完成了专题片的大部分素材拍摄，而作为重头戏的航拍正紧锣密鼓地准备着。一部介绍区情的专题片，航拍好比是带着观众鸟瞰宝山的全景，这气势这场景是不可替代的大手笔。

航拍的手续非常复杂，作为一项政治任务，在有关方面积极努力配合下，终于如愿以偿。航拍的要求非常高，天气情况，能见度，气候变化等。在选定上机人员名单后，还要进行政审。摄像记者的业务素质和身体素质要求更高。

三十年多前的气象预报远没有今天这么精准，几次待命，准备出发，却因江湾机场接到的气象资料表明能见度低，天气变化无常，只得再三推迟，直到8月9日这天才算是正式航拍，大伙心情激动兴奋无比。

那天出发前，技术保障人员将摄像器材仔仔细细反复检查，电池板反复充电，录像带换成新的，一切为了确保航拍任务顺利完成。

下午1:00，我们乘上了一辆从区政府借来的大象牌破旧的面包车，车里没有空调，室外40多度高温，热浪阵阵扑面而来，一路驱车前往江湾机场。我们中除了夏美钰高工乘过飞机外，其余六人都是头一次乘飞机，还是直升机，心情既激动又紧张。

进入机场首先进行安检，一切按照程序来，即便是组织出面，也得严格执行。一架军绿色的苏联老式螺旋桨伊尔直升机，停在水泥停机坪上，螺旋桨在飞速地旋转，旋起的气浪把我们的衣衫头发吹得散乱飘舞。我们七人先后沿着踏脚小心翼翼地爬进了机舱。

飞机驾驶员是一位中年人，他帅气地朝我们挥手致意，他的身边坐着一位年轻的副驾驶员，显得英武精干。机舱很小，两排长条椅，面对面只能容纳七八个人。由秦晋担任摄像，夏美钰高工、陈国荣工程师担任技术保障,我和袁世福老师是专题片的撰稿,邹建华、王伟荣两位老师任解说词的配音。领导让上飞机,是为了让我们亲身感受宝山大地的壮阔,进而对于完成专题片更加倾情投入。

从进入机场到飞机起飞,大约花了1个多小时,飞机正式起飞是下午2点3刻。为了确保秦晋的摄像安全,他的身体用保险带稳稳地扎好,摄像机也用保险带捆扎好。那时用的摄像机和录像机是分体式,加起来有40来斤重。航拍意味着要将摄像机机身部分置于机舱外,也就是要将舱门全部打开,以确保全视角拍摄,秦晋稳稳地操控摄像机,录像机和电视监视器则由两位工程师把控。螺旋桨飞机发动机发出的轰鸣声可谓震耳欲聋,据飞行员讲声音高达140分贝左右,我们在没有任何保护装置的情况下坐在机舱里,可想而知耐受着怎样的超强噪音。

直升机很快升腾在宝山上空盘桓绕行,飞机最底高度离地面仅约300米,我透过机舱往下看,碧空如洗,透出水晶蓝色的纯净。这样好的气象条件拍摄宝山的全貌更加清晰。直升机在宝山上空整整绕行了2个半小时,原汁原味,全景式地拍摄了宝山425平方公里土地上的景观画面。

当年宝山中心城区高层建筑寥寥,最热闹的要数友谊路牡丹江路这一段,宝钢商场附近仅有几栋高层建筑构成了宝山最繁华的标志。如今宝山中心城区最繁华的宝杨路牡丹江路,当年还是绿色一片,田野风光。最醒目的要数宝钢总厂高大的厂房大烟囱是一道雄伟的景观。其余的街道、工厂、学校和民居都是极其朴素的画面。

当飞机在吴淞口灯塔附近江面上盘桓时,正巧赶上了"三夹水"。只见天际线偏东方向,水呈蓝绿色,那是东海水;偏西北方向,水呈黄绿色,那是长江水;再绕着从南边而来又浩荡北去的水则呈黄褐色,那是黄浦江水。第一次观看到如此鲜明特色的"三夹水"令我兴奋不已。作为一个土生土长的宝山人,从前我只是听说"三夹水",今天算是亲眼目睹了大自然神力赋予三种颜色的水,在江面上形成肉眼能辨出的曲曲弯弯的界线,相互推挤变幻,蔚为奇观。

飞机在吴淞口慢慢地飞行着,那吴淞口的航标灯塔默默地伫立在江水中,任凭潮涨潮落,风吹雨打,似一位永远不知疲倦的战士,守卫航道的安全,向我们诉说着宝山的由来。

长长的画卷宝山,因山得名。明永乐十年(1412年)境内海滨,曾经用人工堆筑起一座土山,用作航海标志,为出入长江口的船只导航,永乐皇帝定其名为宝山。此山于1582年(明万历十年)塌没于海,但其名一直沿用至今。六百多年过去了,宝山历经千难万险,走过了风霜雨雪,终于走向了在中国共产党领导下建设新中国,特别是改革开放的新征程……

飞机从长兴岛再绕到横沙岛盘桓拍摄,只见绿野阡陌纵横,风光迷人无限。所拍摄的素材是当年宝山的全貌,如今再翻看,尤其珍贵!

第二天我们来到编辑室,共同观看航拍素材,鸟瞰宝山大地的河流、绿野、工厂和街道,内心奔涌着一股股热浪,激情的文字流淌出一首宝山之恋的颂歌。35分钟的《宝山》电视专题片顺利播出,我首次体验到乘飞机的辛苦。正是因为当年的航拍难,条件艰苦,才深深感受到新闻工作者的使命感和责任感。

三十年多年过去了,宝山人民用勤劳、勇敢和智慧,打造了美丽新家园。如今《航拍上海宝山篇》,呈现给观众的是一幅无与伦比、精彩纷呈的长江口"秀美宝山"新画卷:清晨,无人机迎着朝阳从吴淞口灯塔起航,掠过上海吴淞口国际邮轮港、吴淞炮台湾国家湿地公园、上海淞沪抗战纪念馆、智慧湾科创园、中成智谷创意园、闻道园、顾村公园等地标，我感同身受的是短短3分钟的电视短片，浓缩了宝山大地上发生的翻天覆地的巨变。

新旧对比，这样的体验是极其珍贵的，那是一片土地一片情的沧桑巨变啊，是中国共产党带领中国人民奏响共同奔向小康社会的进行曲！

张幸珍，1959年出生于上海宝山，祖籍江西丰城，宝山区作家协会会员。华东师大中文系本科。宝山区广播电视台工作，历任编辑记者、节目部主任、台党支部书记。有小说散文集《润心集》，新闻作品集《采珠集》。热爱文学，品味生活，抒写人生！

森 林 记

刘宝华

　　朋友,你见过真正的原始森林吗?你在原始森林里过过夜吗?你不要对我说你曾经去过什么森林公园之类的话哦。还是让我来告诉您,我在黑龙江建设兵团当农工修理地球的时候,在松花江与黑龙江之间浩瀚无垠的原始森林里的多次经历。

　　我们到原始森林里去可不是去旅游的,实话实说就是偷偷地去伐木的,其实,就是去偷木头。这倒不能够怪连队领导让我们去干这样的事情,因为我们是新建连队,知青就一直在荒原上住帐篷。国家拨下来的那点知青的安家费用,放到盖房子这样的大事情里,根本是微不足道的啊。在没有办法的情况下,自然而然也就只能够这样做了。

　　第一次去原始森林的时候我非常兴奋,一夜没有好好睡。记得是一年的深秋,我们十几个男女知青,头带狗皮帽,身背大板斧,腰里扎根粗麻绳,看上去活脱一个个东北汉子,很是彪悍。我们分乘三辆马车,直奔离我们连队 25 公里以外的原始森林,一路上,望着这广袤的原野,成片的白桦林,我那小资的浪漫天性开始发作,唱起了《我们的田野》:"我们的田野,美丽的田野,碧绿的河水,流过无边的稻田,无边的稻田好像起伏的海面。平静的湖中,开满了荷花,金色的鲤鱼,长得多么的肥大,湖边的芦苇中,藏着成群的野鸭。风吹着森林,雷一样的轰响,伐木的工人,请出一棵棵大树,去建造楼房,去建造矿山和工厂。高高的天空,雄鹰在飞翔,好像在守卫,辽阔美丽的土地,一会儿在草原,一会儿又向森林飞去。"伙伴们十分惊奇,我居然唱得那么好听。

到了原始森林一看,大开眼界。这里红松、翠柏、白桦、椴树、柞木、还有珍稀的黄玻璃,到处都是。原始森林非常大,望南连绵不断一直要延续到松花江。李树清排长告诫我们,千万不要单独行动,一旦迷路,就非常危险。这里是野兽出没的地方,狗熊、狼、狐狸、狍子都有。开始伐木的时候,下放干部余新志挺滑头的,专门挑好砍的椴树砍,一会儿就砍了不少。其实椴树湿软,根本不是盖房子的料。我跟李排长学砍树,别看他个头小,但是会用巧劲,三、四斧头下去,碗口粗的红松就倒地。没有几个钟头,我也学会了,先横砍有点深度的一斧,再接着斜砍、横砍,速度就非常快了。原始森林里景色非常美丽,林间小路上铺满了厚厚的一层落叶,高大的红松遮天蔽日,低矮的灌木丛常常挡住了道路,满树林都是黑木耳,各式各样的蘑菇,还有猴头,猴头其实就是一种野生菇,成双成对的生长,据说与什么东西放在一起烧来吃,就是什么东西的味道,就大半天功夫,三辆马车就装得满满的。

到原始森林来回都要经过一个非常大的莲花泡,所谓泡子,其实就是在森林里或者边缘的大沼泽地,据说这里夏天开满了美丽的莲花,故名莲花泡。泡子非常大,里面盛产鲫鱼、莲子。但是,李排长告诉我,即便在夏天,这个莲花泡也不可以游泳,因为大沼泽地水草多要缠腿的,二则大沼泽地的水上面热下面冷,下去肯定抽筋。莲花泡与原始森林之间有一大片开阔的草地,当中耸立着一个方圆几百公里最高的铁塔一般的35米高的铁架子,这是给森林防火瞭望与地质勘探画图用的。马车经过这里,李排长看我们累了一整天,就让大伙下车休息一会儿。

没有想到的是,我五班的哈尔滨女知青印素娟与四班天津女知青宁惠萍胆子贼大,一下马车就往高高的铁塔上爬,三下两下就爬到了塔顶的小平台,这个印素娟,高个子,眯缝眼,笑起来倒是挺好看的。她平时不哼不哈的,这时候好像特别疯,一个劲地在大声喊叫,班副!(我是五班的副班长)敢不敢上来呀,上来呀……李排长是辽宁旅大警备区的复员军人,爱开玩笑,一个劲地笑着朝我看,我抬头望了望足足有35米高的铁塔,说实话,腿肚子直发抖呢。现在想来,那个铁塔比我们现在城市边缘的高压线铁塔高多了呵。我当时真是又羞又恼。李排长见状使出最后一招,发话来刺激我:"人家姑娘们都不怕,你一个大小伙子怕什么呀。"君子可杀不可辱!我扔下板斧,一咬牙,一跺脚,不顾一切地往铁塔上爬。李排长这时候倒有点为我担心了,一个劲地喊,望上看,不要往下看!我也不知道哪来这样大的胆子,不一会我爬上了铁塔顶端,这是个一平米左右的小平台。在下面不知道,原来上面左右摇晃得非常厉害。但是,我迎着森林那边吹来的风,举目四望:哦,真应该上来啊,远方是蜿蜒而过的黑龙江,再远处是如一条巨龙般的小兴安岭,近处是原野与沼泽,身后是一望无际的原始森林。我在上面看风景,妹妹宝芬在底下着急地大叫:下来,快下来!下来以后,我笑了。

这样到老林子里去的机会是非常多的,工作虽然很累,但是痛快!

刘宝华,笔名阿华头,76岁,上海人,上海市静安区作家协会理事。中文大专学历,中共党员。原上海市总工会宣教部副处级调研员,上海市读书指导委员会办公室常务副主任,静安区读书协会会长。曾多次在上海和全国读书活动中获奖,长期从事上海读书活动的组织和建设及书评工作。曾担任过上海电台和《书讯报》的兼职记者和编辑。在解放日报、新民晚报、劳动报、《上海文学》杂志、《江山文学》等刊物平台发表散文、随笔、杂文、诗歌和文学评论200多篇。担任过《读书百科辞典》《树人工程》《世界演讲名篇鉴赏辞典》《不惑屐痕》等30多本图书的主编、副主编与编委。上海读书节节歌《有一种希望叫读书》的歌词作者之一。作品明快质朴、清新脱俗,主张文学是一种真善美的发现。

嗨了，我们家门口的 14 号地铁线！

肖建民

　　春兰秋菊，水清岸绿，人们都说赶上了好时代，此言不虚，实实在在，这是一个有梦的时代。

　　今年春节，一位随女儿常居美国的老浦东，回沪探亲，我陪他去参观博物馆，只见他一见面就乐呵呵爽朗地说：变了变了，不认得了，楼房长高了，马路变阔了，交通便当了，乘地铁来得咯快。

　　确实这样，上海变了，变美了，大气了，仅以地铁为例，可谓"日日新，又日新"。据了解，地铁始于 1860 年的英国伦敦，后来迅速成为发达国家城市公共交通的"主动脉"。1913 年，美国诗人庞德经过巴黎地铁站时，面对涌动的人群产生了强烈的创作动机，写下了《在地铁车站》一诗："人群中这些美丽的面庞的隐现／湿漉漉、黑黝黝的树枝上的花瓣"，描写雨天在地铁车站中看到一张张一闪即逝的美丽面庞，突然联想到被雨淋湿的黑树干上的花瓣，表现了对大都市中美的瞬息即逝的怅惘。此诗仅有两行，却内涵丰蕴，不胫而走，在世界文坛上产生广泛影响，成为佳话。由于历史原因，上海地铁 1963 年才开始研究试验，首条地铁于 1993 年 5 月建成了 1 号线南段（锦江乐园站—徐家汇站）开通试运营，晚了 130 来年，但浦江儿女紧紧抓住了改革开放的历史机遇，一年一个样、三年大变样，几代地铁人攻坚克难，创造"豆腐里打洞"的奇迹，从无到有，从线到网，创造了世界轨交建筑史的"上海速度"。如今，上海已有17条轨交线路，总里程673公里，路网规模世界第一，谱写了比诗人庞德更加动人、惊艳世界的宏伟诗篇。

当乘坐1号线来到人民公园休憩游玩、逛逛"中华商业第一街"南京路的时候，当乘坐2号线来到浦东机场或虹桥机场出国旅游时，当乘坐10号线来到新天地瞻仰"一大"会址时，当乘坐11号线东到迪斯尼走进"童话王国"或西到苏州昆山花桥走走看看时，当乘坐16号线到达滴水湖站远眺洋山深水港——这个全球最繁忙的集装箱港口时……我切身感受到魔都上海的沧桑巨变，为站起来、富起来、强起来的伟大祖国感到无比自豪！

过去一提普陀，就让人想起"普陀普陀，又破又大"的吐槽，改革开放正使这片土地焕发出勃勃生机，其中地铁建设功不可没。在17条线路中，就有5条贯穿于普陀大地，曹杨路站可以3、4、11三线换乘成为城市重要枢纽，7号线让黄金地段长寿路商圈如虎添翼、成色倍增，11号线加速了真如城市副中心的建设，环球港双塔位于3、4、13三线的交汇处，显得更加雄姿勃发，熠熠生辉。

地铁啊地铁，犹如一支支神奇的马良画笔，笔之所触，无处不飞花。地铁迅速改变了上海这座特大城市的交通状况，过去公交车上"一个平方十三只脚"的拥挤现象一去不复返了；地铁使出行更加便捷，提升了生活品质，提高了办事效率，让城市生活更美好，老百姓有了深切的获得感；地铁推动了一座座新城在城郊结合部拔地而起，加快了城乡一体化的步伐，拓展了城市发展的时空，为进一步扩大改革开放创造了优越的社会环境。

每次外出归来,在切身感受地铁便利之时,总想着什么时候家门口有个地铁站就好了。我家居真光新村第七小区,真光路铜川路相交处,小区文明整洁绿树成荫,小区花园独具特色,交通出行也挺方便。目前普陀已有的 5 条线离我们家都不远,一般乘一部公交就可转换到地铁,但如果家门口有条地铁线不就更加便捷锦上添花了吗?起初以为这只是不切实际一厢情愿的空想,后来街头巷尾真的传说14 号线已在规划,将在真光路设站,就在我们家门口。果不其然,2013 年 2 月公示了 14 号线规划,征求各方意见,其中就有真光站,显得格外夺目,让人欣喜激动,并已于 2014 年开工建设,将于 2020 年完工开通使用。全线起于嘉定区封浜,终到浦东金桥的桂桥路,长约39.1 公里,设站 31 座,建成后将贯通嘉定、普陀、静安、黄浦、浦东 5个区,成为横贯东西的又一条"大动脉"。其中的真光路站,位于真光路、高陵路、铜川路区间,处于真如镇、长征镇的居民大型社区,南有百联、梅川路步行街,西有刘海粟美术馆,东有真北乐购,北有利群医院,中小学幼儿园错落有致地分布在东南西北,地铁建成后必将给本地区的百姓带来更多的福祉和红利!

　　再过两年,14 号线就将开通使用,我的家门口的地铁梦就将梦想成真啦,你说开心不开心?! 老伴更是笑在嘴上,乐在心里,因她老根在豫园小东门,常说这儿不方便,从真光乘公交到南市再返回,要折腾好半天。现在好了,14 号线设有豫园站,在家门口乘上地铁,只要半个小时,出了站就可到家了,她脸上露出了幸福的容光。

　　"赤橙黄绿青蓝紫,谁持彩练当空舞?"地铁建设者们正在用自己的理想、智慧、双手、汗水,不断描绘着生活最新最美的画卷。每当路过 14 号线建设工地,心中总是荡起情感的波澜,我禁不住高声呼喊:

嗨了,我们家门口的 14 号地铁线!

致敬,地铁建设的奋斗者!

写于 2018 年 7 月 11 日

肖建民,上海市普陀区作家协会会员、上海诗词学会会员。上海市普陀区教育学院原师训办公室主任,中共党员,副教授、高级教师、区学科带头人。出版专著《语文教学过程思维训练解读》,参与编著图书二十余本。多篇诗文在市、区获奖。

毛线情愫

苏忠能

最近,年过古稀的妻子,在家忙着拆毛线,打毛线衣。我说,现在家里羊毛衫、羊绒衫多的是,你还打什么毛线衣。妻子笑嘻嘻地说,这毛线可不一样,常翻翻新,我喜欢穿。望着妻子手中玫瑰红的毛线,我思绪万千。

上世纪 70 年代初,那年我与妻子确立了恋爱关系,按照家乡传统习俗,必须送彩礼。当时我在海军通信学院学习,在学院军人服务社我买了一斤半玫瑰红毛线。军人服务社阿姨热情地对我说,定亲毛线要买二斤,成双成对啊! 当时一斤毛线 18 元,二斤就要 36 元。我身边钱只有 30 元,我问阿姨,打一件毛衣需要多少毛线。阿姨说,一般人一斤半够了,但人家都买二斤,这样留有余地。我说,我只能买一斤半。就这样我把一斤半毛线邮寄回家,作为定亲彩礼。

五年后我们结婚,妻子在鞭炮声和乡亲们庆贺声中高高兴兴到了我家。新婚之夜,我看着妻子那件玫瑰红毛衣特别绚丽夺目,在柔和的灯光下红光满面,神采奕奕。我轻声地对妻子说,对不起啊,当时我没有钱,只买了一斤半毛线,我一直担心打一件毛衣不够用,写信又不好意思问你。今天看到你穿了很合身,很漂亮,我很高兴! 妻子调侃地说,我当时以为你知道我长的苗条,才买一斤半的呢!此时两人笑声满怀。

一年后,我们有了一个宝贝女儿。在那个物资匮乏的年代,毛线是贵重物品。妻子看着女儿一天天长大,她想起了那件毛衣。有一年,她娘俩到部队探亲,我看到女儿身上穿一套玫瑰红的毛衣毛裤。我高兴地抱起女儿亲切地说,妈妈给你打的毛衣毛裤好漂亮啊!我心里想,妻子在女儿身上舍得花钱。后来在与妻子交谈中,才知道她把自己的那件毛衣拆了,给女儿打了毛衣裤。

岁月如梭,本世纪初,女儿已经成家。妻子单位组织捐衣捐物,她在收拾家里旧衣物时,发现了女儿小时候那套毛衣裤,她如获惊喜。将其他旧毛衣旧衣服捐了,唯一将这套毛衣裤留下。几天后,将毛衣裤拆了,清洗晒干又开始打毛线衣。她一边打一边念念地说,以前买的毛线质量就是好,不褪色不退绒。我在旁边听到后忙问,这次又给谁打毛衣了?妻子爽朗地回答,物归原主啊!在后来几年里,单位组织活动和出去旅游时,妻子总爱穿上那件玫瑰红毛衣,还时常得到同事的赞赏,评价毛衣颜色纯正,打得自然流畅。妻子总是暗暗自喜。

转眼间,我俩退休十多年了,妻子身体有点发福,以前的衣服都偏小了,那件毛衣当然也不例外。她将毛衣又拆了,改打一件背心外罩。我感慨地说,当年我能买二斤毛线就好了,现在就可以打成一件完整的毛衣外罩了。妻子笑着说,那时候我长得胖一点就好了!我俩又是笑声满怀。可谓:风雨同舟五十载,毛线情愫伴精彩。

苏忠能,1952年生,宝山区作家协会会员。大学本科,中共党员,军队转业干部,高级政工师,长期从事党务宣传工作。曾创作《海洋国土的开拓者》获海军电视专题片一等奖,《欢迎您,南沙归来的勇士》获宁波市新闻一等奖,《绿色宝钢》《飞跃》等作品获中国影视学会一等奖。退休后,撰写文章200余篇,分别发表于全国各种报纸杂志和网络媒体,30余篇文章获奖。

花儿朵朵

5年前,或许还要早,一个小姑娘穿着让自己显老的条纹衬衫和长裤走进办公室,来做我们的实习生。我想就是从那时起,部门里的女孩子多了起来。她们有时带着一种装出来的强悍跑来跑去,有时又显得很软弱好像再也坚持不下去了。她们掩着嘴,互相谈笑又彼此提防,直到跟办公室里每个人都熟了,才会像一朵花那样慎重而庞大地打开。看着她们成长多少是件伤感的事,因为她们如此变化多端,以至于每天你都会觉得在跟一段熟悉的过往道别。

丫丫,刚来时梳着厚厚的前刘海,低眉顺眼,任谁指派的活都OK。有一天在食堂里,她拽着我看隔壁公司的某个轻熟男:师父,他像不像吴彦祖?在狠狠积攒了几天勇气后,她独自揣着盒瑞士莲上人家那儿套近乎,算是让我见识了一回她的爆发力。虽然这份倾慕最终没得到回应,不过像她这样的女孩怎么会没有人爱呢。那个夏天跟缘分一起到来,第一次约会是在八佰伴楼上看夜场电影,她一边看一边犯嘀咕,都这么晚了,散场后他不会不送我回家吧。

如果不带"吴彦祖",这算得上丫丫的初恋,可是为什么爱情来得不如想象中热烈浪漫?她跑来问我这个师父。我跟她一起玩天平游戏———左边装着缺点:不够高大,不算帅气,个性不详;右边放上好处:一间婚房,一辆斯柯达,不错的薪水。然后看看结果,右边还是翘得高高的。丫丫懂我的意思,给自己一点时间,兴许右边还能放进些什么。

婚房里添上好脾气,薪水里加入责任心。天平的左右颠倒花了差不多两年,最后一块砝码不知道是那枚闪闪发亮的钻戒,还是那碗炒得有点咸的广东米粉。秋天,他们办了一场我见过的最引人入胜的婚礼。她的小姑娘同事们,做了头发,订了晚装,众星捧月般围在她身旁。过了几天,我们下班后一起涌进他们贴了喜字的小套间,从阳台上可以望见陆家嘴"三件套"的灯火,不过我最瞧得上的还是厨房里那套双立人刀具。丫丫卸了妆,热诚而笨拙地为我们切菜,天真的手指伸得笔直,仿佛一心要够上明晃晃的刀刃似的。

小安说,我结婚也要像丫丫一样好看。终于到了那天,她在朋友圈里公布自己的心情:结婚最幸福的事,不是婚纱,不是戒指,而是嫁给了十九岁时爱上的男生。我能理解这句话里如释重负的情绪。那个男生第一次在油腻腻的大街上请她吃黑暗料理时,她只是被那件前胸印着"我为啥不结婚",后背贴着"不关你什么事"的文化衫吸引过去的,完全没想到未来的公婆在市中心几乎拥有半条街的产业。如果知道的话,她还能确认自己爱他什么吗,就算她确认,别人呢?

小安是办公室里最早怀孕的。她婆婆只有一个要求,第一个孩子必须让他们两位老人带。凭什么?小安激烈地跟我们讲,再说谁告诉她我们要生第二胎的!她那位爱扮酷的大男生几次跳槽未果,索性准备辞职创业,就像他父亲从前做过的那样。小安说我们要有自己的事业,不能全部被他们控制。有次在班上,她手上的活搞砸了,挨了批。那天她灰心丧气地告诉我,也许我很快就不干了,以后我去给老公看店,都比在这里上班强。

但 cara 才是我们办公室里第一个离开的,她就是当年穿着条纹衬衫和长裤,假装很沉稳地走进办公室的那个实习生小姑娘。她几乎在一年里就完成了个人的所有大事:考上公务员,在郊区置了房子,办了婚事。房子由双方父母承担首付,小夫妻每月差不多要缴7000元房贷,至少近一年里不敢生孩子。她上班得倒两部地铁,常常在设置了限人限时的朋友圈里吐槽领导和加班。不过每当我看见她发的那些炸鸡翅、西红柿炒鸡蛋的图片,就觉得他们过得还是有滋有味的。

这就是我办公室里的姑娘们,流光让她们从女孩到女人。只不过这么些年来,同她们在一起,就像张爱玲的《红玫瑰与白玫瑰》,因为那些孩子气,"好像和一群拼拎訇隆正在长大的大孩子们同住,真是催人老的。"但是一路看着这整个世界的光影落在她们脸上变幻万千,在我渐近衰戚的年龄里,就也只剩下"与有荣焉幸甚至哉"的感慨了。

顾利峰,1965 年生,上海市静安区作协会员。供职于上海市黄浦区融媒体中心。著有小说集《刀锋温柔》。

泰山观日

春夏之交,烟雨朦胧。绿树倒影泉湖,如入仙天之境;阴雨含暖潮湿,使人心情烦闷。

我和小曹去青岛开会,准备路过泰安下车,登一下久仰盛名的泰山,看一下这承载数千年华夏文明的地方。要是能在泰山顶上看到日出那就更完美了。

泰安到了,巍峨雄奇的泰山横亘在了我们的眼前,葱葱茏茏,幽奥俊秀。传说是盘古大帝去世后,头颅变成了泰山。我们恨不得一口气爬到山巅,眺望祖国壮美的景色!

若要登大山,需要吃饱饭;只有充足电,才能爬大山。

在酒店里,一个东北老大娘说:"不要上去了,上面天天阴雨,我在上面住了一个星期,也没有看到日出。"

我嬉笑地回她:"大娘,你随我上去,明天一定能够让您见到日出。"

她看着我做了个鬼脸。

饭后天空开始转晴,我们活动了一下筋骨开始爬山。

一条石阶路立在我们面前直通天际,好似云梯倒挂。我们惊出一身冷汗。这什么时候、怎么样才能爬到顶端。

绕过关帝庙,见汉武帝植松,进红门,望一眼岱庙,手持登山杖,开始急行。天黑前要登上山顶,时间紧迫,不能停留。

入一天门,过红门宫,正式进入登山步道。步道两边苍松参天,怪石林立。许多奇石上都刻有历代文人的墨宝。据说大小石刻有两千多块,所以泰山被授予世界历史文化名山。

进万仙楼,有 128 个神仙雕塑神采飞扬,形态各异,使人如入仙境。和神仙们打了个招呼,我们继续前进。

斗母是道教传说的女神,斗母宫里修行的应该是道姑才对。但世事变迁,这里已经成为一座寺庙,里面都是斋戒的尼姑。门口在卖石敢当,人们说,泰山石敢当勇于担当,做人要像石敢当。

路漫漫,山陡陡,腿难抬。在程咬金种的四槐树下歇会,四棵树死了三棵,还有一棵的生命已经很久远了。只要努力,生命不息。

乾隆皇帝题名的"壶天阁"屹立眼前,好雄伟高大。但这座阁楼不是清朝建的,而是明朝建的。乾隆只是卖名而已。

过回马岭,进中天门。一路行来,汗水湿透了衣衫、皮肉、筋骨。我们感到能量损耗殆尽,坐下就不想起来了。但想到登顶观日,我们就无比兴奋,补充能量继续前行。

云步桥很大,但桥下的水很小。今天是晴天,没有云雾。否则就会像在天河上走过。往前走,路边有"雄冠五岳"石刻和五大夫松。

望人松边有许多小树上挂满了红绸带和铜锁,大部分都是年轻人挂的。象征着爱情和松树一样恒久。

踏入十八盘,就如登天梯。垂直四百米的高度,只有一千六百多个台阶。每走四个台阶,海拔升高一米,想想爬上去也是一件艰难的事。但是看到南天门我们勇气剧增,只要有石敢当的精神,爬上去就不是事。

我们手脚并用，一口气爬到南天门。回头下望，看到一个个人头在攒动。脖颈一伸，一股微风入体，感到心肺都清凉。我突然想起李白登泰山时的一句诗："天门一长啸，万里清风来"。

再往上就是未了轩，庙里供奉着东岳大帝。这个神原名叫黄飞虎，是商朝元帅，周武王伐纣结束后由姜子牙封为神。求拜的人很多，据说很灵的。

我们先在天街订了一家旅馆。天还没有黑，我们继续行程。过了西神门就是碧霞祠，里面供奉着碧霞元君，又称泰山玉女，民间俗称泰山老奶奶。古建筑群鳞次栉比，许多人都在烧香。

唐摩崖石刻有李隆基的手笔。还有宋摩崖，清摩崖。真是"壁立万仞"。不远处"五岳独尊"石耸立天空，这里照相不仅要排队，还要收费。

最后到达泰山最高峰玉皇顶。峰顶有庙，庙内供奉玉皇大帝。神殿匾额上题"柴望遗风"。秦皇汉武等十多位皇帝曾经到这里筑坛祭天，与神灵对话，实现天人合一。殿前有极顶石，标志着泰山的最高点。站在泰山之巅，我被他的雄伟壮观所震撼。想起司马迁说过的话："人固有一死，或重于泰山，或轻于鸿毛"。人要对国家对人民做出多大贡献才能重于泰山？

晚上去天街吃饭，我说：山上冷，喝点烧酒。我们两个点了四小菜，喝了一瓶二锅头。回来的路上，突然冷风吹过，浑身打战，说话哆嗦，每个毛细孔都如寒针刺入，五脏六腑好像都冻成了冰块挂在胸腔里。房间里没有热水洗澡，小曹将房里所有棉衣、棉被都压在我身上，过了一个小时才缓过劲来。

翌日凌晨四点钟，我们穿酒店棉大衣，用棉被围起，坐在瞻鲁台上等待日出。

抬头仰望,无数星星正眨巴着眼睛,伸手可抓。然而越看却越远,他们好像在嘲弄我们,"你们即使在泰山顶上也够不到我"。

极目远眺,茫茫黑云翻腾滚动,如盘古开天辟地前的混沌,远连天际。

随着东方地平线上逐渐出现一缕晨曦,星星变得昏暗。云海如同千千万万的大灰狼在草原上奔腾,交互追逐。

一会儿,星星减少,天空渐亮。云如羊群浮动,漫无边际。有的在吃草,有的在散步,有的在奔跑,有的在踏浪。无数绵羊向东延伸,直扑大海。

转瞬间,金黄铺云。我们似乎到了四月的婺源,一浪高过一浪的油菜花满山遍野。我们簇拥在中间犹如皇帝穿着崭新的衣服。

倏忽,天空又变成了橙色。我们像到了湖州长兴十月份的十里银杏长廊一样,无数的扇形小叶把天都染橙了。

接下来,天空变得更加明亮,星星越来越少了,我们好似到了大理洱海边上的云海芳草千亩花卉博览园一样,一望无垠的紫罗兰把地球蒙上了紫色,都感到快透不出气来,但紫色还是令人喜悦的,使我们有了某种期待。

突然,一条红色的绸带从东方地平线上升起,把整个宇宙染红。一轮红彤彤的太阳从红色绸带中诞生,一点点、一点点地跳出。一个新生命的诞生是不容易的,我感到了绸带的阵痛,感到了太阳要挣脱绸带的艰辛。最后太阳猛然一跳,终于离开了红色绸带,离开了地平线,升上了天空。

初升的太阳把天空照亮,星星们藏了起来。太阳的光芒燃烧了泰山之巅,染红了东鲁大地。这是地球的新生,是人类的希望,是天堂的祝福。

山间云雾退去,一层层的山头露出。我想起杜甫曾说:"会当凌绝顶,一览众山小。"

观景的人们在欢呼。我突然想到,要是东北大娘坐在我身边,她会多高兴啊!

崔天一,宝山区作协会员,宝钢人诗社社长,上海炎黄研究会会员,上海诗社联盟理事,上海诗词学会会员。经济学硕士,高级经济师。有文章刊登于报纸、杂志。出版个人诗集《春花》,在诗集《美丽的七效河》《把心交给春天》《红太阳升起的地方》《庚子抗疫》等书中刊出了大量诗歌。

寒冬腊月腊味成

李源华

寒冬腊月的好,我见得有这两样,一样是孵太阳,另一样是制腊味。近些年,愈加发觉这两样的好。

小时候,是看我的奶奶、北绞大大(住在北绞圈房子里的叔公)孵太阳,经常可以从上午十点钟孵到午后三点钟。我们小孩子也会跟在奶奶身边孵太阳,但更多的是着意着奶奶铜脚炉里爆着的一把蚕豆、几粒黄豆青豆,有时也有白果,不过比较难得。听到豆子噼里啪啦发出爆响,香气也爆出来了,小孩子心急忙慌撮起几粒边吹边跑。大家忙着"造房子"、踢毽子、翻牌子、打菱角,孵太阳的只有奶奶和北绞大大。直到现在我才有点明白,冬日好日头对于老人家的重要,那是一种生命的相依相偎相依相伴。

上海本地人将孵太阳叫做"孵日旺",奶奶在我家的东壁脚孵日旺,大大在自家的东壁脚孵日旺,隔着一条黄道砖铺的弄堂,西北风在弄堂里穿过。在堂哥堂姐的嘴里,是说南绞奶奶在孵日旺,在我们姐弟的嘴里,是说北绞大大在孵日旺。孵日旺的老叔嫂时而会闲聊一两句,内容大致也多与"今朝的日头旺不旺"有关,长嫂叫小叔子"小笃弟弟",小叔子叫长嫂"阿姊",这个阿姊,进门做新妇时还抱过小笃弟弟,给他擦过鼻涕,做过米花糖。

寒冬腊月,冷是冷,冷得挂鼻涕,穿着老棉鞋也照样冻得脚趾头痛,哈出来一口一口全是白气。但也开心,不消一歇歇辰光,玩得头上冒热气,男孩子扔掉头上的风雪帽,女孩子也把方围巾解了团在花布棉袄口袋里。

这开心里,也有挂在廊檐下的腊肉、风鸡、风鱼。"小雪腌菜大雪腌肉",一过冬至节,奶奶就要开始盘算了。奶奶和妈妈先是忙活着踏上一大缸肥甜脆嫩的矮脚青菜、一大缸雪里蕻,等到咸菜腌制妥当,接下去,就要腌咸肉,做风鸡、风青鱼。这青鱼,顶好碰巧有乌青,那自然是最佳,草青次之。猪肉是自家的或亲戚家送来的,鸡是自家养的,留一只公鸡司晨打鸣足够。青鱼,一般是我爸爸、叔叔捉来的。乡人自有多种捕鱼妙法,拿着长柄木榔头抄着三角网,在东洋草里"扑通扑通"一顿驱赶,鲫鱼白鱼青鱼受惊吓而乱窜,窜到三角网里,一网抄起来大大小小各种都有。这一样一样,就腌起来风起来了,这腊月里做的,通通算是腊味。至于鳗鲞、黄鱼鲞,那是可遇而不可求的珍肴,要看我爸爸是否碰巧遇着了。比如,爸爸是否正巧去宁波出差,比如江苏扬中的朋友是否正巧来上海办事。记得有一年,扬中的王伯伯来上海,背了一麻袋黄鱼鲞来。真的是麻袋,装谷装米的麻袋。于是这一年腊冬,我们家亲戚都分到了珍贵的黄鱼鲞,每一家年夜饭桌上,都有一大碗浓油赤酱的黄鱼鲞焐肉。

时间一晃就过去了。我就是从小爱吃腊肉,我们所说的腊肉专指寒冬腊月里腌制的咸肉,吹过腊里的西北东南风晒过腊里的日头的咸肉。到了今朝,奶奶、爸爸、叔叔、外公、外婆早已故去,但还有记得我爱吃腊肉的嬢嬢,嬢嬢总要关照妈妈,记得帮囡腌一刀腊肉。如果去嬢嬢家,嬢嬢也总要塞一条特别白亮喷香的腊肉给我。

至于腊月里的酒，是否叫腊酒我也不清楚，苏州人吃的冬酿酒，那是冬至夜吃的桂花米酒，算不得腊里的酒。看到儿子近日买给老父吃的两甏老酒，上书"手工冬酿酒"，一甏还特地标明绍兴"香雪酒"。或许这老酒是可以算冬里腊酒？说到这里，想起陆游《游山西村》诗作里有一句写过腊酒的，"莫笑农家腊酒浑，丰年留客足鸡豚"，耳熟能详的是后面两句，"山穷水尽疑无路，柳暗花明又一村"。我们自家呢，老酒是不会做，多数是做一窠甜酒酿，滗一点米酒，这个倒是常见。

时间一晃一晃就过去了。现在，我开始尝试着腌制腊味，不仅是为了品尝腊味的美味，似乎有更多的内容和意味在其中。冬至一过，就要翻看天气预报，一连十五日、二十日的天气都要看。掐着好天气，掐着节点，腌咸肉、酱油肉、灌香肠、风鳗鲞、风青鱼，一样一样做起来，一样一样腊起来。这是个有点漫长的过程，也会一日一日盯着天看，日头好不好，天气冻不冻，西北风劲不劲。这是一项时节和天气共同合作的事，我所能做的就是默默看天，静心等待。

哪一年，不记得了，掰掰手指头估摸着也要十年光景了，时间过得真是飞快。自从吃过朵朵外婆亲手制作的腊肠之后，我也想着自己灌制腊肠。因为，朵朵外婆灌制的腊肠实在太美味，那种在寒冬腊月经由自然的阳光、风、温度、湿度转化而来的独特滋味，是任何品牌的香肠所无法拥有的。那一年过年的年夜饭桌上，我们享用着"外婆腊肠"的好滋味：腊味双蒸、荷兰豆炒腊肠、西芹百合炒腊肠，我也暗暗下决心，自己也要试着做做看。

过了年，就是立春。紧接着，一个个节气过啊过，春分啊夏至啊，秋分啊霜降啊，转眼立冬，转眼小雪又大雪，终于过到冬至。冬至，数九开始，就可以灌腊肠了。上网搜索、研究了好多个配方，凭着自己平日里的下厨经验,筛选调整了一个自己感觉比较符合想要的广式香肠的配方。网购了肠衣、灌肠器。菜场里买了一小袋红曲米,超市里买了一瓶汾酒。挑一个大清早,去辰凯菜场熟悉的肉摊头选购猪肉。夹心肉、后腿肉各半,拎了十二斤肉回家。肥瘦分割,去筋膜,精肉切片,肥肉切丁。一顿操作,待到一盆鲜红精肉、半盆雪白肥膘呈现眼前,直觉手腕、胳膊都不是自己的了。精肉加汾酒、精盐、白糖、红曲粉,揉匀。肥膘加汾酒、白糖捏透。吃中饭辰光了,赶紧吃中饭,也让肉肉安安静静入味。肠衣经清水漂洗干净之后,用白酒浸泡,这回我可不舍得用汾酒了,红星二锅头足矣。午后三点钟,开始灌肠。灌肠需两人配合,这里正好体现男女搭配干活不累。灌肠很快就完成。接着,用棉线分段结扎,用牙签扎孔排气,直至在阳台里依次晾起来,此时也日近薄暮。灌腊肠,一日工夫。

接下去的半个月,腊肠的风味如何演变、转化,完全就是交给腊月里的阳光腊月里的风腊月里的气温腊月里的空气了。我们所要做的,就是静静等待,等待这一根平平无奇的肉肠变成一根奇香美味的腊肠,等待年慢慢地到来。

今年冬月十七,我再一次自己动手灌制了腊肠,到腊八这一日,腊肠也晾制好了。密封收藏起来,数着过年的日子了。煮晚饭时,与米饭一锅蒸了两根腊肠,一揭盖头,红白晶亮,香气四溢。腊肠切片,择了一把荷兰豆,清炒。五分钟快手菜,三下五除二出锅,只见腊肠红白油润晶莹剔透,荷兰豆青翠欲滴,这红绿配飘逸着滋滋的酒香肉香腊味香。这个滋滋,真的是滋滋啊,热气袅袅的滋滋,叫人掉蛤喇子的滋滋。是啊,中国人的年,怎么能少了腊味,怎么能少了腊肠呢。

前日,老友送了一大块密封包装的四川腊肉给我,那熏腊肉的香气啊,穿透厚厚的真空塑料袋,不由分说灌进我鼻子里。这是朋友的四川朋友老家父母自己熏制的腊肉,我是何其有幸何其有福,竟也得到了沉甸甸的一块。

腊八一过就是年。一天一天,日子飞快,转眼进入大寒节气,我也要包几根腊肠给老友,让她尝尝源版手作的味道。

龙年快到来了,龙腾四海,是个好兆头呢。年夜饭,蒸一盆腊味双拼,炒一盘荷兰豆炒腊肉,红红火火香气飘飘过大年。

梅花在报信了,水仙开始顶出零星花苞。

岁尾,腊味成。

写于 2024 年 1 月 18 日

李源华,笔名潇眉,金山区作协理事。1968 年出生,笔耕三十余年,作品散见于《新民晚报》《劳动报》《中国中石化报》等报纸杂志。散文集《那些清香》2012 年由上海文艺出版社出版。

吃　草

张秀英

　　下楼去看母亲,母亲一脸神秘,像发现了新大陆,带我到她的小花圃旁边,撩开矮黄杨枝条,弯腰蹲身,手指一棵酱瓣草(马齿苋):我听人家说这草很好吃,好笑哇,我小时候吃过,苦嗒嗒、涩兮兮、酸溜溜,难吃得很呢。我眼睛一亮:总算被我寻着了! 我们也吃吃看? 母亲脸露惊讶,惊讶我和别人一样寻草吃,沉吟了片刻才点头:要么就吃吃看。我马上要把酱瓣草挖回,母亲阻止:明早来挖,要吃就吃最新鲜的。母亲用吃菜吃最新鲜的经验来要求吃草,我感觉母亲的想法正确、实在。

　　第二天早饭后下楼去,发现长酱瓣草的地方只剩下一个浅浅的泥坑,草呢? 问母亲,母亲一愣:昨日夜快还在的,谁弄去了? 母女俩你看我我看你,最后相视一笑,原来,想吃酱瓣草的还有其他人。现在的日子,是想吃啥就可以吃啥的日子,竟也有人稀罕这一棵草,一早就来拔了去。母亲叨叨:就有人挖空心思弄草来吃,像是草比鱼肉好吃一样。说完进屋,拿出糯米粉:草吃不成,做塌饼吃。喏,这是昨日别人送的麻花郎,已经处理好的,人家也是挑的野生的。母亲把野生两字说得很响,我有些好笑。

麻花郎就是泥胡菜,这个草我们这里一直吃的。三四月里,不管乡下镇上,麻花郎圆子塌饼是最讨人欢喜的时鲜点心。麻花郎草只有冬春有,采摘需要适季适时,需要走去野外,需要在草堆里觅寻、采挖。挖回后挑去老叶、剪去根,洗净、沥干水,然后烧一镬开水,放勺苏打粉(老早用石灰粉),倒入麻花郎,焯水一二分钟,捞起过凉,过凉后,再重新入锅煮烂,整个过程比较繁琐,但这过程做好了,就有了可口的点心吃。煮烂后的麻花郎,可以在冰箱里存放几个月甚至一年,当然,趁热拌入糯米粉里揉成粉团,现做现吃味道最佳。我小时候是坚决不肯吃麻花郎点心的,感觉掺了麻花郎做的东西,黑黢黢、脏兮兮,像丑陋的癞蛤蟆,看着倒胃口的。

人真是奇怪,住镇上后,以前想跳出农门的我,时常想到要去乡间走走,感觉阡陌间的一草一木都与我连着筋牵着心。这种亲切感,和当年在田里耕种、田埂上奔忙时是不同的,且十分的强烈,有点像嫁出后的闺女回娘家的感觉。乡间走多了,麻花郎做的圆子塌饼,也变得好看起来,黑看成了绿,丑看成了出挑,只觉得清香、软糯,看见了就想吃,吃了就觉好吃,越吃越好吃。

因为爱吃,我去郊外踏青时,包里常放一把小刀,田头路边看见了麻花郎,马上弯腰下蹲挖了回家。拿回家,洗、焯、揉,做几个圆子或者几个塌饼,儿孙辈是闻了味道就要抢着吃的,边吃边和店里买来的青团比较,问他们感觉哪能?他们哈哈:无法比,不在一个频道,还说店里的永远做不出家里的气味来的。

吃了麻花郎,想起春天里野菜的主角:马兰和荠菜。这两样是我从小吃到现在的,荠菜鲜,马兰香,年年吃,吃不厌。可最近几年,想要去野外采挖马兰和荠菜,很难寻。有一天我骑车到郊外,浜滩边,田埂上,甚至乡间的屋后树旮旯,弯腰弓背到处找,大半天才挖到一捧荠菜两把马兰。是我眼花找不见？不是的，一路上碰到几位在地里侍弄菜蔬的大哥大姐，他们告诉我，现在欢喜吃荠菜马兰的人越来越多，每天有人为荠菜马兰在乡间转悠，野菜的长速赶不上人们采挖的速度了。有位正在菜园里浇水的大姐很慷慨，开了菜园的篱笆门，邀我去她家地里挖。大姐的菜园里一片青绿，一畦荠菜一畦马兰更是油亮亮、嫩生生，她是把野菜也当家菜一样种着了。我夸大姐想得周到，种得也周到。大姐立定身，撩撩短发擦擦汗，笑盈盈：人人欢喜的东西，肯定要多种些，而且自己的孩子也住镇上，也爱吃。我蹲下身，伸手摸摸荠菜、马兰，只觉嘴里生津、胃里痒痒，大姐笑着说：你挑点吧，拣大的挑。我无法再装客气了，拿刀开挖。不一会，手拎一袋荠菜一袋马兰，起身翻包要付钱，大姐双手乱摆：我种的菜不是卖的，不要钱，不要钱的。几番推让，大姐就是不肯收钱，我再给，大姐干脆挑起水桶，走到河滩边担水去了，我只好将随身带的一包饼干，悄悄放在菜畦上，喊了声：姐，做了半天活，填填肚皮。

　　这些挑回的荠菜和马兰，我们当晚就吃进了肚子，感觉味道比老家时挖的、平时买的更鲜美，为何？说不清，但我心里泛着歉意，这顿荠菜炒蛋和马兰香干，让我欠了陌生大姐的人情。母亲叮嘱我：下次再去，挖好不要出声，把钱悄悄放在菜地里。是的，我决定按照母亲的办法做，同时，我还要告诉大姐我们一家人围桌子、举筷子，边吃边赞美的场景。想起不是亲人胜似亲人的话，我感觉这位大姐便是。

　　酱瓣草的遗憾也已不再，午后乘凉爽，去九棵树森林公园闲走，路边发现几棵酱瓣草。忙蹲身仔细看，一个草根衍生出数不清的草茎，草茎四散开去，却又围着根绕成圈长，整棵草根处趴地、梢头昂起，在一片草丛里很是显眼，我喜出望外，也贪心，竟拔了一小袋回家。

怎么吃最好吃？搜百度、抖音，我将草根草茎另放，嫩头洗净、焯水，一半凉拌，一半炒两个鸡蛋，都试吃了。凉拌的脆一点，酸苦味多一点；炒鸡蛋糯一点，口感要好许多，但总的来说都带着药味的香，入口凉凉的、滑滑的感觉，还有点儿酸爽，问母亲可好吃？母亲笑笑：比几十年前的酱瓣草好吃。同样的草，现在的比老早的好吃？这是什么点评？我哑然失笑，母亲说：中午吃了红烧肉，刚好抵消抵消油腻。八十多的老母还有点幽默有点俏皮，我说酱瓣草有解毒活血功能，吃了有利健康的，特别是你有高血压。母亲说老早就晓得了，她现在常和老姐妹一起谈论吃草的事，人家早吃过了。

原来，吃过饥饿之苦的母亲，现在也在关心吃草的事了，母亲吃草的理由很简单：抵消大鱼大肉的油腻。而我在想我自己，我想着法子吃野菜野草，一部分是因为好奇，还有一部分呢？确实如母亲所说，是肉吃多了，吃草，草美味，草吃多了，吃肉肉有味。人刁钻的胃口，让我时常想着去哪里弄点野菜野草来调剂口味，对，是调剂，口味调剂，肠胃调剂，甚至自己的心胸也需要一些调剂。同时，许多的草，各有各的味道，各有各的功效，摘过、挖过、吃过了，就有了体会，也有了谈资。上次朋友们小聚，讨论各种美食各种野味，我的吃草经历，让朋友们听得入迷，有朋友听后当即表示，回家就去弄草来吃吃看。我知道，朋友们也在心动了，相信心动很快会化作行动的。

我对朋友们说：最好的日子应该是吃吃肉再吃吃草，吃吃草再吃吃肉。

张秀英，奉贤区作家协会会员。作品散见于《新民晚报》《文汇报》等报刊。2024 年出版《自在花开》《桥上桥下》散文集。

滩涂，与良田有个约会

施　莹

　　朋友，如果你来过崇明新村乡的最北端，一定会被这里的滩涂风景所吸引。它就像上帝赐予的宝地，虽然身处繁华世界的边缘，却从来不曾被世间的喧嚣繁杂所污染。不亲眼验证滩涂的生机勃勃和绚丽壮观，很难想象它是如何的让人上瘾。

　　而此刻，我们的车子正缓缓穿行在长长的八五大堤上。极目处，一条条河道分布有序，保证着灌区内河和外河的水流通畅以及区域防洪的安全；一片片农田林网列队相迎，就像一条条绿色的景观长廊让人赏心悦目；一群群白鹭时而盘旋着从我们车顶掠过，时而停在路边水田中转动着好奇的眼睛向我们张望，好一派人和自然和谐相处的奇妙景象。

　　透过车窗，我看见这一片土地分成了泾渭分明的两个"世界"：一边是贫瘠的滩涂，一丛丛芦苇、一蓬蓬野草在风中摇曳。东一块、西一块分布着的废弃的蟹塘尽显苍凉。而另一边，一望无际的稻田整齐的列着队，绿得可爱，黄地喜人，微风一吹，沉甸甸的稻穗波浪轻翻，那远远飘来的水稻的清香，更让人对"丰收"两字有了无限遐想。

　　陪同参观的同志介绍说："这里拥有蜿蜒的海岸线，又是长江入海口,拥有沿海滩涂围垦造地的天然优势,冲击而下的长江泥沙,每年在崇明滩涂沿岸造地数万亩,人工造地条件得天独厚。"

停顿了一下,他又接着说:"你能想象吗?几年前,这一片即将丰收的土地就和另一面的滩涂一样贫瘠。那真是'无边蓬草连天涌,霞染滩涂遍地绯',自从申报了新村乡市级土地整治项目,这里的情况才有了新的改观。"

走进简洁的围垦基地资料室,基地主人热情的捧出了一大堆资料。翻阅这些资料,我就好像看见了勤劳的崇明建设者们改天换地,向荒滩要地,向江海要粮的奋斗史。他们遵循上海市人民政府提出的"稳定总量,优化品种,均衡供应,加大投入,确保安全"的二十字方针,根据项目区内田块凌乱,布局分散的现状,整合各类零散的养殖水面、沟渠、农村道路及设施农用地。并对滩涂进行匡围、挖沟、台田,通过淋盐洗碱,降低滩涂土壤中的盐含量,克服了盐碱地里种植水稻可能遭遇的雨水多、泥土淤等不利因素和诸多难题,尝试边种植水稻、边引水洗碱、落淤肥田的办法,形成东至界河、白港,西至江口副业场、南至中心横河、北至一线大堤的旱涝保收的一万五千多亩的标准良田,创造了"当年整治、当年播种、当年丰收"的奇迹。与此同时,对项目区内的"路、渠、桥、站"等农业基础设施建设,进行了规划改造,修建完善,并提出了生态护坡,通过"田、水、路、林"的综合整治,使周边的生态环境得以修复,形成了"资源循环利用、生态保护涵养、土地综合开发"的平衡发展模式。为实现农业的高效率、集约化和规模化经营提供了新的借鉴和范本。为崇明经济和社会协调持续发展作出了积极贡献。

归途,一抹晚霞的余晖给大地涂上了一层金色,我兴致勃勃欣赏完万亩良田,又把若有所思的目光落在另一边荒凉的滩涂上。陪同的同志笑了,大手一挥,爽朗地说:"过去的滩涂开发,多以粗放式农业为主,经过长时间的土壤改良,才能种植常规的农作物,效益并不高,如今,现代农业之风吹到了滩涂,科学治理,标准管理,形成了循环生态农业示范区。别看这边的滩涂现在是这样的景象,不久的将来,它们会和那边的一万五千多亩的标准良田一样,将为推进农村产业化发展进程做出贡献。而且,农业生产效益将更高,产业结构将更趋合理,生态效益更加完善,经济效益更实现飞跃,同时也将带动地区观光农业的发展,拉动下游产业链,如:粮食核心产区、现代农业示范区、滩涂特色养殖区——"

这饱含深情和充满自豪的介绍,为崇明将来的滩涂建设描述了一幅美好而宏伟的蓝图。我笑了,那么好吧,就让滩涂和良田来个约会,让田成方、树成行、路成网,让荒滩成为旱涝保收的良田,等到那时,让我们再来领略:"绿波春浪满前陂,极目连云䆉稏肥,鹭鸟盘旋观不尽,芦花荡里鱼蟹美"的滩涂新美景吧。

施莹,崇明区作家协会会员。文风委婉清丽,文章散见于《美术报》《上海托幼》《瀛洲风》《崇明报》《崇明教育》《崇明诗书画》等,现立志于诗歌及基层文艺创编。

我的鞋子梦

周永其

我们家最多的是鞋。儿孙们的鞋子就不用说了,仅我和老伴的鞋子就塞满了各自的鞋箱。这还不算,壁橱里、墙边角落、床底下、桌子旁,都是鞋子蜗居的地方。春夏秋冬,各季各式的鞋子应有尽有,连自己都搞不清有多少双鞋子。面对这些鞋子,儿孙们建议丢掉,买几双新的穿就可以了,但我始终舍不得,因为这些鞋子中,潜藏着我人生的故事,一段段刻骨铭心的记忆。

我生于上世纪 40 年代,家里十分贫穷。棉衣棉裤大的穿不下,小的接着穿。鞋子可不行,一双布鞋,一年下来,不是头穿了就是底烂了,看着母亲整天劳累,抽空还得纳底做鞋,心里真是心痛。于是夏天赤脚,春秋季草鞋,只有在冬天,才舍得穿一双单布鞋。能穿上棉鞋的那是富裕人家。母亲看着我的脚冻得满是疮疤,就狠下决心,节衣缩食,说什么也得给我做双棉鞋。这是我记忆中的第一双棉鞋,穿在脚上别提有多高兴,觉得浑身都热乎乎的。

有一天外出挖荠菜,天不但冷得出奇,而且突然下起了雨,路一下变得湿滑起来。想起母亲为我做这双棉鞋,不知累了多少个雪夜霜晨,我怕搞脏了鞋,不顾寒冷刺骨脱下棉鞋别在腰间,打着赤脚回家。由于急着赶路,当时倒不觉得什么,等回到家里,脚不知在哪里划开了道口,鲜血直往外流。脚也冰得失去了知觉,不能再移步。躺在床上的几天中,我辗转反侧,望着窗外的阳光,暗暗下了决心:长大后我要把赚到的钱买好多好多的鞋子,不但自己穿,还要给家人穿。冬天穿棉鞋,其他季节单鞋;下雨天一定要穿胶雨鞋,小雨低帮的,中雨高帮,大雨长统靴,还要买皮鞋,还是高腰的棉皮鞋……可这一切,在当时衣不蔽体、食不果腹的年代只能是一个梦。

50年代末期,我在读小学的时候,每年春天,跟着大人们去挖马兰头(俗称红梗菜),挑选洗净后,天没亮起床,步行一小时到罗店集市上去卖掉,然后一分一分、一角一角地积存下来。三年之后,我用积起的钱买了一双蓝色的胶底球鞋,这是我生平的第一双球鞋,能水陆两用。平时根本不穿,只有在逢年过节或参加体育比赛才会拿出来穿。一到家就马上脱下,擦去泥土,晾干后装进布袋收藏好。

到了60年代,我参加了工作,有了一份稳定的收入,生活也安定下来,便开始造房起屋。在改善居住条件的同时也不忘我的鞋子梦。70年代,我结婚时,买了人生的第一双皮鞋(那是双老K大头鞋,现在看来是双工作鞋),这是我当时唯一的奢侈品。婚礼当天,我把皮鞋擦得油光锃亮,我不看新娘子,傻傻地只注视自己的脚,宾客的目光也都被我的皮鞋吸引过来,有人搞笑说:"噢,今天新郎倌穿了双新皮鞋,比新娘子还风光啊……"话音刚落,便引来了众人的一阵大笑。在欢乐的笑声里,我们家彻底地告别了一人一鞋的窘境。

80年代开始,生活如芝麻开花节节高。吃饱穿暖、戴帽着鞋都不是问题,但我最在意的还是鞋子。光雨天,我们全家都配置了橡胶雨鞋,各种款式,一应俱全,再也不打赤脚,让皮肉受苦了。春秋季布鞋与胶鞋、皮鞋交替着穿;夏天有风凉鞋,质地有塑料的、猪皮的、牛皮的,五花八门;更有色彩鲜艳、式样各异的拖鞋,争着亮相于家人的脚上。那些浸透汗渍的草鞋和木拖鞋,早已乖乖地退休在一旁。最喜的在冬天,我们全家人都穿上了厚实的保暖鞋,有的还是牛皮的。为了安排这些宝贝,家里配置了鞋箱,先是全家一个,很快就装不下,于是又增添了一人一个大纸箱,装满了鞋子高高地规整在房间里。

90年代,随着物质条件的进一步提高,衣帽鞋子的式样不断翻新,一双没穿过几次的鞋子一晃就落伍了,现在多得成了累赘,丢掉不舍得,收留它们吧又没地方,就只能把这些鞋子囚禁在纸箱里,让它们无法表现自己。90年代中期,流行一种叫"狼牌"的耐克鞋,买一双正宗的,得用我一个月的工资。买还是不买,我犹豫了好久。买吧,现有这么多鞋,都来不及穿;不买吧,耐克新潮、轻便、美观、洋气,爱鞋时髦的我怎能甘心,于是一咬牙,就买了一双。老伴看到后,也只能笑笑,给了我一个雅号:鞋迷。穿着新买的耐克鞋,脚下柔软舒适,觉得自己年轻了好几岁。

时光荏苒,沧桑巨变。进入21世纪,我已是70多岁的老人,望着满屋的鞋子,七分喜悦,三分忧愁。喜悦的是人民的生活大幅提高,仅鞋子就堆积如山;忧愁的是如何安置这些脚下的伙伴。我决定对鞋子来次大整顿。第一步按年代编号,第二步按收藏价值排级,第三步按级别、意义、质量决定取舍。那些跟随我南征北战、辗转千里、同甘共苦的鞋子,尽管伤痕累累、年代久远,我都给它们擦身洗净,贴上标签收藏保存;那些品质低劣、跟我配合不好、常闹别扭的鞋子,则给它们装袋送终;那些刚招来的新兵,则继续为我发挥余热。

近几年,市场上有专为老年人量身定做的"舒悦""足力健"等老人鞋,它们以各自的优势又一次获得我的青睐。那种采用"五维一体"设计标准、老人穿上不挤脚、走路不累脚、出门不怕滑的广舞鞋、按摩鞋、健步鞋、轻爽鞋等高科技鞋,我一应俱全。

啊!我的鞋子梦,它是我的致富梦、幸福梦,更是我的宝山梦、中国梦,如今一一化为现实。鞋子,您见证了祖国日新月异的变化,见证了宝山人民生活的巨变,见证了宝山环境的日益美好。

今年过春节,我儿子给我买了一双外国进口的老人防跌鞋,我要穿着它,漫步在宝山的小康路上,漫步在社会主义的康庄大道上,享受夕阳,享受人生。

愿天下的穷苦人都能像我一样。

周永其,宝山罗店人,宝山区作家协会会员,浦东新区作家协会会员,罗店诗社社长。作品在《文学报》《新民晚报》等报纸杂志上发表,在各类写作比赛中多次获奖。主编诗集《文香金罗店和她的诗人们》《罗店,叫我怎能不歌唱》等。

母亲与缝纫机一起走过的日子

胡伟祖

母亲与缝纫机结缘，有超过七十年的历史。

在缝纫机还是家庭的奢侈品，或还是一代人结婚时必备的"四大件"之一、新房中缺了它会是一种遗憾的年代，我们家却早就有了缝纫机，它不是母亲的嫁妆，而是陪伴她大半辈子的"吃饭家什"。

母亲幼年丧父，十多岁时便在无锡亲戚家开的锡箔厂帮工。解放初，锡箔厂作为迷信产业被关闭后，年青的母亲立志学一门手艺养活自己，便四处求师学技，还交过三斗米的学费，到培训学校学过三个星期的缝纫绣花技艺。为了学手艺，她曾每月花五元钱租来一台缝纫机，试着做一些简单的缝纫活。技艺稍娴熟以后，又自己跑服装店，绣花厂接加工活，好歹总算能够养活自己。不久，在亲戚的帮助下，母亲借贷一百三十多元钱，买了一台"蝴蝶牌"缝纫机，拥有了自己的"生产工具"和"巨额资产"。

上世纪五十年代中期，母亲结婚后来到上海，就是靠着这台缝纫机，帮人缝纫赚些小钱，渡过了一段艰难的时光。1958 年以后，在大跃进的年代里，街道居委大办"生产组"，动员母亲带着缝纫机加入了"缝纫组"，开始了她的职业生涯。

当时的"生产组",属于小集体所有制性质,必须自负盈亏,工资福利非常差,工资按天计算。上一天班可以拿八角钱工资,做一天算一天,没有休息天,没有"劳保",没有病事假,也没有产假、哺乳假、探亲假和其他福利。即便如此,母亲她们也干得很欢,从不肯休息一天,而每年春节前夕,做新衣服的人多,活来不及做,每天吃过晚饭,母亲还要到组里去,在缝纫机上加几个小时的班,赶一两件活。

在计划经济年代,上海人每年会发一丈两尺布票,凭票可以到绸布商店买布料做新衣服。当时虽然也有服装店,但价格较贵,一般老百姓是不会去买现成衣服穿的,都是买布找人缝制,因此,母亲所在的缝纫组,生意一直很好。

儿时的记忆里,母亲除了忙家务,其余时间都是与缝纫机为伴。在经济不宽裕、物质很匮乏的年代,我们全家人一年四季的内外衣服,全是母亲自己做的。正因为如此,小时候我们兄妹的穿着,总比同龄人光鲜时尚一些。从幼年的娃娃衫、小童装,到读书时的白衬衫、蓝裤子、学生装、花罩衫,从"文革"初期的仿军装,到上世纪七十年代末的中山装等,社会上的流行款式,总会在我们身上体现出来。

由于母亲自己会裁会做,她会经常抽空到布店淘便宜的"零头布",买合算的"宽幅料",套裁拼接做出的衣服裤子,既省钞票又省布票,还很得体时尚。因此,我们家人的衣裤也比别人家多一些。上世纪八十年代,结婚新娘流行穿中式滚边盘扣织锦缎棉袄,母亲也是不顾自己已经年过半百的年纪,亲手为我妻子和两个妹妹做了好几件这样的嫁衣。其实,受惠于母亲缝纫活的不仅仅是我们家人,伯伯嬢嬢、舅舅阿姨等亲戚家的大人小孩,抑或邻居、朋友,甚至我们的同学同事、孙辈们的老师等,都曾"借过"母亲的光,穿过母亲做的衣裳。

时至今日，不少亲戚邻居朋友提起过去的事情，还会感激母亲当年"帮我们做过新衣裳"。

上世纪八十年代初，母亲退休了，跟随她三十年的缝纫机也一起回了家。但是，母亲退而不休，找她做衣服的"老生意"络绎不绝地找上门来，一段时间忙的她"生活"还来不及做。好在当时已经改革开放，政治经济形势已经相对宽松，已没人指责这是"走资本主义道路"，也没人来割"资本主义的尾巴"了。直到我儿子出生，母亲才坚决回绝了这些老顾客，专心致至的带孙子了。

然而，不接外面的"生意"，并不意味着母亲与缝纫机的告别。稍有闲暇，她还是喜欢坐在缝纫机前"捣鼓"，孙子外孙从小到大的各式衣衫，全家老小的睡衣内裤，以及家中所有的缝缝补补，还是由她一手包了。

母亲对她的缝纫机非常爱惜，除了使用，她还经常对机身进行拆卸、擦洗、加油、保养，用了三四十年的缝纫机，用起来仍是那样的轻盈好使。上世纪九十年代初，老屋动迁，在外过渡期间，我们动员她把这台用了四十多年的缝纫机处理了，她"肉痛"了好多天。直到搬入新居，妹妹把自己的陪嫁缝纫机给了她，才慢慢让她有所释怀。

近年来，母亲年纪渐渐大了，眼睛花了，做缝纫活也有点"木"了，我们都劝她不要再做了，可她却乐此不疲，时不时地拎出"机头"，或纫几双鞋垫，或做几条内裤……那年我儿子准备结婚，在装修布置新房时，她还硬是提出要帮着做台布椅套等，在我们的合力反对下，她还是做了两个空调机套子，还找出多年不用的"帮架"，在机套上绣了幅"鸳鸯戏水图"。

母亲与缝纫机一起走过了七十年的时间，耄耋之年的她仍不时喜欢坐在伴随她大半辈子的缝纫机前忙碌。她说，不为别的，只是为了"解解厌气"。我们呢,也不再劝她,只要她开心,就让她忙吧。只到那天她彻底躺下,才依依不舍的与缝纫机告别⋯⋯

　　胡伟祖,1955年生于上海,静安区作家协会会员。1973年参加工作,第一份工作是菜场营业员。1992年借调进入上海区级党政机关从事文秘工作。2007年调入档案部门分管档案编研等工作。在上海主流媒体和网络新媒体有多篇文章发表。

掬起一缕茶香

朱 洁

一

黄包车在一排木栅栏前停了下来,车夫的脚停在踏板上,一手把着笼头,一手指向墙上的一行字,嘴里蹦出一句话:"这是茶文化博物馆。"说毕,他收回手松开刹车,脚开始发力。"师傅,等下。"我急喊一声,黄包车顿时"立"住了。"我们想去看看。"爱人也表示同意。墙上的字是"潮府工夫茶文化博物馆",这个博物馆没有在任何一个旅行攻略里被看到,也不在车夫提供的包车景点服务范围内,不过车夫还是许可了我们的要求,把车停在一旁,让我们进去闲逛……

博物馆必须微信登录方可进入。四周栅栏被绿植覆盖,一顶遮阳伞被打开,伞下摆几把竹椅、茶台和一些茶具,与外界物理相隔。进入馆内,四周沿墙依次摆放玻璃柜和实物展台,还有一些介绍。我与爱人都爱茶,但对潮汕茶了解不多,只知道潮州人靠着凤凰山种植茶叶,养活一家老小,若不是在上海风靡的鸭屎香茶来自潮汕,可能对潮汕茶的所知仅此而已。

展厅最里面果然有一张大桌,两位游客模样的人正起身离开,茶师抬起头,微笑送客,见我们走来,客气地邀我们入座品茶。来者是客,无论远近,喝茶闲聊,看重的是缘分,生意则随缘。入座后,不多时水又沸腾,茶盏没入沸水,稍待,用镊子夹住盏沿,轻转一圈后取出,茶盏去尽残渍,洁白如新,茶碗里换入新茶,单枞茶多用沸水冲泡,稍待倒尽,再入沸水,叶展味出。茶师动作娴熟,不多言语,发髻挽于脑后,露出整个脸庞,神情恬淡。

二

中国茶道古来有之,除了个人喜好之外,讲究的是不同的茶叶,用不同的冲泡方式,为的就是把茶叶的本味完美复原,有步骤复杂的,也有简易的,潮汕茶属于功夫茶,烹茶过程自有一番讲究。茶师将茶盖递给我们,茶盖内壁吸收了茶香,持盖靠近鼻头,气往里收,茶青涩隐入花芬芳,漫入鼻腔,似有鲜花在茶树上盛放,瞬间眉间舒展,心悦神驰。"这是蜜兰香。"茶师粉唇微展,声轻入耳。放回茶盖,用茶盖挡住茶叶,只让茶汤入盏,汤色黄艳带绿,叶底绿叶红镶边。

"有鸭屎香吗?"茶盏还有些烫手,不着急入口,脑中念头一闪,竟脱口而出,"当然,也可以给你们尝一下。"说着茶师伸手拿过一个同等大小的纸袋,取下密封夹,打开袋口,轻闻一下,脸上露出满意的神情,再将纸袋递给我们,纸袋上贴着"鸭屎香"的标签,我也学着闻了一下,却不知该如何表达。

单枞茶一般可冲泡7、8次。待茶汤稍凉,轻滑入喉,苦涩中带着兰花香,喉间慢慢地回出一丝甘甜,很是迷人。单枞茶是广东乌龙茶的一种,也是中国众茶中的一个品类,中国茶的种类不胜其多,但无论何品种,在大自然的环境中都是一片绿色,然而,经人工采摘、杀青、发酵等一系列工艺，不同的茶竟然展现出各自不同的风味，不得不感叹大自然的神奇，人类的智慧。算是爱喝茶的我，这回，又认识了一个新的味道。边饮茶，边想象那一丛丛绿色，那是茶最初始的状态，茶树长于山上，高于地，低于天，于天地之间，吸引的是大自然灵气，是那种无法用语言、无法用科技复刻的美妙。茶香氤氲，不由沉醉其中，忍不住举盏频饮。茶香久违了，它，在记忆里；远，但依旧在。只是有一段时间，这股茶香被另一种味道压制住，成了空白。

三

那是一股浓烈且霸道的味道。那天，它躺在马克杯里而来，停在我的面前，还没等我吸气，就霸占了我的鼻腔，那种浓烈的、霸道的香，提神醒脑。抬头，同事介绍说是新入手的品质咖啡豆，粉是现磨的，手冲萃取，颇为得意的神情，客气地请我品尝。咖啡，不算熟，也不陌生，同事盛情，换入杯中，轻啜一口，苦如中药，微微皱眉，勉强咽下，同事并不介意，多加引导，举杯再饮，似乎回出一丝甜感。"这豆子很甜的，所以拿来给你们喝喝看。"甜？同事对咖啡的品鉴高度着实不一般，至今，我也没能达到咖啡"很甜"的境界。

咖啡是热带植物，奇特的热带植物，它的香气令人欲罢不能，入口却又苦如中药，巨大的反差让人难以相信是出自一物。咖啡独有的浓香腾入空气，迅速霸占办公室的每个角落，也霸占了每一个人的鼻腔。有人被吸引，聚来浅尝一口，有喜爱的，也有放弃的。同事颇有兴致地介绍咖啡制作过程，告诉我们不同种咖啡豆之间的区别。对于咖啡，他发自内心喜爱。显然，众人被感动，被浓香，被热情，嚷着要去参观他的咖啡小作坊，于是便顺着楼道内的余香溯源，一套完整的咖啡手冲器具映入我的眼帘。不曾想,自此咖啡走进了我的生活。清晨,按下机器按钮,马达疾速转动,机身沉闷地震动,豆仓漩涡式下陷,被金属狠狠碾压,几下便成了粉末,热水灌入,蒸汽轻轻腾起,咖啡分子被释放,液体流入杯中,浓香满屋,慢饮下肚,驱散倦意,醒了……

"这是鸭屎香。"茶师将茶盏又推了过来,茶汤仍是黄艳带绿,叶底也是绿叶红镶边。"太寡淡了。"我的第一反应,绝没有想象的那么惊艳,甚至还不如蜜兰香。"鸭屎香原来叫银花香,是银花的香气,属于淡雅的。"茶师微笑解释。哦,忽然有一种释然,确实,银花香的名字更符合这款茶的韵味,不得不佩服营销人的厉害——雅致的名字换了一个"糙"名,再搭配不同原料,做成不同饮品,从此身价倍增,茶失去了本味,做成了风味,却受到都市人的追捧,这也堪称是一种特别的"茶生态"吧……

犹记得"茶禅一味"之说,是指禅宗的修行方式,通过喝茶和禅修来达到心灵的平静和内心的安静……终于茶尽杯停,忽然觉得当下的心境,茶于我,才是本真。

朱洁,浦东新区作家协会会员、上海公安文联文学创作俱乐部会员。散文、报告文学作品散见《人民公安报》《人民警察》等报刊。

父亲养的鸟

邢砚斐

父亲退休后迷上了养鸟。

那时家在景德路,有四五十平方米,铺着石皮的一个庭院,父亲在院内养了鹦鹉一只,八哥、鹩哥、画眉各两只。

伺候鸟,是件需要耐心的事。父亲一向做事细致,一笔一画,极其认真。买来的鸟食先精挑细选,捡尽杂物,再晾晒装桶储存好。无论酷暑严寒,每天下午,午睡过后,是给鸟儿洗澡的时间。洗澡有专用笼子,鸟儿洗澡时,父亲在一旁,用旧牙刷把腾出来的竹制鸟笼,上上下下、里里外外,通通清洗一遍,然后添水、加食。等把所有的鸟儿轮流完毕,一个下午也就过去了。

为了让鸟儿说话,父亲专门请人来为八哥捻舌头,母亲还特意买来了录音机。于是,一进院门,满耳是"老板你好""新年快乐""恭喜发财"的磁带声。

最先会说话的,是俩八哥。它俩不跟磁带学,反而是自学成才。母亲说这两只八哥像我小时候一样,课堂不用功,专门看闲书。所以一只说的是松江土话:"奶奶,快点呀,快点呀!"另一只则模仿苏北方言:"鹅毛,鸭毛,甲鱼壳。"说起来惟妙惟肖,让人忍俊不禁。可惜这俩八哥挂在景德路老宅的弄堂时,连笼带鸟被人偷了。

父母搬到通波小区后,住在底楼,围墙内的院落窄小,鸟也只剩下5只。鹦鹉个头较大,总静静地待在笼架上,憨憨的十分可爱。据父亲说,它会正儿八经说"老板你好",可我从未听到过。那年禽流感,居委会上门给鹦鹉打了一针,从此喑哑失语。鹦鹉偶尔会"哇"一下,吼声吓得三楼婴儿大哭。无奈之下,父亲去花鸟店用鹦鹉换回来一只八哥。

两只鹩哥同样,也没照着磁带念。一只学的是隔壁阿姨的广富林口音,一开口就是:"阿婆啊!"另一只学的是父亲的笑和咳嗽声:"嘿嘿,嗯哼,喀喀。"我至今不明白,父亲养的八哥、鹩哥学习成绩为啥总那么糟。父亲患病后,体力渐渐不支,难以每天伺候5只鸟。于是,他依依不舍地将八哥、鹩哥送了人,仅留下两只画眉鸟。一天下午,父亲为画眉洗澡忘了关门,结果那画眉出了鸟笼往外窜到围墙上,眼看着那鸟叽叽喳喳又跳又叫,急得父亲直跺脚,举起鸟笼呼唤半天,画眉却并不理睬,一转身飞走了。那天晚上,父亲懊恼得一夜未眠。

第二天中午,隔壁阿姨敲门说:"阿婆啊,逃走的鸟在围墙外树上叫。"父亲放下手中的酒杯,匆匆拎起鸟笼就往外跑。母亲一看,连忙喊"老头子,当心掼跤",也追了出去。那只画眉看见父亲,也不急着逃远,叽叽两声后,飞向前三四步,再扭转头喳喳地叫,仿佛是在等父亲过来。画眉在前面飞,父亲在鸟后面追,母亲在父亲身后撵。就这样,一鸟俩老,沿着围墙绕。兜两圈后,画眉又飞走了。晚饭时,父亲边喝酒边思量如何才能有效地逮住这个狡猾的"逃犯"。

第三天,整整一天画眉都没有出现,父亲开始绝望了。可到第四天下午,母亲忽然听见窗外有声响,叫起父亲隔着玻璃一看,那只画眉正在院子的水槽里,用翅膀蘸着一点点积水扑腾着。父亲急忙提起鸟笼开门出去,那画眉也不反抗,一头钻进笼子就喝水、啄食了。

父亲第二次手术后,身体更加虚弱了,他终于答应把陪伴最久、感情最深的画眉也送了人。鸟儿走后,父亲总放心不下,隔几天就要大妹妹开车带他去看看,探望一下两只画眉。就连在病房弥留之际,父亲还念念不忘,叮嘱我要"毫燥点,鸟笼哉……"父亲逝世后不久,听说那只画眉又一次脱笼而飞了,而且再也没有回来。

也许,它是寻找、陪伴父亲去了……

邢砚斐,松江区作家协会会员。作品刊发于《云间文艺》《松江报》等,出版个人文集《散栎集》等,《明代松江名人文选》《清代松江名人文选》编辑之一。

苏河半马——人生奔跑的起点

陈　炜

　　在这座繁华而充满活力的都市里,有这样一场赛事即将登场,它让人们远离工作上的疲惫、生意场的觥筹交错,去感受运动的快乐、激情的酣畅、时光的美好……

　　上海苏河半马,一场穿越城市的奔跑之旅。有激情,有欢乐,有温度。

　　苏河半马,起点位于上海的母亲河——苏州河畔。徜徉于此,绿草如茵,河水湍湍,船舶悠闲地穿梭或停航靠岸;海鸟展翅翱翔于蓝天与绿水之间,宛若五线谱的旋律,诗情画意。一路花香弥漫,或儿童在嬉戏追逐,或情侣在花丛中低喃,或耄耋老人连椅偎依,幸福美满;紫铜雕刻苏河十八湾旧址,绿藤编织缠绕苏河半马公园的浪漫。

　　欧式建筑小庄园的晚宴,高耸入云的工业遗址驻足停留的休闲,晨光映射下上海少年儿童图书馆的幽静。艳阳笼罩下跨国采购中心的斑斓,夕阳下悠扬萨克斯旋律在河水中流淌。一花一草,一河一厦,一桥一瓦,让参赛者们穿越古今,感受着这座城市的变迁。

　　沿着风景秀丽的苏州河畔一路奔跑,古朴典雅的历史建筑和现代化的高楼大厦交相呼应。沿途一幅幅美丽的画卷,让人们在奔跑的同时,也会沉浸于城市的美景之中。天朗气清,跨过古老的石桥,感受着历史的沉淀;跑过现代化的摩天大楼,感受着城市的发展与壮大。仰观世界之大,俯察万物之小。每一步的奔跑,都是对生命的热爱,每一步的奔跑,都与自然息息相关。每一步的奔跑,都是与这座城市的亲近。人与人之间的关系,人与人之间的距离,都在奔跑中彰显。时间与生命,空间与爱好。静燥不同,欣于所遇。然爱之所爱,恶之所恶。千里之行始于足下,驻足方能常乐也。

在这场半马中,不仅可以挑战自我,还能结交志同道合的朋友。大家一起奔跑,互相鼓励,共同追求健康和快乐。无论你是专业选手还是业余爱好者,都能在这里找到属于自己的快乐。生命与健康在这里兑现,生命与世界在这里徘徊,生命与快乐在这里相遇。人之大事,莫过于生死。人之大幸,莫过于健康。人之久长,莫过于呼吸。在奔跑中忘却自己。在奔跑中体验人生,在奔跑中体会生命。

上海苏河半马,让我们一起穿越城市,穿越古今,穿越时空,感受激情,感受奔跑的魅力!

陈炜,原名陈伟,字妙元,蒙古族,诗人作家,普陀区作协会员。上海禹杰物流有限公司副经理。现定居于上海。酷爱文学,热衷于公益。诗歌作品《童谣大庆》获得 2017 童心向党大庆市征文二等奖。诗歌作品《万里行》在 2018 年普陀区文化评比中获奖,同年多部散文、诗歌等作品在网络评比中获奖。

忆任老参加的一次盛会

没头脑和不高兴之父任溶溶先生走了,哀悼,怀念。

那年校庆,我们邀请了 50 位作家来学校讲文学、谈读书、话写作。

2007 年 12 月 5 日,时值深秋,初晴,碧空如洗。枯黄的草坪让阳光一扫,透着金色。栗色的小圆台、乳白色的塑料椅、五彩的遮阳伞,像雨后草原上的浆果蘑菇。穿短裤的英俊少年和穿短裙的清纯少女——学生服务员,宛如小天使,穿行着端送咖啡。每张圆台限坐作家一位,余座坐满了渴望与作家交朋友的稚嫩的学生。没座位的学生,就席地坐在草坪的空隙处,满眼的校服就像星星簇拥着月亮。老师围着大草坪三三两两随意站立,看着欢乐的学生,感染着欢乐,如彩云飘浮在星星旁边。

盛会不设主席台,不摆席卡,一张临时搭建的简易木台,一部扩音器,仅供讲话者用。没司仪,没主持,需要时,我台上台下串联一下。一切自在、宽松、随性。

作家和学生的促膝交谈被打断了,作家、理论家张锦江先生率先登台,他激情洋溢,中气十足:"这么好的氛围,真是种享受,谢谢学生对文学的爱,谢谢老师的培育。没有请领导先上台讲话,首闻首见,校庆这么办,第一首创,我为你们竖大拇指!"

我即兴接话:"在孩子们眼里,作家是森林中的大树、会变的孙悟空、牧场上的奶牛。孩子们早就想看一看、摸一摸活生生的作家了。"

全场笑声飞扬,有作家在下面高声插话:"我们可要多产奶了。"

儿童文学作家沈碧娟上台接话:"和火焰接近,自然就会热烈;和冰雪接近,自然就会晶莹;和文学接近,自然就会儒雅。我还要说,和孩子们长期接近,自然就会让自己的心地澄净透明。谢谢孩子们!"

《文学报》主编陆梅说:"阅读有时就像旅游,可以走得很远。"

辫子姐姐郁雨君接过话筒,风趣地自我介绍:"我是个梳麻花辫子的人,辫子老长老长老长,已经超过了腰啦;是个眼睛和嘴巴都很大的人,笑起来要露出8颗以上牙齿;我是个喜欢想入非非的人,不管夜里白天老是做梦呵做梦。"她动情地说:"让无数天使般的孩子环绕在我和作家们的周围,让我深深感到为天使般的孩子们写作的幸福和快乐。"

我调侃自己说,我可是投了三次稿,都被退回来了,剥夺了我为孩子们写作的幸福和快乐。

没想到自称"米老鼠比我小几岁"的儿童文学巨匠任溶溶轻捷地抢着上了台。任老头发白了,牙齿落了,却依旧声音洪亮,脑子好用得很。他上台就向台下的编辑、作家们深深一鞠躬:"谢谢诸位,文坛已经很挤了,多一个少一个无关紧要,而你们为孩子们留下了紧缺货——一个好校长。"率真、睿智、有趣,对生活充满了爱的老头,让人爱死了,台下掌声雷动。届时,先生已84岁。

老作家任大星,他侄子作家任哥舒,作家、博士唐池子,月光少女系列作家张洁,中国动物小说大王沈石溪,《儿童时代》主编孙毅……

都相继发了言。松江区文联领导、作家许平,作为东道主帮着招待客人。秦文君参加了半程,匆匆赶往崇明,参加另一所学校的活动。叶辛因上海市作协有会请假,没能来参加。他们都为学生留下了签名本。

各班级迎一二作家回教室座谈,幸福洋溢。没想到任老在学校老师陪同下又找到了我:"外国语学校,赠一些我的翻译著作。都是小开本、小儿科,哄哄孩子。当然,也哄哄我自己。"《闯祸的快乐少年》《骑士降龙记》《吹小号的天鹅》《柳树间的风》《阿丽萨外星历险记》《铁路边的孩子们》《想做好孩子》《假话国历险记》《金钥匙》,真是"把一套儿童文学译丛做得有些浩浩荡荡"。

时隔仅几日,接任老亲笔来信:"衷心感谢您让我参加盛会,有机会和年轻朋友谈心,您让美丽的学校充满书香,您才思敏捷,语言有味,希望写书,让书香更加馥郁。"

先生不需要戴法兰西小帽、摇折叠扇来装深沉,他没有浓墨重彩的话,却语有真情任翕张。《内经》说:"以恬愉为务,以自得为功,形体不敝,精神不散,亦可以百数(活到百岁)。"

百岁老人在天堂还在为孩子们说着故事。

章绍岩,松江区作家协会会员。作品《春暖启园》曾获上海市委宣传部第八届上海新闻奖三等奖。出版个人文集《耕耘并收获着——一位中学校长的多味人生》《错杂弹集》等。

美好的样子

宋　张

　　朋友送我几支笔。有香芋紫色,笔尖尖尖的,圆规似的脚,玲珑有致,书写时像歪着头看你的小姑娘,可爱得很。粉色是杏花飘扬的那种,像极了春天的早晨,晨雾刚刚拉开序幕,千千万万的粉色飘扬在空气中,纷纷开始书写传奇和故事,蜜蜂抖动起他们的翅膀,传播粉色的结缘的声音,种种的花迷迷笑着,摇摆着她们的腰肢,想拥有一段粉色的恋情,纯洁的、美好的、充满色彩的。

　　还有一支笔是橙色,六棱,头和尾一样壮实,有点愣头愣脑。这样好看的颜色为什么是这个形状?当我拔出笔套,就像掀开新娘的头盖时,明白原来是荧光笔。它可以在白色的纸上划出温暖的橙色,带着光泽的线条,仿佛抹了口红的嘴,宁静的纸一下子活跃生动起来。

　　另外一支是铅笔,暗红色,有一条棱上刻着荧闪闪的字。相较其他几支,它显得朴素得多,泛着暗沉光泽的笔尖散发着慧的拙气,仿佛有着永不疲倦的气力,可以无尽的奔走似的。

　　朋友说,用这些漂亮的笔才可以下得了手,写得出字。办公室发的笔太丑,没有感觉。她说这些话时微笑着,整齐的牙齿像那些流淌着色彩的笔一样流露出美好的样子,淡妆的眉眼之间闪耀着欣喜,犹如拿着这些笔书写时笔下出现的彩虹。

我没有把这些笔像平常那样插入笔筒内,那会使其他的笔黯然,一下子变成阳光下的尘埃。

我让他们不规则的躺在办公桌上,玻璃板下墨绿色衬垫像海水一样静静地蔓延着,它们就是盛开的花朵,随着潮汐涌动着、绽放着,被生动的有着生命的波纹衬托着,显得异常的美好。

我给它们一一取了名字。

粉色的叫“友情”。朋友送我笔是在冬天的早晨,阳光还没有晒进处在大楼西边的办公室,室内流动着一丝一丝凉意,窗台上盛开着盛在清水里的百合,粉中带白的花朵散发着浓浓的香气,朋友的脸和娇嫩的百合相应着。当她说到只有这些有着漂亮色彩的笔才能带给她书写的快乐和灵气时,我和她都禁不住笑了。那笑仿佛凉意制成的五线谱上的音符,有如秋天里的豆子,在空气里欢笑着,滚动着。

紫色的笔总让我想起那朵“风信子”。风信子白色的圆球正好搁在玻璃瓶口上,根须像圣诞老人的胡子,整齐地长在白净的水里。我日日等着花茎上冒出芽蕾来。漫长的冬季是它蓄积力量的时候,它心无旁骛完全不顾及别人的目光和想法。有一天,花儿终于炸开了,密密地生长在花茎上小小的花瓣仿佛举着旗子在欢呼,紫紫的颜色羞涩而热烈,满屋的香味犹如水蒸气一样沸腾,活跃在房间的角角落落。静坐其中,和风信子面对面,与它一起分享它的青春的美丽。它的花期像流星一样短暂,和所有的花一样,风信子绽放了就不遗余力,努力把美诠释到极致。也许,因为极致才短暂。花从来不讲“中庸”之道。

头脑里思路不清时,我会拿着暖色调的荧光笔和铅笔,转动着它们的棱,渴望带给我灵感。有时想,生活中的许多小确幸也像它们一样,是暖色的,带着荧光的,犹如夏夜的萤火虫。不停地捕捉这些闪闪烁烁的快乐,朝前走了,便是一路芬芳。

中秋放假前,朋友送我一枝玫瑰。她从花束中挑了一支娇艳欲滴、开得最旺的。我凝视着它,就像凝视一个新生的孩子。花朵的每一瓣都紧紧围拢,叶瓣水分饱满、挺括,像刚买的西装,连衣角都是有型的。花瓣粉红,白色的叶脉像细嫩的血管一样潜行其间,或许清新的白认为还可以多一点渲染,于是又在花瓣的边沿晕了一圈。红与白缠绵在一起,呈现出早晨薄雾般的美丽和朦胧。大概为了支撑花的养分,花茎上只剩下几片绿叶独自烘托着。离开了母体,花和叶互相扶持,互相衬托,展现出刹那时间的生机勃勃。

我不忍心一朵玫瑰孤独地开在假期的办公室里,但也不想拒绝它的清新的芳姿。我凝视了它很久。

朋友是个花迷,几乎每周都要看到快递给她送花,她的窗台上的广口玻璃花瓶中,盛放着一束束的花,百合、玫瑰、满天星等不断的变化着。办公室门口的小桌上,一只像开口微笑的红唇一般的白色器皿中,两支天真烂漫的绣球花交互斜插着,表现出一副友好的姿态,花朵蜂窝一样的褶褶仿佛无数的水晶洞,躲藏了许许多多的秘密。

我是很早认识绣球花的。因为很小的时候母亲在家里的菜园种上了它。绿色的菜园里,青椒、茄子、番茄在长出它们的花样的时候,绣球花也在热烈的盛开,仿佛是青椒、茄子、番茄的朋友。

相较于绣球花的硕大,玫瑰则精致得多。为了承接住它的小巧而高贵的美丽,我特意从家中挑选了一只高腰的花瓶。花瓶像一座奖杯,小小的圆从底座逐渐放大向上,正适合鲜花的茎长长地屹立在其中,略略地斜倚瓶口,就像一个装扮好的美丽女子靠在门口,看一丝清风飞过,款款然欲要走出的样子。

我把花瓶盛满新鲜的水,希望它多茂盛几天。

节日后,走进办公室,第一眼看到玫瑰的花瓣像烟花散开,失去水分的红仿佛腌过了一般,无力地低垂下来,不禁令人想起"花容失色"这个词。

有一位女作家说过,花朵是有灵气的,要和它讲话,用眼神和它交流,得到了爱的花朵会开得更有精气神。想想中秋节日里,窗外是热热闹闹的风和日丽,而花儿与空洞的桌椅一起,它是伤了神和心,才会衰弱得这么快。于是我不忍把它丢弃,把它搁在办公桌上,绿色的绒面衬托着它,就像曾经的一张节日贺卡,一枝玫瑰停留在未完的信笺上,欲说还休的样子。

玫瑰,还想说什么。

邓丽君唱过:"玫瑰玫瑰最娇美,玫瑰玫瑰最艳丽,长夏开在枝头上,玫瑰玫瑰我爱你。"今日已秋风直入,有了栽培,玫瑰可以一年四季开放,这样轻巧的美丽可以常常陪伴左右,有时恍然间,真不知是幸福还是遗憾。

宋张,崇明岛人,崇明区作家协会会员。公务员,自幼爱好文学,曾在《崇明报》《春蚕》发表散文二十多篇,多篇散文曾被收进崇明作家协会选编的散文集。

第四辑

汉字长征

羌管悠悠

高元兴

北宋诗人范仲淹词作不多,存世的只有5首。虽然数量少,但质量高,历代评价也高。有论者认为:"首首脍炙人口",在宋词的发展中起着"承前启后"作用。上海古籍出版社出版的《唐宋词三百首》中选了两首。其一为《苏幕遮·别恨》,首句为"碧云天,黄叶地",末句为"酒入愁肠,化作相思泪"。这是写羁旅乡思的词,历来为人称赞,叹为绝唱。王实甫写《西厢记》时,将首句改为"碧云天,黄花地"而融入张生与莺莺的离别情节中。另一首即是《渔家傲·秋思》,这是范仲淹作为将军带兵戍边时所作。此词格调苍凉悲壮,感情沉郁厚重,塞外风光,边镇劳苦,家国情怀,尽在其中。词坛自五代始,花间派婉约柔媚词风盛行,这首《渔家傲·秋思》可谓一扫缠绵,开启雄壮,首创边塞词风,并发豪放派词之先声。正是:将军襟怀壮,别具风情生。羌管悠悠远,千古有定评。

且看《渔家傲·秋思》词:"塞下秋来风景异,衡阳雁去无留意。四面边声连角起,千嶂里,长烟落日孤城闭。浊酒一杯家万里,燕然未勒归无计。羌管悠悠霜满地,人不寐,将军白发征夫泪。"

在"露从今夜白"的秋夜,读《渔家傲》,思古战场,遥想大漠长烟,千嶂落日;远望"塞下秋来",衡阳雁去;听闻"四面边声","羌管悠悠",一时颇有流光倒转,时空变幻之感,顿觉边塞风光扑眼眸,壮阔意境腾高远。

此词上阕写景,下阕抒情,情景交汇,悲壮互补。诗句质朴,无须多语,意蕴浑厚,可深思矣。撷取其中几句,结合整首词内容,谈点个人想法。且看"衡阳雁去无留意"句。衡阳雁去,毫无留意。为什么?只因塞下秋来,风景异于内地,秋风萧瑟,满目荒凉。而大雁南归,性本难移。品味再三,感到诗人独具艺术匠心,以"衡阳雁"句为后面"浊酒一杯家万里"句铺垫,并作对比。离别家乡,岁月荏苒,思归故里,骨肉团圆,亦是人之本性。但人之所以为人,就是有思想,有情感。离家万里,浊酒一杯,听羌管悠长,看寒霜满地,动情更动魄。但"匈奴未灭,何以家为?""燕然未勒归无计"。外患未消,边境不宁,"无计回",怎能回? 不能回! 大雁无情东南飞,战士有情戍边疆。末句"将军白发征夫泪"亦动心魂。"将军白发",此当诗人自喻。操心为甚,劳苦忙碌,以致双鬓沾霜。而建功立业乃是古代正直士大夫之雄阔抱负,"将军白发"中自有运筹帷幄之方略计谋闪耀。"征夫泪"即战士泪。虽说男儿有泪不轻弹,但无情未必真豪杰。征夫有泪,只因万里戍边,思乡心切,思亲情真。李白诗云:"戍客望边邑,思归多苦颜。"但戍边就是卫国,卫国就是保家,纵有泪,纵有"苦颜",也要坚守,也要不怕牺牲地去完成自己肩负的重任。当然,这些"征夫"彼时的主观想法我们或许难以知晓,但万里戍边,保家卫国的形象却是可感的,真实的,其精神亦是可赞可歌的。笔者由此感言:国有忠臣,军有良将,士兵奋勇,人民支持,纵有强敌,国之大门,恐怕很难攻破。反之,其情势必危殆矣。

品读这首词,不由地想起唐代诗人李益边塞诗名篇《夜上受降城闻笛》："回乐峰前沙似雪,受降城外月如霜。不知何处吹芦管,一夜征人尽望乡。"内容依旧是战士出征沙场,寒霜冷月,芦管吹动乡情。情境有点相似,不知范将军作《渔家傲·秋思》词时,是否受到过李益这首诗的影响？但依笔者之见,范词内容更丰富,意境更深广,思想境界也更高,故而能引领宋词边塞词之潮流。

谈起范仲淹,肯定还会想起他的《岳阳楼记》和"先天下之忧而忧,后天下之乐而乐"的名言。这名言千古垂范,一如明镜,照人灵魂。它是范仲淹真实人格的写照。范仲淹领兵守边多年,采取"屯田久守"的方针,巩固西北边防,有如"龙城飞将","不教胡马度阴山"。西夏人惧之,谓范仲淹"胸中自有数万甲兵"。当他还朝后,政绩也颇为卓著。他"居庙堂之高",任参知政事(副宰相)时,上疏《答手诏条陈十事》,实施"庆历新政",鼎新革故,消除弊政,以图强国富民。但由于反对派强势,改革最终受挫,范仲淹也被贬出京。然而,虽"处江湖之远",但他依然"不以物喜,不以己悲",秉持一种良知与节操。《岳阳楼记》就是贬谪以后所写,表达了他的"忧乐观"和坚定志向。

范仲淹"慨然有志于天下",身上有一股硬骨头精神。据史料记载,他晋身仕途后曾多次入朝为官,因秉公直言而屡遭贬斥,但其耿耿忠心不改。最令人惊骇的是他竟然还曾上书太后,请求还政仁宗皇帝。虽然并无效果,但范仲淹的"天大"胆量足以让人担忧。当此举受到批评后,范仲淹以《上资政晏侍郎书》表明自己的想法:"侍奉皇上当危言危行,绝不逊言逊行、阿谀奉承,有益于朝廷社稷之事,必定秉公直言,虽有杀身之祸也在所不惜。"

忠言逆耳,词锋锐利,掷地有声,铮铮有骨,坦然而毅然,何等正能量。这岂止是"忧乐观"的境界？更是一种大义凛然的英雄豪气,充分体现其"刚正不阿"之性格特征。在封建社会,"君"即"国","忠君"即"忠于国家",亦即"为朝廷社稷"尽忠。

回到《渔家傲·秋思》词中,我们在"燕然未勒"的凝重里,在"羌管悠悠"的旷远间,也可感受其为国尽忠的勇毅魂魄与精神。

往事越千年,正气在人间。诗抒情,亦言志。读其词,怀其人,思往昔,念今朝。

今天,仍需传承"羌管悠悠"与"将军白发"中所蕴涵的那种志向;今天,仍需秉持"先天下之忧而忧,后天下之乐而乐"的那一种境界。同样,在深化改革和反腐倡廉的时代背景下,先贤的"绝不阿谀奉承,必定秉公直言,哪怕有杀身之祸,也在所不惜"的无私无畏品德,更值得今天的当政者和为官者们引以为师,戮力效法,继承发扬。

高元兴,上海市作家协会会员,中国远洋海运作协副主席。曾出版诗、散文诗和散文等 10 部作品集,并在各类征文中数十次获奖。

破译秋霞圃古园林深藏的密码

朱怀兴

一、秋霞圃,史料和实景中有两个疑窦

前几年,我经常进入秋霞圃公园,既是浏览,也搜寻一些这个园林的资料。后来我产生了两个疑问,这就是,汪姓园主无名字,桃花潭畔无桃花。

第一个疑窦,是汪姓园主无名字。

我们来看一下关于秋霞圃园林的历史经纬。据学林出版社 2008 年出版的《秋霞圃志》重修本记载:

(龚氏园)系明代工部尚书龚弘宅第之后园,即秋霞圃前身,始建于明正德嘉靖年间,时园内景物不见著录。嘉靖三十四年(1555年),龚弘曾孙龚敏卿(又名敏行)为家奴所害(一说死于盗事),家道中落,遂售宅园于徽商汪姓。万历元年(1573 年),敏卿子锡爵赴乡试乏资,向汪添价,汪答,价不可添,秀才若中举,宅园可无偿退还。是年锡爵中举,汪果然践诺。……清初,清兵三屠嘉定,龚氏后裔龚用圆、龚用广等 10 余人与侯峒曾、黄淳耀一起守城,英勇殉节。龚氏因此再次衰败,其残存的宅院复归汪姓。

(汪氏园·秋霞圃)清顺治康熙年间,汪姓收回龚氏宅园后将其扩为园林,添建木石亭馆,并取其名为秋霞圃,俗称汪氏园。是时,园中先后有一绿天、二香畹……等 20 余景,极一时之盛。这期间,宋琬、邓钟麟、严沆、赵沄等江南及其他各地的文人雅士皆曾流寓嘉定,而秋霞圃则正是他们饮酒吟诗、以文会友的好场所。雍正四年(1726年),汪氏衰,秋霞圃改属城隍庙后园。

其他资料记载,大体都是这个口径。

梳理一下,从龚尚书宅至今 520 年,前面的 225 年是私家宅院、私家园林。其中,龚氏分两个时段(1502—1555 年,1573—1645 年)共经营了 125 年;汪氏也是两个时段(1555—1573 年,清初约 1645 之后—1726 年)经营将近百年。

《秋霞圃志》提到的龚氏园主人(及龚家直系)龚弘、龚敏卿、龚锡爵、龚方中、龚用圆、龚用广。周边的金氏园、沈氏园(后来都归并入秋霞圃),尽管规模小于当时的龚氏园,史志也留下园主沈弘正、金兆登的名字。甚至曾经客居其间的侯玄汸、徐克勤也录有足印。

我还注意到,嘉定历史上有百余处已经湮没的园林(废园),大部分有初创者或者园主的姓名。有些园林主人本身就有身份有地位,园林与主人名声俱传;有些是人物本芸芸平淡,借着园林竟然留下大名。

但是,正式命名了秋霞圃、前后两段共经营这里近百年的汪氏,竟然没有出现一个名字。对他们的称呼,就是"徽商汪姓""汪姓""汪氏"。岂不怪哉!

第二个疑窦,桃花潭畔无桃花。原先龚氏园有少量的建筑,留下名字的仅有丛桂轩、浴德堂。十七世纪中叶汪氏第二次接盘以后,大动土木,建起了很有气派的园林,并正式名之为秋霞圃。同时还有二十余处景点被赋以雅名,其中包括"桃花潭"。

桃花潭是秋霞圃园林的一个核心景点,凝聚了园主、设计者、建设者更多的阅历、遐思与心血。著名的古建筑园林艺术学家、同济大学教授陈从周先生说:"(秋霞圃)用华丽与天然相对比,对比中又有变化。(桃花潭)池水因园小,故用聚的方法,位于园西部中央,看上去仿佛是一园的中心……就苏南诸园而论,其设计手法仍属上选。"(转引自《秋霞圃志》)

一般是望文生义认为,"旧时潭畔桃红柳绿,潭内荷花婷婷,故以桃花为名。"

窃以为此说可以探讨,因为没有找到"桃红柳绿"的依据。秋霞圃建成以后,潭畔几乎难辟植桃的小片余地。宋琬等成园时期的几位重要见证人,为桃花潭赋诗,都没有写到桃树。

当然,为具体景点拟名,可以借景、夸张、写意、朦胧,不必拘泥于太实。还有可能是诗人没有赶上时令。但是我揣摩了园主的人格、品位,认为他决意将园林最精华处,取名桃花潭,表达一段隐衷。

二、密盒钥匙,藏在几首诗词中

《秋霞圃志》收录的诗文,有多首嵌名凿字提到秋霞圃园名、及圃中景点名称,作者包括宋琬、邓仲麟、严沆、赵沄。这些大V,都不是嘉定籍,宦海生涯与嘉定没有交集。利用互联网的便利,我竟然发现了"黄金线索"。输入"宋琬",1999年版《辞海》有条:

宋琬(1614～1674)清初诗人。字玉叔,号荔裳,山东莱阳人。顺治进士,曾任浙江按察使。……其诗多写个人的失意和愁苦,情调伤感。也能词。有《安雅堂全集》。

浏览其诗文目录,赫然跳出一首《满庭芳·贺汪于梧举第十一孙》。感觉这个名字似曾相识,就赶紧打开这一阕词。似乎是走失已久的宠物看到主人,词的开头两句:"圃号秋霞,人如琼树"。宋琬好像料到园主名字要蒙尘数百年,数百年后有人叩问,就迫不及待地说:"你要找的人就是汪于梧呀,他开辟了秋霞圃,他自己也玉树临风气度不凡,正在庆贺生下第十一位孙辈!"词的上阕如下:

圃号秋霞,人如琼树,新来鹤发鬖鬖。华封人祝,惟尔一身兼。佳气充闾瑞霭,石麟降,蓬矢新添。孙枝好,荀龙有八,薛凤又成三。

词人祝贺对象叫汪于梧,祝贺他喜添第十一个孙辈。颂赞了汪于梧的主要成就(家业)、人品、相貌;以及本词主旨——主人身体好福气好(华封人祝,惟尔一身兼)、子孙多(十一个孙辈中,男丁有八,女娃三个)。这首词对秋霞圃的史料价值,极其珍贵。我们惊喜的发现,秋霞圃曾经的主人,有名有姓,叫做汪于梧。

宋琬把这首词收在他的《二乡亭词》。《二乡亭词》后来由安徽休宁人孙默收入《十五家词》,被列为"钦定四库全书"(见图书版本图片、词作原文影印件)。据宋琬老家山东莱阳文史资料,康熙三年(1665)宋琬放归,十一年(1672)赴四川任按察使。他与嘉定士人往来、赋诗应酬,应该是1670年前后。这个时候汪于梧已经有孙子辈11人了,年岁不下花甲。上推到龚氏园第二次易手汪氏的1645年(或者稍后年份),也有35岁上下吧。这个年纪,正是打理生意、经营家业绝佳年岁。可以推测,清初接手龚氏园的汪氏,就是这个汪于梧!

嘉定博物馆学术研究部主任、副研究馆员徐征伟先生后来告诉我,他在清康熙《嘉定县续志》、光绪《嘉定县志》找到这个汪氏的记载,汪于梧是他的字,名凤来。查两志都肯定汪凤来大义赈灾、管理有方,运筹一方的盐务不用县衙操心。但没有明示他与秋霞圃的关系。

嘉定历史上曾经有过大小各异、粗精不一的百十家园林,但留存时间较长、设计建筑工巧、在本地人文历史有过一定影响的园林,其实不多,但秋霞圃绝对算一个。那么为什么史志里找不到汪氏的名字?以我"小人之心"分析,大体有两条原因:

一是历史人文的原因。本邑以"教化嘉定"著称,崇尚儒学礼仪,也崇尚以武报国,但好像有点轻视商人。笔者翻了嘉定多部史志,都是重官宦、列女、艺文,记载的名单很长,但对农商界,几乎没有提及。

二是龚、汪两家宿怨的纠结。园子两次由龚转到汪姓,都是在龚家遭受巨灾之际,不免落下趁人之危的话柄。明清更迭,为抗清,龚氏男丁牺牲诸多,嘉定百姓敬重艰难守城、慷慨赴死的英雄,同时有点鄙视事后接盘龚氏宅院的汪氏。

汪于梧健在的时候,可能已经感受到此间的尴尬。新建的园林,本地士人中不睬,汪于梧就遥寄书信,请来了意气相投、文人相重的几位大咖,包括山东莱阳的宋琬、苏南江阴的邓仲麟、浙江余杭的严沆、一代名士赵沄(严沆诗:"请客置邀千里驿,逢人乞和辋川诗",表明这些贵客身处四方,园主千里请客,一片至诚)。这些名笔,没有辜负汪氏的盛情,长途劳顿,出谋划策,赋诗写词。而且用诗文赞景又赞人,把这个秋霞圃中的汪伦清晰地描摹出来。

汪于梧邀来的这几位,都是进士出身,文采高雅,讲名望、文品,与当年龚氏园的座上客(嘉定四先生、马元调、宋珏等)旗鼓相当。龚氏园的客人,系嘉定本土、或者寓居嘉定;而汪的文友无本地籍。汪胸有块垒,难抑隐衷,刻意把园林核心部位命名为桃花潭,有没有桃花无关紧要,重要的是让后人马上联想到李白《赠汪伦》诗:

李白乘舟将欲行,忽闻岸上踏歌声。桃花潭水深千尺,不及汪伦送我情。

用这种特殊语言告诉后人:园主就是姓汪,祖上在徽州(李白诗的汪伦也是徽州泾县人），与汪伦一样风流文采、一样热情好客。李白的诗通俗易懂、传播广泛，让人看到桃花潭三个字，很容易就产生联想。潭畔越是没有桃花，客人越会产生疑问、遐思。这就是汪于梧希望引发的效果。

诗友们的诗文，为秋霞圃留下了宝贵的原始记录。对园主的赞颂，还留下许多真实的细节，比如主客"雅集西园、醉后挥毫"。远方诗友来做客，赞颂几句是未能免俗；但也展示了园主的确不俗！

三、汪氏对秋霞圃园林的重要作用

秋霞圃的起源和发展，至今刚好520年。清雍正四年（1726），汪氏后人把秋霞圃献出，成为邑庙资产。初建和发展的前225年里，是私家园林，其中汪氏两次经营将近100年。包括汪于梧在内的汪氏祖孙，在秋霞圃园林的保存、建筑、发展过程中，有不可忽视的作用。

1. 在龚氏家族蒙难时候，接盘宅院，显示了经商者的"精"。

2. 在龚锡爵中举后，践诺无偿移交园林，彰显徽商处世讲究"信"。

3. 在嘉定抗清失败、龚氏园沦为一片瓦砾之后，再次接手园林，显示嘉定士民性格的"韧"。

4. 清理废墟、重新设计，打造了独特风格的江南园林，凸显其儒商的"工"。

5. 广邀名士赋诗命名，延续、扩展了秋霞圃的文脉，展示园主传承民族文化的"雅"。

6. 清初嘉定扩建城隍庙，汪氏后人无偿献出园林，显现士人的"公"。

秋霞圃园林的前250年，主人两度在姓龚和姓汪之间切换。龚氏一门，以儒文风雅和抵御外敌的贞勇，赋予秋霞圃的魂和韵。包括汪于梧在内的汪氏,在龚氏园废危之际两度接盘,为秋霞圃命名,延续了园林的文脉。应该说,汪氏祖孙的品德、品位都是不低的,在秋霞圃的历史上,有非常重要的作用。

龚家两次家族蒙难,都不是汪氏的责任。现在我们找到汪于梧的文字记载,可以记住历史,承继历史,建设好园林的山水木石,保持秋霞圃的神韵,使秋霞圃更加美丽绚烂。

朱怀兴,2007 年加入上海市科普作家协会,2023 年加入上海市作家协会。生于江南农村,稚童就学,弱冠戍边,转业后就职于党风监督部门,书生意气未退、军人作风无改。有历史、地理、科技、文字学及现实题材的散文、杂文散见于多家报刊。出版有《中国语言的魅力》《迈向永恒的绿色》《绿色环境——环境优美人健康》《亭台幽胜——嘉定园林》等。

绵延久长之嘉定竹枝词

——《嘉定竹枝词》代序

顾建清

竹枝词乃诗中奇葩,至今诵咏。其渊源为民歌,与子夜歌相类似。文人陶冶,其创始于唐诗人刘禹锡。竹枝词之咏,初多抒儿女风情,后亦歌风土胜迹、民风习俗,再之亦广。

嘉定建县于宋,然风雅早随吴越蕴育流传,延绵近前。宋龚昱《昆山杂咏》可谓长制。嘉定竹枝词之端,当属元寓居嘉定之杨维桢,其作《西湖竹枝词》影响后世,使竹枝词由民歌体发展为风土诗。元嘉定严恭、强珇、释祖教、释良琦、知州王立中、教谕杨佽等文人、僧人、官员都受其鼓舞,创制厥词。其时寓嘐王逢等文人,亦彼此相应。至明,嘉定读书人遍及廛里乡野,竹枝一风,继之流响。嘉定四先生、侯黄两先生等诸多高士儒生亦书而歌之。如李流芳《西湖竹枝词》,黄淳耀《竹枝词》《田家杂咏》四首等。

迨清,嘉定竹枝词蔚然成大观矣。读书之人,少而习之,卓荦之才往往有。如张大受父庆孙,人称履素先生,"年十二,口占竹枝词,琅琅可诵。"李金声,居南翔,"天才敏捷,县试赋竹枝词百首,顷刻立就,邑令汪福安拔寘第一。"巾帼亦不让须眉,大户、士人之才女亦习咏之。而文人墨客、学究官员作之更夥，所咏范畴更广内涵更富。其一，邑人咏风土名胜之多，如浦文俊咏练江，陈松、王庆勋咏南翔、孙岱、张昉咏安亭，金襄、李荣春、顾荃、盛廷猷咏黄渡，汪楷咏东冈，郁班咏娄塘，顾彧咏海上，张锡爵咏白鹤江，陈钧咏蕰藻浜；别有咏马陆、诸翟、桃浦等。其二，暂居嘉定之士兴而歌之之深，最著者属太仓顾张思，寓嘉定，浏览方志，心存疑虑，考而撰《寓嚓杂咏》六十首，于考察地方风俗历史，颇为有助。其三，出外嚓人逸怀愁肠咏之之切。佼佼者亦多，若王初桐《济南竹枝词》一百首，搜奇采逸，遍及群书，才调清和，风流蕴藉，得缥缈之余韵，不徒备历城掌故。若周宗泰《姑苏竹枝词》四十二首，载苏州风俗，其序云："吴中俗例相沿，都不可解，或傅会经史名目，或出自老媪村农臆造之口，以讹传讹，习为固然。予偶然寄兴，戏缀成诗。"若嚓西复侬氏、青村杞庐氏《都门纪变百咏》，述八国联军之役中义和团形形色色之情状、满清颠顸可笑和仓皇失措、乱前乱后北平城内之乱象，深含无奈与忧虑。若浦文俊《笠翁野唱》二十一首，述太平军攻占嘉定城情形，愤恨交加，杞忧不忘。更多为官、交游、寓居邑外嚓人，志土风而详习尚，摹世态而显民情，如廖文锦《香山杂咏》、张大受《镜湖竹枝词》、张鹏翀《东吴櫂歌》、曹仁虎《洞庭橘歌》、陈诗庭《柘湖竹枝词》、秦偕《秦淮杂咏》、李赓芸《西湖竹枝词》、江烓《云间杂咏》、金慰祖《芙蓉湖櫂歌》、陈钧《月溪棹歌》之属。

此间显重之作，当推乾嘉时期"练川杂咏"之盛事。肇始者王鸣盛，其先创《练川杂咏》六十首，所咏援引多邑志所未载。妹夫钱大昕观之，继作《练川杂咏和韵》六十首，采引之事，亦可补志。未几，舍弟王鸣韶阅之，亦作《练川杂咏和韵》六十首，并自序云："家兄向有《练川杂咏》六十首，钱竹汀学士次韵和之，极为博雅。余复采杂事，续和若干首,亦可少补志乘之略。"之后,陆遵书阅之,颇为吸引,亦博览广采,作《练川杂咏》六十首。钱大昕婿瞿中溶闻之,作《续练川杂咏》二十八首。以上诸人,踵武相咏,成一时之大雅。

有咏嘉定一县之成例,便有歌三依之地一镇之来者。邑中名镇,皆有吟咏。咏南翔,王庆勋《槎溪杂咏》。咏安亭,张锡爵《白鹤江竹枝词》、孙岱《安亭江杂事诗》、王初桐《安亭江杂事诗》、张昉《安亭竹枝词》、曹锡命《安亭竹枝词》。咏黄渡,盛廷猷《黄渡竹枝词》《黄渡新竹枝》、金襄《黄渡竹枝词》、顾荃《黄渡竹枝词》、李荣春《黄渡竹枝词》、章伟光《咏黄渡十景诗并序》。咏外冈,汪楷《东冈竹枝词》。咏娄塘,郁班《娄塘竹枝词》。咏马陆,封毓秀《竹枝词》。咏江桥、真新及以东地区,杨大徵《厂头杂咏》、寅谷《潜溪杂咏八十四首》。如上之列所咏者,人事物迹、风土习俗、史韵余流。

咏廛市巨镇鹤立者当推朱淞与陈松。朱淞《三槎浦棹歌》,顾佩铭序云:"笠江大兄尝用竹垞太史鸳鸯湖棹歌韵,著《三槎浦棹歌》百首,综所见闻,留为典故。"陈松《槎浦棹歌》一百首,杨文斌序云:"挖扬风雅,网罗旧闻,仁人之志也;陶写性情,流连风景,智士之怀也。兴之所至,道即寓焉。美乎哉!"两者皆述南翔之风景旧物、慨陶仁智者情怀,备南翔掌故考焉。

清末,余响时起,愿花常好馆主,名王安初,号练水寄鸥,其《嘤城竞渡竹枝词》五首,记述嘉定端午竞舟风俗。厥后,作《练川竞渡词》六首,又记之。及民国,烽烟继起,风雨如晦,嘉定竹枝,丝音不绝。季韶浦文球之子泳,先于海上撰《都市杂咏》百首,写沪上所见百事,道时事风情。后于日寇侵嘉之后,尝作《龙舟竹枝词》二十余首,载于《练水春秋》报上,亦道嘤城五月初五赛龙舟之习俗。

绵亘久远的嘉定竹枝词,备存着嘉定风土民情,佐证着嘉定文化历史。于昔,已表抒时代情感、文化观念、社会思想、乡土意识;于今,可保留历史地理、人物事件、民风民俗、道德礼仪等文字资料。鉴此,编辑人员于馆藏地方史志、诗文古籍中蒐集前代邑人和寓者所撰竹枝词,又增以平日所积所涉相关竹枝词,共一百一十余类篇,分列写邑内、邑外两部分,后附作者简介,合为一辑,俾以资政、存史、育人焉,抑或予学人、儒士探赜焉。

囿于嘉定先贤诗集见识未能全及,若许竹枝词未能搜集。更因兵燹、运动、天灾、人祸,若干业已散佚,如洪朴《黄渡竹枝词》、陆曰寿《吴淞竹枝词》、诸维诠《练川百咏》、陈化钧《练湖渔唱》、朱煮《东溪渔唱》、金茂堂《西粤竹枝词》等,仅见题名记录。

辑录中,得到学者、行家关注、支持,或约晤献计,或书札指异,或电信询答,共襄雅事,此表谢忱。辑编数载积累、二年摘录、三增其篇、五校其稿,然因先贤古籍难得、编者才识有限,错漏难免,祈望方家指正。

写于 2020 年 8 月

顾建清,1966 年 4 月生,上海嘉定人,嘉定区作家协会会员。幼受曾祖、祖、父辈影响,兴趣生于方言、谚语、俗语、山歌、故事、联语、诗词、古文。长而学于先贤、师长、方家,热心故土文化,搜罗乡邦掌故,蒐集邑人文献。热爱创作,发表短文一百余篇。

汉字长征

何　羽

这些长短不等、粗细不一、疏密不匀的刻画符号,分别组成各种形态,像树叶,像鱼儿,像几何图形,笔触稚嫩而意韵古老,表象浅显而内涵深邃,犹如亟待破解的"文化密码",带给人无限遐思:先祖刻写在器具底部的这些符号,究竟什么意思? 是四季劳作的祈祷吗? 是叩问天象的记录吗? 是他们与自然搏斗又共生的累累伤痕吗? 这些问题没有答案。其实,我也不需要答案。重要的是,今天,这几块留有先祖刻痕的深褐色陶器残片,携带着汉字诞生的信息,走过了7300 多年长路,走过了千山万水,抵达东经 121°北纬 30°,在上海市奉贤区博物馆与我相见。

与它们一道前来的,还有中国三大流域 11 个省市 26 家文博单位的 180 多件(组)文物,包括青铜器、陶器、石器、骨器、瓷器、书画、竹木等各种承载汉字的实物。20 世纪初中国古文献四大发现:殷墟甲骨、居延汉简、敦煌遗书、明清档案,此次前两类文物和明清圣旨也在奉集结。

低温,暗光,呵护这批珍贵文物的同时,也将我引入了幽深神秘的境地。

稍待片刻,调适视觉之后,我和这些文字久久对望。

从神话时代的结绳记事、八卦演绎、仓颉造字到史前文明的刻符,诸多可能性线索勾勒出中华汉字起源的脉络,一路变迁,象形、指事、会意、形声、转注、假借,每一个字都负重而来,风尘仆仆,但神采奕奕。

它们都认得我,我就是远古那位刻写者的后代。

可我,也认得它们吗?

我仔细打量着,用目光触摸它们形态多样的面容,用鼻翼嗅闻古朴的气息,用双耳聆听一段段故事。我知道,它们是我久别的亲人,每一条线条的律动都与我的心跳共振,每一道笔画的游走都与我的血脉连通。

甲骨文的扑朔迷离,金文的遒劲凝重,篆书的圆润婉转,隶书的典雅端庄,草书的畅快灵动,楷书的敦厚平和,行书的隽秀洒脱。由繁而简,因形赋神,各具气象,风姿千状。

它们沉默无语。沉默的背后是千言万语。

让我愧疚低头的是,我能领略它们无与伦比的外在美,却很难走进它们丰富深邃的内核世界。

借助注释与讲解,我磕磕绊绊地阅读着:

在来自殷墟的这几片甲骨上,我读到了先祖们虔诚占卜的信息,"我能猎获老虎吗?""我最近多次梦到鬼怪,是否会生病?""我的妻子会不会生男孩?"文字传递了先祖们对未知的敬畏,也透露了他们开天辟地的勇气。

我见到了与西安兵马俑齐名的里耶秦简牍。有一片秦简上的文字完整记录了从南郡属县"鄢"到洞庭郡属县"迁陵"所经站点及里程,足见大秦帝国政令通达的程度。由此及彼,还可以推测当时地理版图的测绘、交通网络的布局、行政体系的运行状况等等。

在最早刻于石碑上的儒家经本——"熹平石经"残片中,可依稀辨认《诗经·氓》的片段。"匪我愆期……"等诗句,连同它所包涵着中国人的伦理道德与情感表达方式,由此在文字中凝固。

"升仙太子碑"(拓本)记述的是周灵王太子晋升仙故事。高6.70米,宽1.55米,规制恢弘,盛唐气派。原碑文为武则天76岁时书写,2000多字,个个华贵灵动。独创的鸟形飞白体、独创的文字,让一代女皇的自信自得跃然纸上。

乾隆四十五年那道"双语"圣旨,明明白白地展示着:汉字在先,满文随后。我仿佛看到这位无比强悍的外来帝王,在发布最高政令之前,俯身伏案,认真学习如何正确地认识、阅读、理解、书写汉字。使用被征服者的文字来沟通、交流、对话,是否也意味着某种程度的平等、敬重?

……

因为有了这一方汉字,中华文明绵延不断,民族精神代代相传。

在此次展览中,有4片甲骨来自"甲骨文发现第一人"王懿荣的旧藏。王懿荣的显赫身份不必赘言,值得复述的是,1900年8月15日,他与家人在沦陷的北京城内自杀殉国,也为他毕生所学殉道。之后,好友刘鹗购买了王懿荣留下的甲骨继续研究。刘鹗在发表《老残游记》的同一年,出版了《铁云藏龟》,使甲骨文第一次从私家秘藏变成了向民众公开的文物资料。这是了不起的功绩,也是挚爱汉字的读书人的分内事。

作为大展的本土特色,近年来在奉贤柘林考古发掘的良渚遗址文物也在此熠熠生辉,此次展陈的双鼻壶底部有X形、几何形、植物形刻画符号,可能是早期的计数、标识符号,也极有可能是原始文字的雏形,是研究文字起源、新石器晚期的重要材料。同时展出的,还有一个纹饰精美的东汉铜镜,铭文为"敬奉贤良",让我这个奉贤人倍感亲切,浮想联翩。

徜徉展厅,处处可见主办方策展的匠心,共设计了"灵符若拙——汉字之源""契文肇兴——汉字之变""意蕴流芳——汉字之韵""天开化宇——汉字之力""妙趣启智——汉字之趣"五大板块,还采取了"对比法"布展,比如:

将来自一南一北春秋时期的两尊代表性青铜方壶面对面摆放,让观众真切感受到南北方意象格局的不同;将"南董(董其昌)北王(王铎)"两幅行书一起陈列,让观众充分领略两位大家的书风,董字秀逸清雅、恬淡从容,王字粗犷豪放、结体奇险;将吴昌硕中年、晚年的两件石鼓文对联并排悬挂,让观众清晰了解吴翁晚年变法的轨迹;将日本、韩国等国的货币实物同时亮相,货币上的汉字无声地讲述着中国文化辐射周边国家的广泛影响力;将四大文明古国的文字演变集中展示进行比较分析,让观众感知汉字强大的生命力和传播力,从汉字几千年不灭的光辉中,增强我们的文化自信和做中国人的底气!

最后压轴的是宋拓《十七帖》。此拓本纸墨黝古,字口清晰,计14 页,系整开拓本装帧,未经裁剪。原帖为王羲之晚年的草书作品。全帖 134 行,内有十七日帖、逸民帖、龙保帖等 29 帖,总计 1160 字。包世臣论王羲之的字,如老翁携孙,顾盼有情,痛痒相关。评论提及的精妙之处在此帖体现为汉字实用性与艺术性的完美统一,以及汉字书写艺术创新的无限可能……

汉字告诉我:分散是弱小的,聚合的力量是磅礴的。

点与线聚合,组成一个字,文字开始有了意思。字与字聚合,连成一个句子,文字有了意义。句子与句子聚合,连成一个篇章,文字有了历史。篇章与篇章聚合，文字有了苦难与辉煌，从而连成了中国文脉绵延起伏源远流长。沧海桑田，时代更迭，这一个个汉字的字形与结构、书写的工具与载体虽有嬗变，但中国人的思维、伦理、道德、审美始终蕴藏其中，如同基因，伴随着一代又一代中国人跋山涉水上下求索，攀登了一个又一个文化高峰，书写了一个又一个文明传奇。

相对于7300多年，这批文物在金海湖畔的相聚是短暂的，我与这些文字今天的相聚更是短暂的，但意义却是永恒的，它见证了天时地利人心的聚合，见证了百年盛世的祥光。

写好中国字，做好中国人。我知道，这人类持续使用时间最长的文字——汉字，正青春焕发，活在亿万中国人的手中、眼里、心上，又开始了新的长征。

何羽，中国报告文学学会会员，上海市作协会员，奉贤区作协副秘书长。著有报告文学集《热血厚土》《长天眉月》等。

家乡的老照片

徐征伟

总有人对家乡满含深情,家乡的一段老街、一条小河、一座古桥,会让他流连忘返,即便在起卧之际,也常会念兹在兹。这是一种温暖的情愫,有时让人欢喜,有时让人感伤,有时又让人起莫名的思念。思念她曾经的岁月年华,她曾经的遭遇与变迁,和她那曾经的模样。她曾经的模样,古人留下的文字虽可赋予想象,然总嫌不足,直到看见那一张张老照片,她的模样便具体而丰满起来了。

我在 1987 年进入嘉定博物馆,工作之初,就从博物馆举办的历史陈列中知道老照片了,但当时年幼懵懂,只知读书有益,而不知老照片同样可贵。直到本世纪初,自己从事家乡历史研究之后,才注意到老照片对于历史研究的重要性,于是开始有意识地收集收藏家乡的老照片,积之有年,渐成规模,时间跨越百年。约有十年光景,读书看片两不误,是我生活的常态。嘉定这片土地上的千年风光,那些曾经的地理风貌,曾经的历史往事,曾经的古迹名胜,历史人物的音容笑貌,藉此似可仿佛有得,古人所谓神游千古之境,我是深有同情的。

对于历史我是个信古派,志书所载关于家乡故事都信其为真,没有过丝毫的怀疑。然在慢慢欣赏与考证家乡老照片的过程中,于原先所得,又常常发生不能吻合之处。伴随着这种困惑,使我加倍重温所看之书,同时又寻找考察相关书籍,而问询相识的老人,请他们帮助解疑释惑,也成了我常有的事。这个过程真是一种奇妙而愉悦的经历,不仅使我进一步走近了家乡的历史,加深了我对家乡历史的了解,而对于家乡曾经的遭遇则又多了一份体悟与同情。

老照片是看得见的历史,具有考察历史的价值。社会发展与时代变迁使城市格局与乡村面貌在不知不觉中发生改移,与社会人生相伴相生的建筑、劳作、出行、习俗等也随之而有变化。在古代中国这种变化基本是缓慢的,近代以来社会前行步伐加快,特别是改革开放以来城市建设的加速和科学技术的进步,使原先平缓的节奏不再,日新月异是这四十多年来社会发展的写照。老照片作为当时社会生活与人文风貌的直接记录手段,具有即时性与直观性的特点,作为一种"凝固的时光",在考察社会变迁上有着文字等传统载体无法取代的地位。

老照片有补白历史信息的价值。传统的历史主要通过文字来记录与传播,影像术的出现使记录历史的方式有了一种新的可能。"一图胜千言",老照片可以用来填补历史记忆中的某些空白。如拍摄于1867年的《嘉定西门城楼》,让我们看到明清时期嘉定城的四门城楼与月城风貌;1869年的《孔庙宾兴桥与文昌阁》,补充了我们对于明嘉靖二十八年(1549)建立并于清同治六年(1867)重建的孔庙文昌阁的风貌;1870年的《嘉定法华塔》,让我们知道明万历三十六年(1608)重建的法华塔,当时每层平坐勾栏四角都有檐柱,而在1995—1996年的纠偏修复中没有使用,这是当年修缮时因史料缺乏留下的遗憾,等等。老照片补充与丰富了人们对于这些嘉定重要历史建筑的记忆。

老照片有修复历史信息的价值。地方志书的编修需要凝聚许多学者的智慧与心血，历时多年才能完成，然而有些信息或因考察不周而存在偏差，或由体例所限而记述不详，这不免为后人考察历史时带来困惑。如《南翔镇志》载古猗园在 1967 年 1 月更名为"南翔公园"，并于 1978 年恢复旧名。我收藏有一张照片，为游客在古猗园大门前留影，大门上方写有"热烈欢呼中国共产党第九次全国代表大会胜利召开"，这次大会召开时间是 1969 年 4 月 1 日至 24 日；另一张照片背面有影中人题字时间为 1969 年 11 月，时公园已改名"南翔公园"，则知 1967 年 1 月改名时间不符史实。又如嘉定城隍庙大殿额名，据《秋霞圃志》载清末时大殿正门上悬"威灵显赫"额，我收藏一张摄于 1923 年 9 月的大殿照片，背面题字为"嘉定城隍庙匾额文曰'照胆台'"，则知其时大殿额名已改，惜何年改名则无从考察了。

老照片又有重建历史记忆的价值。近十多年来，我把收藏与研究所得分享社会，或撰文，或办展，或参与家乡专题片制作，或配合网络主题推广，与更多的人一起重拾家乡那些已去岁月的记忆。能在宣传家乡历史和讲好家乡故事上有所贡献，让我感到欣慰。

岁月流转，不由人意，而人间自有情意，故历史可触摸感知，记忆乃自含温度。家乡的老照片定格的那些难忘瞬间，虽可谓雪泥鸿爪，吉光片羽，然恰是嘉定这座城市丰满而温情的记忆。愿老照片与古迹、文物、文献等共同构建的家乡记忆，能化作一种朴素而伟大的力量，成为家乡的后人走向新生活的支持与指引，能使家乡的后人在走向新生活时眼中多一分温柔与诗意，也能使家乡的后人在走向新生活时内心多一分自信与从容。

近几年心思都在嘉定建县之前岁月时光的回望与追忆，读书也每留意于宋元以前的家乡故事。出门上班，暇时散步，足迹也总在练祁塘、横沥河两岸,护城河的微波让我驻足,法华塔的铃声使我清心,孔庙的庄严静穆叫我行止有度,秋霞圃的静谧风雅唤我不可过于执着。想着这方水土于我的滋养,家乡风物对我的恩情,感动发乎自然,回报出于真心,一枝一叶总关情啊。

徐征伟,1967年生,嘉定人,嘉定区作家协会会员。中国民主同盟盟员,嘉定博物馆学术研究部主任,副研究馆员,嘉定区政协第七届委员。嘉定文史收集、整理与研究者,资深嘉定历史影像研究者,嘉定博物馆馆刊《嫏城文博》主编。

第五辑

城里月光

香　囊

宋海年

·

　　我姆妈一生未嫁,但有了我。姆妈姓令狐,我随她的姓。关于我阿爸,她一直不置可否。有一天,我找到姆妈的小铁盒,户口本上只有姆妈和我的名字。户口本封套夹着一封来自苏州观前街的信。信上只有几行字,大致意思是,外婆病故,速回家。那时我年纪小,但已会推算。封信上的日期是 1998 年,我还未出生。那时姆妈 19 岁,外婆刚超过 40 岁。我不知道外婆为什么会早逝。

　　姆妈是音乐老师,一心想把我培养成钢琴家。可惜我毁于一场车祸,左手无名指骨折,导致手指筋断。比这更可怕的是,我五官中失去一官,是的,我成了盲人。虽然表面看来,我的眼睛完好无缺,有一双明眼人所说的丹凤眼。

　　我接受从市立小学转到盲童学校,几乎耗干姆妈的泪水。后来张绮校长的一句话,让我改变主意。张绮校长说:"你不想找到那个伤害你的人吗?"在盲童学校,我除了文化课,还学会如何增强听力、嗅觉、触觉和感知力。我神情专注时,能在三十米范围内听见针落地的声音,闻到窗外蜜蜂采花时分泌的特殊气味。触觉是我的另一双眼睛,另外,老师说我感知力超强。

小学毕业,学校出资送我去美国帕金斯盲校。我有这么好的机会,姆妈喜极而泣。张绮校长说,"孩子,你是我们学校的骄傲。"我在帕金斯,每年会定期收到母校的助学金和生活费。但母校提供的假期来回机票,姆妈拒绝了。

张绮校长和姆妈送我去帕金斯盲校。开学那天,马修教授对新生说,帕金斯是海伦·凯勒的母校。"在这所学校,一切皆有可能。"这是学校的理念,我从中受到鼓舞,仿佛眼前出现光明。幸运的是,马修为我联系了匹兹堡市视力康复医院。

一个月后,我回到帕金斯,双眼有了微光,虽然不能视物,但眼前已不是完全漆黑。对我来说,这是意料外的喜事。我打电话告诉张绮校长和姆妈,她们为我高兴。在帕金斯,我学会了盲校所能提供的知识和技能。此外,我主攻声音和气味分析。我从帕金斯毕业,马修教授推荐我去加州大学伯克利分校专修信息技术。"令狐,除了视觉障碍,你已远超视力正常的人。"他说,信息技术,将有利于我同外界打交道。

我感谢马修教授,他让我变得自信。"请记住,孩子。"他说,"这个世界有阴影,就一定有光。"那时我不明白教授这句话的含意。我能感受热,却不能感觉光。黑暗曾让我生不如死,我把愤怒埋在心底,它像仇恨的种子,总有一天会长成我希望的样子。我在无边的黑暗中不能自拔,唯有找到凶手,才能平息心头的怒火。但马修说,孩子,世界上的事,有多种可能,万一不是你想象的那种呢?马修说,比如说那个人是一次误操作。我说,如果这样,他应该马上送我去医院。马修一声叹息,拥抱我,"愿慈悲的上帝宽恕我们。"

现在,我已经不像过去,说起这事会义愤填膺。我有听惊雷心不乱的定力,有冷静的思维能力。我坚信所有器官的合成,能替代眼睛。

．．
．

我回国前,马修教授请我去帕金斯盲校附近的咖啡馆。下午时分,我们坐在咖啡馆,环绕的背景音乐令我赏心悦耳。教授轻声说话,突然话题一转,让我听声辨位。咖啡馆光线暗淡,我感受不到光。我静心屏息,耳廓安静,压低声音说:除了一位咖啡师,另有三人,距离我们八九米远。

话音未落,我耳廓一动,空气中捕捉到一丝杀气。一枚飞镖向我飞来,我拉开风衣护住脑袋,伏身躲闪。但风声突然有变,飞镖拐向马修。他正同我说话,不知道危险逼近。秒杀刻不容缓,我拉起教授转身离开原地。梭的一声,飞镖在教授坐椅的靠背落下。我的风衣是特制的,不仅防雨,面料更是柔韧。我摸出风衣内口袋插着的金属棒,它像一支收放自如的粗大钢笔。那是盲人接受信息,又兼防身的武器。

飞镖不是钉在坐椅的靠背,而是沿着靠背落下。我看向飞镖的方向,意味深长地点头示意。

马修教授微笑:“是的,令狐。这次实战测试,我给你最高分。”我收回视线,把金属棒插回原处。教授话语又转:“你回国找那个人,我相信你的判断力。”马修教授教会我使用各种科技产品。他精通读心术,洞察我的内心所想,我无须瞒他。

他请学校保镖训练我。托马斯从海豹突击队退役,他根据我的特殊状况,主要训练我暗黑侦察与近身格斗。托马斯说,暗黑侦察,是让我学会如何隐藏自己,发现目标。托马斯基于美国的现状训练我,但我当初不想学,我完成学业会回中国。马修教授说:"你心中有敌人,有敌人就要学会自卫。"

这时掌声响起,三人中动手的那人说:"教授,您的学生真的有……视觉障碍?"

我完成托马斯的训练计划后,马修教授送我去机场。分手时,我拥抱了教授。他的声音在我耳边响起:"令狐,上帝会保佑你。"那时我被机场的声音包围。声音无序但有立体感,我把它们想象成交响乐的不同声部。想起教授对我的教导和照顾,我眼睛湿润,细碎的泪珠挂上睫毛。他就像我无所不能的长辈。

马修把手放我肩上,朗朗一笑:"中国人说,送君千里,终有一别。"没想到教授跟我学了几句中文,现在用上了。说完他哈哈大笑,冲淡了离别的伤感。"令狐,"马修话语一转,郑重道:"我欣赏你的敏锐和冷静。我希望托马斯教你的打斗,最好用不上。"

这是马修教授的不凡之处。从他在咖啡馆说的话,到现在的告别语,都有逻辑顺序。"教授,我不会丢您的脸。"我随身携带的行李箱里,有适合我的各类小设备。此外,我还有 audiobook,即有声电子书,它的容量不亚于一座小型图书馆。

我迫不及待回国,有想要见的人。姆妈、张绮校长、伤害我的人。还有罗苏。

∙∙

罗苏,我曾约定在音乐酒吧见她,虽然我们只见过一面。我去伯克利分校前,正值暑假。但我要提前去帕金斯盲校做义工。我回国探亲,见到姆妈和张绮校长,然后独自去苏州。记得小时候,我在姆妈的小铁盒见过苏州来信。我去的那天是端午节,我一路打探观前街,在那里逗留到傍晚,却一无所获。虽然我有"天使眼",但非必要不愿架在鼻端上。我不想让人知道我是盲人。夜晚时分,我在街路盲道的拐角处,发现一家音乐酒吧。

从酒吧传出的钢琴声吸引了我。我走进酒吧,在靠近门口的一侧坐下,点了一杯苏打水。台上有人演奏《矮人之舞》,这是10级钢琴考试曲目之一。这首练习曲,我9岁那年就弹得丰富多彩。如今我九指微动,断了指筋的无名指,无法在键盘上抒情。这本是我戴婚戒的手指,或许预示我将无法步入婚礼殿堂。

我判断弹琴的是女子,因为她十指弹出的音符里,有一缕音乐之外的芬芳。掌声响起时,女子起身致谢,说想邀请一位男士一起演奏一首意大利协奏曲。没有人响应,我等了片刻,朝台上走去。

我还没接近她,就闻到她身上的药香味。她邀我两手联弹,我伸出右手,在键盘上试音。然后找准琴键。两人配合虽然略感生疏,但很快就有默契,仿佛心有灵犀。如果听众闭目欣赏,会以为一个人的十指在弹奏。协奏曲动感十足,跳跃的音乐,演绎了曲目独特的复调风格。一曲余音未绝,掌声如期响起。我不想马上回我的座位,因为我想指出女子略有不足,没有弹出这首协奏曲含有的有趣意味。当年我为了考级,尤其喜欢其中的跳跃节奏,它曾打动一颗少年的心。

掌声落下,门口忽然出现动静。它们像慢刹车后的轻踩油门,之间的替换发出轻微的噪音,然后滞重的脚步向台上缓慢而来。我睁大眼睛,迎向门口。我眼睛漆黑深邃,像朗星一样明亮。没有人知道,我的视觉在暗黑中一片漆黑,亮堂的只是我的心灵。我和弹琴女子处于所有人的目击中心,四周寂静得仿佛按了暂停键,只剩下我和她。

我听出一路走来有两个人。嗅觉打开,我闻到烟酒味,并感知他们冲着我身旁的人。这是我的潜意识,可以理解为更深层次的直觉。我把她另一手拉到键盘上,让她双手弹贝多芬的田园第一乐章。她犹豫一下,试了试音。我轻语:"不要分心。"她弹奏时,音符中出现颤声。遇到危险信号,我内心不会兵荒马乱。我听出她内心故作镇静,再次轻语:"你只管弹琴。"

我从风衣内袋掏出金属棒,按了其中一个按钮,金属棒变成50公分长,比大拇指略粗。我知道所有的人都在看我。我迎着两个不速之客晃一晃金属棒,摸出一颗钢弹抛向空中,挥棒稍往上击出。砰的一声,钢弹打向门口一侧的墙上,那是我座位的方向。然后啪的一声,声音沉闷,仿佛被墙壁吸收。钢弹落地,发出比叩击牙齿更密集的弹跳声。全场静默时,女子的琴声略有停顿,但很快接上贝多芬的旋律。

酒吧的气氛越发紧张,我听出脚步在舞台前沿绕向右侧,然后销声匿迹。女子弹完田园第一乐章,我缓缓拍手,非常欣赏她的表现。这时听众仿佛突然醒悟,几乎所有的人都在鼓掌。我旁若无人牵紧她的手,走向门口。没人看出我是视觉障碍者,我气定神闲回到原先的座位,问她想喝什么。没想到她同我一样,要了苏打水。然后她告诉我,"那两个人从另一扇门——"她声音软糯婉转:"逃脱哉。"

✴

飞机落地后,我没想到姆妈和张绮校长没来接我。我想不出她们不来接机的理由。上飞机之前,我告诉过她们行程。我等了差不多一个小时,才离开机场。我想不如我转高铁先去苏州找罗苏。

我故地重游,找到拐角处的音乐酒吧。我抬手在墙上摸到一个半圆的小凹陷。那是我击打钢弹留下的,现在已成为我记忆的一部分。不同的是,原来的钢琴声已为古筝所替代。

　　我在原来的座位回忆罗苏坐我身边的情景。两年光阴,被拉长到漫长。当年我说时间晚了会送她回家。她几乎耳语:"你眼睛,方便吗?"我恍了一下神,不知道她如何看出我是盲人。我说,通常我说自己是视觉障碍者。"抱歉,我不是这个意思。"她的表白让我释然。我心说,我看不见你,但能感知你的样貌。我当然不会冒失。她说她叫罗苏,她要过我的手,指尖在我手心写下她的名字。那一刻我闭上眼睛,指尖划过手心时略带香风。我也说了自己的名字。

　　她啊了一声,说令狐是春秋晋国卿大夫令狐文子所创的大姓。历代的令狐家族,人才辈出。到了秦汉,令狐家族最著名的人物叫令狐错。他的家族世代为官,他本人除了政治上有建树,还涉猎百家,精通兵法战略。她不好意思地笑笑,"我又掉书袋哉。"她说在大学选修过历史。"爹爹说,我家是世代丝绸传承人,要懂点历史。"我不知道我姓氏的来历。我曾问过姆妈,姆妈仿佛不愿意多说,只说这是古代一个大姓,后来同异姓通婚,开枝散叶,是否还有纯血统的令狐家族,谁知道呢?我感觉姆妈说起令狐家族,口气同罗苏大相径庭。

　　我感慨罗苏的书卷气,还有自带才女的气韵。我刚才牵过她的手,她手指纤长,初握柔若无骨,又感指节有力。手是人的另一张脸,因此我说,"你有一张古典的脸,但具有现代气质。"

　　"天哪,你好像能看见我。"罗苏轻声说,"明天晚上,你在这里等我好吗?我想一起弹贝多芬的田园第一乐章。"她轻轻一句话,在我耳边犹如惊雷。"我是盲……""视觉障碍者。"她有些调皮,"我第一眼看见你就知道了。"她说,她觉得我比明眼人更结棍。我想她指的是我挥棒击打钢弹的一幕。

罗苏能看出我的眼睛有问题,说明有超强的观察力。是的,我在美国,从国内邮购了"天使眼"盲人眼镜。我很少戴天使眼,虽然它方便我出行,但它的特殊造型会暴露我的真面目。

马路对面有一辆汽车熄火。罗苏说爹爹来了。我听见车门关上的声音,然后传来脚步声。我感觉罗苏慢慢起身时有点扭捏,她把一只香囊递我手里。鱼形状的香囊散发出淡淡的药草香。她说今天是端午节,"这个香囊,我是用缂丝做的。"她语气郑重。我小时候也收到过香囊,那是姆妈在城隍庙为我买的。我把香囊放在鼻下,香囊的药香含有麝香成分。

罗苏说:"爹爹有车,我们送你吧。"我笑笑说,我真不是一般的视觉障碍者。我告诉她,我后天上午回上海,然后回加州大学伯克利分校。我说明天晚上我会在这里等你。"好的呀,不见不散。"她的语调软糯圆润,像音乐一样动听。

但现在罗苏不会再来,那天是我失约。现在,古筝正弹奏《渔舟唱晚》。没有钢琴的酒吧她不会逗留。我曾考虑过同她的关系。不可否认,我是为她解围的盲人。她冷静下来,真的会爱上我吗?我想起她曾说过:"你的眼睛,方便吗?"是的,许多方面我不方便。我不能陪她看电影,更不能参加户外运动。但我相信直觉,我们谈到爱情时,她欲说还休,羞答答的声音让我如沐春风。那天分手,我轻触她的脸颊,她温热的脸庞如我所想。她把手覆在我手上,悄悄说明天见。

现在我担心她会出事,我不在的日子,她是否因为被那两个酒鬼盯上,才离开酒吧。想到这里,我心神不安。

．

我一直保存罗苏的香囊。如今香味消失,但我依然记得从前的药香味。我一直把香囊挂在心口,想她的时候,我会把香囊放在鼻子底下,仿佛药香仍在。有时候,我在梦中找不到她,担心她会从空气中消失,只留下香囊。

《渔舟唱晚》曲尽,我起身离开。还没出门,就接到手机信号。我打开有特殊功能的手机,心想不会是罗苏。两年前,因为第二天要见面,我们没想到要互留手机号。一个自称周菲的女性,说我姆妈突然生病。"令狐,你姆妈在医院,我把地址发给你。"

我连夜坐出租车赶回上海。姆妈靠在病床上等我,张绮校长也在。我明白她们为什么没去机场接我。张绮校长说,"令狐,你姆妈怕你担心,不让我告诉你。"我恍然道,怪不得我找不到你们,后来我去了苏州。姆妈问,为什么要去苏州?我说去见一个朋友。姆妈哦了一声转过话题,周菲阿姨说这么大的事,一定要告诉你。

我眼睛失明那天下午,病房里除了姆妈,还有三个人。我记忆力不错,记得其中一人叫周菲。我点点头,问姆妈的病情,姆妈不语。周菲替姆妈回答,"医生说,结果还没有出来。"我感觉周菲情绪压抑。我看不到她的神态,但能捕捉到她呼吸时透露的信息。

我想起在伯克利分校时,好久没有姆妈的消息。毕业前,我打她电话。姆妈说,儿子,你快毕业了,我怕影响你。我听出姆妈情绪低落,声音有无力感。那时我正准备参加毕业典礼,直觉告诉我,姆妈有事瞒我。我说:"姆妈放心,我很快就回来,不会再离开您。"我在盲童学校住校读书,后又出国留学,很少在姆妈身边。学成归来,我会陪伴姆妈,像小时候那样。

姆妈在医院只住了一周，这让我放心。我问姆妈病情，医生说，呒告。我悄悄问姆妈，呒告是什么意思。姆妈说，呒告是宁波话，意思是没事。我同姆妈放心回家。姆妈郑重说："姆妈这次住院，周姨帮了大忙。她是我闺蜜，你要对她好。"姆妈个性刚强，很少接受别人帮助。我一时没明白，也许人在病中容易示弱，何况在闺蜜面前。我说："姆妈您放心，我会对周姨好。"姆妈再次问，为什么要去苏州？我不想说小时候看信的事，就说我去苏州见女朋友。姆妈一直为我个人大事操心，听我这一说，顿时激动，说好啊，什么时候带回家，让姆妈开心开心。

我没说我丢失了罗苏。姆妈却心情大好，说要重新布置房间，好像女朋友马上会上门。我想尽快找到罗苏，不让姆妈失望。

动身去苏州前，马修教授打来电话，说世界盲人联盟邀请我参加盲人节。我想起 10 月 15 日是国际盲人节。盲人联盟是国际性非政府组织，我在帕金斯盲校时，马修请我参加过盲人节。但我现在有事在身，何况出于本能，我排斥盲人节。马修说，联盟想请你在国际交流会上代表青年发言。我说服自己：你不过盲人节，就不是盲人吗？

∵

我没想到从国外回来，会永远错失与姆妈见最后一面。我在飞机上，手机关机，姆妈没能等到我。起初，我不相信姆妈会离开我。姆妈这么年轻，还有大把的好日子，儿子我也已回到她身边。直到姆妈的生前好友，为她举行追思会，我才直面事实。张绮校长主持的追思会，有姆妈生前的老师和学生代表，有从苏州赶来的周菲和她的先生和女儿。追思会上，我回顾了姆妈与我的往事。她们追思姆妈时泣不成声,我不由得动容。现在姆妈已在天堂,愿天堂没有病痛,只有平安和永生。

我等周菲来找我。追思会后,她说有话要告诉我。她是姆妈的闺蜜,我不知道的事,她能知道。我想知道的事,她在追思会上没说。我不知道她是否有难言之隐。

午后的阳光明晃晃直射眼底,我眼前有微光浮动,还有远袭而来的浓郁桂花香。我坐在阳台上思念姆妈时,仿佛置身车上。车动如梭,虽然无法目睹实景,但往事却像快速后退的图片。

我回想小时候与姆妈相依为命的情景。姆妈没结过婚,有一次邻居好婆上门提亲,姆妈婉言谢绝。那时候我太小,但姆妈的话我永远记得。姆妈说,“这辈子,我有儿子就知足了。”

姆妈日夜劳作,把所有的心血都放我身上,只为给儿子最好的生活。我失明后,内心的明亮几可目视所有。在梦魇的白天,我独自穿过黑暗,想回到光明的 9 岁。想到姆妈与我天人永隔,禁不住悲从中来,泪滴如针,针针见血。

在病房,姆妈在我平静后说了三句话。姆妈没有保护好你。医生说耽误了最佳治疗时间。天无绝人之路。我心里只有一句话。那个凶手,我一定要找到他。我记得他的声音。刹车声尖锐如刀,昏迷前我听见他说:“傺么闯祸哉。”

这句话像魔咒占据我的大脑。我仿佛看见那个人面色煞白,在我失去知觉后,不是施救,而是逃避。这个人的声音我不会忘。我遭受打击,同样选择逃避。逃避产生幻觉,幻觉让我远离现实。也许失明人和明眼人,相差的不是距离,而是一次重生。有一段时间,我禁闭在自己的内心,想同这个世界隔离,让视觉阻隔光的自由出入。

我沉思时会微微低头,这有利于捕捉疾风扑打窗口的声音。这时，另一种声音从门口响起。有人敲门，我听出敲门人的犹豫和紧张。我去开门，是周菲的声音。她从苏州来看我。没想到她见到我会失控，在我面前伤心痛哭。我反倒冷静，递给她纸手帕。听着她不规则的呼吸，显然仍在悲痛中。她平静下来，抽泣道："对不起，小凤，我失态了。"

周菲叫我小凤，令我意外。姆妈很少叫我小凤。"周阿姨，您知道我姆妈……"她沉默不语。我没有停止发问："您是姆妈的闺蜜，请告诉我她的死因好吗？"我说话时彬彬有礼，但我要知道真相。周菲沉默良久，说，"你姆妈的家族，患有家族遗传病……"她的声音像在爬坡，但很难爬到坡顶。"这个遗传病，会代代相传。"得知姆妈的死因，我突然明白，我姓令狐，也难逃家族厄运。一切都将结束，我先是眼瞎，然后等待遗传病爆发。

"您的意思，姆妈死于遗传病？"我让自己冷静。周姨顿了一下，说是的，"你姆妈婚检时发现患有遗传病，为断绝遗传，发誓不结婚。"

我知道姆妈性格决绝。我惊讶地看着周菲，虽然我看不见她。我不是姆妈的孩子？我思维跳跃，"那我，是谁的孩子？"周姨仿佛愣住，像是要斟字酌句。"周姨，请告诉我真相好吗？"我的语句让周菲破防，她忍不住，突然哭道："你、你是我的孩子，小凤。"我愣住，如遭电闪雷鸣。

::

往事历历在心。记得车祸那天，我从昏迷中醒来，听见姆妈惊喜的声音。姆妈说，谢天谢地，儿子你终于醒了。我张开眼睛，病房像漆黑的黑洞，我看不见姆妈的脸。我说，姆妈，天黑了，怎么不开灯？我声音嘶哑，好像嗓子眼被命运之手扼住。我感觉姆妈一愣，天黑？

现在是白天啊。我额头有微风拂过,那是姆妈的手在我眼前搧动。突然,姆妈的叫声变得震怖,"儿子,你不要吓姆妈,不要吓姆妈,你、你眼睛怎么啦……"

那个绝望的下午,我听见姆妈同一个女子嚎啕大哭。姆妈说,对不起,对不起……我听见一个男子哽咽的声音:"我倾家荡产,也要……"我坠入黑夜,再也没有白天。我所有眼睛见过的景象,都停留在9岁。

周姨终于平静,"你姆妈和你阿爸谈恋爱,是我介绍的。后来你姆妈把我托付给你阿爸。你有一个妹妹,叫小凰。是的,你们是双胞胎。你阿爸叫欧东升。"每逢变故,我会冷静。我视觉仿佛沉入内心,内心出现枝叶般的图像。我另有家人,周菲,欧东升,欧小凰,是我血缘意义上的家人。

周菲姆妈说罢,发我手机视频。我看不见姆妈,但能听见她的声音。

"儿子,别怪姆妈一直瞒你,你奇怪我一生未婚,怎么会有孩子?是的,你不是我亲生儿子。但我对你视如己出,给你的爱胜过亲生的孩子。我没结过婚,但有过恋爱。谈婚论嫁前,我去体检,突然知道家族患有罕见的遗传病,一般活不过40岁。我想起你外婆,她活到41岁。我活到43岁,可能是因为你还在国外读书,老天让我多活了三年。家族这一脉人逃不过命数,终将死于全身器官衰竭。我命数难逃,但我命由我主宰。为断绝遗传,我狠心不婚不育,让家族的厄运在我这里斩断……儿子,你的亲生父母都是善良人,你要回自己的家。我对不起欧家,他们把最好的你给我,我却没保护好。他们生了一对龙凤胎,一年后,他们把你过继给我,让我享受做母亲的幸福。

姆妈从苏州把你抱回上海。你妹妹叫欧小凰,你原名欧小凤。我人生短暂,但因为有你,此生很知足。周菲是你亲生母亲,你的父亲叫欧东升,他曾是我的初恋。当我得知遗传病后,把他托付给了我闺蜜……"

视频重复播放。我仿佛凭空跌下,鼻青眼肿,遍体鳞伤。我记得姆妈曾说,她抱我回家时,天现异象,一道闪电在晴空闪过,雷声滚过天际。

姆妈过世第 49 天,欧家人在墓园相聚,他们拥抱了我。我们一起追思我的姆妈。墓碑上有姆妈的名字,令狐青龄之墓。

我不想一个人住家里。没有姆妈的家,已不是家。周菲姆妈让我回欧家。我会回,但不是现在。张绮校长曾希望我暂时回母校任教。我能有今天,离不开盲童学校的资助。我不会忘恩负义。我想把在帕金斯盲校学到的知识和技能,反哺给母校,告诉像我一样的学生,一切皆有可能。张绮校长为我在学校安排了住宿。我知道她说"暂时"二字的意思。

∴

罗苏仿佛从我的世界消失,只留下香囊。我把香囊挂在胸前,希望罗苏见到我,能从她的鱼形香囊找到我。罗苏曾说,香囊是她用缂丝做的。我当时不知道缂丝,后来查了有声电子书,才知道缂丝在丝绸中,有一寸缂丝一寸金之说。我们相见于端午节,她把最珍贵的缂丝香囊赠与我。古时候,香囊或者荷包,是男女相爱的定情物。

罗苏曾说她家的苏州丝绸馆搬了新址。她是苏绣第五代传人,又是年轻的苏州刺绣师。她爹爹更是国内著名苏州丝绸大师。我不知道苏州有多少苏州丝绸馆,我只能去碰运气。姆妈曾说要看看罗苏,现在家庭突遭变故,我愈加想念罗苏。她身上有淡淡的麝香味,虽然此刻香囊几乎无味,但我依然记得从前的气味。

我租出租车有要求,就是司机要知道苏州所有的丝绸馆。终于有一个司机符合要求。没想到司机不是本地人,他说我们一家家找,我不信找不到。我听出他是一个快乐的热心人,说先从姑苏区观前街开始找。

我跑了观前街的几家丝绸馆,都扑了空。司机建议去山塘街找找,反正离观前街不远。快到中午,我说先去吃饭。他说:"你是上海客人,我请你吧。"他不知道我有视觉障碍。我为了寻找罗苏,用上了语音设备,它像小小的指南针,通过耳机发出语音提示。我们来到一家面馆时,他突然拍脑袋,说忘了附近还有一家。"我说的是一家著名的丝绸馆,前几天还上了电视。"他这么一说,我反倒冷静,怕再次扑空。我坚持先吃饭。好吧,他说。"如果不是这家,我找遍苏州,也要找到。"

司机说的著名丝绸馆,近到不用开车。我有语言提示,基本上能跟上他的步子。司机说,就是这家,老规矩,我在门口等你。我在语音提示下,还没有步上台阶,鼻翼微张,一缕香气细若针尖,从鼻孔贯入。大厅播放江南丝竹曲目《中花六板》,细腻柔美的旋律,富有江南韵味。一楼有人站台,我略一点头,循着音乐上二楼时,香味已袅袅。我分析气味的成分,捕捉到丝丝缕缕的檀香。二楼无人,我眼前微光闪现,那是窗口。我背窗而立,等待有人出现。

四周悄无声息,除了音乐。《中花六板》之后是《苏武牧羊》,然后《汉宫秋月》起调。没有人出现。我慢慢走到向下的楼梯口。再次扑空的感觉打击了我。但这时,从楼上传来脚步声。声音轻盈缓慢,是女性的软底布鞋。我静止在楼梯口,所有的感官全部打开,内心的感知力感知所有。是她的声息,我不会错。我等她看见我。我聚精会神,闻到香囊原有的气味。这气味多年前就出现在我嗅觉中,现在仍挥之不去。我遍寻苏绣馆,终于找到曾给我鱼形香囊的女子。

软底布鞋在半途止住,犹疑着是否要下到二楼。我抬头对着她,发现自己平静如水。我的丹凤眼像月夜平静的海面,海的深处有月光闪动。那个我一面之交的恋人,一动不动,呼吸却渐渐加重。"令狐?"她有点不确定,又叫了一声。我站立的地方光线有点暗。"令狐,真的是你!"她迅速下楼,三步两步,在离我一步之遥处石化。

我不会石化,我提前预知了她。她仿佛看着我的眼睛,辨别不告而别的视觉障碍者。她慢慢移动脚尖,似乎中间隔着陌生感。我露出迷人的微笑,陌生是因为时隔久远,熟悉则是心里藏得太深。我温柔地说:"罗苏,是我,你的令狐找你来了。"

我张开双臂,她轻呼一声,投入我的怀抱。"令狐,你终于来找我了……"我眨眨眼睛,仿佛能看见她的表情。

她的气息像花瓣轻吻我的耳朵,弹钢琴的手在我掌心丝绸般柔滑。她喜笑颜开,另一只手握住近在眼前的香囊,那是她失而复得的定情物。我看着她,双眸漆黑,光亮处仿如照见人影。我辨声识人,闻味记人,心念一动,低头吻住她的唇。她唇瓣柔软,微不可察的麝香醒脑,正是人间好味。

∴

我内心的话语像堵在缺口的水流,无法倾吐。我情不自禁抚摸她的手,然后一直往上,触摸她的脸颊,就像当初那样。"罗苏……"我轻呼她的名字,所有的思念与牵挂,喷涌而出的只是重复她的名字。

我眼睛乌黑清亮,虽然见不到光亮,但光明已至心灵。我所有的感觉被抽空,唯有怀中拥有的爱情。她喃喃而说,那夜,她在酒吧弹琴,直到结束,不见我的身影。后来她坐在靠门的桌位,等到深夜,爹爹接她回家。她算准伯克利分校的假期,又去酒吧,直到失望,离开伤心地。听见她柔软的声音,我心底一片汪洋。我没想到罗苏如此在乎我。我用力抱紧她,像抱住一生至宝,再也不会松手。

我同罗苏的热恋,她姆妈都看在眼里。这个我未来的丈母娘知书达理,说话轻声慢气,心肠慈悲。她听说了我和姆妈的事,抹着眼泪说,"可怜的孩子,这里就是你的家……"她不让我住宾馆,三楼是苏绣工作坊,罗苏姆妈为我布置了卧室。罗苏工作的时候,我就去二楼陈列大厅。

我喜欢丝绸馆的气味,也喜欢听江南丝竹。我问罗苏,你喜欢民乐,为什么会学钢琴。她说,丝绸文化与民乐艺术交相辉映。"我5岁学古筝,7岁学钢琴。爹爹说,钢琴可以让我从不同角度,审美东西方音乐。"我没见过罗苏的爹爹。两年前,他去音乐酒吧接罗苏,应该见过我。有一次我问罗苏,她说,爹爹身体不好,一直在寺庙读经。爹爹说,诵读佛经,让他心平气和,心生悲悯。我没去过寺庙,但我知道出家人有诵读经文的功课。我听不懂经文,但听得懂音乐。我不知道一位著名苏绣大师,为什么会把读经同丝绸合为一体。

在二楼大厅,我看不见从古到今的绫罗绸缎,但我的触觉异常敏感。有一次,罗苏下楼陪我聊天,说起丝绸渊源如数家珍。她突然问我,绫罗绸缎各有什么不同?我无数次抚摸过依次垂挂的绫罗绸缎,我的手感马修教授有过赞誉。我笑说:"苏,我在你面前班门弄斧——"我说绫的轻盈光洁,罗的薄透轻盈,缎的柔滑厚密。我最后才说绸,"那是系在爱人颈上的感觉。"这个别开生面的形容,让罗苏开心:"俫的手,比我的眼睛还结棍。"她接着说,绸的细腻柔韧,绸的色彩必定色艳或者极素,适合制作旗袍、晚礼服、围巾和内衣。

说到眼睛,我发觉我的感光度渐有提高。有一次,我甚至看见若隐若现的人影和街景。虽然转瞬即逝,但我欣喜异常。不过刚开始我以为是幻影,后来次数多了,我相信自己的直觉。

我告诉罗苏,她压制激动,说她已经晓得哉。说我走路,有时候会绕过障碍物。"我还以为你用了智能设备呢。"我仿佛被冬雾包围,眼前的景象隔着雾团,有时候白雾散开,有久违的记忆映入视觉。刚开始,我以为是臆想所致,就像我失明初始出现的幻象。有一次我同罗苏散步,在众多嘈杂声中,有清晰的话语抵达耳廓。我以为是幻听,但那不是声音,也不是气味,是图像抵达我的视觉,虽然模糊不清,但光感触及了我的视阈。我希望有朝一日,我能重见光明,告慰在天堂的姆妈。

我暂别罗苏母女,赶回盲童学校。张绮校长让我作回国后第一场报告。台下坐满了学生,还有他们的老师。他们需要我。我的成功激励了他们。我一周上三天课,有四天时间可以去丝绸馆。

我同罗苏的感情如火如荼,每次短别像长离。有一天,罗苏羞答答说,她父亲想见我。罗苏开车送我去今福寺,她姆妈坐在后座,带着大包的衣食。隆重的日子,我父母应该到场。我感恩罗家欧家在今福寺相见,但没想到,会在这里与张绮校长相遇。我听见她快步走近一个人,低声说话。

我每遇晴天霹雳,愈加冷静。比如我不会喜怒于色。此时木鱼敲响,所有人双手合十,颂唱佛的慈悲。我能感知苏罗的爹爹俯身蒲垫的样子,我挨着他匍匐于庄严佛像面前。但我垂首时,像多年前半夜梦醒,穿着湿衣服在深渊潜水,沉重得难以喘气。我睁大漆黑无光的眼睛,晃一晃脑袋,让自己清醒。

我在钟鼓声中听见众僧诵读《大悲咒》。风吹梵铃,经文在木鱼敲响时像密集的小海浪铺陈而来。我听不懂梵文,但能感知庄严和慈悲的音节。我的人生本有多种选择,钢琴家,歌唱家,或者心理咨询师。那个人毁了我,让我的人生暗无天日。

∴

张绮校长的低语,没人听见,但我例外。我耳朵敏锐,并且过耳不忘。张绮校长说,董事长,您资助的令狐凤,学成归来,现在来到今福寺。那人晚了半拍,轻呼:"倷么……碰巧哉。"

张绮校长的声音静如落针,唯我可察。我眼神澄澈,那人的声音,我一万年也不会忘。

起身时,我心平如水。那个人站在佛像前,我听见佛言佛语像穿透的风声,又仿佛天窗射下的光,瞬间覆盖了我。远离尘世的佛香如幽涧之兰,我深深吸气,把脸转向他。

诵读尾声落定,另一种声音响起。我是罗苏的父亲,法号不圆。我记得你的声音,当初是我的车撞了你。我被丝绸传人名号所累,当天要坐飞机去北京参加中国丝绸高级班。历史上,苏州堪称"丝绸之府",我第一个发言。对我来说,苏州丝绸比我的命更重要。出了事故,我知道闯了祸。但不能因为我,影响丝绸行业。当然我这样说,也是放不下虚名。我以为暗中帮你,能减轻罪行。

他放大的声音微微颤抖:"孩子,你的惊叫像一把刀,在我心头插了 14 年。"

我有时会想,如果我没走那条小路,一切都不会发生。如果那人只是失手撞了我，我会原谅他吗？世界上没有如果，只有后果和结果。因为那条小路没有监控，他就可以扬长而去？虽然后来得知他打电话为我叫了一辆车，但是医生说我还是丧失了最佳治疗时间。多年来，我想如果找到他，要问的第一句话就是，难道为了逃避，就可以置我于不顾？有什么事，比救人更重要？

我无法看见那人脸上的悔悟，但他的声音不会骗人。我深吸一口气，不是为了分析气味，而是他的声音我刻骨铭心。原本我不明所以的疑惑，在脑海上演，场面类似，真相却是另一个剧本。

我知道罗苏就在身边。她听见了爹爹的忏悔，她姆妈也在，还有我的家人和张绮校长，诵经的人都在。他们不知情，但明白了14年前的真相。

罗苏握住我的手，她的手依然丝绸般柔滑，但微微颤抖。她不说话，但希望我的话由她来说。"令狐，我很难过，我情愿被伤害的人是我。"她声音伤感，好像在抑制眼泪。"我现在才知道，是爹爹害了你。这些年来，爹爹像变了一个人，身体一年不如一年，丝绸业务也交给我打理。我今天才明白，爹爹他活在黑暗中……"

我仿佛吐出的不是气，而是胸口压着的块垒。我放空自己，原想要问的话，一句都说不出口。他是我的仇人，也是我的恩人。他伤害了我，也成就了我。车祸后，张绮校长上门邀请我去盲童学校，后来送我出国，一切的安排他都站在背后。我不知该如何面对这个已削发为僧的丝绸传人。我眼睛生疼，用力按住胸口，跳动的地方也很疼。

我记得马修说过，"这个世界有阴影，就一定有光。"

我8岁时，本可以考钢琴十级，但姆妈突然住院。姆妈后来一直唠叨，说如果不是那年她生病，我不会遭遇车祸。那年我9岁，刚考完十级。走出考场,我戴上耳机,反转鸭舌帽,脚踩滑板,在路边滑行,像叛逆的阳光少年。其实我只是想学高年级的洒脱劲。我不让姆妈陪我考级,要她在家准备午餐。我喜欢吃姆妈做的桂花糖藕,还有番茄炒蛋。滑板越滑越快,有乘风滑翔的快感。为了快点到家,我选了一条有坡度的小路,我控制着几乎失控的滑板。呼啸的感觉真好,耳机里音乐澎湃,我没听见一辆车按响喇叭,然后是刹车的声音。时隔多年,那些细节,我依然清晰如昨。

记住疼,是一种长大。忘记疼,是另一种成长。眼泪涌到眼眶,我微微仰脸,把眼泪硬生生逼回。我睁大眼睛,眼底雾起云卷,视觉中渐渐出现光亮。我侧身抱住这个置我于黑暗的人,他毁了我的光明前程。现在我明白了,他毁我的同时,也毁了自己。他比我更惨,活在有罪的黑暗中。恍惚间,我似乎看见一张脸,此刻他半垂之目,神情慈悲,带着罪悔,像极了受难者。不错,我将成为他的女婿。

我轻轻说:"现在,我怪自己,不怪您。"听闻我的话,这个害我一生的人,此刻泪流满面。他抱住我,老怀大慰:"好孩子,好孩子……"他为我所做的一切,为社会所做的一切,都得到好报。我抵抗地心引力,不让眼泪掉下。我屏住鼻息,缓过气对大家说:"我希望你们能看见我在笑。"

"阿弥陀佛,种种一切,都是因果。"我听见住持苍老的声音越过高宇,在天地回荡。

我打电话给马修教授,告知我现在正经历的事。教授沉默良久,声音一如既往。"令狐,一切都是最好的结果。"我仿佛看见马修在地球另一端,他的心跳与我共鸣。

附盲文数字符号

写于 2023 年 11 月 25 日

宋海年,中国作协会员,闵行区作协主席。主要从事小说创作。出版长篇小说及中短篇小说集 5 部,人物传记 1 部。

释 字

1

牛小华低头看了看自己脚上的鞋。她知道今天要走很多的路。她从来不乘坐公交车。能省一钱是一钱。每当这种时候她总要想起年迈的母亲。当年母亲上班从来不坐公交车,从家里到单位要步行40分钟以上,而且得一路小跑步。那时候的车票一共是4分钱,电车票,五站路。母亲一向节省。牛小华有这样的遗传基因。不为别的,只为她同样继承了母亲那一个醒目的字:穷。

现在,太阳很耀眼地悬在了天空的那一片蔚蓝之上,可是牛小华却不知怎么回事只感到有一丝儿的寒意冻在了心里。此刻她疲惫的脚步正从人声鼎沸的五角场万达广场边上走过,中环线高架桥上的据说一到夜间就会闪烁五光十色的"彩蛋"也丝毫没能感染她心头的冷色调。

牛小华茫然的眼神穿过了马路当中飞驰的各种色彩的私家车公家车,落在了对面路边一字排开的恍如置身第三世界的小饭店小面馆的摊位上,因为它们无一例外都架设在上街沿。只见几个过路客正围坐着大快朵颐,似乎无人在乎一辆紧接一辆的汽车飞驰而过洒落的灰尘——幸得这儿已经是大上海的副中心城区了,仅凭肉眼是压根看不出尘土飞扬的。

只是,牛小华的脸上突兀地闪现了一丝愕然。是的,她看到了一个人轻轻放下了手中的面碗,接着从裤子口袋里掏出了一方手帕很绅士地擦了擦嘴唇。牛小华知道,现如今的人们在吃完饭之后会千篇一律地抽出一张餐巾纸擦嘴巴,很习惯很现代,而用手帕已经是老土老古董了,可这一动作却让牛小华想起了一个人。

牛小华索性站下了脚步,愣愣地看着时时被飞驰的车辆遮断的那个人。就在他放下手帕的短暂时间段中,牛小华几乎惊呼出声:是,是他!

牛小华不明白自己为什么会这么激动,甚至连脸上都微微有些发热发烫。不对劲,很不对劲,这完全是青春期女孩才会有的现象,可自己都已经是奔五的老菜皮了,不不,今年四九明年五十,怎么还会这样! 真真羞煞人了。

这时,马路对面的男人在买单。于是,牛小华又看到了一件似曾相识的东西———一只不大的黑色皮包,那男人往腋下一夹,起身走了。

牛小华忽然什么羞涩什么脸红发热统统没有了,左右一看,便向横道线奔去,朝那男人直追了下去。

2

现在,牛小华和那个男人面对面地站着了。那个男人是在牛小华连连叫了他几声之后才停下脚步回过身来的。

于是,牛小华就愣愣地看着他笑。

牛小华是个很简单的人。在她当女孩时便是这样,结婚以后也是这样,现在还是这样,所以她一直活得很简单,几乎从来没想过"为什么"三个字——为什么是这样,为什么要那样,为什么会……这么多的为什么一向与她不搭界,她只会老老实实地去听去做,而且一根筋地听到底做到底,什么都不会问,什么都不会想,这样的人最适合做底层的螺丝钉,一辈子牢牢地拧在机器上的一只螺丝钉,管它发不发光,就拧在那儿了,除非是机器甩了你——下岗回家,而牛小华却从来不会甩了机器,她压根都不会思量这回事。

甚至,她都没想过自己的名字,小华是个什么意思,反正是爸妈起的,反正从小一直叫到大就是"小华小华"的。直到有一天有一个人告诉她,"华者花也",小华就是小花,牛小华才有了那么一点开窍。

现在,这个人正站在牛小华的对面,正默然地看着她。

他叫张秋水,一个曾经的同事,老师,大哥。

摸着良心说句话,牛小华当年还有意无意地偷偷暗恋过他,如果不是彼此有了家室,牛小华保证会百分百嫁给他,只要他愿意,哪怕做地下情人也行,哪怕是一回呢!唉,晚了,现在说什么都晚了……

牛小华的脸又一次红了,真不像话,老菜皮了还要做春梦!她悄然地看了张秋水一眼,谢天谢地,张秋水似乎什么都没有感觉到。

没有感觉的张秋水只是在想,怎么这么巧,竟然会遇到牛小华,而且是在这么多年以后……

那时候,张秋水是厂部教育科的语文老师兼班主任,当年正盛行"教育补课",红头文件规定人人必须恶补初中文凭,以向世人展示全民文化素质的普遍提高,因而全厂五千职工除了已有初中以上文凭的或即将退休的之外便有三四千人要进文化补课班,分批分期进行,三个月一期,学完了参加上级公司组织的市里统一考试,并且与加工资发奖金等实质性利益挂钩。应该说,牛小华在她那一期班上是极不出色的一个,按理张秋水是不会注意到她的。大凡做过老师的人都知道,有两类学生会在视线内不停地晃动,一类是拔尖的优秀学生,另一类则是永远停留在分数及格线以下的差生。牛小华毫无争议地属于后者。

不过,你还无法说牛小华不是个用功的好学生。张秋水在黑板上板书什么,她就在练习簿上记录什么,甚至下课了来不及记录,还专门跑到张秋水办公室借他的备课笔记补上记录。张秋水起先还以为碰上了一个百年不遇的好学生,在班会课上还恶狠狠地表扬了牛小华,不料却引起了哄堂大笑。有人高声叫着张老师你让她做一道小学一年级的题目试试看!

张秋水不明所以,更不明白所以然。因为厂子很大,他几乎对车间里班组里的工人一点都不熟悉。但后来,他果真在收上来的练习簿上见识了牛小华的作业,那才叫一个晕!无论成语解释,无论主谓宾语法划分,统统牛头按在了马嘴上。就说一个最简单的"因为……所以……"造句,牛小华这样写道:"因为我的儿子很聪明,所以他很聪明。"

张秋水差点厥倒!

后来他才知道,牛小华刚读完小学一年级,文化大革命就开始了,然后就是无穷无尽的停课闹革命、学工、学农,直到毕业分配进厂。所以严格来说,已为人母的牛小华只是一个一年级的小学生。

三个月的文化补课很快到了尽头,即将面临市里的统一考试。张秋水很明白,牛小华百分百过不了这一关。无论他在课堂上如何不厌其烦地一遍遍讲解写作记叙文的要素"开头、过程、结尾"三段式必须"凤头、熊腰、豹尾",无论他如何苦口婆心地一次次提醒"审题、列提纲、开头和结尾必须点题",但他知道,对牛小华来说,统统是对牛弹琴——张秋水每次让她复述一遍他讲解的意思,牛小华只是傻傻地朝他笑,无言。

张秋水不知道这是不是一种很弱智的表现。

张秋水只能叹气。语文试卷满分 100,一篇作文就占了 60 分!

张秋水很高瞻远瞩地把牛小华划入了不需要参加考试的行列,因为考了也等于白考。

……

你在想什么呢,张老师?

牛小华低低的问话,将张秋水从遥远的记忆里拽回到了现实中。

张秋水沉吟着,说道,呵,我在想当年的文化补课,要不是文化补课,我们也不会认识。

牛小华笑了,是微微有些苦涩的那一类。牛小华知道自己是很没用的人,长相也很没用,属于在马路上一抬腿就能撞到一大片的那一种。要不是文化补课,很有文化的张老师是绝对不会注意到一个叫牛小华的女人的。

牛小华叹了一口气,说,当时要不是自己没路走了,也不会告诉你说要是考不出来,那一年的厂部加工资就没有自己的份了,后来,后来你也就不会在考试的前一个晚上赶到我的家里来给我补课做作文了……

张秋水有些愣住了,问道,有这回事吗?我怎么一点都记不起来了呢?

牛小华点了点头,说,就在那个晚上,你肯定看出了我实在太笨,笨得根本做不出作文,就拿出了一篇你早已准备好的文章,还关照我,无论是什么作文题目,只要开头和结尾改几个字就能套上去的。结果,我把你的作文全部背了下来,参加了第二天的考试,得了四十八分,整个语文试卷得了六十一分,刚好及格……

张秋水突然叫了起来:好像,好像有点想起来了……

牛小华幽幽地说,当我拿到新加工资的那一天,我买了一块蜂皇浆巧克力送到你的办公室,你却把那一大块巧克力和教育科的其他老师分享了,还说,真为你高兴……

张秋水又是一脸的惘然。

牛小华知道,他是不会记得了。那时候,大部分班组里的工人都是侥幸过关拿到初中文凭的,而凡是这样的工人,都会买一盒大前门牡丹牌香烟或瓜子糖果去意思意思感谢教育科老师的。这种事很多。一多,就不记得了。可自己,却永远忘不了那个晚上,那个补课的晚上……

3

正是隆冬。

夜已深。

当牛小华听到敲门声走去开门的时候,她做梦也不会想到站在门外的居然是张秋水。

牛小华赶不迭地将被寒风包围着的张秋水请进了屋内。牛小华一时吃不准张秋水为什么会来家访,只是在她端着茶杯沏茶的时候才有了感觉,他莫不是为了明天的考试来的?牛小华知道自己是块什么料,也知道自己端得起几斤几两,只怕张秋水这一趟要白跑了,任他讲到天边去,自己横竖都是考不出来的。

老公也是个老实头,只是出来和张秋水讪讪地打了个招呼,就又返回里屋去哄儿子睡觉了,再也没有出来。

张秋水除去了围巾和帽子,从那形影不离的人造革公文包里取出了一叠模拟试卷,让牛小华先看着,边说你有什么不懂就开口问,边捧过了冒着热气的玻璃茶杯暖着双手。

当张秋水终于可以小心翼翼地呷上一口尽管滚烫但已经能够勉强入口的热茶时,牛小华放下了那一叠试卷。牛小华抬起头来正迎着张秋水的目光,那目光中满是期待,牛小华不知为什么却把头微微一低,站起了身走进里屋去了。

张秋水正在莫名其妙,牛小华手里拿着一盒飞马烟走了出来,低低地说道,不好意思张老师,我忘了你是抽烟的。

张秋水放下茶杯,点燃了香烟,牛小华忽然将桌上的那些试卷重又拿了起来,轻轻地放在了人造革包上,犹豫了一会才说,明天我是考不出来了,我这个人很笨的……工资加不到也没办法,谢谢你特地跑来给我补课……

张秋水开口想说些什么,不料却让一口烟给呛着了,不禁连声地咳嗽起来。牛小华边说喝口茶就好了,边慌忙伸手去抓茶杯,也许是动作太猛,茶杯一倾,顿时一片水花溅了出来浇在了张秋水的衣服上。牛小华手忙脚乱地抓过桌上的毛巾就去擦张秋水湿漉漉的衣服。

张秋水刚说了一声"不要紧",却听得"噗"地一响,原来张秋水衣服上那一枚很好看的纽扣给拉了下来,并且滚落到地上去了。

在牛小华颇显尴尬的当口,张秋水已经从地上将纽扣给捡了起来,还笑了笑说,这纽扣前两天就松动了,是我一直懒着没去缝它。

牛小华忽然又一言不发地站起身走进里屋去了,出来的时候手上拿着针和线,还将一只黄澄澄的顶针箍套上了手指,说,张老师,我给你把纽扣缝上去吧,待会出去风大,不扣上纽扣要受冻的。

张秋水没有说话,其实是根本没来得及说话,牛小华已经从他手中把纽扣拿了过去,自说自话地将他的衣服一拽,便钉起了纽扣。

牛小华的手还是蛮巧的,手一动,那闪亮的缝衣针便牵着细细长长的线将纽扣紧紧地拴在衣服上了。

张秋水愣愣地看着牛小华俯身在他面前熟练而灵巧地飞针走线,就在那一瞬,他也许明白了一个道理:有些人在某些方面很在行,而在另一些方面只能很外行了。也就在这时候,他知道今晚是无用功了,明天牛小华是考不出来的,而那一级工资也注定是加不到的了。

张秋水很失望。很失望的张秋水其实还是留有一手的。在牛小华细致地用线在纽扣背面的衣服上打了一个结,尔后低头用牙齿咬断了线头时,张秋水说了一声谢谢,接着将那一叠试卷放入了包内,却又从包里取出了薄薄的一页纸递向了牛小华,说,你先看看。

牛小华来不及褪下手上的顶针箍,接了过去就低头看了起来。

这时的张秋水忽然有了一个发现,灯光斜映下牛小华歪着头看稿纸的侧影其实还是蛮可爱的。这是一个谁也不知道的发现,张秋水后来一直没有对人说,于是这便成了那个晚上永远的秘密。

牛小华终于抬起了头,低低地说道,张老师,这作文是谁写的?我恐怕一辈子也写不出来……

张秋水围上了围巾戴上了帽子,拎起人造革包站了起来,说,好好把它背出来,去参加明天的考试。

张秋水向门口走去,忽然回了一下头说,你只要根据作文的题目变一变开头和结尾,就一定可以得高分。

牛小华突然明白了,急急地道:这,这是你写的……

张秋水以一个令人不易察觉的动作微微点了一下头,说,我只希望你能加到这一级工资……

张秋水拉开了门,一阵刺骨的寒风闯了进来,牛小华似乎被噎了一下,什么话也说不上来了。

张秋水走了。

牛小华奔到门口,冲着寒风大叫了一声:我会把作文背出来的!

张秋水头也不回地消失在暗夜的弄堂中……

4

好不容易,牛小华才被张秋水拽进了路旁的一家茶室。

牛小华原本是死活不肯进去的,因为一进去就要花钱,而且听说一杯茶老贵的,起码得二三十块钱,抵得上居家过日子的好几天菜钱了。张秋水说这是社区开办的茶室,一杯茶只有五毛钱,是供退休了的老同志喝茶聊天休闲的。张秋水又说,让咱们也提前享受一下退休工人的待遇。说着就笑了一下。

尽管牛小华也有些心疼那一杯茶的五毛钱,但还是禁不住地要问,你怎么知道这是社区办的,你又不住在这儿的啰?

张秋水不言,只是抬起下巴向那茶室的右上方扬了一扬,于是牛小华看到了那儿有一方涂有社区标志的小木牌。

到底是有文化的人,一般平头百姓才不会留意这么个不起眼的小玩意呢,就算留意了,也不一定清楚那是社区的标志。

现在,他们在茶室的一方木桌前相对而坐了,隔开彼此的是放在他们面前飘着茶香的杯子。

张秋水呷了一口茶,这才定定神神地朝牛小华打量起来。他有了些奇怪,在这国内国际的品牌化妆品铺天盖地满世界飞的当下,这牛小华偏然素面朝天依然故我,别说眉毛没有修饰,便是连个口红也不曾抹过,真是不知有汉,无论魏晋了。

牛小华忽然向张秋水歪了一下头,问道,你在看什么呢,张老师?

张秋水一愣,说,哦,我在想,现在像你这样不事化妆的女同志,大概是打着灯笼也找不到了。

牛小华苦笑了一声。哪个女人不想打扮得漂亮一些呢?不过口袋里没钱又是另一码事了。可是,像张秋水这种不加掩饰实话实说的人其实也很稀有动物了呢!不过,我喜欢。牛小华暗自想道。可她口头上却说,你喜欢化了妆抹了粉的女人?

张秋水显然不愿意在这个话题上再纠缠下去,也许他并不擅长化妆的故事。他的眼神在茶杯上停留了一会,才开口说话,不过已经换了个话题。他说的还是当年的事,你还记得文化补课那会儿,考不出来就不让加工资还要扣奖金的事吗?

牛小华点头,是很认真的那一种。牛小华说,当然记得,要不你也不会上我家来补上那特别的一课了。

张秋水的思绪一点点从记忆中走了出来,不无反感地说,是呵,现在回过头去想想,还真觉得荒诞,是谁,又是怎么想得出来的,把加工资和浑身不搭界的补习初中文凭硬是扯在了一起……

牛小华看了看他,忽然站了起来说,张老师,我去给你买包烟……

张秋水连忙伸手制止了她,淡淡地道,别买,我已经戒烟了……

牛小华吃惊得差点儿叫了起来:你戒烟了?真没看出来,你的毅力好大……

张秋水微微摇头,说,你别夸我了,其实,其实……我一直抽的是牡丹烟,这当年凭票购买的好烟如今已是低价烟了,谁能想到现在正规的商店里每个星期只来一次货,每次货只来一条烟,好多人都一大早就在那儿排队,没闲功夫排队,只能不抽了……

牛小华不信,说,我看到不少小店里都有卖的嘛。

张秋水苦笑一声:不敢说那是假烟,但肯定全是大兴货,我买过,一抽根本不是那个味……

牛小华慢慢坐下了,说,戒了也好,反正抽烟也不是什么好事。

张秋水点点头,说了个"是"字,便不再说话了。很久没说话。

牛小华也不说话了,开始默默地喝茶,只是在心里想,男人有时候真怪,像没长大的小孩,说不开心就不开心了,女人常常得哄着他。也许,自己刚才是不是一不小心说了什么他不愿意听的话,惹他不高兴了?这么一想,牛小华浑身有点不自在起来。

这在牛小华的身上可是从来没有过的事情。后来她回想起来就觉得怪怪的。

张秋水缓缓抬起了头,看了看她,突然问,你怎么不说话了?

牛小华抿嘴一笑:你才不说话呢,让我怎么说?那不成我一个人的自说自话了?

张秋水一愣,也笑了。

牛小华心里的石头落了地。女人呵,就爱东想西想的,到头来全是瞎想。

张秋水说话了,你,快退休了吧?

牛小华点点头,快了,明年年底……

张秋水"唔"了一声,沉吟一会又说,那,你的孩子还在上学还是已经工作了?

牛小华没有回答。牛小华知道张老师问完了孩子又该问老公了。她毫无理由地不想对张秋水说这些很家庭的事。儿子倒蛮争气的正在念大学，靠的是助学金和奖学金，还得在暑假寒假里勤工俭学挣些学杂费什么的，总的来说还是可以的。老公就比较差劲了，下岗后在一家居民小区的门口当保安，只能拿上海市最低工资线的保障月薪。这些和张老师说了有什么意义？毫无意义。所以牛小华就不想说也没说。

不想说也没说的牛小华知道张秋水还会问下去，就慌忙地抢跑道问，张老师，你，厂子倒闭了以后，去了哪里工作呢？

张秋水不知为什么淡淡苦笑，说，在一家报社，算是帮忙吧。

牛小华不无羡慕地说，还是有文化的好……报社的环境一定好，办公室里亮堂堂的，你上班了往写字台前一坐，写写字改改稿子，真好……对了，办公室里一定还放满了书，是不是啊？

张秋水点了点头。

那，我想问问你，来你们那儿打扫房间的人，让不让她们碰这些书呢？牛小华忽然问出了一个奇怪的问题。

张秋水有些疑惑地看了她一眼，摇了摇头，说，书籍一般是不让外人动的。沉思一下又说，你怎么会想到这样一个问题的？

牛小华不说话了。是呵，书籍是不会让打扫房间的杂务工或者闲杂人等去动的。书金贵着呢。在自己当钟点工的那一户人家，也是这样的，根本不许你碰一碰，连一根手指头都不行。那是一个很大的人家，好像有六室五厅呢，牛小华在那户人家已经干了好几年了，到现在都没弄清楚到底有多少房间，不过却好奇地发现有一个房间从来不需要她去打扫。有一天主人打开了房门，牛小华才发觉里面居然是满满当当一屋子的书！书橱里书橱外全是书，墙角那儿的书籍一本一本又一本从地上一直堆到了天花板！原来这是主人的书房兼工作室，主人说哪一本书籍放在哪儿他都是心中有数的，给外人一碰就乱套了就找不着需要的书了，也就影响他的工作了。主人说着还和牛小华打招呼，说绝对不是不信任她，就连他自己的太太也从来不碰他的书呢。牛小花一边说没关系的一边在想，这位主人一定和张老师一样脑袋里装满了书中的知识，肯定是个文化人，虽然牛小华从来不问也从来不知道那主人的身份和职业。不过，牛小华曾经无数次想离开那户人家无数次想说不干了。不是人家给的待遇不好，也不是人家对牛小华有任何不满意，而是牛小华害怕去擦那宽宽大大的一排排玻璃窗户——一擦，牛小华就头晕就眼花就心里直打鼓！为什么？因为那是高高在上的十三楼，1303 室！

牛小华怀疑自己害上了恐高症。年轻时从来没有的病，随着年岁的增长也开始一点点生长发育如雨后春笋般冒了出来。真的是这样。

牛小华终究没有辞职。这年头，再找这样的一份工作很不容易了，现在满世界找工作的人太多了。

这些事都是牛小华不想告诉张秋水的，她实在不愿意和他说，太婆婆妈妈了，又该如何说？

牛小华沉吟着还没说话，张秋水倒开了口，说，有时候我老在想你，不，不仅仅是你，是厂子里的那一些工人，当年就为了补不出那一张初中文凭，结果少了一级正式的国家工资，1993 年以后加的工资都是企业的效益工资了，作不得数的……

可我总算加上了。牛小华想了想，又说了一句，多亏有了你……

张秋水摆摆手，说，现在恐怕打着灯笼也遇不上这种事情了，再说你也快退休了……

牛小华没有搭腔,只是脸色一点点地阴沉下来了。

张秋水很细心地注意到了她的脸色,顿时愣了一下说,你怎么啦,是不是哪儿不舒服?

是在过了很久以后,牛小华才开口的,张老师,你是个很文化的老师,也很有学问,我想请你帮我看一样东西,请教几个字的解释……

茶杯在张秋水的手上停顿了,讶然地问,字?你对方块字的解释有兴趣?

牛小华有些忿忿然了,很直接地说,怎么是我对方块字有兴趣呢?不,是方块字找上了我对我有兴趣!

张秋水愣了一会,说,真没想到,你都快成光荣的退休工人了,居然还这么好学……

牛小华默然地看着他,又默然地从口袋里掏出了一张皱巴巴的纸,放到了张秋水的面前。

这是一份单位里的"协保人员协议书",当年几乎每位下岗工人人手一份,只是具体内容因人而异。

牛小华这些日子的奔波与辛苦全都着落在这一张纸上。

张秋水接了过去,慢慢地从头看到了尾。

张秋水的视线终于从纸上移到了牛小华的脸上,说,这协议,怎么啦?好像蛮常规的嘛……

牛小华的心在隐隐作痛。她不怪张秋水张老师。她只明白了一个可怕的事实,如果连一个很文化的文化人都瞧不出端倪的话,那么自己这个当年的小学一年级学生睁着眼睛往陷阱里蹦达,也就没什么冤枉可叫的了。

张秋水的眼睛在一点点睁大,语调也有了变化,问道,你倒是说嘛,什么意思?

牛小华终于伸出手去,将一根指头点在了两个字上。

这两个字是:"留存"。

张秋水的眼睛微微眯细了,开始了不再说话,进入了沉思状态。

这是牛小华没有料到的。曾经,她是多么地想见到他呵,又是多么多么地想听他像当年讲解记叙文一样地说说"留存"这两个让自己吃足了苦头的字呵。而且,吃的尽是哑巴亏!

其实,在事情发生了的第一时间段,自己就到处打听过张秋水的现下住址。说句老实话,后来确实找到了张秋水,并且还找到了张秋水的家,并且的并且,见到了张秋水。

只是,张秋水毫不知情。

这也许是牛小华今生今世的一个永远难以启齿的秘密。

牛小华忘不了那一个夜晚,那一个找到他家的夜晚……

5

一段路有明晃晃的路灯照着,一段路只有惨淡淡的月光斑斑驳驳,这就是老式工房的不良环境。其实当牛小华一走进这一片居民小区便已认了出来,这地方她曾经来过,很多年以前就来过,当时是和班组里几个先后从初中文凭补习班毕业并且加到了工资的小姊妹,为了感谢张老师而特地在大年初一的早上来给他拜年的。已经忘了是谁的提议,反正来过一次,也就那么仅有的一次。现在走在这条路上,真的恍如隔世。

又看到了工房一层楼的那一扇木门,看到了木门上模糊了的门牌号码,看到了这一室半户狭小拥挤的二十平米左右的居所,并且从那半开半闭的玻璃窗里还看到了一个女人的身影——那一定是他的太太,接着听到了一个男人说话的声音,呵,这绝对是张秋水张老师的声音,响亮,清晰,就像当年在讲台上讲课,每个字的吐音都那么动听。

不知道为什么,牛小华突然地有了一阵莫名的慌张,仿佛做了贼般地心头别别乱跳,连忙不由自主地往后退了两步,怕被人看见似的将视线移离了室内。

待得再向里面看去时,却见从内室走出了一个女孩,大概是他们的女儿,手里拿着一件花衣服不断地在身上比划,喜滋滋地连声问父母好看吗。

张秋水在点头,说,好看,蛮不错的。

张太太的脸色却渐渐阴沉下来,没好声气地说,怎么又乱花钱买衣服了,不是有校服穿吗!

女儿似乎有点不服帖,说,和同学们出去玩,她们都有好多漂亮的新衣服穿,就是没人穿校服的。

张太太恼火了,大声地说,人家有好多漂亮新衣服,那是人家有钱!你问问你爸爸,他一个月能挣多少钱!像他这样的男人,世上少有,靠写字能写出几个人民币?只好去打工,偏又端着作家的狗屁架子,被人家像使女丫头一样唤来呼去就想不通了,只能回家对我发牢骚,一发就是一车皮……

张秋水向女儿摆了摆手,说,你,回里屋去做作业吧……

女儿老大不情愿地嘟着嘴向里间走去,手里的那件新衣服也突然有气无力地耷拉到地上去了。

张太太的牢骚并没有因女儿的离去而停止,反而肆无忌惮起来。

张秋水偏偏无动于衷,连半点反应也没有。也许是习以为常耳朵里长茧子了,也许是早已司空见惯见多不怪了。

屋外的牛小华却有了反应,只觉得心头一片凄凉。当年的那个大年初一给张老师拜年时,张太太也在,是个新嫁娘,温文尔雅腼腆可爱,可如今,岁月的风风雨雨却将她脱胎换骨塑造成了一头雌老虎。

张太太依然在高声大气地数落着张秋水的种种不是,牛小华只能转身走了,她已无法去向张老师讨教"留存"这两个可怕的字眼,更无缘听张老师的解惑了。

时间不对。空间不对。气氛更不对。

牛小华走了,不,她不是走,而是逃离了现场——她冲动地从地上抓起了一块小石子,扔到了那扇斑驳的门上,于是发出了一声不太响的响声,随即屋内爆起了张太太的大叫:谁?是谁?

在张太太打开门的时候,牛小华已经跑得很远很远。

牛小华笑了。牛小华的目的达到了,她就是要冲散那女人对张秋水大不敬的喋喋不休……

后来,牛小华一直在想,这些年来,自己活得很艰难,那是活该——谁让自己没文化呢!可是牛小华一直没搞懂,张老师是很文化很有才华的,曾在很多的报刊上发表过文章,据说还是小有名气的一位作家呢,可就是这样一个文化人,怎么也活得如此窝囊如此不堪呢?再后来,牛小华想明白了,答案原本就在那儿明摆着,这张老师二十多年没挪窝,没住上大房子,早已说明了他其实也很落魄很不堪的。

当牛小华想到张老师是作家,也就想到了那一块巧克力被她拒绝的往事……

那是一个午后,牛小华经过厂门口,见到张秋水正被门房间的老魏头和王阿姨缠着,王阿姨的手里似乎还挥动着一张什么纸头,后来才知道那是汇款单,是一家杂志社汇来的稿费。那年头的稿费才金贵着呢,肋条肉六角钱一斤精肉只买七八角一斤,三五毛钱的肉加上七八分钱的大蒜,就能炒上两大海碗香喷喷的大蒜肉片了!牛小华问了王阿姨汇单上多少钱,王阿姨跟捡到个金元宝似的炫耀着说二百零六元啊,不宰他张老师还能宰谁去?原来门卫王阿姨见到邮递员送来的汇款单,连忙和老魏头商量了,立马一个电话摇到教育科,紧急通知张秋水来门房间拿汇单,当然雁过拔毛要留下买路钱了,这不,缠着他就是在闹谈判讲斤头呢。

张秋水还是一个好说话的人,当着牛小华的面,不但答应了给老魏头买一包牡丹烟(那时候牡丹烟可算高档烟了),给王阿姨一大包香瓜子,甚至还说要给牛小华也带一些闲食来。牛小华连连说不要,王阿姨咋咋呼呼地说有要不要猪头三,又说张老师在杂志上登了文章是开心的事,吃吃瓜子呼呼香烟大家一起陪张老师开心开心,否则就是不给张老师面子!

张秋水点头应是,拿了汇款单就直奔五十米外的邮局去了。邮局旁边恰巧是一家食品烟杂商店,专门卖零食闲食香烟自来火的。

不太久的时间,牛小华正和王阿姨老魏头有一搭没一搭地说着闲话,张秋水就兴冲冲地回来了。于是,老魏头笑眯眯地抽上了烟,王阿姨则把香瓜子放进了拎包里,说要带回去给女儿吃,再说上班辰光大明大方地嗑瓜子影响也不大好。

只有牛小华忽然有些不高兴起来,牛小华看到张秋水向她递过来的竟然是一块巧克力,蜂皇浆巧克力,500克的,和她上次考出初中文凭时送给他的一模一样!

牛小华暗暗在想,这不是六月债还得快吗?牛小华这么一想,就开始不高兴了。不高兴的牛小华很客气但又很坚决地推开了蜂皇浆巧克力,边说"心领了"边向车间里逃走了。

逃走了的牛小华终究没能逃掉。牛小华下班出厂门时,被上中班的门卫阿李叫住了,递给她一个大纸包,说是教育科张老师让转交的。牛小华无奈地接过,不用拆纸包就知道一准是蜂皇浆巧克力……

6

张秋水终于弄明白了关于"留存"的故事。

牛小华说,因为协议上有了"留存"这两个字,单位就可以堂而皇之地不给你向社保中心缴纳养老保险金了。这是上个月收到了社保中区寄来的一年缴费清单方才发觉的要紧又要命的事。自己协议下岗后,单位居然有两年的养老保险费没缴,这就意味着牛小华明年退休后的养老金将做减法,每个月得减去三五十元呢。牛小华说,这是她花了近一个月的时间不间断地跑区社保中心、厂部留守小组和厂子当年承包人及无数同事证人之后才搞明白的。

张秋水唯有苦笑相迎。

牛小华还瞪着大眼在连连追问"留存"二字是不是该作这种解释。

张秋水哑然。词语解释当年是牛小华们必做的作业,也是自己每天必备的功课,他实在想不起来有什么大辞典上能够作这种解释。能够作这种解释的解释只有一种,那就是社保中心的专业术语。

后来回家后,张秋水特地查阅了《现代汉语词典》,"留存"条目的释义有二:一,保存,存放;二,存在。这和当时看了"协议书"之后的直觉是一致的，自己当时说的那句话想来也不会错。

张秋水是在叹了一口气之后才说那句话的，牛小华，你是知道的，现在捣糨糊的东西是很多的，可关键是什么呢，就是你的亲笔签名，一签名一落款便是同意，便是协议合同生效！杨白劳只要按了手印，再怎么说也没用，就硬是把自己给卖了！

牛小华一脸的讶然，说，怪不得我把鞋底都快跑穿了也没人对我讲真话，原来我早已把自己给卖了？是怨不得别人没话对我说了。恨只恨当初承包我们车间的那个大块头，哼，他让我在这纸头上签名时说得多好听，他说你看到"留存"这两个字了没有，这就是说把你们的养老保险金都留在那里保存在那里了，到时候退休不会少你一分钱养老金的！可现在去社保中心一问，却说"留存"就是在规定的这个时间段里不再给你缴纳养老保险金了。张老师，这是哪儿对哪儿呀！

张秋水慢慢地将杯子里剩余的水倒进了喉咙，良久才说，你呀，千万不能没读懂弄通就签上了自己的大名，如今的陷阱，海了去！

张秋水就在那一瞬间，脑海中突然跳出了一个老掉牙的故事：一个地主老财让长工送一封信给山寨上的土匪，结果到了地头，土匪拿过那压根没封口的信看了哈哈大笑，问长工知道地主老财的信上说了什么吗？长工茫然。土匪说，他让我把你绑了卖了去换银子！长工大哭。张秋水不觉暗忖那古代长工没文化不识字睁眼瞎，蒙在鼓里自己卖了自己，而现如今牛小华也吃了缺少文化的亏，唉，文化，文化……

不知怎地，张秋水陡然心上一凛，就是读懂了"留存"二字又如何？难道就能躲得过吗？

牛小华看着面前目光闪烁不定的张秋水，心里忽然有些害怕起来,说张老师,你这是怎么啦?

良久,张秋水才满嘴苦涩地吐出了一句话,这样的故事,不仅仅属于你,也曾经属于我……

牛小华大吃一惊,问,你,你也遇到过?

张秋水长吁一声,说,倾巢之下,安有完卵!那一回,厂部找教育科每一个人谈话,要我们与厂子拗断,自寻出路去,给予的优惠条件是每个人发一笔一次性的遣散费……

牛小华撅起了嘴,那也比我们"协保"强,好歹总可以拿到一笔钱……

张秋水的唇边跌落了一抹嘲笑,反问道,真是这样吗?你听听就知道了,一年的工龄折算一千元,我当时二十五年工龄,折算两万五千元给你,就此和亲爱的工厂一拍两散卷铺盖走人,成了社会上的失业人员闲散人员。唉,可怜哪……

牛小华忽然说不出话来了,只能愣愣地看着茶杯中的几叶残茶在无言地浮沉。

张秋水轻轻笑了一声说,这种事情,其实换句话说就是中奖了。

牛小华听不明白,半晌才问,怎么,怎么又是中奖了呢?

张秋水沉吟了一会才说,在上海,有的单位拗断解除劳动关系,一年工龄可以折算五千、八千,甚至一二万的都有,那些单位的人啊,个个跑得像兔子一样飞快!可谁让我张秋水是我们这个穷得只流汗不流油的单位的员工呢,命中注定活该倒霉……拿你这事来说吧,也不是个个承包的包工头都会和工人签"留存"这样暗藏玄机的协议合同的……这样的概率,真的可能和中大奖差之不多了……

牛小华愣愣地听着,总算有些开窍明白自己是中了大奖了。这时,牛小华又一次地想起了那个大块头。听说,大块头后来的下场并不好,承包车间发了大财,花天酒地千金买笑,结果买到了那一种最时髦的脏病,老婆带着儿子远走高飞了,他自己只剩下了一副骷髅架子躺在医院的病床上痛哭流涕……按张老师的说法,这大块头也中奖了,而且是更大的大奖,嘻,够牛皮的……

一阵电话铃声断断续续地从张秋水的公文包里传了出来。张秋水掏出手机看了一眼,边向牛小华低低说了一声"是报社来的"边打开了手机。

电话是版面编辑打来的,他语气急促地追问张秋水怎么到现在还没抵达被采访的单位,同时紧急通知临时决定再增加一个采访单位,并且催促他再晚也要赶回报社,回报社后再晚也要立即写稿发稿!版面编辑的话语如同机关枪而且是连发,根本让人无法回答也不需要你回答,所以张秋水也就没有回答。

没有回答的张秋水终究作了回答,他是以一连串的"嗯嗯啊啊"作了回答的。他一向看不惯这位编辑,年纪轻轻,却常爱摆出一副三八式老干部的嘴脸训斥人呵责人,只缘是什么硕士生正式编制的编辑,连改个稿子也时有狗屁不通之处,而自己这个在全国报刊上发表了几百万字出版过五部长篇小说的作家却是个不得不看人家脸色行事的不在编制的打工仔!

最可怜的是什么呢?是这一切统统无法对牛小华诉说。张秋水很知道自己在牛小华心中的地位。还别说,自己也愿意和她在一起。也怪,虽然见识过了不少大市面,偏偏还就是喜欢和底层的工人接触,说到底,张秋水陶醉的就是工人们对文化人那一种质朴纯粹的感觉。记得当年在《解放日报》上发表了一篇千字文的工厂小说,真是全厂轰动,无论认识不认识的工人在厂区在食堂在浴室遇见了他,都会朝他走过来说,张老师你写的工人真伟大!真牛!最难忘的是什么呢？是过了很久之后的某一天，一个工人找到他递给他一份那张报纸说，我买了一份报纸带回家，我们全家四代人都看了，我那刚出生的儿子也听我念了一遍又一遍，我说儿子啊这就是你爸爸厂子里的故事啊！现在我把这张报纸送给你⋯⋯张秋水感动得将那张报纸一直保存到了今天，尽管已经发黄发脆⋯⋯真想重新回到工厂回到工人中去呵，那是一种到家了的实感。张秋水如同思念亲人一般怀念那厂子里的生活，可是，可是永远回不去了⋯⋯而今自己已经成了没有家没有至爱亲朋的江湖浪子，永久遭遇的是飘泊不定的没了根的漂浮生涯⋯⋯

呵呵，尊重知识尊重文化人的感觉真好！

张秋水把一口冰凉的冷气叹在了心底。其实，其实自己早已褪尽了当年的光环，沦落到了只剩下讨生活的动物属性，不再值得牛小华们的仰视了。这也就是他不想把自己的故事说给牛小华听的缘故，也许这很有些文人的虚荣劣根性，只是他依然梦幻抓住被尊重的那一抹感觉，那一抹最后的感觉。时下，这种感觉早已成了拍卖行里的奢侈古董，久违了，消逝了，逃遁了，没有了，不见了⋯⋯

张秋水还沉浸在无边的遐思中，牛小华却缓缓站了起来，说，张老师，你大概⋯⋯有事情要去办了吧？

张秋水一愣，点头说是，报社里是有点事，我得走了⋯⋯不过，我想送几句话给你，记得有个名叫普希金的大诗人说过，一切都会过去，一切都是瞬间，而那过去了的，就会成为美好的记忆⋯⋯

牛小华不知道什么普希金普希银的，一边胡乱点头一边说，谢谢你张老师，我，我真高兴遇见你⋯⋯

张秋水笑了，说，我也高兴，过几天让我们再高兴一次吧，我会带着你那"留存"的故事去找找社保中心的朋友，然后给你一个答复。

牛小华简直有些喜出望外了，说，真的？太好了！

等我电话你。张秋水说完，便向门口走去。

牛小华却站着没动，只是脉脉含情地望着那宽阔的背影，久久地久久地……

7

张秋水用手轻轻揉了揉太阳穴，颇为疲惫地在人民广场地铁站外的长椅上坐了下来。他面对的是纪念很多很多年以前的"五卅惨案"的群雕像，那雕像很气势很悲壮。雕像旁行人匆匆，脚步匆匆，很少有人驻足，也很少有人在意那一场轰轰烈烈的运动了。

张秋水和牛小华就约在这儿见面。牛小华乘坐从大杨浦过来的地铁 M8 线，很方便的。

张秋水找过了那位社保中心负责的朋友，朋友认真查阅了牛小华的全部缴金资料，尔后很职业地告诉他，唯一补救的办法就是来社保中心补缴 4500 元，否则牛小华的退休养老金肯定会缺了一块，相比较而言，补缴的钱和漫长的退休金实在是太小的比例了。同时，这位朋友还告诉了张秋水一个秘密，牛小华曾经去劳动仲裁委员会提起过上诉，但被驳回，理由是已经过了时效期。

呵，又遇上了当年考不出初中文凭就加不上工资一样的荒诞故事。

不，比当年更厉害，这回是依赖养老的养老金呵！

那怎么办？

张秋水还能怎么办？

只有帮牛小华悄悄缴了这笔费用才是上策。张秋水早就看出了牛小华绝对是个和富字沾不上边的那一类。

张秋水的兜里恰巧有钱。刚拿到了一本书出版的稿费。十六万字的长篇小说。属于无法畅销的书，只能拿字数稿费。缴了税之后，很贫瘠地不到一个五位数。当然，扣除4500元还绰绰有余。

这些都不是问题。问题在于怎么才能让牛小华心安理得地接受张秋水的钱？

社保中心的那位朋友很原则，凡代缴一律不予受理，必须本人亲自办理。

张秋水很头疼。

很头疼的张秋水抬起了头，只见牛小华正从地铁站内走了出来，并且看到了他，开始边朝他挥手边走了过来。

张秋水慢慢地站了起来，向牛小华走去。

张秋水在牛小华的面前站下了。

牛小华看到了一张微笑的脸。

于是，一旋少有的妩媚在牛小华的唇角绽放了。

管新生，中国作协会员，杨浦区作协副主席，《杨树浦文艺》常务副主编。上海市总工会命名为"上海工人小说家"。

城里的月光

牛　斌

　　凌晨四点的时候，我是被来福"吭哧吭哧"的打鼻声吵醒的。

　　身旁的祖父刚刚起床，半边被窝还是热的，我挪过去。这种幸福感油然而生，在似睡将睡之间，短暂的温暖就是一种永恒。但另一个念想渐渐显露出来，我不得不起身，裹上祖父的大衣，拿了电筒，眯着眼往外走。

　　踏出东厢房，星疏月朗。银白色的月光倾泻在院子里，地面上泛起鱼鳞般的水纹，像是一段时光密语。院子的一角，来福挂着缰绳正围着石磨打转。祖父将泡发好的豆子铺在动盘上，不消一忽儿，定盘的磨壁上就沁出乳白色的豆浆来。豆浆汇集到木桶里，满了，父亲就从灶房里出来提进去。小妈在灶房里烧柴，隐隐能够听到铁锅里"扑扑扑"的翻滚声。

　　冬至一过，祖父和父亲就开始捯饬做豆腐的营生。磨豆、煮浆、滤渣、点卤，我对这些手艺早就能纸上谈兵。早起是为了小解。在乡下的冬天，这是一件十分艰难的事。要穿过南厢房、西厢房、灶房，打开大门，绕到灶房后面，隔一条小路才能到厕所。厕所里没有灯，我把电筒打开，干咳两下，没有回声，然后再进去。这像俗成的约定，大家心照不宣。里面的人听到匆匆的脚步声,就用干咳示意有人。外面的准备进去,也以此回探。而静谧的月光映衬着村落万物的婆娑,跟着我的脚步也被拖进黑暗之中了。

这让我想起小叔。他是个能人,找了一个城里的女朋友,女朋友时髦、爱笑,过年时第一次上门,堪堪只在家住了一晚,回去不久就散了。后来说,乡下的冬天太冷了,厕所还这么远,没有灯,不安全,不卫生,不习惯。但整个大牛庄大家都是把厕所造在外面,难道要把化粪池搬进院子里?这是不可能的事。

不过,乡下的确是冷。一早起来,总能看到屋檐上冻结着长长的冰溜子,这些冰溜子在太阳下"滴答滴答"地慢慢融化,或者一大片一大片地坠落。也不止冰溜子,环村的河流、原野的冻土,阳光里没有春的气息,在冬天它们习惯于握手言和。但冰封和消融毫不退让,到了次日,小河里的冰层更厚,冻土更硬,冰溜儿更长,天更冷。

回到院子里,我摸了摸来福的鬃毛。来福是一头马骡,又高又大,祖父舍不得让它拉磨,但找不到合适的小毛驴,只好将就。父亲看到我,让我去灶房里续柴,这样小妈就能腾出手来滤渣。续柴我倒是喜欢,先盛上一大碗豆浆,舀上两勺白糖,豆秸在灶膛里发出"劈里啪啦"的炸杆声。窗外,鸡鸣声、脚步声、狗吠声此起彼伏了。

天蒙蒙亮,祖父带着我去卖豆腐。来福拉着板车,板车里木箱压得紧实,又用棉被裹上,谁能拒绝寒冬里一块热气腾腾的豆腐呢?我们去别的村子卖豆腐,要横穿原野,沿着河岭一路向西。这原野在冬天是如此的沉寂,埋在泥土里的种子不说话,但谁都知道,于无声处,它们在默默地生长,和那些河流一样,在等着春天的到来。

你教我怎么吆喝吧,我和祖父说。我觉得祖父的吆喝最好听。

"豆……腐……"

"卖……豆腐……"

第一句"豆腐"的扬音在"豆"上,混厚而重荷,"腐"字却更加的悠长;第二句的扬音在"卖"上,拖曳着一个短暂的空间,到了最后两个字戛然而止。这两句合在一起,却是有着意想不到的叠加感,像是船工的号子声,铁匠的顿挫声,亲切自然,又毫不突兀。

"豆……"许是我年纪尚小,声道短促,喊出来的声音尖锐刺耳。原野沉默不语,而若即若离的回声却如此的包容,惊起两声鸟啼,又缓缓沉寂到河岭中了。

"你还小,气力短,不要拖声太久。也不要用嗓子喊,从胸腔里翻上来试试。"祖父说。

"豆……腐……""卖……豆腐"我又喊了几遍,觉得索然无味,那的确是不好听。祖父笑了。

在乡下卖豆腐,收不到现钱。多数是以物易物,提着几斤豆子,换豆腐回去。他们觉得掏出现钱心疼,豆子家家都有,而且拿出来的瘪碎、掺土,不好卖钱,只能换豆腐。按照市场价,豆子比豆腐稍贵些,但品质一般,多是一斤换一斤。这些豆子回去还要过滤筛选,才能用。

祖父的吆喝声总能唤醒路过的村子。不少村民探出了头,村妇毫不遮掩,声音洪亮:"大牛家的来卖豆腐了,快快快……"找一个空旷点的地方,只消再吆喝几声,就能看到陆陆续续的村民提着豆子出来了。祖父也早已拿出七星秤,挂在蛇皮袋上称豆子,再放在托盘的公盆里称豆腐。我把缰绳拴在树上,来福百无聊赖地打着响鼻。

有时候,我们也会去城市里卖豆腐。和邻村不同,那要起得更早,而且路途遥远,来福脚力吃紧,祖父一直怕它力竭。那是另一个方向了,穿过原野,沿着河岭一路向南,再往东。我们先去集结的农贸市场,这更要趁早。好处自不多说,城里人有钱,他们买豆腐给的是现钞,我就专门负责给祖父数钱,有时候,少数了一张,手忙脚乱地塞进自己的口袋,祖父假装不知。

来福自有它的留处。除了农贸市场,我们也去街巷里卖豆腐。祖父拉着板车,照样吆喝。我坐在车沿上,望着祖父的背影发呆,板车发出"吱呀吱呀"的声音。城市里有楼房,不像村里,吆喝声有那么大的穿透力,但总归隐隐能够听到。我看到不少临街的窗口开了半条缝,许是在张望。祖父就靠在街角等,再吆喝。然后会有三三两两的老太太走出来,说话清脆,用手指点了点豆腐箱,这个豆腐好啊,开始讨价还价。

我抬起头,向上望。城市里的冬天比农村暖和多了,这里没有冻土,没有冰封的河流,也没有冰溜子,街角的山茶花一边凋谢一边吐蕾。那些高楼阻挡了风,可好像也阻挡了别的东西。我小叔的女朋友应该也住在这附近吧,她能听到祖父的吆喝声吗,我居然和她有着这样的亲切,这是我认识的第一个城里人。还有,他们住这么高的楼,化粪池放在哪里的呢?

豆腐卖完,天色已晚。祖父起得早,裹着大衣坐在板车上打盹。来福识家,深一脚浅一脚地往回走。我转过头,城里和我的目光越来越远,但隐隐能看到路灯站成一排,散发着朦胧的光。城里哪里都是灯,如果能拿一盏放在小解的地方就好了,我想。而我又和原野越来越近,靠近原野,又冷,又亲切。银白色的月光铺洒在归途上,再也没有比这更温暖的事了。

城里的冬天和农村的有什么不同呢?多年以后,我住进了城市里,而祖父早已作古。城市里的吆喝声越来越少了,也或者即便有,我在高楼里也听不到。即便听得到,我也不想下去买。我大抵知道了高楼的厕所构造,不用裹着大衣去小解。城里的月光也是残缺的,多数被楼宇拦住了。我仿佛对一切都不在意,也不经意。而只有当我独处,回到故乡的时候,路过原野,我又忍不住会吆喝两声:"豆……腐……""卖……豆腐……"

原野依旧沉默不语。它还是如此的包容,也或者,它已经能够听出来我的嗓音沙哑而厚重,这样的回声带着从未有过的穿越感。我的拖音嘹亮,胸腔藏着一团热火。但我没有豆腐可以卖了。

我们似乎得到了什么,然而失去是一个永恒的话题。

牛斌,祖籍安徽宿州,上海市作家协会会员,奉贤区作家协会副主席。部队转业后,诗文多次发表和获奖。

马莲花开的草原

李必新

百里转场

初春的塞北,干燥而又料峭,罕见的春荒几乎让平日里昂首挺胸的骒马断粮,只能眼含期盼在棚圈唉声叹气。而远在一里路外的大队部却是灯火通明,彻夜难眠,赵支书面前的烟缸堆满了烟蒂,呛人的烟雾在屋里弥漫。列席会议的老黄用力咳了两声,放下手中长长的烟杆朗声说到:不要再犹豫了,转场!老黄身高体壮、卧蚕眉、国字脸、一双鹰眸炯炯有神,骑兵出身,因执行任务负伤簸了一条腿,转业回到家乡当了大队马倌。他有一种不失军人气概的豪爽。赵支书闻言站了起来:按老黄说的,转场,一锤定音。接着商量了一些具体规划和细节。最后议到了马倌助手人选,老黄力挺二队的新,说虽是上海知青,却与社员们打成一片,而且爱马,骑术精,为人也本分。支书点点头:这后生不赖。老黄快去准备吧,后天一早出发。

接到生产队长赵宝元的通知后的我有些坐卧不安,既高兴又忐忑,高兴这份荣誉来之不易,忐忑自己能不能胜任?毕竟赶着马群去陌生的草原转场不是一件简单的事。不过黄叔和大队部的信任倒是给了我满满的信心。知青点的同学祝贺自然免不了,只好把母亲刚从上海寄来的大白兔奶糖给大家分享了事。行装也很简单,把几件换洗衣服往旅行包一塞就行。也没有什么好安顿的,知青点的8人都是同班同学,5男3女,没有什么男女亲情,只有纯朴的青梅竹马、两小无猜。

该出发了,太阳已经爬上了东山。大队部门前人头攒动,宽敞的石板路被挤得满满当当。五十多匹骒马杂色纷呈,它们似乎知道了此行的目的,显得有些兴奋,或昂首挺胸,或摇头摆尾,或低声嘶鸣。黄叔一身洗得发白的旧军装、军大衣,骑着黄骠马,双手紧握套马杆,恰似一位整装待发的将军。我则一身整洁的蓝衣,外加一件栽绒领大衣,座下枣红马,手执短鞭立在队前。简短的送别仪式后,挥别父老乡亲和知青同学,在赵支书的转场号令声中,我一提马缰,率先小跑上了集张公路。

一阵嘈杂的蹄声响起,随着我手中的马鞭所指,马群随即跟上。顿时,尘土飞扬,背后传来声声嘱咐。多日无雨,公路也很干燥,马蹄扬起一片移动的黄雾,十分壮观。去县城50华里,再加去东营子25华里,估算一切顺利,下午太阳落山可到。由于第一次担任马倌助手,一面带路一面还要不时侧身用眼角余光搜寻,是否有不听话擅自离群的捣蛋鬼。好在黄叔身经百战,见多识广,对马的习性了如指掌。只听他在队尾不时发出一声呼哨或一句吆喝的警告,使那些不安分的骒马不敢越雷池一步。路过黄土村时,突然从树丛里窜出一只野兔,恰好从两岁马驹小灰腿边穿过,小灰吓得一个斜窜,不想村口正好走来一对母女,小姑娘一声尖叫,愣在当地。眼看要出事,我在队前鞭长莫及,急出一身冷汗。说时迟那时快,只见队尾飞出一只亮晶晶的东西,正好砸中小灰前腿,它稍一迟滞,一团黄影卷至把小姑娘抱上了马背(亮晶晶的东西原来是个小酒壶),好一个有惊无险。让我初次领教了黄叔的身手。因为带着大队骒马不敢马虎,只好在县城边一处有些嫩草芽的地方稍作停留,喝水打尖。

初识马莲

夕阳西下,晚霞漫天,橘红的火烧云碎绸般挂在天边,东营子已经在望。一阵锣鼓和唢呐声传来感到有些亲切。因为事先有过沟通,当地的社队干部都打了招呼。但仍然没有想到会受到如此热情接待。敖队长(蒙古族)带人引我们把骒马圈进一个事先准备好的大院,喂上单料。然后领黄叔和我来到队部。队部窗明几净,已经摆好了在当时算是丰盛的晚餐,味蕾马上有了反映,涌动饥肠辘辘的感觉。屋里除了敖队长,还有一个张会计做陪。酒过三巡,菜上五味,敖队长话匣子打开,问东问西,当得知我是上海知青时,马上眼睛一亮:我们这里也有个上海知青,我介绍你们认识。马上转头向灶间喊:小王,你来一下。灶间立即传来一声黄鹂般的声音:敖队长,什么事?你过来。随即从灶间走出一位穿着旧军装,围着白围裙,梳着两小辫的圆脸姑娘。她怯生生地一笑,顿时令人脸颊有点发热。敖队长的介绍也没听清,只是觉得很是意外(据我所知,这个村子没有知青点),她为什么会在这里?真的是上海知青吗?她何时离开我也不知道。

第二天起来便正式开始放牧,吃罢早点便赶着骒马进了大滩草原。说是草原其实是个大草甸,加上春旱,只长出了一层薄薄的嫩草。骒马们看见嫩草纷纷眼睛发光,根本不听吆喝一拥而上,啃食起来。这倒也省事,我和黄叔会心地一笑,就地安营扎寨。跟着骠马啃食的速度逐步前移。趁着空闲,与正在喝酒(黄叔好酒,一个扁平的美国军用小酒壶从不离手,但他不多喝,二两一壶能咪一天)便打了个招呼,骑着枣红马去巡视一番。不意阴差阳错来到靠近东营的地方,见到昨晚认识的萍正在放羊,一首《牧羊曲》唱得有模有样。她见我愣在那里便叫我过去,在草墩上坐着说话。无意间看见她手里正拿着一束淡紫色的小花。便问什么花? 马莲! 她有些郑重其事地介绍:马莲是草原特有的野生花卉,耐寒、抗旱,是牧民心中的精灵。好奇的我接过来闻闻,只有淡淡的清香,但花瓣晶莹剔透,紫色有浅有深,在荒芜的草原特别显眼。以后慢慢得知,她确是上海人,是走资派子女,是受牵连被发配到这里劳教的。好在敖队长心胸开阔,没有拿着鸡毛当令箭,只是给她安排放羊的活,还从生活上尽量照顾。一种怜悯与同情逐渐溢满了我的心胸,情不自禁想接近她,了解她。

懵懂情愫

三月中旬某日清晨,朝霞弥漫,鸟语啾啾,赶着马群正准备出发。萍急匆匆跑来问:能陪我去一趟县城吗,快断粮了要去县粮站购买。敖队长让我来找你,后又加了一句,原本队里派大车陪我去的,可是大车出远门没回来。我转头面向黄叔,黄叔爽快地说:先把马群安顿好,然后你陪小王走一趟。我转头对萍说:你先去准备,我一会儿去找你。便打马随着黄叔赶马群进了草原。见一切如常,与黄叔道别,便回到了东营。

萍已在门前等候,还是那身整洁的人字纹旧军装,只是加了个红色围脖,如同跳跃的火焰,小辫上各扎了一个蓝色的蝴蝶结,仿佛一对蓝色精灵在肩膀上肆意飞翔。看得我有点心驰神往。把要带的东西放上马背,又扶她上了马,便牵着缰绳上了路。25华里公路不远也不近,但要徒步也要两个多小时,如联袂共骑半小时就能赶到。可马上坐的是个姑娘,犹豫再三,还是牵马走吧,好似书上说的:送媳妇儿回娘家,想到这儿不由脸上有点发烫。萍似乎很兴奋,根本没注意我的心理变化,在马上东张西望,还悠闲地哼起了沂蒙山小调(我想她父亲是来自沂蒙山的老八路,这歌可能是她奶奶教的吧),清丽的歌声随轻风飘扬,很是悦耳动听。

小晌午进了县城。县城很小,只有南北、东西两条大街,只要在十字路口放上一个交警就能指挥全城。先去二食堂吃了点饭,然后去综合商店买了点女孩子喜欢的东西,便去粮站买了粮已是半后晌了。便与萍走上了归程。她坚持不骑马与我同行,有一搭没一搭地问这问那。出了南门就是直通东营子的公路,前河大桥建成不久,巍峨宏伟;烈士纪念碑遥遥在望,也顾不上去瞻仰。她突然跑到路边摘了一束马莲递到我手里,说谢谢你。这是草原人的图腾,堪比江南的梅花,是坚毅顽强的象征,她特别喜欢……我终于明白她喜欢此花的原委。萍又突然提议说:我们做首诗吧。我诧异地看着她,她嫣然一笑:你一句我一句(我当时对诗歌缺少概念),见我挠头,便说我先来:春风得意马蹄轻,我也来了兴趣:相逢,不,相遇天涯沦落人;她接上来:迎着朝阳去买粮,最后一句我怎么也续不好,还是她解了围:披着晚霞回东营。眼看太阳快要落山,这样走下去可不行,与她商量后我把她扶上马背,然后一个跃身骑到她的身后(到底是部队退役的训练有素的战马),枣红马站着纹丝不动,直到我一提缰绳才放开四蹄驭风而行,好似腾云驾雾。萍开始有些矜持,后来索性闭上眼睛靠在我的胸前。如此近距离接触,一缕淡淡的幽香直入鼻腔,昏昏然中猛然清醒:这是在奔跑的马背上;我急忙定定神,夹紧马肚,握紧马缰。天擦黑,东营遥遥在望……

2024 年 2 月 23 日于方寸斋

李必新,笔名尹名,中国诗歌学会、中华诗词学会、上海作家协会、上海诗词学会、宝山区作家协会会员。作品散见于《文学报》《新民晚报》《劳动报》《星星诗刊》《中华文化》《上海诗词》等。在上海市民诗歌节等多个诗赛获奖。出版诗集多部。

送树子去武装部

黄文军

大三那年的中秋,树子通过了政审和体检,马上就要去驻港部队报到了。作为他的辅导员,陈老师自然要送爱徒一程。校门口停着一辆军绿色的吉普,车头扎着一朵红绸攒成的大红花,两人将坐着它,前往市里的武装部。接下来的路,就要树子一个人走了。

临上车前,陈老师问保安借了一支烟,在校门口点燃了一挂一千响的大红鞭炮。"噼里啪啦"声在围墙之间回响,恍惚有种过年的味道。树子突然尖叫着用双手食指堵住了耳朵,一头钻进了车里,蜷缩在座椅和靠背之间,眼睛也闭得紧紧的。

"怎么你还害怕这个?害怕这个,怎么当兵?"陈老师赶紧钻进车厢,拍了拍树子的肩膀。

"不,不害怕,一点儿都不害怕。"树子直起身,靠背而坐,笑得非常轻松。

"那你刚才……"

"刚才我是在向一个老人致敬。"

"这里边好像有故事。"

"对,有故事,很打动我的故事,我想当兵,就是因为这些故事。"

"跟我讲讲吧。做了我两年多的学生,我们聊过无数次天,还从来没听你说起过呢。"

"好啊,咱们一路走一路讲!"

引擎启动,过了三个弯后,吉普车上了银海高速,车窗外两排笔挺的雪松快速向后退去。今天之前,树子觉得,它们像一幢幢的碧玉宝塔,但现在,他觉得它们像两排坚定的哨兵。

"差不多五六岁的时候,我们男孩子爱上了玩小金鱼。"树子说,"小金鱼,您知道吗?"

"知道点,好像还分文种、龙种、蛋种什么的,总之,对水质要求很高,很难养活的。"

"老师就是老师,什么都往学术上想。我说的小金鱼啊,是摔炮!"

"哦,摔炮啊,这个我知道!"

"听你的口气,好像没玩过呢!"

"还真是……没玩过。小时候,大人不让我玩这个,说危险,等长大了,也没心思玩了。"

"我那个时候可贪玩了。一到冬天,滑雪衫口袋、裤子口袋、绒帽……反正能塞东西的地方都塞满了小金鱼。别人是走到哪儿,瓜子壳吐到哪儿,我是走到哪儿,摔炮摔到哪儿,全村所有的鸡鸭鹅猫狗,还有麻雀和白鹁鸽,都被我吓到过,现在想想,真是不应该啊!对了,你知道被我吓得最惨的是谁吗?"

"是你自己吧。你肯定闯了祸,然后被你妈妈揪着耳朵,拖回家去挨骂了。"

"猜错了,是住我隔壁的谷老爷爷。那么多年过去了,我却至今还能清晰地记起那天的画面。那是一个冬日午后,阳光很好,把柴垛都晒成了金黄色,谷老爷爷坐在堂屋门口晒太阳,晒着晒着就两眼眯成了一条线,打起了瞌睡。我想和他开个玩笑,就往他脚边连丢了好几个小金鱼。他惊醒了,差点从椅子上摔下来,然后蹲在墙角,双手食指紧紧堵住了耳朵,还哭得稀里哗啦的。"

"谷老爷爷是个胆小鬼?"

"我当时也这么认为,就一边扮鬼脸,一边笑话他是个胆小鬼,还唱起了自编的《胆小鬼谷老头之歌》。然后,就被妈妈揪着耳朵,拖回家去挨骂了。那天傍晚,妈妈拉着我去向谷老爷爷道歉,我才知道,原来谷老爷爷不仅不是个胆小鬼,还是个大英雄,他去过抗美援朝的前线,打过仗。但是,战争太残酷了,他亲眼看着战友们受伤的受伤,牺牲的牺牲。那小小的小金鱼,在半梦半醒之间,令他想起了战场上的飞机大炮,于是被吓到了。"

"这其实是创伤后应激障碍,需要治疗,需要关怀,我在《心理》课上讲过。"

"嗯,但那时村里没人懂这个。总之,从那天开始,我就知道,谷老爷爷是个大英雄了。谷老爷爷还破天荒地给我讲了一些当年战场上的事,可比电影里演得惊心动魄多了。"

"于是,你就立下了长大后当兵的志愿?"

"不,没那么快。"

开到东西高架时,不出意外地堵车了。不过,树子和陈老师谁都没有着急。恰恰相反,他们希望车再堵一些。多堵一会儿,就能多聊一会儿,毕竟,下一次相逢,就要两年以后了。

"我们家的后面,有一个棒冰厂。初中毕业后的那个暑假,我去厂里当了一阵子临时工。"

"你不是想挣零花钱,是想蹭冷气和吃免费棒冰吧。"

"对,表哥告诉我,棒冰厂里每天都有做坏了的棒冰,要么棒子断了半截,要么棒冰有缺口,可以随便吃。然而,我的如意算盘打错了,才敞开吃了两天,我就吃怕了,再也不想吃了。我也不想再去干活了,车间里实在太冷,冻得我满身鸡皮疙瘩,就连牙齿都在打颤。"

"就在你想要放弃的时候,一定是谷老爷爷改变了你的想法。"

"不愧是老师。"树子朝陈老师翘了翘大拇哥,"那天收工后,我给谷老爷爷带了一根做坏了的赤豆棒冰,告诉他明天不会再去了。他问我为什么?我说怕冷。谷老爷爷点点头,一边慢悠悠地舔棒冰,一边和我说了长津湖的故事。那是1950年的冬天,中国人民志愿者第9兵团的战士们在零下三十多度的暴风雪中,与敌人作战,由于供给跟不上,好多战士的穿着十分单薄,一些战士甚至在冰湖里被冻成了雕塑,但是,自始至终没有一个人害怕,退缩。讲完故事,他从衣橱里捧出一件珍藏得极好的军大衣,让我明天裹着它去车间。那年的临时工里,我是干得时间最长的一个。那件军大衣,让我的胸腔里如同有火焰在燃烧着。"

"我知道了。这个时候,你就想当兵了。"

"不,还没有。我真正想当兵,是两年后,在谷老爷爷去世以后。"

"哦?"

"谷老爷爷去世之前,很少有人说他的风凉话。但在他去世之后,很多杂音出现了。说什么他又不是真正的战士,只是一个炊事兵而已,有什么了不起?说什么只是当了几年兵,退休工资就高了好多倍,真是不公平,他简直太精明了。说什么当炊事兵怎么可能得奖章?一定是从别的战士那里弄来的,说不定还是偷来的?总之,说得很难听就是了。"

"为什么会出现这种事?"

"无非是他们的如意算盘也打错了呗!谷老奶奶去世后,谷老爷爷就成了孤老,他们又没有子女,这些人早就想着,到时候从橱柜里翻出了钱,就提个议,把谷老爷爷的财产平分了。他们哪里想到,谷老爷爷病重时,早就托人把他的大部分钱都捐给希望工程了。"

"这个人就是你吧?"

"嗯,除了我还能是谁?"树子笑着点点头,突然把脑门顶着窗玻璃,"谷老爷爷的丧事,办得很清冷。我想过要为谷老爷爷辩解。我想说,炊事兵同样勇敢,处境也同样危险,作用也同样重要。再说了,上了战场,谁都不能保证活着回来,好胳膊好腿地回来,哪来的精明?但终究还是没有那个勇气。"

"你现在有勇气了,你自己都去当兵了。"

"是啊!我这次去当兵,村里还是有很多杂音。有的说我是成绩不好才去当兵的,我明明拿了一等奖学金的;有的说我是为了得到不菲的补贴;还有的说我精明,当兵都会选地方,拜托,报名之前,我哪里知道会去香港?总之,和当年说谷老爷爷差不多。但我完全不在乎。"

"嗯,事实胜于雄辩,做人也好,做学问也好,踏踏实实,不投机取巧,才好!"

不知不觉间,市武装部到了。武装部在外环以内,不能燃烧鞭炮,因此在大门口安置了两个大音箱。树子和陈老师一下车,"噼里啪啦"的音乐就播放了起来,在高楼之间回响。

两人相视一笑,默契地用双手食指塞住了耳朵,重新钻进了吉普车里。

黄文军,高校教师,中国作家协会会员。陈伯吹国际儿童文学奖获得者。主要创作童话、科幻、少年散文。出版图书30余部。

爆 花（外三篇）

　　儿子成了众人眼中的学渣,这是王莉没料到。都说儿子遗传妈,但王莉是个学霸,985 大学的硕士生。即便基因遗传出现错误,也不该走得太远。

　　但儿子偏偏就偷工减料了,就少了好学、勤奋的染色体。从小学到中学,儿子一直与王莉对峙着,学习成绩始终保持全班第一,只是王莉在这头,儿子在另一头。这种极端,仿佛太极的阴阳,让王莉喟然长叹。

　　真是奇迹! 这是王莉常挂在嘴边的一句话:又是不及格。这道题目已教你 N 遍了,怎么还是错? 或者说:复习时,看你都懂了,怎么一到考试又都忘了。你这个脑子是不是设置了删除程序?

　　王莉常对同事说:说他笨吧,他三岁就能背几十首唐诗,学前就识五百来个汉字。但读书后,他突然就一溃千里,啥都不会了。小时候沉迷在自己设想的"恐龙战队里",大了就偷偷玩"死亡游戏"。

　　眼看就要中考了,王莉非常认真地对儿子说:你读书不是为了我,是为你自己,读书好了,你的人生就能多一次选择,这是给自己机会。

306

儿子抬头看一眼王莉,说:看你认真的份上,我也认真的对你说,我不需要这种选择。我已经有了自己的选择。

王莉顿时紧张起来,问:你想怎么选?

儿子从妈手里拿过手机,非常熟练地在屏幕上划拉了几下,选出一段"抖音"视屏,说:看看这段。

王莉接过看了一下。"抖音"录制了一名地铁流浪汉,他自称自己也是一名大学生,还是媒体记者,但他厌倦了职场,便选择四处流浪。按他的话,只要不偷不抢,任何一种生活方式都是平等的,并没有高低贵贱之分,而"虚度",恰是生命的最高表现形式。

王莉看了尚在发呆,儿子却理直气壮地说:你不用担心我,我也可以像他一样,做个自由的乞丐,浪漫而刺激。

王莉顿时警觉起来,说:这完全是哗众取宠的制作。对,"虚度"也许是人性的一部分,但不是全部。如果每个人都在"虚度"中生活,那这个民族离灭种就不远了。强大,才是任何一个民族的生存法则。

儿子扭过头,鼻子哼了一声说:我不管什么民族,我是个小人物,我只为自己活着。

那一次谈话的结果,自然是不欢而散。

之后的一天,王莉买来四盆"三角梅"。儿子见了就说,我来帮你搬。

好。王莉应道。她抬眼看一眼儿子窜高的背影,心想:儿子干活很勤快,以后做点体力活也能养活自己。但她还是希望儿子有更好的成长空间。就问:养花喜欢吗?儿子。

儿子放下花盆说,喜欢。

王莉说:那这四盆花,我们各养两盆。明年春季,看谁的花开得好。

好。儿子爽快答应了。他喜欢做除了学习之外的任何事情。

然后,他们就各自打理自己的花了。

儿子查了电脑,知道三角梅喜欢水和阳光,不耐寒,其他并没什么特别。

但第二年春季,王莉打理的两盆三角梅,爆花了。而儿子养的三角梅,却郁郁葱葱,长满了叶子,花却少得可怜。

儿子奇怪了,就问王莉,同在一个院里养花,为什么我长叶子,你爆花?

王莉笑说:为什么? 想知道答案吗?

当然想,儿子说:肥料我没少加,光照也充足,又没干到它。但它就是懒花。

王莉说:三角梅喜欢水和阳光。但水分充足了,它就会"懒"在成长期,形成懒花,在这个舒适区里,它拼命长叶子,把自己茂盛的一塌糊涂。逍遥够了,才稀稀拉拉开几朵花。在舒适区虚度时光,不仅是人的本性,也是三角梅的。但我给它控水,让它干到叶子凋零,生存面临危机,它便迅速进入生殖期,以大量开花的方式来谋求再生。这时如果施肥得当,加水适中,再加上阳光充足,便会爆花。另外,还要给它修枝,除了木本部分,其他统统剪掉。

儿子听得很仔细,问得也仔细:什么是木本部分?

就是主秆部分,已经老了的那部分,就像你学习的主课,其他的电脑游戏等统统必须修剪掉。

妈,儿子打断道:讲养花就围绕主题,别旁敲侧击行吗?

王莉说:这两者之间的道理是一样的。爆花,美丽的是自己。儿子,给自己一次美丽的机会吧,人这一辈子不长,美丽更不多。

好吧,我想想。儿子道。

那一年的夏季,儿子给王莉发来一条微信:妈,我爆花了,我没想到自己也能考上重点高中。

王莉看了嗓子突然一堵,眼泪顿时"暴"了。

特殊训练

读大四那年,谈欣上学期还在拼学分,其中最难的一门课程是设计,这门课程是毕业设计的最后一公里,也是今后工作的实际应用,必须学好。但据师哥师姐说,这门课程有点变态,课程设置变态,老师变态,学生也会跟着变态。真有这么夸张吗?谁知道。

谈欣没多想,她没后门,明白毕业后要靠自己去拼。即便是地狱,她也必须去闯一闯。

谈欣的专业是给排水,涉及环保和土木工程两个领域,女孩学工课本来就不容易,跨专业就更不容易了。但老师说了:你们这个的专业的就业形势很好,学好了是吃饭本钱。

等到画图纸了,学生提出:这个画图软件我们不会,能教一下吗?

老师沉下脸来说:你们玩游戏有人教过?不是一个个都玩得很溜,还"985"大学,素质哪去了。

等到大家学会软件了,老师又说:今天画图全部采用手工。

同学们顿时蒙圈了:太变态了吧,有电脑不用,手工画,画死人了!

老师尖着嗓门说:假如电脑坏了、网络瘫痪了你们就不设计了,未来什么都有可能发生,只有能力,是你唯一的保证。

然后老师就失踪了,打电话不接,设计方案没人审核,对不对,心里一点没底,直至截止日的前一天,老师出现了,通知把方案拿过去审核,结果全军覆没,没一个通过。

上次你就是这么说的,同学们嚷嚷起来:我们就是按你说的方案做的。

赶紧,别浪费时间了。老师吼道:明天必须交出合格的方案,否则别说我无情。

变态! 谈欣那一刻也愤怒了,不由自主地嘀咕道。

到了画图纸,老师再次玩失踪,说好的,会随时候教,但找人时就是不见踪影了,打电话始终无人接听。谈欣同宿舍两个山东人,都是学霸型的,她们都是奔"考研保送生"去的。谈欣在这种氛围里学习,难免着魔。连续熬了好几个夜,总算完成作业,但还是怕再次遭遇"滑铁卢"。

第二天她早早起床,决定到老师办公室去守候。而且,她的这个行为,被后面陆续前来的许多同学证明,这种"不想重蹈覆辙"的想法,已是一种普遍的默契。

然而,等了一天,老师始终没有出现。

卧槽! 肯定干私活去了,有这样的老师,中国还讲什么狗屁教育质量。同学们嘟嚷着,焦虑着。

眼看只剩最后一天了,老师飘然而至。看了同学们的作业,再次全盘否定。

同学们脸绿了。谈欣自然也顾不得矜持,脱口骂了一句变态!而且没控制好音量,被老师听见了。老师看她一眼,波澜不惊地一笑,说:连淑女都骂人了,好。那就明天把修改好的图纸交上来,逾期不候!

"好"是什么意思? 欠骂的主,还"逾期不候"。太变态了!

为修改图纸,许多同学又熬了通宵。但谈欣没改,她就想看看老师怎么说。老师居然没说啥,也给过了。

谈欣暗自得意,刚想离开。老师突然说:你没改,知道为啥给你过了?不是我怕你骂人,而是同情你的懦弱。做这一行,是要伺候好甲方的,是要被反复折腾的,受不了委曲,经不起折腾,根本过不了关,没有这种准备,你还是趁早改行吧。

谈欣顿时愣住了,她不明白老师的训导是啥意思,难道是传说中的"挫折训练"?太不靠谱了吧。谈欣对老师的执教理念一直是持怀疑态度的。

大学毕业后,谈欣去建筑设计院找了份工作,经常碰到变态甲方,许多事先商量好的设计方案,临了突遭变卦;图纸反复修改,临到交图时,又被全盘否定的事经常发生。那一刻,她突然明白了老师的用意,仿佛一场人生的酒拼,有了这碗酒的垫底,那就啥都不怕了。

爱情之门

女孩是在虹口的一个弄堂里认识程功的,那个弄堂窄窄的,很破旧。

女孩常在弄堂的公用水龙头下洗丝瓜,因为女孩喜欢吃丝瓜炒蛋;女孩洗丝瓜时候常会偷偷地想:将来陪我吃丝瓜炒蛋的人会是谁呢?

女孩那天洗完丝瓜随手就把丝瓜切了,就在她起身的那刻,抬头看见了高高瘦瘦的程功,有一双清澈明亮足以让人深陷的眼睛,还有一口洁白整齐的牙齿。

女孩站在那里愣了一下,好像还浅浅地一笑。程功朝她点了下头,女孩也赶紧点头,但程功已经从她身边轻轻走过,女孩有点迷茫。

这时,天空突然下起一阵细雨,淋湿了女孩的头发,也葱绿了女孩心中的渴望,女孩想:就是他了。

后来的日子里,女孩经常遇到程功,程功对她笑,她也笑;再后来,程功就会问她,洗丝瓜呢?女孩就说,嗯!程功就说,丝瓜炒蛋好吃着呢。女孩一脸惊讶说,你也喜欢吃?程功说,喜欢。女孩心里甜甜的,说,喜欢,我待会给你送去。

这是1948年的夏末,程功刚当了兵。据他自己说,他原是个台湾人,读初中时受过日化教育,能说一口流利的日语、闽语和国语,被特务连选中。

程功所在的特务连的驻地是保密的,就在原国民党海军司令部里,对外就称是做生意的。没事他也常回家,一个人单独租一间房。女孩与其认识后便常去。

黄昏时刻,女孩必然穿了自己喜爱的长裙,怀里抱了一个饭盒,穿过寂寥的飘荡着阵阵饭菜香味的弄堂给程功送菜,打开饭盒,看见丝瓜炒蛋,程便趴着狂吃一阵,全然不顾礼貌。女孩就抿嘴笑,程功就将一枚戒指轻轻套进女孩的手指上,女孩忸怩了一下,带着幸福的微笑顺从了他。这时,楼底下有人喊程功,程功探头瞅了一下,即说,我有事,你待着。然后冲下楼去。

女孩有些失落,她突然有些担心,程功老是神神秘秘的,哪像是做生意的?她联想到自己的亲哥,几年前做了汉奸,成了日本特务,后来去了日本,但全家人替他受过,东躲西藏,多次搬家,最后父母郁闷而死,女孩搬到这里,举目无亲。不,不能让程功走坏道。女孩跟了出去,女孩看见程功闪进海军司令部的大门,随着"碰"的一声关门,女孩心里咯噔了一下,想,这个地方哪是做生意的?

程功还是一口咬定自己是做生意的,只是替人做,身份比较特殊,但绝对不是坏人。女孩幽幽的抹泪,抹得程功心疼,但程功还是不能说出真相。女孩说,不指望程功发财,只想过平平常常的日子,只想给他做丝瓜炒蛋。程功说,我懂,我发誓! 只是最近比较忙。程功说他要搬到公司去住,以后他经常要外出,在公司的时候,他会在窗台上放一盆花。女孩皱了一下眉,扭过身去。

以后,女孩看见窗台上有花盆,就会在他的楼前徘徊,程功看见了,就会偷偷溜出去与她幽会。然而有一天程功突然消失,据程功事后说,是去某地执行侦察任务,因涉及军事机密的事,程功又不能乱说。一去数月把女孩急得没了主意,她看见那扇紧闭的大铁门就犯怵,她不知道那扇门后面究竟藏着什么秘密,她不知道门后的路会把程功送往何处。

女孩决定要闯一闯那扇门,那天她依然是穿着长裙,揣着饭盒,她敲了很久的门,开门的老头问她找谁,她说找程功,老头说,没有程功这个人。她说,一定有的。老头说,没有! 并要关门,女孩急了,就硬闯,结果被随后出来的几个人关进了一间小屋内。女孩被关进小屋后,就不断有人问她,是怎么认识程功的,怎么知道程功就在这里,还知道些什么,等等,女孩肯定是说了一些不该知道的军事秘密。

后来程功回来了,没进门他就知道女孩被关的事。程功想,女孩是为他受得累,这不关女孩的事;他还知道,女孩的丝瓜炒蛋还在饭盒里;她还知道,女孩一直说担心他走坏道。程功低头郁闷了好一阵子,眼泪在眼眶里转了好一阵子。当晚,他攀进关着女孩的小屋,把女孩救走了。他没料到,这一救,会把他送进监狱。

女孩的亲哥是个日本特务,女孩就有了特务嫌疑,程功不仅把军事机密泄露给她,还把她救走,并有出逃迹象。据此,程功被军事法庭判了三年。

在那个长长的雨季里,女孩怔怔地站在屋檐底下,知道是自己害了程功。于是,她亲手炒了一盘丝瓜炒蛋,分装了两盆,她把程功的一盆就放在自己的对面,她一边慢慢吃着,一边呆呆看着自己的房门,心说:程功,我本想走进你的家门,现在却不得不走出家门了。

之后,就再没人知道她的去向,有人说她去了香港,也有人说她削发为尼了。

许多年以后,程功就坐在我对面的办公桌前,跟我讲了上面的故事。说完之后,他喃喃自语了好一阵子:她为什么要走进那扇大门呢,她不走进去就没事了。我说,这就是爱情。他意味深长地看了我一眼,说,爱情这东西,在门外看着,才好呢。

选择的深度

陈超去澳洲进行"城市交通管理"经验交流,下机就想到了许峰,二十多年未见,他们曾是最好的朋友。电话联系后,许峰答应见一面,尽管有些勉强,但还是说:那就唐人街见,详细地址,我发给你。

陈超收起手机,感觉有些恍惚。当年同在夜大读书,学得是法律,主修交通法。说来有点搞笑,那会儿陈超在环卫所开垃圾车,许峰是某局的办公室秘书。他们同班还有个女生叫方茜茜,是个理发师,他们都想通过学习改变命运。

三人感觉面熟陌生,聊起来才知都住在同一个弄堂。不仅如此,他们还都喜欢文学。方茜茜当时正在读莱蒙托夫的《当代英雄》,正为厌倦上流社会生活的贵族青年毕巧林着迷。她说毕巧林空虚无聊的精神气质"太文艺"了,尽管是个极端的利己主义家伙,但他敢用生命跟人打赌,以检验人是否有生死定数,那真叫一个绝!方茜茜长得漂亮,说话的神态特别专注,很容易把人带进节奏。

陈超和许峰很快被她捕获,双双深陷多巴胺的激情里。

理性的讲,许峰当时较有优势,人长得帅,一米八的个子,职业也体面。陈超一米七,每天面对臭烘烘的作业境况,唯一可吹的,是他在《大众卫生报》上发过一首小诗。

但方茜茜最终选择了许峰。

那时许峰很得意,说:我不能选择那最好的,是那最好的选择了我。陈超生气地说:那是泰戈尔的话,你还没有资格用,每个人都有选择的双重性,为何不是"最坏的选择了我"?人生的底牌,没翻开之前,谁都无法预知宽度。

后来许峰和方茜茜一起去了澳洲,他们在取舍之间,再次选择了主动出击。而陈超也有了行动,夜大毕业后,他当时给交警总队的总队长写了封信,毛遂自荐,说自己有着多年的驾龄,又系统学习了相关法律。如果他能参与到城市交通管理中,一定能发挥更大的作用。他的这个举动是史无前例的,总队长很好奇,便约他谈了谈,结果被他的真挚打动了。随即把他商调到交警总队去了。陈超也为自己的未来主动做出了选择。

此刻,陈超已来到许峰约定的那家中餐馆。

见了面,彼此都有些激动,但又感到隔阂。尤其是许峰,非常显老,头发都白了,满脸的沧桑,也没了之前的自信;相较陈超的从容、轩昂,许峰更显自卑。许峰说:我比你大吧?

陈超一笑,说:大十天吧。

许峰说:感觉大出辈分了。

辈分不讲年龄,哈哈。陈超往他身后瞅,扯开话题问:怎么没看到方茜茜,我们都是同学,她不来,不对吧。

许峰顿时有些尴尬，犹豫了半晌说：她来不了。

为什么？出什么事了？

是我的问题。许峰低下头，眼角挤满了皱褶：她出走了，抛下我和儿子。

陈超怔住了，他一时没反应过来：之前的青春、浪漫，仿佛近在眼前。"你陪我流浪陪我两败俱伤"那些唱词也依稀就在耳边回荡，但转眼就让他看到了爱情的毒性。

陈超不知道如何来继续这个话题，他们的交流变得异常艰难。但从许峰断断续续的述说中，清楚了他来澳之后的遭遇。出国前，许峰是做过准备的，他明白之前所学的"知识"，改变不了他的命运。便调转方向，学习烧菜，并拿到了二级厨师证。来澳之后，他在唐人街做厨师，可以说是风生水起，也赚了一些钱，感觉挺美。当时他对老婆唱道："想带上你私奔去做最幸福的人"，方茜茜满怀喜悦和唱道："在熟悉的异乡我将自己一年年流放。"

很快，方茜茜有了儿子，做了母亲。但不久他们发觉，儿子患有严重的癫痫症，发作起来，满地鸡毛。方茜茜骨子里是浪漫的，她无法面对那些"鸡毛"。便再次选择"私奔"！她留下儿子，卷走了许峰的所有积蓄。跟着她心中的"毕巧林"，再次和命运打赌。现在陈超后悔了，他当初嘲笑许峰的癫狂，说过："为何不是'最坏的选择了我'"？不料一语成谶。

回国后，陈超很想帮助许峰，便利用自己的人脉关系，遍访各大医院，都说癫痫是顽症，很难医治。有一次他去北京开会，意外遇到一位专家，说：美国最新报道："裂脑术"能治愈癫痫。陈超听后非常惊喜，便详细询问了报道内容。专家说，据美国实验证实：癫痫病人脑半球放电会扩散到另一半，如果切断纤维，即切断连接左右大脑的脑联络带,便可以阻止癫痫放电扩散,从而治愈癫痫。目前临床效果很好。当然切断之后,也会出现一些行为不协调的问题,但相较癫痫的伤害,那种"不协调"完全不算啥事。

陈超赶紧打电话给许峰。电话里一片死寂,陈超急了,追问:又怎么了? 良久,许峰说:我只给讲了前半段故事,后半段还没讲。

怎么啦?

后来,我回国相亲,想给儿子找个后妈,家里没人照看孩子,我没法出去工作。女方看了,模样不错。只是说,她也有两个孩子,要一起带出国。我当时想,反正已经办好绿卡,澳洲福利好,就答应了。可是没料到,女方隐瞒了真相,她的两个孩子都有癫痫,她跟我,也是觉得澳洲福利好,孩子带出国就能衣食无忧。我现在是三个癫痫儿子的爸。福利是好的,分了房子,每人都有最低补助。但我不能出去工作,否则就会取消补助。你认为我这样的家庭境况能承担昂贵的医疗手术费吗?

陈超蒙了,顿时陷进了混乱的涡流。

梁刚,上海作协会员,闵行区作协秘书长。在全国上百家报刊发表作品。已出版小说集三部,诗集一部。

破碎的冬衣

林　宧

　　邵英端着一脚盆脏衣服走向院中的水井,她边向井边走边微微仰起了脸。天上的云层厚厚的,太阳不知道去了哪儿。天地间的冷意如一只手一样在人的浑身上下肆意摸动,即使隔着很厚的棉衣,邵英前胸后背的肌肤也感觉到了那只手的力量。

　　一入冬,水井边的那两棵香椿树就立刻瘦了,光秃秃的枝条胡乱地划破天空。

　　邵英在水井边蹲下了身子。她的双手开始在一块搓板上用劲。只一会儿,她的双手就被冷水激得一片彤红了。在停下憩息的间隙里,她注视着自己搁在搓板上的那双彤红的双手,手上的那片红色不知怎的让她联想到了邵红的那件桃红色绸面小袄。

　　她抬脸的时候,看到斜对面东厢房的门口,邵红正穿着那件桃红色的绸布小袄斜倚在门框上。邵红朝水井的这边看过来,她似乎正嗑着南瓜籽或别的什么瓜果的籽实。邵红与邵英之间,有一条砖铺的斜道,斜道的两边,低矮的冬青丛在冬天灰色的天空下依旧泛着一片葱翠的色泽。

　　邵英被冷水激得像红萝卜一样呈现一片粉色的双手在搓板上击

318

打了一下。她朝着东厢房门喊：

"邵红，你过来！"

邵红就开始朝水井边走来。她从嘴中吐出的果真是南瓜籽的壳儿。她不知道她妹妹叫她有什么事。

"什么事？"邵红边走边说。

邵英已在井台上站起了身。她盯着邵红身上那件双排扣大圆领的红绸面小袄，感觉到那件小袄的一片桃红色映亮了自己的双目。但她的双目很快又黯淡了下来。

邵英用左手指着井台上的脏衣服，对她姐开口：

"我不洗了，你来洗。"

"我今天还有事。"邵红说。说罢，随地吐出了嘴中的瓜壳儿。

邵英双眼仍盯着邵红身上的那件小袄看。邵英清晰地记得几天前的情景。那时候，她妈叫她去村东的吴裁缝那儿取那件小袄。给吴裁缝送去布料、衬垫时，她妈差的也是她。她多少有点欢天喜地地去吴裁缝那儿取了那件小袄回来。她一回来，就感觉到自己像是掉在了一个冰窖里：她妈从她手中接过了那件红绸布的小袄，然后让她姐邵红试穿，她妈的双手一阵横扯竖拽后，邵红就把那件艳丽的桃红色绸布袄穿跑了。

冬天的苍灰色天空上，有一只瘦鸠飞过，向下撒下几声尖厉的叫声。邵英的双目仍盯着邵红身上的那件小红袄。她撇了撇嘴，开口：

"你有事？我叫你洗衣了你就有事？"

"是有事，妈叫我待会儿去香花镇买些绉纸。"

"那你现在洗衣服，洗完后再去香花镇！凭什么一直由我洗衣服？"

"我不洗。"

"你洗不洗?"

"不洗!"

邵英垂下了目光,看了看她脚边那只红漆木盆里的一堆脏衣服。她看到邵红的那条石青色单布裤在木盆的口沿蜷缩着像一张硕大的海蜇皮。

邵英猛地伛下了腰,她的左手从木盆里提拎起了邵红的那条青布裤子。水淋淋的青布裤子飞向邵红。邵红叫了一声。她的双手迅即地从自己的脸上和脖子上摘下那条长长的裤子。她的整个脸部被冰冷的井水激得一片煞白。她想冲邵英再一次发出叫声时,邵英又从木盆里提拎起了一条短裤衩,那短裤衩仍是邵红的。

这一次,邵红躲闪过了那条朝她飞来的水淋淋的短裤衩。邵红在砖道的一侧跳了一下。她的煞白的脸已变得一片绯红。

邵红看到邵英在井台上用一把木勺舀了半勺井水。邵红迅速地转过了身。半勺井水泼散在了她的背后。

邵英从她的房间里走了出来。她姐姐邵红坐在客堂里的枣木桌边。邵红像是等着什么。

邵红今天身上没有穿那件桃红色的绸面小袄。这让邵英心里好受了一些。

这时是中午过后一点,屋外的天色显得很阴森。屋内的光线很黯。邵英在邵红对面的一只椴木凳上坐下。屋内浇透了石灰水的泥地显得很坚硬。地面的那份坚硬和阴冷透过邵英蚌壳棉鞋的厚麻线底透彻到了她的脚底板上。邵英在屋内咚咚地蹬踏起自己的双脚来。

邵英猛地停止了蹬踏。她看到她妈李秀芝一步跨进了屋门。她妈的左手臂挽着一只竹篮。她妈走到她姐身边后就把竹篮放在了那只枣木桌上。

邵英的双眼一眨不眨地盯着她妈。

她妈从竹篮里掏出了一条驼色的长围巾。

"刚从村西的张帽儿那里取来的,托他去镇上买的。"她妈对邵红说。

她妈李秀芝把那条长长的驼色围巾朝邵红的脖子上围。邵红的脸色已经从平静中现出了一些激动的微红。李秀芝的脸上也浮现出许多的柔情蜜意,甚至还有点谄媚的成分。

邵英坐在那只椴木凳上眼睛一眨不眨地看着她妈和她姐。她的牙齿慢慢地然而有力地咬动着自己右手的食指。

李秀芝后退了几步,朝邵红打量。驼色的围巾在邵红的脖子上绕了三圈后一端搭在了她的微隆的胸脯上一端垂在了她的背后。这样,邵红让邵英感觉到她像是图画上的人物了。

这时,邵英发觉她的嘴里竟咬出了血珠来。

李秀芝又走到了邵红的身边,她拿起了那张木桌上的竹篮。

李秀芝挎着竹篮向她家的西厢房走去。在西厢房里,村上五十多岁的老光棍章木匠正在等她。一段时间来,村上人关于李秀芝和章木匠的事传得纷纷扬扬,一直传到了李秀芝的两个女儿耳中。实际上,李秀芝也是一个丧夫多年的寡妇,她与章木匠的事本该无可非议,但村上人就是议论纷纷。

李秀芝一走,邵英就从身下的椴木凳上站了起来。

"我问你一件事。"邵英对邵红说。

邵红看着邵英,没语。

"我房间里梳妆台上的那瓶雪花粉呢?"邵英又开口。

"你问我,我去问谁?"

"你问你自己!"

邵英猛地走近了邵红,邵红一下子在木桌边站了起来。两人的鼻子离得很近,眼中都逼出了窄利的光。

邵英突然用手去扯拽邵红脖子上的那条围巾。她嚷:

"你脸皮都不要了,还要围巾干什么?"

邵红也举起了手,扯抓住了邵英的头发。邵英在自己头皮的一阵辣疼中,扯下了邵红脖子上的围巾。邵红也松了手。

邵英眼中噙着辛辣的泪水想再一次扑向邵红时,看到她妈又出现在门口。她妈的眼睛只是向邵英瞪着。邵英僵立在屋中。

邵英把手中的围巾狠狠地朝邵红扔去。

水电站的方子达来了。方子达一般都是在下午来的。这个水电站的青年电工高大、轻松,时而沉默不语,时而滔滔不绝。当然,他在滔滔不绝的时候,讲话的对象往往只是邵红。

方子达和邵红坐在客堂里的两把藤椅子里,絮絮地谈论着后天要来这儿放露天电影的事。

方子达的头发有些像羊毛,蜷曲了很多。他点头,或者频频地噏动着嘴唇。邵红的双目中有灼灼亮亮的东西,她的身体不住地在挨向方子达。他们看上去异常的亲密。

邵英在他们对面的一把竹椅里坐着。她不住地瞥着方子达,可方子达根本不看她,专心与邵红的谈话。

邵英终于憋不住,问方子达:

"冬天,你们水电站没什么事情可做吧?"

邵英看到方子达终于朝她转过了脸来。也看到邵红用自己的左脚尖悄悄地踩了一下方子达的右脚背。

方子达重新转回了脸去,邵英两腮上的笑窝立刻僵硬住了。方子达在回答邵红紧随她后提出的另一个问题。方子达说:

"当然啦,打纸牌的时候,人总是忘了所有一切的。"

邵英从身后的椅子上一下子站了起来。她脸上的笑已经消失了。她窄利的目光再一次扫过那两个故意冷落了她的倾谈者。

第二天上午,邵英来到了水电站的电工房里。

邵英在一条柏木长凳前对方子达开口:

"邵红是个挺馋的人,常常半夜爬起来去厨房里偷菜吃。"

方子达正在整理着电缆线,没语。

"邵红也挺懒,睡觉前一直不洗脚。"

方子达眯着眼睛看了邵英一瞬,猛地把手中的一圈电缆线扔到了地上。

"走走!到这儿来烦什么烦!走开!"方子达粗声嚷道。

方子达在电工房里的最后那声嚷叫让邵英明白。他终于不到邵家来找邵红了,并非是由于邵英的原因。但邵英还是很高兴,因为方子达终于不理邵红了。看着邵红脸上的恍惚神情和略略浮肿的眼皮,邵英一点也不觉得心疼。

可很快,邵英就明白这其实不值得她过多地高兴。邵红依旧穿着那件桃红色的绸布袄,围着那条驼色的长围巾在走来走去。后来,邵红还戴出了那副她妈刚给她买的鸭绒手套。这真让邵英丧气。

邵英左手提着一只鼓鼓的黑绒布包走到了村东的老五保户张正根的住处。砖屋里已有了很多人,有男人,也有女人。男人们坐在凳上抽烟,女人们坐在凳上嗑瓜子儿。

邵英刚跨进张正根屋子的栎木门槛,屋内的男人和女人就都朝她转过了脸。

"提着个黑布包干什么呀?"一个叫雅珍的妇女问邵英。

"装了一些棉絮,待会儿去吴裁缝那儿让他做几双棉鞋。"邵英说。

"要这么多棉絮吗? 做棉鞋要这么多棉絮吗?"雅珍双眼打量着邵英手中的那只鼓鼓的布包。

邵英正想再次答话,猛见方子达也坐在屋内,就立刻嘴角浮出笑,朝他身边走去,且在他身边的一只木凳上坐下。邵英把手中的布包搁到了木凳边的地上。

方子达转脸,对邵英开口:

"现在,你家的人中,只有你我还看着顺眼。"

邵英没语,脸上仍浮着笑,似等着方子达再说下去。

在邵英左侧的鞠泥匠移了移屁股下的木凳,靠近了邵英一些。

"你妈和章木匠的事成了吗?"方子达睒了睒双眼,睒出了一些狡黠的光。

"我才不去管他们呢!"邵英说。

"你姐起先反对你妈和章木匠的事,你妈就拍你姐的马屁,给她买这买那,还建议她找我做朋友……"方子达说。

屋内的人"哄"地笑起来。邵英也跟着笑。

"你姐就不反对你妈和章木匠的事了。"方子达说。

"你姐邵红跟你妈一样,是个不要脸的角色。"方子达又说。"我怎么能跟这种人谈朋友呢? 我不跟她谈了,她却还缠上来,真是个不值钱的臭婊子。"

邵英转了一下脸,见自己身体左侧的鞠泥匠左手托着一只茶杯正在喝茶。她就从凳上站起来,把右手伸向鞠泥匠。

"你渴,就喝吧。"鞠泥匠把茶杯递给邵英,茶杯里还有大半杯子茶水。

邵英一下子把杯子里的茶水倾到了方子达的脸上。

方子达叫了一声,双手捂着被烫痛了的脸从凳上站起来。他向邵英扑过去时,邵英的手中已拿上了一只竹壳热水瓶,热水瓶的瓶塞也已被她拔去了,邵英把热水瓶里的滚水向扑来的方子达身上浇去。

屋内的人都叫起来了。

屋内的人都叫嚷着,脸上也布上了厚厚的惊慌之色,邵英提着那个黑绒布包走出屋门时,竟没有谁拉住她。

邵英来到了村外。

北风很大,她在一道土梁的背后蹲下了身,并解开了那个布包。她从布包里取出了一件桃红色的绸布小袄。她还从布包的底部掏出了一把银色的剪刀。

她蹲在土梁的背后开始用剪刀一下一下地剪那件小袄。很快,她就把邵红的那件小袄剪得零零碎碎了。她放了手中的剪刀,把地上那些零碎的绸布片和棉絮捧到了土梁的顶上。北风就立刻把那些桃红色的布片和白色的棉絮吹离了梁顶,让它们在土梁的上方纷纷扬扬地飞舞。

邵英也爬上了土梁。她站立在土梁上,风吹乱了她的头发。

方子达的脸肯定被热水浇坏了。她站在土梁上想。

警察就要来抓我了。她又想。

以前,每当村里出了这样那样的事时,她总是很奇怪平平静静的村子里怎么会出事。现在她开始奇怪事情怎么会出在她自己的身上了。

　　她心头怀着一股怪怪的感觉走下了土梁。

　　林宕,本名徐斌,中国作协会员。小说曾获《上海文学》奖、《雨花》奖、上海市作协会员年度中篇小说奖。

小 吃 店

唐友明

刚下海那阵子,创业有点难。特喜欢喝小酒。一个人喝,去那种不是很热闹的市梢头的小吃店里喝。

小吃店就是那种老板厨师一个人兼的小饭店。中间一张八仙桌,靠墙放几个简易的条桌。来一个客人,老板总会迎上去,点一下头,问,师傅,您吃什么?然后请你入座。小菜端上来时,手指间还会夹一个黄酒瓶,一个小"汤盅",代替酒杯。

如果这酒瓶的瓶盖是开着的,那是他烧菜用的"喷头酒",不收钱。如再要,就收钱了。也有好一点的,如绍兴三年陈、五年陈。还有新出来的"沙洲幽黄"。再好没有了。

安亭的老街上,这样的小吃店很多。

马荣根就在北市梢开着这样的一个店。我常去他那里喝,彼此很熟。进店,不用他迎接,隔着桌子抬一下手,说声"老规矩",他就心领神会了。

桌上有茶壶、茶盅。倒上,喝一口,正宗龙井,那香味,有一点点重。

一会,菜就上来了,两个"活轮",一盆白切大肠。一瓶上海黄。

这就是我的"老规矩"。

两个"活轮",一个是花生米,一碟子二元五角,一个是炒螺蛳,一盆四元。白切大肠十元一盆。一瓶上海黄一元五角。

马荣根说收十七元。算是优惠了一元。如果我事先喊一声,十五元的。他就少了一节大肠。次数多了,形成默契。有时进门不开口,他也会如数端上。

另有一些时候,他会自说自话就给我换一个菜。比如,他用韭菜炒螺蛳肉,代替炒螺蛳。韭菜比螺蛳便宜,但螺蛳肉比螺蛳贵。彼此心里明白,也就不会有你长我短的争执。有时他用自腌的咸猪头肉替换大肠。还会堆笑解释,"放了五香粉和八角烧的,尝尝,特香"。

这时候,我就会脸带笑意戳穿他,"别装好啦,大肠没买到吧!"

他就笑笑,"一样的,一样的,都是过酒菜。今天去晚了,您慢用,慢用。"说着,就进了厨房去了,不知道是为了躲开我还是真有事。

客人少时,他会过来和我聊天。一半以上都是些与女人有关的故事。所谓故事,其实大多是一些从别的食客那里听来的未经证实的传闻。

那一天,他照例给我端上了两个"活轮",花生米与炒螺蛳。一盆大肠换成了一小碗红烧肉。

我有点纳闷,问他是否又去晚了,大肠没买到?

他笑笑说:"昨天孙子生日,这肉是剩下的,没加你钱。"

一半像在与我赔不是,一半又像在告诉我,你不吃亏。

我也无所谓。乡下人土地都流转了,碗里的米,身上的衣都得靠自己出门去赚。有肉吃不错了。

酒至一半,马荣根突然坐到了我的侧面来,悄声跟我说,这店他不想开了。我问他是否生意不好,做不下去了。他摇摇头,用右手半卷着罩住我的耳朵,压低声音说:"怕。"接着,说出一件事来:"你知道吗?今天一早,菜场里那个卖肉的,被杀了,被抢去两万多。"

我先是一惊,转而大笑说,你神经病呀,你做这小生意能赚多少钱,人家还不清楚吗?轮到来抢你,这天底下,都扫地一圈了。

他点点头。一副若有所思的模样。

临走时,他送我到门口,说:"不是没买到大肠,是前天买的,大肠有味了,不能用。"

我哈哈一笑。

唐友明,号城郊农夫,1947年生,中共党员,2022年加入上海作协。上世纪八十年代开始文艺创作,小说、散文、诗歌都有涉及。热爱家乡历史古典挖掘,参加《归有光研究会》活动,参与《千年古镇安亭》一书编写,任副主编。有文集诗集出版。

拉 鲁 德

俞生辉

就在昨天，在弹簧床的夹层里，我找到了已经消失 93 天的身份证，不用想，这绝对是拉鲁德的杰作。在过去的二十年多年里，正如那张身份证上写明的出生年月后的所有日子里。拉鲁德总会把我的东西藏起来，每当我费尽心思去寻找，反而怎么也找不到。

你是否也会这样？在昨天那样的日子里，下着大雨，空气潮湿凝滞，肌体的神经与感官异常的敏感与集中。我会注意到墙面上的镜子向左偏移了至少五度，我会计算出这是大雨的第五天，我会想起身份证上的那张照片拍摄于十九岁那年的生日。

前一段时间，我出门喝酒，找陌生人聊天。一旦对方好奇我，问我，说说你吧。我就会开始说拉鲁德的故事，说到一半，不管对方喝了多少，准会丧失耐心，不耐烦地听下去，突然起身离座。

只有两个人相信我的故事，一个是男人，另是一个女人，在今天就坐在我的面前。

"你真的想听我的故事吗？——你知道拉鲁德吗？——没错就是拉鲁德，拉开的拉，齐鲁大地的鲁，德国的德，是不是听起来像外国人的名字？他就在我的生活里，存在了很多年。通常情况下，我看不见,也摸不着。极少数的情况下,我会看见他。——我必须跟你说实话,在我十九岁之前,我也只看见过他两次。"

有机会的话,你可以贴着一面镜子看,问他:"你是谁?"我的答复是:"拉鲁德。"镜子里的人没有开口,但你会得到答复,一个实实在在出现的声音。每一个毛孔放大,不用立起汗毛,去感受。

有一天我在校园的操场上,意识到拉鲁德在教学楼的楼顶注视着我,那里有一个人,但谁也不相信。他就在床底,在柜子里。当你的目光注视着那个物体,你就一定会感受到,我也一定会知道有拉鲁德的存在。

现在不如停止阅读,闭上眼睛,回想你的记忆里,是不是会有一天走在路上,身后传来不知名的脚步声,或是有人穿过你的身体?

没有吗? 你一定只是忘了。

"现在把话题回到我第一次见到拉鲁德的那天,他在母猪生崽的那天出现与消失。在一个我进门的瞬间,我看见了他。——母猪生下了二十三头小猪,它们似乎对拉鲁德碰触过的那几个乳头尤为感兴趣,最先死掉的是那几只永远吃不上奶,紧接着死掉的是吃过那几只乳头里的奶最多的,陆陆续续,没出十天,我爷每天清早把死掉的猪崽丢进家门前的河里,扑通一声,尸体沉下去又飘起来,最后全都漂走。医生的解释是生了病,我不相信。这只是拉鲁德干过的坏事——我原先对这件事并没有想法,只是随着凝重的氛围,不再在饭桌上嘻嘻哈哈。当最后一头猪崽被丢进水里,我沉着脸,听见了笑。我爷没笑,奶也没笑。那肯定是拉鲁德在笑。"

到现在,你可能认为,拉鲁德只是一个魅影,是我不切实际的想象。也许你也会有过同样的经历,但是你现在活得好好的,他根本不会影响你的生活。拉鲁德对我的人生而言并不一样。

"我的人生因为拉鲁德产生了巨变。我可以跟你说，我第二次见到拉鲁德是在十六岁，我那时喜欢一个姑娘。我得描述一下那双眼睛，就像你的眼睛一样，很大，很好看，当然，你得原谅我，我是一个先入为主的人，她的眼睛对我而言更加迷人。——我在许多没有递出的信里写过：我好像在那里见过你，在梦里，在上辈子，或者是在平行的空间里。——你知道的，当一个小男孩被一双眼睛吸引，那这个男孩的目光会全部坠入那个女孩的身体里。"

读者朋友，如果您是一位女性，在那个年纪的时候，有没有体会到过那种目光？冰冷包裹着炽热，专注却又在你注意到的时候漫不经心？那个你根本不认识的男孩，早已把你观察了一千遍，在他的记忆里会产生一副连环画，画面中的你一点点地变化，头发变长又变短。他甚至知道你家的地址，你的出生年月，你的喜好，你的脾气。你对他，只有一无所知。

"我就是这么一个男孩。我计划好了在暑期到来的最后一场典礼上当众表白，在那天，我坐在人群里，时间流逝，汗水滴落，木在座位上一动不动。——我只敢尾随着她，走过一团团树荫，拐进那片住户区，走到第三排往里过一处垃圾堆放点——换作从前，我一到垃圾堆便转向左侧的小路快步逃离。只有那天，我走过了垃圾堆，我想要干嘛？我自己也不清楚。——接下来我说的都是事实，我只是叫住了女孩的名字，她转过头看我，我们中间隔有一栋屋子阴影的距离。——然后拉鲁德就再次出现了。——所有人都觉得我在骗人，我在狡辩，就连那个女孩都认定我是凶手。——明明是拉鲁德干的，我那天站在阳光下，看见拉鲁德从阴影里冲出来，摁住那个女孩，她夏季校服的领口被拉鲁德拉开。我清楚可以看见那精致的，粉粉的身体的一部分，在这时，我跑了过去给了拉鲁德一拳，打在后脑勺，他尖叫着消失了。——你也会觉得我是凶手吗？你会相信我档案里那些无力的文字吗？我告诉你，这都是拉鲁德干的事情，却被人们强加在我的身上。"

朋友，你也可以不相信我的叙述。我想说的是，拉鲁德的真的影响了我的人生。那个女孩也不会添油加醋说是我吮吸她的身体。关于那天，很清楚，拉鲁德拉开她的衣服之后，我阻止了他。我恨透了拉鲁德，但我不会把无端的罪名强在他的头上，我是一个有原则的人。

"你居然也会相信我的话，如果你觉得我的描述完全真实可靠，不如现在点点头。——上一个相信我的人的是一个男人，再上一个是我奶，我奶闹了三天，我怎么可能干出这种事？孩子还小呢。——我奶已经死了，上一个男人的名字叫阙明，他也相信拉鲁德的存在，也相信都是拉鲁德干的事情。——好吧，就在三个月前的这个时间，他就坐在你现在的位置。"

当一个几乎被所有人认为是坏蛋与神经病的人，被人突然地相信与理解。你觉得这个故事会有什么样的走向？两个男人成为挚友？我爱上了他？那么动作会是什么？在他相信我的那天，我们完成一次醉生梦死的做爱？如果你的猜想是后半段，那么恭喜你，猜对了一半。那天半夜，我的身体贴着卫生间的瓷砖保持静止，我在镜子里仔细端详着自己：一双与那个十六岁的女孩类似的眼睛，一张早熟的面孔，一具新鲜却有着苍老痕迹的躯体，一团含苞欲放的生命体。三十七分钟后，我听到一个声音："你到底是谁？"

"你会好奇两个男人是什么感受吗？——就在我的出租房里，窗外飘着小雨。他沉闷的第一声，顺带着窗外突然的闪烁，亮透了整个房间——只不过是一些形容词：精致的，破碎的，拼劲全力的，忘乎所以的，漫长的——也不过是些名词：肌肉，床单，肉体，灵魂，过程。——就在那天之后，他不见了。——我不应该沉默这么久。你问我，拉鲁德呢？为什么不说他了呢？——我说出来你也不会信。"

一个你可以卸下所有防备，展现出所有弱点的人，你准备爱得死去活来的人，就像拉鲁德一样从人间蒸发，不同的是，那个人是彻底烟消云散在了生活里。他只是一阵暴风雨、一场台风、一次灾难。没有地址，没有联系方式，只有一张成熟面孔的记忆。其它的一切都消失不见了。

"拉鲁德没有消失，他一直存在，从那天之后更加地具体，更加能够感受到。——就在我肚子里，准确而言在盆骨的位置，在一个男性的子宫里一天天地成长。——你听我说，我每天都能感受得到他所占我身体的比例在增加，质量在变化。——有一段时间里，我天天恶心，呕吐，不喜欢吃酸也不喜欢吃辣。你说，他会是一个什么样的存在？——你不用这么快地否定我。一个人男人怀上了一个叫拉鲁德的孩子，这难道就是不合理的存在？——来吧，我会给你展现出证据。——往我这边过来，你听，你摸摸看……"

那天的酒馆里的监控将记录下一切：在靠墙的位置，暖黄色的灯光底下，一位长发的女人将耳朵贴向那位坐在她对面的男人的肚子，聆听了三十秒。男人脱掉上衣，女人的手触摸到男人胸部。此刻应该将画面放大，聚焦到乳头的位置，两滴淡黄色的液体从男人的身体里流了出来。那天监控还会记录下这篇文章里女人唯一的话语："在十六岁那年，我就相信那不是你。"

俞生辉，00后，上海市作协会员，金山区作协理事。曾获首届《收获》无界漫游文学奖入围奖。文学作品见于《作品》《青年作家》《青春》等刊。

杏　花　开

李　佳

清晨6点没到,老孟便起了。早春时节,天亮得晚,窗外还灰着,村东头的小山朦胧露出一截剪影,篱外的几株杏树也睡眼蒙眬。

可老孟却兴高采烈地俯下身、对床上的老妻说:"天亮喽,起来看看今朝杏花开不开?"老妻没有反应,眼睛都没睁,只有嘴难看地张着,发出似呼噜一般的呼吸声。

笑容爬上了老孟的脸,他轻抚着老妻的面颊说:"嘿嘿,今朝又想困懒觉?"说话时,他眼波流淌出汩汩温柔,像看着一位美人。

老妻不美,甚至有些吓人。本该圆的头,右面1/4硬生生扁进去了,把眼睛挤得凸出来,鼻子也颤巍巍的,像一不小心就要塌掉,最"恐怖"的是嘴,不张开时是瘪的。她无论躺着、坐着全一样,除了呼吸外,就是一具没有生气的躯壳。

老妻发病那晚的事,老孟至今记忆犹新。

本来老好的,高高兴兴出去、跟老姐妹跳舞,白相回来还是高高兴兴的,洗洗弄弄,突然走到我身边,说牙膏盖子对不拢,说了没两三句,人就软下去了……

这个故事,老孟跟很多人说过;有人问,他就说。——反正他现在也没多少人可以好好说话。完了，他还要补上一句："一年半咧，一年半咧……"

老妻生病，花了20多万，几乎是老孟全部的积蓄。虽然人不知道救不救得回，但钱老孟舍得花，医生提出的治疗方案，他一项都没落下，做手术、重症监护、康复治疗、药物调解、护工护理……只差一项：把掀掉的头骨补上。这一项，便又是4万多，其实没太大必要，只是让老妻好看一些。老孟的确捉襟见肘了，但这不是主要原因，主要是老妻的指标还不合格。

这事儿，老孟只能等。

等的过程中，老孟变了。原本爱喝几盅黄酒，现在戒了；原本他不会做饭，现在快成大厨了；原本爱吃肉，现在肉都留给老妻。还有呢，原本退休返聘，现在辞了；没多久，护工他也给辞了。护工会的，他都学会了，他现在的"工作"只有一个：照顾老妻。

但有一点，老孟没变，始终乐呵呵的。他说什么，老妻全不懂，但他依然说，乐呵呵地说。老妻没回应，他便"嘿嘿"笑；老妻皱皱眉或眨眨眼，他也"嘿嘿"笑。

老孟的一天，可忙呢。黎明即起，先给老妻换尿布，换衣服，然后给她做第一次全身按摩，之后准备早餐，分出老妻的份，用破壁机打碎，拿针筒一点点喂给她吃，等老孟吃早餐的时候，一般都快8点了。吃好饭，他便抱老妻坐上轮椅，推出去"白相"。老孟一天至少要抱老妻10次，出去"白相"三四回。

一年半，老妻身上没长过一点湿疹或褥疮；犹如白白的杏花。

"今天太阳好伐？出来白相开心伐？"

"头要靠在后头，靠着舒服。"

"好喽，杏花要开喽，你不是最喜欢杏花么？"

——推老妻出去的时候,老孟跟老妻聊这些。

"好着呢,越来越好!"

"别说我对她好,你是不知道,她以前,对我有多好呢!"

——有人问候他们的时候,老孟常常这样回。

对老妻说话,他总兴高采烈;跟别人聊天,他一直眉眼弯弯。

但是最近,老孟有了心事。大儿家想把闺女转到私立学校,说教育水准高;钱不够。小儿家筹划置换新房,看都看好了;差钱。大儿、小儿都找他诉说;手心手背都是肉。

攒了一年半,老孟手头有将近5万块。

大儿说:"爸,现在孩子们的竞争特激烈,您孙女不能输在起跑线上。"

小儿说:"爸,都这些年了,我和您儿媳挤在小破房子里,孩子都不敢生。"

亲戚朋友们闻讯也来劝:"老孟啊,这么久了,你老婆醒不过来啦,有没有那块头盖骨,她又不晓得咧。孩子们的事要紧。"

老孟始终没表态。

早春的天气好,春风轻轻拂着脸。傍晚,第四次推老妻出去的时候,老孟索性走向村东、上了小山。夕阳无限好,余霞散成绮,放眼望去,村庄宁静安详,他突然看见村口的小路旁漾起一片素净的白。

"杏花开了!"老孟指着那个方向、兴高采烈地对老妻说。老妻的目光依旧直呆呆的,突然,她喉管里发出"嗬、嗬、嗬"的声响……

"手术要做!不管怎么样,你都一定要美美的。"推老妻回家的时候,老孟笑眯眯地说,像在跟老妻耳语,又像自言自语。

李佳,全国公安文联、中国散文学会、中国微型小说学会、上海市作家协会会员,上海微型小说学会理事、浦东新区作家协会会员。

一年级的牛硕硕

黄抒绮

开学前一天

牛硕硕小朋友今年 7 岁了,明天就要成为一名一年级的小学生了。你别看他名字叫牛硕硕,好像很牛,好像很壮,其实他是个个子不高的小瘦男孩。幼儿园的老师就笑着对他说,牛硕硕,你应该是个大个子啊,怎么是个小不点? 老师的话让牛硕硕知道自己的名字应该和大个子有关,有一天牛硕硕就问妈妈:"妈妈,为什么我叫牛硕硕? 老师说牛硕硕应该是个大个子。"妈妈说:"牛,是你的姓;硕硕呢,可不光是身体壮、高,我和你爸爸希望你健健康康的,而且硕还有一个别的意思,我们希望你长大了做什么事都可以很厚实,很有成果!"厚实? 成果? 这是啥意思? 牛硕硕可不知道,但是牛硕硕还是很一本正经地点了点头,装作很了解的样子。

一想到自己明天一大早身份就有很大不同,牛硕硕就特别兴奋。今日还没擦黑,他就问了妈妈很多问题:我在哪个班级呀? 我们班主任叫什么老师? 我们班有几个同学? 妈妈除了告诉他在一(8)班外,别的都说不知道。一年级一共有 10 个班,8 班已经很靠后了,牛硕硕就觉得这点没劲，为什么不是一（1）班或者一（2）班呢？在前面该多好啊！妈妈说8班虽然数字靠后，但只要小朋友努力，在其他方面还是可以名列前茅，并不能因为数字靠后而受影响。好吧，牛硕硕往自己的小书包里装上了铅笔盒、饭盒，还有一辆玩具小车，然后高高兴兴地对着镜子里的自己说："牛硕硕，明天你就是小学生了，再也不是幼儿园的小娃娃了，是大孩子啦！"牛硕硕张开嘴一笑，又马上用手捂住，因为他刚刚掉了一颗门牙。

牛硕硕躺在床上，翻来覆去怎么也睡不着，他在想学校里的饭菜会好吃吗？有没有点心？还有他的幼儿园同学，王子轩、张小雪、李家默他们几个在几班呢？会不会也在8班呢？牛硕硕希望在8班，那样他就没那么孤单了，他就可以和他的朋友们一起玩了，不过如果不在一个班也没事，牛硕硕可是一个很会交朋友的孩子，他会主动认识很多新朋友。这样想着他又咧开嘴笑了，他以为他今晚会一直睡不着呢，没想到想着想着就睡着了。

第一天上学

牛硕硕起床的时候有点小小的不高兴，因为今天一大早还是妈妈喊他起床他才醒了，并没有像个大孩子那样到点就醒。不过他的表现还是比以前好了很多，他没有赖床，自己穿的衣服，自己刷牙洗脸，然后坐到餐桌边等妈妈把荷包蛋和面包、牛奶端上来。妈妈表扬了牛硕硕，说他特别懂事。牛硕硕坐在椅子上，晃着两条碰不到地的小腿一声不吭，他心里想着，自己今天起已经是一名一年级的小学生了，一切都不一样了。

7点钟，牛硕硕和妈妈离开家；7点20分，来到校门口。校门口人来人往，非常热闹。校门口站着的老师，亲切地朝小朋友们微笑，很多小朋友向老师打招呼。妈妈放开牛硕硕的手，指着教学楼下站着的一个大姐姐说："硕硕，妈妈不能送你进校门了，你要自己进校门，看到那边站着的那个戴着红批带的大姐姐了吗？她会带你去一(8)班的教室。"牛硕硕看了看妈妈，突然有点害怕，他抓了抓妈妈的手，妈妈也很为难地看了看他，又抓住了他的手。这时，牛硕硕看到边上一个比他高、比他壮的男孩抱着自己的妈妈大声哭着说："我不要进去！我不要！我不要！"很多老师过来劝男孩的妈妈放开手，然后半扯着男孩子的手臂，半扶着男孩的肩膀把他拉进了校门，进去的时候男孩还在大叫："妈妈！妈妈！"牛硕硕看了看妈妈，他觉得这个男孩很丢脸，他抿了抿小嘴唇，然后甩开妈妈的手，大声说："妈妈再见！"然后小声补一句："妈妈早点来接我。"

戴红批带的大姐姐牵着牛硕硕的手把他带到了一(8)班教室。教室门口站着一个戴眼镜的年轻老师，不是特别年轻，但是看起来还是要比妈妈年轻一点。她朝牛硕硕笑了笑，把他安排在了第二组第一排。牛硕硕有点恼火，他觉得自己虽然个子不高，但是也不至于坐第一排，可他左右瞧了瞧，发现自己确实是最小个的那个。他又朝后面看了看，他看到了倒数第二排的王子轩正朝他挥手，他马上笑了，也使劲挥手，原来王子轩和他一样，也在8班，能看到自己幼儿园的同学太好了！

这个时候，他们班的同学陆陆续续进了教室。牛硕硕看到了张小雪，但是张小雪没有对他笑，不知道是真的没看见还是假装没看见，牛硕硕想叫她的时候，戴眼镜的老师走进了教室，大家都赶忙把小嘴闭上了。老师冲大家轻轻笑了笑，看了一圈教室，开始说话。她说话的声音真好听，普通话也特别标准："欢迎各位小朋友，今后我们都是一(8)班的小朋友了，大家要在这个集体里生活5年，我们要互相帮助,团结友爱。我是你们的班主任,我姓杨……"牛硕硕听到这里扑哧一下笑出了声,又赶紧用手捂住——他掉了一颗牙,但是杨老师已经听见了,杨老师的目光唰地照住了牛硕硕。她收起微笑,严肃地问:"这位小朋友叫什么名字啊?为什么要笑老师?"牛硕硕脸涨得通红,结结巴巴地说:"是……我叫牛硕硕,老师刚才说姓羊,我觉得……觉得有点好笑,就不小心笑了一下。"杨老师听了后,紧绷着的脸又笑了,说:"牛硕硕同学,你是一头牛的牛,我不是一只羊的羊,以后不准笑。另外,回答老师的问题要起立,不能坐在位置上。"杨老师看了大家一圈说:"以后大家可以叫我杨老师,我是你们的班主任和语文老师,你们的英语老师是袁老师,数学老师是黄老师……"

这天每节课都是老师自我介绍,训练小朋友们的坐姿和站姿,牛硕硕觉得很累,中饭的时候小朋友又排队很久,牛硕硕觉得自己都没吃饱,好不容易挨到下午放学时间。牛硕硕跟着班级队伍走到校门口,好多家长都等在校门口了,牛硕硕虽然排在第二个,但是拔长了脖子才找到自己的妈妈。几乎每个孩子都迫不及待地朝自己的家长扑过去。妈妈问,硕硕今天在学校里觉得怎么样,硕硕想了想说:"还是可以的,本来我觉得我姓牛已经很好笑了,结果我们班老师的姓都很有趣。一个是羊老师,但是她说自己不是羊老师的羊;一个是圆老师,我以为是个很圆的老师,实际上老师很高,一点也不圆;还有一个是黄老师,就是黄颜色的黄,你看多有趣啊。"妈妈听了也笑了。

第一天就这样过去了。

交 朋 友

开学已经第三天了,一(8)班里也出现了哭着不肯来上学的孩子。说实话,上学跟小朋友之前想的不一样,不是做做游戏、唱唱歌、聊聊天,而是要正式坐在教室里,连续上课学知识和本领,连玩具都不能带,牛硕硕的玩具小车第一天回家他就偷偷地塞进了自己的百宝箱里了。

不肯来上学的孩子叫王宇,这天早上他奶奶把他送进教室,奶奶刚刚转身,他就哇哇地大哭起来,冲上去抱住奶奶。他奶奶往前走一步,他就被奶奶吊着往前一步,最后挂在奶奶的脚上,整个人像爬树贴住树干一样牢牢抓住奶奶的腿。奶奶喘着气走不动了,小朋友们都笑得不行。这时,杨老师进来了,看到王宇像只猴子一样攀着奶奶,非常生气,拉了几次王宇,王宇都不下来,边哭边抓紧不放。杨老师更生气了,对王宇的奶奶说:"他要是一直这样,就不要来上学了,小学和幼儿园可不一样!"王宇奶奶一听不让上学就急了,又跺脚又甩手,终于把王宇甩了下来,紧着几步就出了教室门。王宇在教室里放声大哭。

杨老师才不同情他,看都不看他一眼,就在王宇的哭声伴奏下响亮地说:"小朋友们,你们都是一年级的小学生了,你们到学校里是来学本领的,不能再想着像幼儿园一样,每天过来做游戏玩,吃饭,睡觉,再玩。王宇你看看,班里其他小朋友,不要说比你高的,就连……"杨老师顿了顿,用目光找了找,突然她找到了牛硕硕,继续说:"就连像牛硕硕这样的小个子同学也比你勇敢多了,从没哭过……"牛硕硕没有料到老师在讲道理,批评哭闹同学的间隙自己能得到表扬,心里突然像开了一朵花一样,情不自禁地坐直了身子,原来被小学老师表扬是这种感觉,被表扬的滋味可真好啊!杨老师后面又表扬了好几个同学,王宇才渐渐不哭了。

因为得着了表扬,牛硕硕认为自己有责任对王宇说点什么。下课后,牛硕硕来到王宇身边,看了看王宇哭得像蜜桃一样的眼睛,问王宇:"你干嘛要哭呢?"王宇先说:"不要你管。"然后说:"我不喜欢这里,每分钟都要规定怎么坐,老师教的我不太会,小朋友一个也不认识。"王宇越说声音越小。牛硕硕歪着小脑袋想了想说:"你可以认识我呀,我叫牛硕硕,就是刚才杨老师批评你时表扬的那个牛硕硕,老师说我个子小但是很勇敢……你记得这句话吗?"牛硕硕觉得这些还不够,又补充道:"真的,我们可以交朋友,老师教的拼音我在上学前班时学过,我都会,如果你不会我教你。"王宇抬起眼睛看了看牛硕硕说:"真的吗?"牛硕硕用力地点点头。王宇笑了,说:"我也可以跟你交朋友,我可以保护你!"牛硕硕也笑了,但是他心里想,我可不要你保护,我是个勇敢的人。

从第二天开始,王宇上学时真的不哭了。

考　试

冬天说来就来了,转眼间,小朋友已经上了一个学期,这天老师宣布他们将迎来进入小学后的第一次期末考试:"我们已经学完了拼音,认识了很多字和偏旁部首,所以我们要进行一次测试,看看小朋友们学得好不好!"这是老师对考试的定义。

回到家,牛硕硕把快要考试的事告诉了妈妈。第二天妈妈就去书店给牛硕硕买了一大堆语文、数学、英语练习册,每天晚上都要牛硕硕做练习,牛硕硕觉得没劲死了。

这天在学校里,牛硕硕跟王子轩一起上厕所,牛硕硕就把自己每天晚上要做练习的倒霉事告诉了王子轩。王子轩拍着他的肩膀说:"嗨,大人都一样,我妈妈也给我买了好多练习册,让我每天做,他们为什么要对考试那么紧张呢?""是呀是呀,这样太没劲了。"牛硕硕说,"我们要想个办法不做那么多试题。""我有个办法,今天晚上我们一起装病吧,我们说肚子疼,就不用做作业了。"王子轩得意扬扬,牛硕硕觉得这是一个好办法,他们决定今天晚上一起实施。

到了晚上,妈妈又拿出了练习册,牛硕硕立马用手捂住肚子,皱着眉头说:"妈妈,我,我肚子疼……"妈妈紧张地看了牛硕硕一眼,说:"是不是吃坏东西啦? 妈妈陪你去医院吧。"牛硕硕急忙摇摇小手:"不用,不用去医院,我想睡一会儿就会,会好的,好的……"牛硕硕有个毛病,一紧张或者一撒谎就会结巴,从小就这样,这会子估计小脸也已经配合涨得通红了,眼睛也不敢朝妈妈看。妈妈瞪了牛硕硕一眼,说:"不许睡觉,要么去医院,要么做练习,你自己选!"牛硕硕瞄了瞄妈妈,小声说:"那,那我还是做练习吧。"

第二天,牛硕硕碰到王子轩,王子轩一脸灿烂地问他昨晚怎么样。牛硕硕叹了口气说:"唉,别提了,妈妈要带我上医院,我不肯,只好又做题了。"王子轩仰着头拍着牛硕硕的小肩膀说:"你太没有表演天赋了。我昨天先在卫生间里假装蹲了半小时,出来了就跟我妈妈说肚子不舒服,我妈妈也让我上医院了,我告诉她是因为前一天晚上睡觉没有盖被子,着凉了,只要休息一下就好。"王子轩笑得门牙全都露出来了:"我妈妈不但相信了没让我继续做练习,还给我炖了一个鸡蛋,让我早早就上床休息了,哈哈哈哈……"牛硕硕觉得王子轩太牛了,他才该姓牛。

很快到了考试那天,一共考三科,语文、数学、英语,一天考完。牛硕硕觉得自己比较紧张,好像小心脏都跳得比平时快多了。试卷发下来,牛硕硕松了一口气,那些题目好像都是自己平时做过的一样,他都认识,他很快就把试卷做完了,三科都考得很顺利。果然,牛硕硕三科都考了 A+,得到了老师的表扬。

牛硕硕拿着奖状和奖品回到家,妈妈看见了,得意地说:"看见了吧,幸亏妈妈叫你多做练习吧,得了三个 A+,我们硕硕多么不容易。以后可不能装病啊!"牛硕硕点点头,看见妈妈转身回了厨房,才一个人小声说:"才不是你让我多做练习的原因呢,王子轩天天装病不做练习,他也得了三个 A+……"

唉,其实读书主要靠学校里的时间和小朋友自己的认真,但是大人们为什么总要让小朋友做更多的练习,参加很多补习班,他们才放心呢? 牛硕硕想不明白。

黄抒绮,松江区作家协会理事。上师大汉语言文学本科毕业,深耕语文教坛二十多年。作品刊发于各类各级刊物。

八　月

Disc

　　我不信任何宗教,但迷信过两件事。一是小时候觉得无论做什么都必须是双数,这样爸爸妈妈才不会吵架。二是这个世界上最疼我的男人全都是八月出生的,无一例外。

　　从小到大我都记得他的生日,但我不记得我给他过过什么生日。我不是那种会对着家人嬉笑撒娇说贴心话的孩子,所以有一年,我想着今天是他生日,不如下楼去看看他,意思意思的时候,我觉得已经很够意思了。

　　因为住在同一幢楼,我总是习惯了不带他家的钥匙——反正我要去的时候,总有人开门的。那天是奶奶开的门,我趿拉着人字拖进门,一屁股坐在一个旧沙发的扶手上,例行公事般把说话的任务交给男友。很多时候,我觉得男友是我和家人关系的润滑剂。

　　没过几天,奶奶就去世了。从入院到死亡,大概十天也没有。在这期间,有一天我爸问我:你说,要不要带爷爷去医院他看一下?

　　我说当然要去啊。怎么能不去啊。

　　于是他去了。大费周章地,从家里的沙发挪到轮椅、挪上电梯、汽车、医院电梯,趁奶奶还在的时候,看望了一下。

后来我想，这大概是，我第一次正儿八经地参与家里的重大决定吧。

剩他一人之后，我心里恻然，去看他的时候多了些。这时我会记得带钥匙了，因为他没法给我开门。

有一天他和我说，奶奶最后住在家里的几天，晚上她要上厕所，把我叫醒，我们两个互相扶着，慢慢去的。他说，我觉得我还是对得起她的。

我想象着那个画面，难过得不知说什么好。

我说，你要练习走路。老坐着，越来越不能走。他还是听我话的。有人的时候，在家里走两圈，好像故意走给你们看一样。我吓唬他：我不在你也要走啊，我哪天装个摄像头监视你。他只是笑。

我其实已经不记得他是从什么时候开始腿脚不利索的。我想起我刚上班那阵子，有时电梯开到一半他进来，说约了其他老头喝茶聊天。电梯到了一楼我又急匆匆走了。——我太容易迟到了。

其实比起笑，他也经常哭。一个男人经常哭，本来不是件光彩的事，但是放在他身上，我觉得特别协调。电视里有人受苦他会哭，听说邻居家谁谁谁去世了他也哭。奶奶在的时候总是嘲笑他，我知道他是心肠软。

只有一次，就那么一次，我在上班他打我手机，半天不说话。但是我听得出他在流泪。我只能隔着电话陪着他，事后也没有问他怎么了。我完全不知道怎么问。

我不知道这种不闻不问的相处方式算不算我们之间的默契。

大四那年我大病一场，住了很久医院。他从没来医院看过我，我也从没问过爸爸妈妈，他道我生病吗？但我觉得他是知道的。

我回家以后，每天有钟点工阿姨来给我烧饭。他每天中午会从楼下再端一些菜上来，我不以为然，也没有胃口，总是匆匆把他打发走。

现在写到这段我才发觉，我好像从来都没有叫他进来坐一坐的表示。他总是在门口站一会，或者在饭桌旁站一会，就被我的冷淡或者坏脾气打发走了。

奶奶去世后大半年，家里商量着要送他去敬老院。我知道很大程度上是因为我。因为我身体不好，我爸每天早上送我上班，根本兼顾不过来还要照顾他的日常起居。他也不愿意要保姆，他不喜欢家里有陌生人。我知道他是不愿意去敬老院的。有一天，他却和我说，我觉得去敬老院也挺好的。他们说可以大家一起打打麻将什么的。我说你又不打麻将。可是我已经无法阻止把他送去敬老院这件事。

有一次我去看他，隔壁房间的女护工告诉我，昨天你爸来过，我跟你爷爷说你儿子卖相挺好的，你猜他说什么？他摇摇头，说我年轻时卖相比他好多了。我听了哈哈大笑。他就是这么骄傲。

这么骄傲的一个人，在敬老院当然是交不到什么朋友的。小时候我去他公司玩，他一个人的办公室跟我现在住的地方差不多大。我特别喜欢茶几上一个带玻璃罩子的装饰品，罩子里面有匹马转来转去。公司里的人见到我都不同程度地拍起马屁，我那么小就知道他们在拍马屁了，因为我是他孙女。

敬老院哪还有人拍他马屁呢。护工不会是坏人，但也不会好到哪里去的，服务程度大多和价格挂钩，我想他应该也知道这一点，所以，他从没抱怨过他们的服务。

但他的话变得越来越少。刚入院时还偶尔练习走路，慢慢地，那个助行器就一直靠在墙角没用过了。也不再跟我说，下次你再带蛏子来，或者，今天你买的肉夹馍油肉太多了。

他的意识逐渐模糊,有一次甚至不认得我。问他孙女在哪,他说,在美国读书。我从来没去过美国啊,连旅行都没有。但这次之后我更确定他是知道我生病的了。

　　我从小成绩就好。但是毕业后,我找了份很一般的工作,他从没说过什么。

　　下一次再去看他,我买了根小时候流行的娃娃雪糕给他。托娃娃的福,这次他认得我了。不过仍然话很少。

　　之后再带吃的去,我只能凭自己感觉。冰砖一整块他都吃完了,汤包他能吃好几个,说明他爱吃;油爆虾没吃几口就不吃了,南瓜粥喂了半天还有大半碗,说明他兴趣不大。偶尔我也会买肯德基给他吃,我知道他爱吃。至于是否垃圾食品管他呢。他开心就好。

　　小时候,每年年底妹妹都会要求他带我们去吃肯德基的奇奇套餐,他从不拒绝。所以,每年我都会有一套奇奇儿童挂历,我可喜欢里面的粘纸了。有一次套餐里还额外送了竹蜻蜓和飞盘,我一直藏在抽屉里不舍得拿出来玩。

　　妹妹不像我,她活泼开朗勇敢,但我觉得我比较像他。他骄傲。爱钱爱面子。脾气臭。容易哭。痛苦不愿和人说。

　　这些我全都像他。

　　他的葬礼上,爸爸说的话事先给我看过稿子,我没什么意见。中国人的葬礼基本都是这样吧,回顾一生用尽一切想得到的褒义词,但我觉得那不是对他最真切的形容。

　　比如爱钱这一点,没有人会在一个人的葬礼上形容他爱钱。但我不觉得这是一个缺点。他爱钱,但不是吝啬的那种爱。九十年代他去香港出差,给我买了条金项链回来。那时香港还没有回归,港币还比人民币值钱,我还在上小学,根本不懂一千多块港币是多少钱。

长大以后男友总教育我,除了黄货以外不要买低于五位数的首饰,所以他们投缘。

为了让他高兴,我给他看我赚外快翻译的书,给他看和我身高一样数码的大钻石,不出所料,他会问我这个赚了多少钱,那个买来多少钱,然后笑中带泪,泪中带笑地惆怅半天。

我就是等着他问这问那的。一切仿佛尽在掌握之中。

但我掌握不了他的生命。我的拜金意识比他更严重,直到今天我仍然相信,世上大多数事情都可以用钱解决,唯一不能的,是挽回生命。

第一次,我爸说他住院了。那天不忙,我从公司溜出来去医院看他。打开抽屉拿东西的时候,我才看到一张病危通知书。他就要死了。他的样子和奶奶死之前一模一样。

我坐在床边,伴随监视器的滴滴声,听着隔壁房间的大妈在和兄弟争执父亲的医药费该谁出。

妹妹也来了,问起我的工作忙不忙,给我看她新买的包包。我心想这个马卡龙蓝色真好看啊,可是我永远都不明白这么小的包到底能装什么。

第二天、第三天再来,他的心跳居然逐渐趋向正常,他没有死。这件事让我相信世上真有"求生意志"这回事。

只是这回事也不是每次都过得了关。

终于有一次,我在开会,我爸发来消息说,爷爷在抢救。那是个下班高峰,我在虹桥,他在虹口。一起开会的兄弟对我说,你叫车肯定不如坐地铁快。等我下了地铁站,又叫了一辆小三轮。我居然没有带钱包,小三轮居然也不懂微信支付宝,我说我赶时间你先开吧到了我让我妈出来给你钱。但我心里知道我是来不及了。

前段时间我被车撞了。司机没有看到我，把我撞翻在地。那一瞬间我忽然想到，我又没带钱包啊，要是我昏过去了，不是该从钱包里找联系方式的吗？电视里都是这样的。

我的钱包里唯一一张名片，是他的。是落葬的时候，我偷偷从他的一堆杂物里捡来的。虽然上面的电话号码还是七位数，永远都打不通了。

手机支付真不是个好东西。

Disc，静安区作协会员。自由撰稿人，高纬度地区旅行爱好者，菜场和园林常客，人生过客。

地板岁月

严柳晴

在阿花身上，美人可敌岁月。不一样的美，可以被重叠，低头是宛然一笑；讲到开心事，咧嘴开怀。我感慨一句，你比当年好看多了，当年就是个"小赤佬"。

少年阿花模样又破壳而出：你这个人，白天白讲，夜里瞎讲。来说说，最近怎么样？

最近，是我的颓废时日。有一阵子，直觉眼前的一切荒诞无稽，就像在沙滩上堆沙子，一阵西北风刮来，迎风就倒。人好比一个困兽，无路可走，只想寻找一个山洞躲着。

阿花一本正经地说，人生低谷是不怕的，我们早就坐过地板了。

阿花当年还像个"小赤佬"的时候，我们十三四岁，在全班倒数第一的宝座上，轮流坐庄。每逢发考卷，成绩从高到低排列，第一名最早上讲台，红光满面，老师和颜悦色。等发到最后两张，老师的脾气，就像揭开的高压锅。班主任是英文老师，当年四十多岁，一头卷发，像顶着一只红烧狮子头。考卷发到最后两张，轮到我了。她拍一拍桌子，"拿去"。两张画满红叉的考卷，就像两面白旗飞下来。同学之间争相传阅，像看明星八卦一样——看吧，这两位，呆瓜又破纪录了。

当年的学校,年岁古老,墙上遍布褶子,木地板有豁口,像个掉了牙齿的百岁老太。爱奥尼柱头上有雕花,周末会有剧组来取景,挂了钢丝,在楼道上飞来飞去。

入学时,我被意外地送进竞赛班,家人感觉幸运至极,好像进了这个班级,就看到前途坦荡。可第一趟考试,就挂起红灯。这红灯会繁衍,逐渐在成绩上挂满。

班主任四十多岁,正是干事业的年纪,为教学殚精竭虑。她像一只母狮子一样占山为王,疯狂掠夺副科的时间,数学课可以从白天正午上到日落西山。

成年累月的填鸭让人生厌,心思总是忍不住漂移。如我自己所料,没过几个星期,就掉线了。成绩像多米诺骨牌一样,接连倒塌。从中游掉到地板。我的名字总和阿花挨在一起,我们轮流做倒数第一,变成垫底盟友。

竞赛班里的风气如同虎狼。我和阿花本就是中人之资,像两只弱小的食草动物,如绵羊误入狼群,对一群猛兽,一口獠牙,毫无还击之力。学校开新概念英文补习班,我基础太差,有如天书,老师在讲第二课,阿花抢先一步,翻书到了最后几页,我被漫画吸引了过去,这漫画活色生香,女人肚子圆圆,腿细长像一根钢丝,就像鲁迅先生写的"圆规"一样。

我和阿花成了朋友,从此常到阿花家里作客。她的父亲是一位老画家,父女两人直呼其名,打打闹闹,气氛就像美剧里的老友。画家笔走龙蛇,阿花毫无创作心思;中年画家渐渐声名鹊起,被晚报采访,而阿花学业成绩一般,眼看就是一个普通孩子,画家不以为意。我这个后进生和阿花交友,画家像朋友一样地聊天,问功课难不难,美术课画什么,体育课玩什么。

阿花的母亲风格迥然不同,她是一位雷厉风行的职场精英。每逢阿花见到母亲,如耗子见到了猫一般。老母亲回来了,阿花对我挥了挥毛巾,快点快点,门窗大开,20楼的穿堂风呼呼吹,一把扇子对着电视机,扇子是老外婆留下的,像老济公的蒲扇。阿花妈一回来,摸摸电视机后盖,还好,是凉的。

可阿花的防守百密一疏,阿花妈记得电视机的频道,临走时是辽宁卫视,变成了番茄台。阿花妈看到客人在此,不便发作。在我走后,这位企业里正当盛年的女领导,就像掀开盖头的汽油桶。老画家帮她逃过一劫,在倒数第一的考卷上签了字,让阿花又一次交了差。考卷的分数边上,画一个小圈,圈里是本次考试的排名,我们的考卷成为全班人传阅的笑柄。同学之间用一块钱对赌,"猜一猜,这次考试最后一名,是这两个人中的哪个?"等我的分数再创新低时,老师把考卷拍到我的课桌上,"让家长到学校来一趟。"

我回到家里,一声不吭,把地板撬开,把几张考卷埋了进去,再盖上地板。尽管表面看似无恙,却内心发虚,来来去去绕着走,就像警匪片里头,足下埋地雷,可不是玩笑事,每逢有人踏过,都唯恐闷雷炸响。

家里人问:最近怎么没有考试?

……考卷,老师没批好。

英文考试又到了一个地板,最低的一趟跌到了40分。我没能阻拦老师的举报。体育课后回到教室,看到父母请了假,坐到老师的办公室里。他们知道了我的全部花招。回到家里,地板当着大人们的面打开,里头埋了无数的考卷。我的家长明白了,学校每周都有许多考试,狮子头批阅考卷无比勤奋,她杀气腾腾地在我的考卷上打上一个个叉,比菜场里杀鱼的阿姨下手更利落。

阿花和老画家路过我家门口,他们上来坐坐。家里一壶茶水刚刚烧开,滚滚烫水灌入玻璃杯里,老画家咕噜咕噜喝了下去,毫无心事。我的父母目瞪口呆。母亲对我恼怒尚未消退,在画家面前,复述老师的告诫:"其他同学,每天都在往上头走,这两个同学,几乎每次都是坐在地板上。"

　　老画家哈哈大笑,急什么,以后日子还长呢。母亲感叹,老画家想得开。老师提醒过阿花的父母,女儿想上进,就要和优等生交朋友,少和后进生在一起。老画家回答说,交优秀的朋友不难,难的是一辈子的朋友。

　　阿花当然不会抛弃我这个朋友。她有各种各样的主意,她是一个探险家,总需要一名随从。她的生活,总能别开生面。我们的校园生活,就像一篇寡淡的文章,忽然宕开一笔。我们这个探险队,随时随地出发。在一个秋天的补课班,狮子头上课,教室后门洞开,阿花忽然拽了我一把,说:"来,走吧!"

　　从教室的后门走到校门边,砖墙里有一个缝隙。从这个缝隙里转入,墙角嵌着一扇小铁门,铁门一打开,是快餐店的后厨房。厨房里悄然无声,架子上摞满面包片,听到运动鞋落在地板上,声音噼啪作响。

　　"走路轻点,别响",阿花拽着我校服的袖口,我们从快餐店的后厨房穿到餐厅正堂,眼前豁然开朗。徐家汇的商场刚开张。我们像两条水沟里的鱼,游向汪洋大海。我们飞一样地跃过马路,港汇广场刚刚开业,大阶梯下面,有人敲锣打鼓。商场的推销员站在门口发传单。传单上一句话:请到五楼领取一份神秘礼物。我们乘扶梯,一层层挪上五楼。营业员在店门口迎接,送了我们一人一只袜子,一只白色,一只黑色。那另一只袜子呢?拆开包装袋,看到底下一行小字:

在商店橱窗边上,可以买到另一只。

商场刚开张,我们无心无肺的笑声穿堂而过。店铺里的人,走出来拍拍我们,把我们请走。

逃学的事情不攻自破,狮子头喊人到黑板上默写。结果,没听到回音。两位后进生,居然一同消失了。等我们从商场邀游完,潜回课堂里,发现课已经结束了,我们的家长已经到了学校,齐齐地坐在办公室。狮子头对我的父母讲:她智商不高,应该考虑一下智力障碍学校。那些日子,是一个家庭的受难日。怎么办,自家的独生女儿,竟然智商低下。从前亲戚总夸奖他们的小孩聪明,"以后是个潜力股",他们无法忍受蓝筹股退市的惶恐。

我和阿花就像过街的老鼠,上学和放学,一面是家长,一面是老师,活在风箱的两头。

严柳晴,85后,出生于上海,静安区作协会员。本职是商业分析师,业余写作。对形形色色的人充满兴趣,想将世间万事,都变成故事。

李扬的小白驹

黄　杰

一

李扬再也没有见过那匹小白驹了。

每次看到马或是大着肚子的女人，他都会想起他的小白驹。所有人都不曾相信有小马驹是通身雪白，更谈何李扬三番两次见过。没有一个人相信他。大家都觉得可能是李扬的生活压力太大了，出现了暂时的幻觉，包括他的妻子黄鹂。这世上大概相信李扬和那匹小白驹的只有她吧。

李扬还记得那匹小白驹浑身雪白，像是一尊通透的汉白玉，只有马鬃是黑色的，还有那四个蹄子。他和她第一次见到那匹小白驹是在满是白雪的山上，变成了一副被涂抹不开的丙烯画。她指着那匹小白驹和李扬说，快看，那里有一匹小白驹。李扬转过头时，那匹小白驹也侧过头来看着李扬。它就那样看着他们。她兴奋地抓着李扬的手，它对着李扬笑。李扬牵着她的手企图进一步看清它，它扬起马蹄，飞奔起来，从山崖一跃而下。不见了。

李扬猛地睁开眼睛，从梦里惊醒。月光从窗外倾泻下来，月光像绳子拴住了他和黄鹂。他忽然想起了她。在这里,我们称呼她为 Y 好了。

李扬觉得被被子压得难受,掀开了被子,走到窗户边拉上窗帘。屋子里一下子就暗了。这时黄鹂在旁边拉亮了灯,暖黄色的灯像水倾泻而下。

怎么了?黄鹂说。

没事。做梦了。李扬说,然后打开卧室的门,我去喝点水,便把卧室的门关上了。他打开了客厅里的冰箱,靠着冰箱的灯把酒杯倒满,一口而尽,液体在身体里流动、填满,逐渐变得充盈,这才把冰箱的门关上,回了卧室。

卧室的灯还亮着。黄鹂靠着床背,看着他。怎么了?

就是口渴了。睡觉吧。他爬上了床。关上了灯。这时黄鹂靠近了他,挽着他的手臂。他翻了个身,背对着黄鹂。她愣了下,不甘心似的从背后抱住他。她在他耳边轻声送气,另外一只手顺着他的小腹往下滑。就在她快要触及到的时候,他拦住了前进之路。

好好睡觉吧。太累了。

像是空气凝固住了。

黄鹂缓缓地躺平了身子。四处粘稠的像是一潭水。两人都屏住了呼吸,像是互相窥探着对象的猎物。黄鹂过了会儿又翻了身子,背对着李扬。安静空间里的呼吸声变得无限巨大,像海水浸润在李扬的身上。李扬翻过身子从后面抱住了黄鹂。

睡觉吧,老婆。黄鹂的身子由僵硬转为柔软,继而用手包住了李扬手背。

这样的姿势何其熟悉。李扬努力的回想着这熟悉的感觉从何而来。

是 Y。

也不知道 Y 过的怎么样了。李扬的心里想着。

李扬和 Y 是大学一个班的同学。那时候他还写小说，Y 写诗歌。他们在深夜踏过朝阳街的每一个角落，就像是两簇鬼火，相互追逐，闪着荧蓝色的光，在深色的黑布上灼上密密麻麻的星状窟窿。想到这的时候，李扬沉沉地睡过去。他曾努力地想要还原，最后都作罢了，只记得整个天空都被撕开了。

第二天李扬下班回来的时候，黄鹂已经烧好了菜。他刚进门的那一刻，黄鹂便给他拿来了拖鞋，他换上了拖鞋，走进卧室，准备洗澡。

老公，今天工作怎么样，感觉你看起来很疲惫。黄鹂跟在李扬的背后问。

没事。还好。李扬走进了浴室。他打开了浴灯，整个浴室都被光塞满了。打开喷头，水一涌而出，似曾相识的感觉，他的手游走在每一片土地上。手上的劲道越来越大，他的眼神变得迷离，一晃神，他似乎看见了 Y 蹲在自己的面前。就像是在一池温泉中，他游匿其中，速度越来越快，整个世界像被安上马达。在水中，他变成了一条鱼，他的面前是一张渔网，他使劲儿的想往缝里钻。道路越变越狭窄，越是进一步，越显艰难。终于他低吼了一声，声音随着水流下流进了下水道。

怎么了？黄鹂听到声响在门口问。

面前的 Y 抬起头，笑着看他。她的手也游离在他的身上。李扬并没有开口回应门外的人，只是将水转为了冷水。身上的皮肤因为冷，起了鸡皮疙瘩。他咬紧牙齿，闭上了眼睛。他的手抚摸着面前的人。等他睁开眼的那一刻，他紧促地扫过眼前，眼前空无一物。他的瞳孔变大,握紧拳头,砸在了墙壁上。

只有痛感还能替代生活所带来的疲倦感。

他关上了水龙头,擦干身上的水,他深吸了一口气。摇了摇头,打开了浴室的门。黄鹂就站在门口。她给他递过来睡衣。她为他穿上衣服。我今天去做检查了。

怎么样。医生有说什么吗?

一切都挺好的。吃饭吧。

那就好。

两人走到了饭桌前,准备吃饭。

对了,妈一会儿说会过来。黄鹂说。

李扬没吱声。过了会儿,抬起头,哦。

没过一会儿,李扬的母亲开着门进来了。她是有李扬家里的钥匙的。从那天起,李扬的母亲就经常突然性的来到李扬的家里。有时候不打招呼就开门进来,进来的第一件事就是各个地方转一圈。李扬又何尝不知道她是想干嘛。她要维护好自己的家。李扬抬头看了一眼。黄鹂马上就接过李扬母亲手里的东西。

怎么样了,宝宝一切都好吗?李扬的母亲问。

挺好的,我的朋友们说可能是一个男孩子。黄鹂故做神秘地趴在李扬的母亲耳边说。李扬的母亲笑了。她也走到饭桌旁,看着他们桌上的菜。不要再做这么辣的菜了,对你不好。李扬的母亲说。

没事,李扬爱吃。黄鹂说。

李扬,我说你,你老婆怀孕了,你能不能也帮忙做点什么事,不要什么都不做,和以前不一样了,你是要当爹的人了。

李扬快速地扒完饭,将碗放下。我拿垃圾出去倒。起身准备离开。

黄鹂尴尬地看着母子两人,然后说,没事,一会儿我送妈回去的时候再拿去倒吧。

让他去吧。李扬的母亲拉着黄鹂坐下。她习惯性的抬头望了一眼卧室。

就是这一眼,李扬注意到了。就像是一把铁锹,一下一下地铲在他的身上,钝而有力,还挖出了那天母亲来到家里所发生的所有事。如影随形,又有谁能忘记。

二

那是个午后。窗外空气像被融化,粘稠浑厚。屋内,两具滚烫的年轻的肉体相互交缠在一起,所有的事儿都被隔绝开来,只剩下房间里欲望的声音。就在李扬和 Y 俩人沉沦于快感之中的时候,房间的门不知道何时被打开了。母亲站在了门口。起初谁也没有注意到她,就像是一个隐形的人。他们在水里肆意的遨游。忽然母亲爆发出了一声尖叫,仿若化成一把把利刃刺进隔绝地空间。

他们呆住了。Y 抓起被子裹住两个人。李扬麻利地穿好了衣服,挡在 Y 的面前。

妈,他的声音被无限的拖长,还没等他讲完话的时候,母亲就冲了过来。她猛地扯开了俩人床上的被子,将被子砸在地上。她爆发出了歇斯底里的打骂声。叫你不学好,叫你不学好,搞什么不好,非要搞这些东西……

李扬的母亲扑在床上。李扬夹在中间。她捶打着李扬,她的手幻化成一根根树枝,一下下地鞭打在 Y 身上。你们就是有病。母亲的话坠落在地,没有任何回声,像是掉进了无底洞。

Y猛的站了起来。她站在床上挥舞着手臂,像是俯瞰着脚底下的那两个人,她的嘴里不断地涌出话语。她一下子跃到地上,抱起自己地上的衣服。看着床上的俩人,忽然笑出了声,阿姨,我们怎么了。一个又一个的字掉在地上。

你们怎么了?你们这样子算什么!母亲龇牙咧嘴地咆哮。她也冲到了Y的面前,她扬起了手臂,最粗的那一根树枝甩在了她的脸上。一下子她整个人都低到了尘埃里,就像是看不见任何光亮和明天。

那些过去的时间就在一瞬间都安静了下来。

Y瞪着李扬的母亲。

来啊,再打啊,往这里打。Y凑近李扬的母亲。表情狰狞,内心就像是冒出了黑色的泡沫,一个个的往上涌。慢慢地这些泡沫越来越多,有水开始从心里往外渗。

滚。李扬的母亲指着门口,对着Y吼道。

Y转过头看了一眼李扬,像一只白马奔腾而去。等到李扬想要去追的时候,她已经不见了。

你干嘛。李扬背对着墙壁冲着母亲说。

我干嘛?你干嘛才对。李扬母亲的声音就像是要冲破身体,每一个字,每一句话都变成了更粗壮的枝干在地上生根,快速地缠绕在李扬的脚上,攀爬上来。

你爸爸自打你上初中就走了,这么多年来,我一个人辛辛苦苦的把你拉扯大……那些树根越缩越紧,缠绕到了李扬的脖子,李扬感觉全身的血液都聚集在了头部,脸上急剧发烫,整个人都像是被紧紧的绑住。Y身上的那些黑色的水转移到了他的身上,他终于受不住了。他张开嘴,就像是要把自己吞噬。

他猛地砸着自己的头。我就是爱Y,那又能怎么样。

那些黑色的水从李扬的嘴里涌出。

源源不断。

李扬的母亲像被淹没一般。她想要挥动手臂,可是全身像被抽掉了力气。她难以置信地看着李扬。张了张口,却无法再次吐出什么话语。忽然那些树枝都像是被水冲散,那些牢牢抓住地上的根基都被水浸泡的腐烂掉。她一下子坐在了床上。床上软绵绵的。她看着自己养了二十几年的儿子,他背对着窗户,光从他四周散发。就在他准备出去找Y的那一刻,她拉住了他的手臂。

不要去。她的身子随着他的步伐慢慢起身。她的声音幻化成泡沫堆积在他前进的路上。

李扬看着母亲。这样的动作何曾熟悉。在他读初中的时候,在很多个夜晚,他曾拉着母亲的手,不要去。不要去。而今天母亲竟然拉着他,告诉他,不要去。

母亲噙着泪,弱小的像个孩子。他挣脱开了母亲的手。将那些泡沫一个个踩碎。母亲在身后发出了哭声。就在他关上门的那一刻,声音被斩断了。

三

夏日的余温还在。街上已挤满了下班的人。在十字路口,透过熙熙攘攘的人群,他看见了那匹小白驹。他停住了脚步,疑惑地看着那里。他慢慢地靠近那匹马,马也静静地看着他。

整个世界仿佛又安静了下来,人群慢慢的退散。他走到了小白驹的身边。它的鼻孔往外冒着气,浑身雪白在逐渐变得绯红的晚霞下,变得熠熠生辉。你是 Y 吗？他摸着马的头说。

小白驹滴溜着眼睛看着他。黑色的瞳仁像片森林,而那白色的瞳孔里像是站着一个人。他凑近它。

是 Y!

他惊喜地抱着小白驹。他的心逐渐跳的快了起来。可是小白驹摇了摇头。它说,我不是 Y。

李扬疑惑地看着它,不,你就是 Y! Y 不要闹了。你不要闹了。他几近请求,他的腿变得乏力。他把全身的力量都吊在了马的身上。小白驹弓起了脚托住了他。这时他发现马蹄下渗透着血。

他放开了马。跪在地上。

你这脚怎么了？你这脚怎么了。他慌张地脱下自己的衣服包住马的蹄子。等到他以为万无一失的时候,等到他以为它不再流血的时候,等到他以为他抓住 Y 的时候,他抬头看着那匹小白驹。整个天空都被颜料泼开来了。晕了一片。

小白驹的眼里干净如水。他的眼睛越睁越大,他用一只手撑住自己的身体,他直立起身子又凑近了小白驹的眼睛,眼里只有他自己。一个落魄的可怜的人。

他不信。

他不相信。

他凑的越来越近,他紧紧地抓住马的鬃毛,他的脸像是要嵌入进去。忽然小白驹惊叫了一声。它一下子挣开他。

不见了。

地上只有一件衣服。周围地街道熙熙攘攘,人们穿过马路,有的人驻足观望,有的人视若无睹。李扬裸着上半身躺在地上。他不明白。电线杆上停满了麻雀。他忽然想到了,Y 可能在家里。他欣喜若狂,像马奔腾而去。

Y家里的门敞开着。Y,你在哪里,我来了……

房屋空无一人,他怅然若失地走进了Y的房间里。把整个人都埋在了被子里。床上有Y的味道,有Y残留下的气息。他深陷其中,越闻越不够。他用力呼吸,像是想把被子都呼进身体里。忽然他伸出了舌头,舔起了被面,像一条狗。

李扬。

他听到有人叫他。他腾的一下子站了起来,他警惕地看着四周。忽然他看见Y就站在门口,光着身子,对着他笑。

他的心再次快速地跳动了起来。他靠近Y,对不起,他对Y说。他离Y越来越近,越来越近,他想要拥抱Y。

Y一动不动,像是一个雕塑,只是笑着。到处只有那些跳动的不安的光尘。他们被无限的放大,慢慢地幻化成各种形状。突然,这些光猛地都静止了,他们转过身子,对着李扬,他们各自念出话语:

> 送我离开吧,我听见了马奔驰而来的声音,
> 太阳已经下山了。
> 躯体被放在火炉上炙烤
> 滚滚黑烟逃离到河流中
> 蝗虫在草丛中窜来窜去
> 空气都跟着沸腾了
> 送我离开吧
> 我只想和你再跳一只圆舞曲。
> 送我离开吧
> 花园里的猫啃掉了正在开花的玫瑰。

送我离开吧

绯色的光中没有了影子和蹄声。

他们的声音变成了一把把斧头砍向挡在四周生长出来的黑色的树枝,到处都是飞扬的木屑和伐木的声音。

我在你背后呢。突然他的背后响起了 Y 的声音。

他再次欣喜地转过头看着 Y。Y 躺在床上,对着他笑。

你不要走了好不好。他将整个人投掷到了床上。这次他想要把 Y 牢牢抓住。

床上只有他一个人。

他紧紧地抓住被子。他把自己埋在了被子里失声痛哭。慢慢地变成了嚎叫,就像是一匹受伤的野兽在苦苦哀嚎。

突然李扬想起来了兰溪。那是他和 Y 第一次认识的地方。一路上他都在心里默默祈祷。Y 一定要在兰溪。马路边的路灯一根根伫立不动。等他终于到了兰溪的时候,兰溪的桥边依旧空无一人。

李扬盯着湖面。那些年黑夜的恐惧瞬间袭来。没有任何缓冲,他似乎在湖面上看到了当时的自己。还有那些夜里陌生男人的喘息从母亲的房间里传来。而每次陌生男生总是指着他摇摇头,下一次又会有新的陌生的男人出现。这么多年来,这些不停幻化的陌生的男人的面孔不止一次出现在他的梦里。而母亲只是躺在地上,双眼无神病快快地盯着上方看,她的指甲涂得又红又艳,像一朵朵花,而最后总有个小孩子会走到她的身边,母亲看着这个小孩子,摸着他的脸,将自己的红色的指甲一片片擦掉。

那个小孩子坐在湖面上看着他,Y 也坐在湖面上看着他。他们都朝着他笑。他的脸也牵扯出了一丝笑容。他们都回来了。内心的风越来越多。他感觉自己变得轻飘飘的。

来啊,过来啊。他们对着他招手。他们对着他呼唤。他们的声音像一股风跟他身体的风汇集在了一起。

他爬上了护栏。纵身一跃。变成了一条鱼。透过水,他看见漫天的星空。他多希望那时候的自己可以悄悄地躲起来,不被人发现或者不被母亲提及,让那些陌生的男人能够多给母亲一些温暖。他的双手慢慢地浮了起来,身体里的水越来越多。他的眼皮被水拉着都快要闭上了。

就在这时那匹小白驹又出现了。它用以一种奇怪的姿势趴在湖面上呼唤着他,叫着他的名字,李扬,李扬。

他缓慢地睁开眼睛。他的内心感觉到了害怕。他奋力挥动着手臂,摆动着身体和腿,他浮了上来,游到了岸边。他实在累极了。好像是那些年他的房间里没有母亲,只有那股母亲遗留在屋子里的味道。

李扬拖着自己的身体回去的时候,母亲已经走了。仿如什么都没发生过。就是从那天起,母亲养成了突然来李扬家里的习惯。每次来的时候,她都是悄无声息地进来。变成了隐形人一般。

四

李扬在小区楼下抽完最后一口烟的时候,李扬的母亲下来了。母亲看着李扬,替李扬身上的外套拉了拉紧,拍了拍李扬的肩膀。快回去吧。家里有人等着你。

他目送着母亲离开。她佝偻着身子,逐渐变得羸弱而孤独。像一株水草,紧紧地扎根在这个人世间,随着时光的流逝而左右浮动。

而他和她又几近相似。

李扬回屋子的时候,黄鹂正躺在沙发上做胎教。她带着耳机,看见李扬回来往沙发里面挪了挪,给李扬腾出一个位置来。怎么倒垃圾倒的这么久?黄鹂说。

在下面还抽了根烟。

少抽点烟,对身体不好。黄鹂坐了起来,从后面趴在李扬的背上,双手环住李扬。李扬站起了身子,然后拍了拍黄鹂的头,我先去洗澡睡觉了,昨晚没休息好。

等下。黄鹂从背后拉住了李扬的手。宝宝在肚子里踢我,你摸摸看。黄鹂拉着李扬的手到自己的肚子上。他感受到了黄鹂肚子里的动静。那是来自生命的跳跃的,来自对未来的最后的寄托。他将自己的头趴在黄鹂的肚子上,静静的听着奇迹。他的心忽然跳了起来,然后悄无声息地掉下了泪来。

怎么了?黄鹂双手捧起李扬。

没事。李扬看着黄鹂。这么多年来他做的始终是不够的,他对她是有亏欠的,他想弥补她的,可是他始终做不到,包括自己,所有人都沉浸其中。

这样的生命是多少人的渴望和希望。如果那时候 Y 也可以有这样的一个生命,也许最后她就不会不见了。

他开始期待黄鹂肚子里的那个小孩子。那会是他生命的延续,他生活目前仅存的价值。窗外银色的水从窗外淌了进来,星星点点的都是生命里那些躁动不安的欲望。

他想起单位的那个刚来的同事石君。石君被分配给李扬带,他带着石君熟悉整个工作的流程。手速麻利,思维敏捷,细心体贴,是李扬对石君的判断。在工作没多久,部门就面临着职位的调换,他心里已有了初步的人选,可是领导劝他再考虑下,因为据说石君背后是有点关系的。

他迟疑再三,也没有下决心。他想着跟了自己那么多年的兄弟还一直在岗位上,所以应该把自己的兄弟提上去。可是不知道为什么,有时候看着石君,自己的心里又是有些动摇的。讲实话,石君各方面都不比他的兄弟差。最关键是石君真的太像Y了。眼睛都是又细又长,眼窝深陷,黑棕色的瞳仁,里面又夹带着一些蓝色。这是他们与其他人不一样的地方。所以当他第一次看见石君的时候,他就说我来带石君吧。他曾揣测过石君和自己应该是一样的人,可是石君又显得云淡风轻。

有天晚上李扬下班约着石君去了酒吧。在推杯换盏之间,俩人相互揣摩对方。李扬想要知道他所想知道的,石君也想知道他所想知道的。几杯酒下去,李扬借着酒劲儿将手搭在了石君的肩膀。他眯着眼睛,枕着手臂看着石君,他笑了笑。

石君啊,你说大家都活的累不累啊。李扬意有所指,甚至为自己能这样留白和含蓄感到骄傲。

对啊。石君也侧过头来,笑了。也像李扬那样,趴在桌子上,头枕在了手臂上。他笑着的双眼在那一刻柔化成空气被无限拉长。他想起了Y。李扬试探性的将手融进空气。石君一动不动,而他身上所有的液体都沸腾了起来。

石君看着他,冲着李扬摇了摇头。

李扬的眼里渗出了液体,他收回了那只在空气中舞动的手,一饮而尽。他感觉到了那一刻石君和Y进行了重合了。每次他喝多的时候,Y都会在旁边说,不要这样,不要再喝了,够了,你要照顾好自己。

你说,是不是我们这一辈子都有些东西是永远都得不到的?李扬醒了下鼻子。酒杯里的冰块正逐渐融化,水以一种可见的速度往下流,慢慢溶解在酒里。

爱而不得,不正是人生常态吗。说完,石君就笑了。笑声就像是被吞进的酒,在李扬的脑袋里汩汩流动。

是啊,爱而不得,人生常态。李扬摩挲着酒杯。他凝视了一会儿,在光晕下,他听到酒杯对他说,去吧,我知道你在想什么,去海边玩玩吧。你好久没去了。

我不想去。李扬说。

去吧,我知道你是想去的。你都做了几次梦,梦里都是你和 Y 在海里嬉戏的场景。难道你不怀念吗?

你怎么会知道?李扬坐直了身子,从他的心里渗出了一层凉意。

你说,人每天在想什么。有谁会不知道吗?快去吧,带着你旁边的人去。也许你就能过的开心一点。

可是,他不是 Y。他只是眼睛像 Y。

仅有一分神似已是难得。生活的记录都将被擦去,何况是情感。

李扬笑了。他将酒杯贴近自己的脸,冰凉的刺激让他抬起头,走吧,我带你去一个地方。

李扬带着石君走过朝阳街的街道。周边的路灯用一个个光罩照亮路边。夜深,天冷,已有一层薄薄的水气。李扬他们的笑声消匿于嘈杂的音乐声里。植物在黑夜的掩护下,窃窃私语。李扬看着他们,他们也看着他。

五

那个晚上的最后,李扬并没有带着石君去海边,只是带着他去了那个灯塔。在灯塔上,他们迎来了一个日出。在日出出来的时候,他给石君念了一首诗。

> 我无法在黑夜中,写下
> 梦中走过的山山水水
> 在即将到来的黎明中,看到鸟飞过天边
> 鲜红色的嘴巴,灰色的日子
> 发出荧光的海水,像房间里发光的花瓣
> 礁石里的洞孔藏满了女妖
> 在垂挂山头的月亮里,
> 高唱每一首我为你写的诗歌

他说,这首诗是 Y 写的。后来不知道为什么,石君用手捂住脸哭了。他环住他,轻轻地拍着石君的后背。

那匹小白驹就这样又出现在了远处。

好像也是这样的夜晚吧,那匹小白驹也出现过。它沐浴在银白色的光中,全身上下浮起一身的光华。它湿漉漉的凝视着窗内的人。那时候 Y 回来了。他紧紧的抱着 Y,生怕再次不见。他使尽全身的力气紧紧环住,直至 Y 说,太紧了,你放松点。李扬一直觉得,其实 Y 从来不能理解这种感受,已经失去,再次拥有,生怕再次失去便被扔进了枯瘠的森林中,到处白茫茫的一片,没有生机,没有生命,没有声音,只有风从树梢划过,带走的一些叹息和黑色的潮水。

Y 回来的时候觉得李扬一定认不出她来。可是当李扬打开门的那一刻,他看着那双眼睛,就像是历史的回忆接踵而来,一层层地按在了 Y 的身上。终于他知道,在 Y 离开的这段时间,他总觉得心里空落落的原因是什么了。这两年来,你都去哪儿了？李扬的泪一下子就刷地流了下来。

我只是想回来找你。她咬着他的耳朵。你想我吗？

他趴在了她的身上,紧紧扣住 Y 的手。他埋在枕头里哭出了声音。先是小声地啜泣。Y 轻轻地拍打着他的后背。后面他的声音越来越大声,他越来越控制不住自己。他的全身颤栗着。他真的怕极了。他嚎啕大哭。她为他舔去眼角的泪。

好了好了,我回来了。Y 的声音变成了一条条绸带,在两个人的每一处空隙缠绕着。这时李扬又看见了那匹小白驹。

他指了指窗外。Y 点了点头。我知道。

就在那匹马发生鸣叫声的时候,Y 爬了起来,跳起了舞来。月光在房间的地上分裂成一个个格子。马半跪在地上,歪着头,眼睛看着他们俩。

> 海边屋子里的玫瑰花香
> 安达卢西亚永远的赞歌
> 橄榄色的嗓音,微风拂过大地
> 银白色的水花。
> 沙滩上
> 来回奔走的大腿
> 和一颗巨大的眼睛。
> 那是被火煎熬的内心
> 溺死在蕾丝边的衣裳里。

两年前站在地上的那场情景还是历历在目。而今天,Y 站在这里像是变成了一条鱼，李扬撑起了自己的身体。他加入了 Y。

你这两年来都去哪儿了？怎么变成了这样？李扬问。

我也不知道自己去了哪儿。总感觉走到了哪儿就到哪儿。Y 侧过身子环住李扬。

你知道吗，那天我出去找你找了多久吗？我还去了兰溪。李扬也侧过身子。他盯着她的眼睛看。

Y 也只是盯着他看。那晚她也在兰溪边，她看着他跳下了兰溪。她也跳了下去。她游荡着、幻想着。他慢慢地往下沉。他的水面逐渐变得安静。她终于还是游向了他。Y 感受到了恐惧。就是在那个时候，她说，她决定要离开他。

李扬断断续续地说着这些。

还想再去喝一杯？石君说。

像被擦亮的时光，有那么一刻他以为他怀里的是 Y。石君抬起了头，看着李扬。你知道吗？我觉得我们就是一类人。

李扬愣住了。他觉得那一刻石君变成了母亲。这么多年来，母亲如影随形。

他落荒而逃。

回到家的时候，黄鹂已经睡着了。他轻声地躺在她的身边，她拉开了电灯。

你喝酒了？黄鹂问。

他点了点头。

去洗个澡吧。舒服点。黄鹂摸着他的脸说道。

我不。李扬像个孩子，躺在了黄鹂的身上。你知道吗，我们单位有个同事让我觉得害怕。李扬断断续续地说。

害怕？黄鹂再问的时候，他已经睡着了。黄鹂像是母亲拍打着孩子的背,也那样靠在床上睡着了。半夜李扬醒来的时候,他从背后抱住黄鹂,像抱着 Y 那样。

六

Y 回来的那个晚上,俩人一夜未眠。一直等到了阳光照进屋子里,那些白花花的光芒覆盖在两个人的身上,李扬的母亲突然开门进来的时候。他们醒了。

对于李扬的屋子里多了一个女人,李扬的母亲是意想不到的。李扬知道,母亲是再也找不出破绽的。

李扬的母亲盯着儿子床上的那个女人,她的眼睛像是从眼眶里生长出了树枝,蔓延到床上。那些树枝将 Y 从头到尾的仔细的检查了一遍。然后放弃了。她转身,什么话也没说就准备关门了。就在她关上门的那一瞬间,她的脸上抽搐了下。

李扬的母亲再次到 Y 的家里的时候,那已经是第二次了。除了他们俩谁也不知道当天她们说了什么。从那以后,李扬和 Y 时常发生矛盾。

你越来越不像是你了。

你怎么会这样想?

你为什么要这样?

好了,那不说了。

……

我也曾想做回我自己,可是我再也回不去了,你知道吗?

Y 拽着李扬的衣服说,她满脸狰狞,内心被贫瘠的感情捅出一个窟窿。李扬觉得 Y 真的越来越不像之前的 Y 了。她真的变了。从那晚见到她的时候,他就应该知道的。怎么可能有人从头到尾像是换了一副皮囊却没有任何变化呢?

也不知道从什么时候开始,李扬发现 Y 特别热衷跟自己探讨生小孩子的事情。Y 又怎么可能不知道自己是不能生的。李扬曾建议过,如果那么喜欢我们可以领养一个。Y 就像是遭受到了什么刺激,大吼大叫了起来。周边都是被她撕破的衣服。她在地上喃喃自语,像是个落败的公主,漫天的大雪被马蹄践踏的凌乱不堪。好像是那匹小白驹,在时间的怀抱中逐渐老去,只能跪拜在地上,用大地的力量支撑着自己立着身子。

李扬抱住了 Y。好的,好的,我们生一个吧。我们努力努力。

无谓的善意都是作恶。

她的行为也越来越古怪。她经常摸着自己的肚子,自言自语,我的肚子怎么还不大。也奇怪的是,从那天早上李扬的母亲来过之后,一直到 Y 消失之前,她都没有再来过。

一切对于李扬都像是在一层迷雾。他在外面探寻着,却找不到路口。

他和 Y 在一起的最后一个晚上,Y 就像是要把李扬整个人都嵌入自己的骨子里。她躺在他的身上,摸着自己的肚子。

李扬,我想我们是真的不可能有个完整的家庭。

李扬疑惑地看着她。

睡觉吧。Y 关了灯,背靠着李扬。过了会儿,她拉着李扬的手放在自己的肚子上。李扬的内心像是瞬间被东西击败了大坝。李扬窜起来打开了灯。

他在 Y 的肚子上摸到了一道道肿起来的痕。

Y 满脸泪水。她失神地盯着的天花板上的灯。他趴在那个巨大的湖面上,泛起阵阵涟漪,像是有鼓起来的迹象。

他抱着她哭了起来。

不要这样了。真的不要这样了。我们不要孩子了。什么都不要了,李扬的泪一滴滴的滴下来。

我觉得好累。她说。

这是一句告别的话语。不知道那天的夜晚,Y是什么时候离开的。他在半夜醒来的时候,房间的门是锁着的,窗户是开着的。

风从外面一直往里涌。

黄鹂翻了个身子。然后叹了口气。

还没睡呢?李扬问。他一直以为她睡着了。

你也还没睡呢?黄鹂问。

嗯,睡不着。我想去抽根烟。他说。

她迟疑了下,去吧。

李扬打开了卧室的门,孤零零地坐在客厅中,灯也没有打开。黄鹂也孤零零地坐在床上看着他,昏暗的空间只能看见一个大概的轮廓。

快进来睡觉吧。

黄鹂在另一个房间叫着。他上了床,将手从黄鹂的脖子下伸过去,让她枕着。他可能并不知道,在Y回来的那段时间,母亲曾去过两次。但他又怎么可能不知道,因为家里的那股味道,他闻了那么多年,又怎么会忘记。

李扬,你说,我们的孩子小名叫啥啊。

李扬在漆黑的房间里闭上了眼睛。

就在那一瞬间,他想好了职位晋升的机会给石君。

小白驹,他说。

黄鹂的身子逐渐僵住了。

夜愈深,露水也越来越重了。每个人的眼睛都变得湿漉漉了。

黄杰,男,文学爱好者,金山区作协会员。已出版短篇小说集《大雨将至》。小说发表于《福建文学》《山东文学》《湘江文艺》等杂志。

穿越血缘的爱

徐　焱

一

"我家的小孩呢？我家的小孩呢？"一个步履蹒跚的老人，踩着小碎步，像个不倒翁似的，摇摇晃晃，嘴里碎碎叨叨。念叨一句不忘吃一口手里的汉堡包，时不时还左顾右盼，东找西寻。

老人的头发花白，剪了板寸头，衣服干净整洁，明眼人一看就明白了，老人患有阿尔兹海默症，俗称"老年痴呆"。

这一大清早，小区里没几个人，老人已经开始了他的"晨练"，白色的衬衫干净整洁，黑色的裤子上夹着两根肩带，黑色的领花恰到好处，谁家的子女这么有耐心给一个老年痴呆病人精心打扮一番。

我在树荫下的椅子上，听着音乐，吹着这初秋的风，心情格外清爽。

回国后，我还是习惯了早起，在小区里转一转，看着千家万户的灯一盏一盏地亮起，晚上，我会一个人散步，看着千家万户的灯一盏一盏地熄灭。

每天雷打不动地都会遇见这位同样早起的大爷。我就默默地观察着他,但无法同他交流,因为他失忆、失语,丧失了自我料理的能力。时而会担忧起自己的未来,人总有需要照顾的时候,尽管曾经叱咤风云,但终究还是要服老。

二

"蒙蒙——蒙蒙!"老人继续在原地转着圈,找他的小孩。

我特意迎了上去,问:"大爷,您找谁呀?"

"我找蒙蒙呀,刚才还见着的,现在见不着了,你看到了吗?"大爷迷糊的眼睛里透着一丝担忧。

"她是你什么人呀?"我故意逗逗大爷。

"我的小孩啊,这咋就见不着了呢?"老人不忘继续啃一口汉堡,继续说:"她不来,我这老头的也不好先吃啊,这汉堡包,我也不能尽管着自己吃啊,得留着。"

"爷爷,我在这里呢!"蒙蒙从不远处的柱子后面探出身来,一个箭步冲到老人的跟前哈哈笑着。

蒙蒙,梳着一个马尾,眉清目秀,皮肤白皙,身体纤瘦,看起来不过十七八岁的模样。我心里琢磨着,现在的孩子对待老人还这么有耐心,真是难得,何况还是一个神智不清的老人。

"你这孩子,你这孩子,跑哪里去了? 再乱跑,看我不打你。碰见坏人怎么办。"老人呵呵笑着,用手在蒙蒙身上比划了一下,假装就是教训过了。

若不是每天都看到他们,一时半会还真看不出来,这是一位患有老年痴呆的老人。他虽神智不清,但能清醒地担忧着蒙蒙的安危,他虽失忆,但仍记得蒙蒙是最亲近的小孩。

"爷爷,现在呢有一个比蒙蒙更好的人,想照顾你一段时间,她家里有很多很多爷爷爱吃的汉堡包,各种口味,还有一个大大的书房,可以写字,画画。"

我和蒙蒙交流一下眼神,她用一个简单的测试满足我的好奇心。

"爷爷,我是蒙蒙的朋友,娜娜。我想接您去我家小住几天,您放心,我家里肯定比蒙蒙家里要好很多,有好吃的汉堡包,还有大院子,爷爷可以在那里晒太阳。"我迎了上去,笑嘻嘻地邀请大爷。

我很好奇,他会有什么反应,在他的世界里可能没有什么比好吃的汉堡包更重要了。他会不会跟我走呢?

我伸手去拉他的手。

"你是谁啊?我不认识你,我怎么跟你走啊。"大爷抗拒地甩开我的手。

"我是蒙蒙的好朋友呀。"我笑脸相迎,语气柔软,像哄一个孩子一样。

"爷爷,你就跟娜娜回家吧。我这几天要出趟远门。"蒙蒙转身就要离去。

"跑哪去,跑哪去?你这孩子,还要扔了我呢?你站住,你站住!"大爷像一只企鹅摇摇晃晃追了上去。

我杵在原地,默默看着这一幕,这得有多深的感情,让一个老人在意识模糊的时候都不忘那个最亲近的人。

蒙蒙一步一回首,慢慢地假装着要离去,大爷艰难地迈着他那怎么都迈不开的步子,手里的汉堡包也顾不上啃了,就这样摇摇晃晃地追了上去。

我紧随其后,默默关注着这祖孙二人。

眼见大爷跟到了蒙蒙的身后,一把抓住了蒙蒙的手,"你休想扔掉我,我跟你回家。"

蒙蒙就像一个大人,紧紧牵着一个孩子一般。大爷佝偻着背,着实矮了蒙蒙一节。一老一小就这么在人迹稀薄的清晨,在带着雾气的小径,与其说散着步,不如说踱着步。

三

"姐,我们到这边坐会吧。"蒙蒙牵着大爷,朝我挥挥手,指向不远处的一个亭子。

露天的木栅栏搭起的亭子,别有一番韵味,清晨的薄雾环绕,犹如小区里的世外桃源,仙气十足,与眼前的一老一少就端坐着,一种人间少有的温暖在心间腾起。

"你对你爷爷很用心啊。"我打破了寂静。

"姐,其实我爷爷已经走了,我出来打工有 5 年了,是这个爷爷家人请的护工。"蒙蒙一边和我讲着关于她的故事,一边替大爷把汉堡包上的塑料纸往下扯了扯,又从身上的斜挎包里掏出一张手帕纸,在大爷的嘴角擦了擦,另一只手习惯性地在大爷的后背抹啊抹。

"啊? 护工? 你不是大爷的孙女吗?"我诧异地追问了一句。

"不是孙女,但也亲如孙女。在我心里我把这份工作早已融入了我的生命里。我爷爷和这个爷爷有几分相似。他们都很疼爱我,都喊我蒙蒙。所以,很多时候我会有一种错觉,我的爷爷回来了,我的爷爷没有离开我。"蒙蒙的眼眶隐约可见的眼珠,越来越清晰,不禁滑落。

"你出来做护工,家人支持吗,身边的朋友支持吗?"我有些心疼眼前的这个心地善良,涉事不深的孩子。心想,她如何做到他人所不能,如何把一份不起眼的工作做到如此用心和用情？

"我爷爷走了以后,我和孤儿没什么两样。那时候我还是个未成年,父母一代经历了不幸,不能在爷爷身边尽孝,甚至让爷爷走得有遗憾,心有不甘。"蒙蒙的眼泪止不住地顺着脸颊流了下来。

"好孩子,不哭,好孩子,不哭。"大爷用衣角擦干了蒙蒙的泪水,继续啃着那块汉堡。

"姐,做护工很伟大,这是一份光荣的职业,可以替无数的家庭尽孝,了却无数年轻人的遗憾。"蒙蒙闪烁的泪光里还闪烁着灵动的光。

蒙蒙的眼神告诉我,她的故事很长,她的志向很远。如果生活里没有光,那就做别人的小太阳,温暖自己,照亮他人。蒙蒙让我感受到护工这份职业的光荣和伟大。

徐焱,南京市作家协会、浦东新区作家协会会员。著有长篇小说《零下十度》。曾获《青年文学》2023年度优秀文学创作奖。

左 右

蒋近朱

"人要是倒霉起来,喝凉水都塞牙!"这句话,今天一直盘踞在她脑海里,赶都赶不走。是的,这天真是个倒霉的日子,倒了大霉了!

其实这是再平常不过的一天,只因他又发臭脾气,她不想待在家里看他暴跳如雷的丑样子,就摔门而出,本来也是要去买菜,就朝小区门口走去。这是一条来来去去走过无数次的路,她闭着眼睛也能走到小区外。她走着想着,满脑子都是他那张狰狞的脸,还有那歇斯底里的咆哮声:"这辈子我俩都瞎了眼,找错人了!"

她的眼泪在眼眶里打转,不离不弃陪他走过20多年,他竟恶狠狠地抛出这么一句话:"离婚!"人的忍耐力是有限的,这种话都说出了口,日子还怎么过下去?

她极力忍住盈满眼眶的泪水,步履缓慢,神情恍惚……到小区门口,她靠右行走从右边小门出去,刚没走几步,身后冷不防被什么东西猛一撞击,脚下一个趔趄一屁股蹲坐在地上,右手本能地伸出用力撑住不让身体倒下,就在手掌与水泥地面触碰的一刹那,拇指根部与手腕交接处一阵剧烈疼痛……

"不好!"她心里暗暗叫道。站起身来转头一看,一辆黑色小车,也是刚出小区门，正停在她身后。

司机下车连声说："我没刹住，刹不住……"她打量了一下对方，30岁的男人，外地口音。"你不能走，马上报警!"她原想算了，说两句就放司机走，可右手钻心地疼，已有点肿了，凭经验判断可能骨折了。

打过110，接下来就是漫长的等待，其实应该也算不上漫长，可她就是觉得特别漫长……等待中，她往家里打了个电话，本来不想打，可要去医院，社保卡和病历本都在家里，就打电话让他送到小区门口。后来才知道，车祸就医不用社保卡，要先自费垫付，之后凭单据由责任方与其保险公司理赔。早知道就不叫他来了，她心想。可他已急急忙忙赶来，她接过社保卡、病历本后想让他回去，他不肯走，她三番五次赶他走，他死皮赖脸就是不走，非要陪她去医院。

来了两位警察，三言两语问明情况，认定司机全责，司机也无异议。他当然无异议，明摆着是他全责，同向而行竟也能从背后撞上行人，这驾驶技术也真是让人无语了。警察看一眼车说是新车，那司机十有八九也是新手了，不然怎么会犯如此低级的错误呢？警察填写好事故记录单，让双方当事人签字，她的右手又肿又疼已无法握笔。"我是她老公，可以代签吗?"他问。警察点头同意，他拿起笔代她签了字。他坚持要陪她去医院，她拗不过他，想想到医院可能还要填写单子之类的，自己右手已写不了字，就勉强同意他一起去。

到了医院，先是拍片，好不容易等到片子出来，医生怀疑是骨折，但还确定不了，又开单子让做CT，再等结果。折腾了好一阵，她让他先回去吃饭，他就是不肯，一直陪着她。总算等到CT报告出来，结论为右手桡骨远端骨折。真骨折了？她原来还心存侥幸，之前有过几次崴脚，开始也有点肿，但每次到医院检查都是有惊无险，只是扭伤筋拉伤肌肉啥的，没几天就能好。这次终于逃不过，真骨折了！她想想自己过了大半生，骨折还真是头一回。医生说要固定一个月到一个半月。天哪，这也太漫长了！这一个多月可怎么熬呀？他去付钱，领来藤条支架，医生给绑上。完了，右手不能自由行动了。

晚上躺在床上，她翻来覆去睡不着，白天的事开始在脑子里像过电影一样一一闪过。这是第几次吵架？根本数不清。算来今年是银婚，25年了，一路磕磕碰碰、跌跌撞撞走过来，吵了又好、好了又吵，一年又一年。

儿子去英国留学前郑重交代父亲："别欺负我妈，别一点小事就发脾气跟我妈吵架，我妈一直让着你、惯着你，换我，早离了！"

儿子觉得他已长成堂堂男子汉了，可以保护母亲了，临走扔下一句话："妈，您要硬气点，硬过他头！不行就跟他离！"

想想也是，看周围同学、同事、朋友、邻居，结了离、离了结的还真不少。那天闺蜜打来电话，清亮的女高音震人耳膜："侬晓得哇？我离婚了！"她能感受到话筒那端闺蜜神采飞扬的劲儿，那语气语调，跟报喜电话"你知道吗？我买彩票中奖了"差不多。还有对门邻居，楼梯上碰见，女主人拉住她笑盈盈地宣布："我们离婚了，他搬走了，这两天走出走进那个男的，你看见了吗？是我新交的男朋友！"

"啊？我一点不知道呀……那你啥辰光结婚，我要送一份礼的……"

"结啥婚呀！你不晓得吗？现在像我们这种二婚的，都不领证、不办仪式，就是搭伙过日子。玩得好就过下去，玩不好就拜拜，大家自由，以后财产都留给自己子女，没有遗产纠纷，清爽！"女邻居性格外向奔放，讲话呱啦松脆，听得她一愣一愣的，感觉自己就是个落后于时代的乡巴佬，现在怎么说来着？Out了！

她忽然又想起小时候大院里的那一幕:有天夜里小宁妈突发神经,披头散发在床上打滚,大哭大闹,又捶胸顿足,把好好一双尼龙袜蹬了两个大洞。那时尼龙袜是稀罕物,她和院里小姐妹都还在用线团织袜子,所以对那双漂亮尼龙袜上的两个大洞印象极深,至今想起来还感觉好像有一双大眼睛正直愣愣地瞪着她。后来听邻居阿姨们悄悄咬耳朵,说小宁爸在外轧姘头,小宁妈晓得了就寻死觅活大吵大闹。不过小宁爸妈最终也没离婚,那年代,离婚和尼龙袜一样稀罕,谁不结婚,谁不生孩子,谁离婚了,都要被人背后指指点点嚼舌根的。老辈人,两口子情投意合、相敬如宾也好,平平淡淡、勉强凑合、吵吵闹闹也罢,最终都要厮守一生白头到老,哪有说离婚就离婚的?

她和他,开始也算情投意合甜甜蜜蜜,后来走过了平平淡淡,走到了吵吵闹闹。每次吵完,事后想想,都是些鸡毛蒜皮的小事。今天又是为啥事呢?

本来早晨起来还好好的,窗外风和日丽,心情也随之舒展。吃过早餐洗了碗,她准备出门买菜,他又开始啰唆:"青菜要买2斤,1斤不够。""虾要挑大的、贵的买,要沼虾不要基围虾⋯⋯"

她不耐烦地打断他:"知道了知道了,别再说啦!"

她越来越讨厌他的碎碎念,大男人怎么鸡毛蒜皮样样管呢?想起以前外婆常说"小心不托胆",就是形容此类人的此种言行,她很不喜欢!她信奉的是"用人不疑,疑人不用",也曾多次在他面前对单位领导的做法大加赞赏:让下面各部门放手大胆各显神通,有了成绩就表扬奖励,出了问题由领导承担——这样下面干活的人积极性才高嘛!所以一听他啰唆,她就本能地反感,一反感说话就不耐烦,没想就因为她的不耐烦,他立马又暴跳如雷:"你什么意思啊?用这种语气跟我说话,你是有多讨厌我呢?"他突然咆哮,声嘶力竭,面目狰狞,她一下子蒙了。

"我用什么语气说话了？不过就是有点不耐烦,哪有讨厌?"她无力的解释被他一声高过一声的咆哮淹没,她瞬间感到窒息,这个家一分钟也待不下去了,于是冲出家门,于是就有了这起车祸……是不是人在心情不好的时候,身上都是负能量,容易招祸?她忍不住这样想……

绑着支架回到家,右手不能动的日子,异常艰难、异常煎熬。刷牙、洗脸、吃饭、穿衣脱衣……平时无论干啥,右手总是一马当先充当主力军,左手只是辅助一下,而现在,一切都要靠左手。左手笨拙而不灵活,像一个被宠坏的孩子,平时都是老右挡在前,小左养尊处优缺少锻炼。这下好了,老右受伤,小左必须挺身而出冲锋陷阵独当一面了。让她感到惊奇的是,笨拙的小左,进步竟如此神速,很快就能拿勺吃饭,梳头洗脸,宽衣解带也都能胜任了。难度最高的,要数反手在背后扣内衣纽扣,平时都是左右手配合完成这一动作,现在只靠左手单兵作战,这绝对是难攻的堡垒、难啃的骨头。刚开始效率极低,花好几分钟费尽九牛二虎之力才勉强扣上,慢慢地越来越熟练了——熟能生巧,此言不差。她不禁感叹,人的潜能是无限的,怪不得有人失去双手后,脚趾就变得异常灵活。记得有一个日本女孩,能用双脚穿针引线,还有《中国达人秀》第一届冠军刘伟,脚趾在钢琴键上灵活跳动,能弹奏出美妙动听的音乐。双手能做的,双脚也能做;右手能做的,左手也能做!

她想什么事都自力更生,尽量不靠他,而他,变得异常体贴起来,总想帮她做这做那。家务活更不用说了,简直像换了个人似的,忙前忙后,淘米、洗菜、洗碗……一切沾水的活他都包了。"你坐着,我来!"成了他的口头禅,还时不时地问她:"手还痛吗?"每次吃好饭,都把洗脸毛巾搓好拧干送到她手上。她感觉好像又回到当初生儿子坐月子的时候,也不是,儿子出生后他们请来带孩子的阿婆也帮着做家务,他不用干那么多活。可以说,自结婚以来,他可是第一次这么勤快,真是难得!

晚上,他过来坐在她床边,柔声问道:"要我陪你睡吗?"儿子出国后,他就一直睡儿子房间,名义上是两人作息时间不同,他早睡早起而她相对睡得晚起得也晚些,互不干扰,但实际上,就是夫妻感情淡了不想腻在一块儿。她想起有人说过,夫妻在一起生活久了,就像左手握右手,都没感觉了。像今晚这样温馨的场景,已好久没有了……

"还是不要吧,我这手绑着睡不踏实,老是翻来翻去怕弄得你也睡不好,再说你万一翻身再压到我的手……"她迟疑地说。

"那我再陪你坐一会儿!"她靠在床上,他伸手把她的头揽过来靠在他怀里……那一瞬间,她感觉一股电流传遍全身,身体麻酥酥的,心头一阵阵发热……

"还是那个温暖的怀,还是那双有力的手,还是那个熟悉的味——久违了!"她心中轻叹,闭上双眼尽情享受他的爱抚,感觉时光倒流,似乎又回到了那个新婚之夜……

"我问你一个问题,一定要如实回答!"她微微抬起头轻声说,他点点头。

"你说我们俩都找错了人,是你的心里话吗?"她心怀忐忑,静等答案。

"你傻不傻呀?怎么可能是我的心里话?我就是一时说说气话,口不择言没过脑子!"他信誓旦旦,她不知该不该信他。

"你心里真没这么想过?"她需要他确认。

"真没想过！你想啊，我心里要真这么想，我们俩能走到今天吗？你再想想，我平时对你怎么样？你不能只听我一时气话，不看我行动表现吧！"这倒也是，他这人脾气坏心眼好，她早就总结过，不然也不可能和他走到今天。

"可是你老跟我吵架……"她还是满心委屈。

"吵吵闹闹才是真夫妻呀！每天举案齐眉相敬如宾，有几对夫妻能做到？要真是这样每天客客气气，还像夫妻吗？"他居然理直气壮。

"那你也不能动不动就发臭脾气，我有什么不对你好好指出来，别发火……"其实这个要求她提过好多次，可他脾气一上来总是不管不顾的。

"好，我改，尽量改！"她不知道他这次的承诺能不能兑现，但此刻，她愿意相信他。

她不知道他们今后还会不会吵架，但她相信他们会相互扶持彼此依靠，相伴着继续走下去。她又往他怀里靠了靠，缓缓说道："我突然有一个感悟：一对夫妻就像一个人身上的左手右手，互相配合才能做好事情过好日子，互掐只会坏事，互相伤害。或者说，夫妻之间，应该互为对方的左右手，右手伤了左手就顶上去，左手伤了右手也顶上去，少了哪只手都不行！"

"说得好！真不愧是我老婆，脑子就是灵，伤了手还能悟出个道理来，佩服佩服！"他又开始嬉皮笑脸，然后又一本正经道，"那就让我做你的右手！"

"让我做你的左手！"她马上回应。她和他，在这个寒冬里的夜晚，紧紧依偎在一起，相互传递着温暖，用心倾听着爱人的心曲……这冬夜里的喃喃细语，就像她床头的灯光，柔和而温馨，深深地照进彼此的心里。那一刻,她感觉,左与右早已浑然一体。

蒋近朱,女,上海松江人,松江区作家协会会员。作品刊发于《长城》《云间文艺》《新民晚报》《文学报》《联合时报》等报刊。

老边求医

张惠民

年过花甲的老边这几天发觉咽喉有点疼。也许要感冒了,他并不在意。不料两天后疼痛竟扩展至耳腮,晚餐时咽一口就痛一下,喉中应是长了东西。

老边短小精干,人称他是农家宅基地上长出的一棵老榆树,经沧桑而质地坚。他有着一副娃娃脸,平时身体硬朗,无高血脂、高血糖、高血压之"三高",看上去比实际年龄至少年轻 10 岁。更难以置信的是,他居然还能表演"一字开""雀跳""象步"等一些竞技体操动作,在文化部门蹭了 20 多年,常喜欢哼一些"文革"时期样板戏的老歌。有人预测他能活百岁。

可是,这次的咽喉之疾,似乎不可小觑。他决定去看医生。

第二天一早,他去了县城一家二甲医院。时值周末,耳鼻咽喉科医生仅有两人,而该科的患者却很多。几番楼上楼下,挂号就诊,终于轮到老边。一位约摸 30 多岁的姜姓男医生把他按坐在聚光灯下,用一块纱布包住他的舌头,然后使劲往外拉,同时叫老边张大嘴巴,口发"咿"声,最大袒露咽喉,好观察咽喉症况。由于舌头被拉住,发出的总是"啊"声。"咿""啊"了两三次,大约也看不清咽部状况,姜医生便开了一张做喉镜的单子。

又是楼上楼下，付费排队。经一番鼻孔消毒、平躺、插管、镜摄，喉部照片顷刻出来，还是带彩的。初诊为"右侧咽部类圆形低密度影，大小 7×8mm 之囊肿"。姜说，看来要动手术，医院有经验丰富的专科医生。看着照片上那个"硕大"的暗红色囊肿，老边怵惕地问姜，是否开刀？姜笑笑说，只是个小手术，但需要麻醉。一个"小"字，多少让他放下心来。于是，接下来姜为老边开了 CT、胸透、尿检、血检……等一系列单子。CT、胸透罢，血检等其他要等到下周一方能进行。老边开始作着手术前的准备。

周一起个早，遵医嘱，老边空腹赶到医院。诊室里换了个姓胡的老医生，姜医生在侧告诉老边，将给你动手术的就是胡医生。看过 CT 片子，喉镜诊断，胡要求老边再做一次喉镜。又是一番消毒、插管、镜摄，胡医生在喉镜室仔细察看。须臾，只见两人私语几句，胡便建议老边去济人医院做增强 CT，作进一步检查。姜补充说，济人医院是一所三甲医院，尽管胡医生医术不错，但设备不如济人完善，尤其一旦手术，喉部血管丰富，止血难度高……

离开姜、胡医生，好多天，老边一直在提心吊胆中熬着日子。女婿陪同他到济人医院做了喉部增强 CT 后，心情越发沉重起来。两天后 CT 结果出来，令他颇为惊讶的是，这大名鼎鼎的三甲医院却诊为"左侧咽部类圆形低密度影，有大小 7×8mm 之囊肿。"明明二甲医院的姜、胡医生检测"囊肿"在右边，济人医院检测却在左边，孰是孰非，虽疑云重重，但可以确定的是，老边的喉部已左右危机了。

坐在回家的公交车上，老边还想着那位颇有颜值的年轻女医生忠告他要预约开刀的事。可他最怕开刀动手术，早年，嘴唇中一个小囊肿的切除曾让他吃了不少苦。他的眼前又出现了年少时配合母亲杀公鸡的一幕:地上放一只蓝边碗,碗内盛着半碗盐水,母亲命他用两手使劲抓住鸡的双脚双翅,母亲则左手抓鸡头,右手在鸡喉间拔掉些许短毛,再用剪刀往鸡喉一剪,只听"咔嚓"一声,鸡血便倾泻在盐水碗中,母亲用一双筷子在碗中不停搅动,使血水相溶,鸡不停地挣扎、抽搐着,当血滴落缓慢时,母亲便要老边将鸡倒提,好让它能流尽最后一滴血……

午时,粒米未进的老边从医院回到家里。他只觉得浑身乏力,耷拉着脑袋,不说一句话,瘫倒在沙发上。黄昏时分,传来西邻友人因喉癌突然逝世的消息。据说这位朋友前几天还在舞池中"嚓嚓嚓"呢。

喉癌……囊肿……开刀……他不停地讷讷自语着,一丝恐惧慢慢袭上心头。入夜,辗转反侧得一梦,梦见济人医院医生已为他开了刀,而喉间却依然滴着血,如同那只被宰的公鸡。醒来,已是一身冷汗。

老边变得郁郁寡欢了。向来谦让的他开始对妻子女儿发一些无名之火;单位的同事也觉得他有些怪异;他还打电话辞掉了一家诗社和区报的编辑兼职。老边忽然觉得自己到了该交代后事的时候了。

第二天刚吃好晚饭,老边当着女儿和外孙女的面,编了一道顺口溜般的字谜叫她们猜:"三个孩子五个娘,如何来算这笔账;父辈辛苦创家业,农工行里有余粮。"原来,老边在农行和工行存有数笔款子,这些钱是他退休后省吃俭用积下的,加上平时的一些稿费及获奖作品收入,多少也有几十万。字谜的前一句是存折的密码,他想在自己突遭不测时将钱留给自己的孩子,同时检测一下她们的智力。可是孩子们似乎并不在意他的意图,当晚上睡觉时,老边的妻子还和他吵了起来。原因是和外婆同睡的小外孙女将顺口溜字谜传给了外婆,向来多疑的老边老婆一听什么"三个孩子五个娘",以为老边在外养了女人,有了"孽债",于是起了误会,弄得老边哭笑不得。

忽一日,一位久别的老同学登门来访,见其心事重重的样子,问起原委,便向老边推荐了上海又一家三甲医院的著名喉科专家王一刀,并说自己的喉颈甲状腺也是王一刀只一刀就开好的。老同学告诉老边可以网上挂号,如网上挂号客满,就只能到医院加号挂号。老同学的话为他点燃了希望。由于网上挂号早已爆满,老边只得起个早,叫了一辆出租车,急匆匆到市区医院找王一刀去了。

医院里挤满了病患,看耳鼻咽喉科的人也很多,挂号的窗口排着长长的队伍。老边说出了王一刀的名字,领了一张加号单在窗口排队挂号。窗口旁边明明白白写着专家的挂号费标准:主任医师268元,副主任医师159元。挂好号,又在等候室里等了两个多小时。直到电子银屏上打出老边的名字,终于轮到他就诊了。王一刀50来岁,像老边一样,也是矮矮实实的个子,这让老边多少有了些亲近感。坐在聚光灯下,老边想拿出两家医院的一大叠检验单给王一刀作参考,可王一刀不屑一顾地摇了摇头。他打开聚光灯,用木片压舌往老边咽喉部左右仔细看了几下,轻轻说了声"咽喉炎",便命在旁边带教的学生开了张方子,前后不到10分钟。在挂号处付罢费,药费80多元,自费28元。药房领好药,老边在医院的饮水机上取了一杯水,迫不及待地服了药,尽管脑际疑云重重,但还是轻松了许多。

一个星期过后,奇迹发生了,咽喉的"囊肿"消失了,老边又恢复了以往的活力。邻居说,每到傍晚,又听到了老边那不入调的歌声。他也逢人便说:虚惊一场,虚惊一场……而庆幸的是,那几张银行卡,还紧握在他的手中,这可是他的一笔养老钱啊。

张惠民,中华诗词学会、浦东新区作家协会会员。著有《沧海探珠》《乡音袅袅》《桑梓落叶》等乡土题材的文学作品集。

兄　弟（外两篇）

范　杰

　　大伯比父亲年长一岁。

　　大伯属狗，父亲属猪。

　　大伯和父亲感情非常好。听奶奶说，小时候无论干什么，两人总是同进同出，一前一后，形影不离。

　　大伯对捞鱼摸蟹很有一套。即使在河里汰冷水浴也能从沟浜里摸出几只螃蟹，抓出几条鱼来，而这时父亲总是很笃定地折断一根芦苇，用芦苇尖将鱼从腮帮子穿过，从鱼嘴穿出，将几条鱼串成一串，用芦叶把螃蟹扎牢，然后晃晃悠悠地拎回家。秋冬季节，大伯下河摸鱼，父亲则会拎个竹篮，在岸上乐呵呵地捡拾大伯从河里扔上来的鱼虾。

　　父亲对修理很在行，生产队拖拉机呀，脱粒机呀，机关船呀啥的有啥毛毛病病，大伯总是告诫别人别乱动，然后自鸣得意地让父亲去捣鼓，三两下，父亲手上沾满油污了，机器也就好了。

　　那时候，我们生产队可能是十里八乡最富的，有拖拉机运输队，有机关船运输队，而父亲则是拖拉机运输队的队长，带了几个徒弟，很吃得开。每当父亲和一群拖拉机手装芦柴，送黄芽菜，运西瓜回来时,大伯就会站在河沿尽头的水泥桥边等他们凯旋,然后像一个将军检阅得胜归来的部队,脸上写满了自得。

那时候,大伯当了生产队队长。

三叔比父亲小九年。那年,三叔进了机关船运输队。

那是一个夏天,父亲刚收队回来,正在院子里用井水洗脸。

隔壁阿宝气喘吁吁地跑过来,老远就喊,你家老三在直河港和人打架了,快去呀。

父亲一听,甩下手里的毛巾,穿着汗衫短裤就往外跑,一边跑一边回头向正在旁边玩耍的我吼——去叫大伯。

那次,父亲受了伤,汗衫扯坏了,身上淌了血。

大伯把父亲和三叔训了一顿,说什么不能鲁莽呀,为什么不多叫几个人呀,干嘛不带家伙什呀等等,到最后,大伯说,我查过了,是一帮农场知青,下次要他们好看。

后来,三叔开了个造洗洁精的工厂,父亲成了第一批承包拖拉机跑运输的个体户,大伯开了个饮食店。

当时,拖拉机还很吃香,走亲戚一大家子都坐拖拉机。大伯说,那是"阿乡"牌轿车。

大伯和父亲都喜欢喝酒,酒量都不大。每次出去总有一人喝得七荤八素,而另一个保持头脑清醒。

父亲对大伯的女儿——我的堂姐,比我还亲。大伯对我却也似儿子般宝贝。

爷爷去世那年,我才13岁,许多事情记不全了。

奶奶去世那年,我三十好几了,办丧事时,为了几句争面子的话,兄弟两个差点和一个亲戚全家干仗。那一年,两人都已年近花甲。

两人都老了,但依然像从前一样,一前一后,形影不离。

每天上午,父亲都会去大伯的小店,帮忙做盒饭,然后两人坐在小方桌前,一喝就是半天。

每天傍晚,大伯总会在我家门口等我下班,然后我们爷仨在我家的灶间推杯换盏。饭桌上总会有一碗大伯亲手烧制的鱼。那味道,真是鲜美。

2009年的春夏之交,父亲被查出得了绝症,两个月后安详离世。期间,大伯每天都来陪父亲,绝口不提病情。

父亲离开一个月后,大伯也得了病——和父亲一样的绝症,同年冬至后半夜大伯也离开了我们。临走时,大伯说,你们去休息吧,我看见老二在等我。

后来,我们把父亲和大伯葬在了一起。

每年的清明,我们都会去看他们。当然,离开前我们都会在他们的坟前放一样东西——酒。

猫和狗的故事

狗是主人花五万元从国外买的,纯白色,长毛拖地。主人爱狗。

猫是主人的乡下亲戚送的,黑白两色相间。主人家多老鼠。

猫刚来就懂得强龙不压地头蛇的道理,和狗的关系很好。猫把捉来的老鼠拖到主人面前,主人淡淡地说,嗯,很好,这只猫不偷懒。猫的心里很不高兴。

主人每天买些骨头、精粮之类的给狗吃,但从不买鱼。主人说,猫吃饱了就不捉老鼠了。猫感到非常委屈。

一次,一只大老鼠在客厅偷吃小主人的蛋糕,正好被猫和狗撞见。于是猫堵前门,狗堵后门。

主人进门的时候,正好看见狗的前爪摁着老鼠,猫赶过去一口咬住了老鼠。

主人大怒,对狗说这是猫的工作,你真是多管闲事。

主人拿起扫帚就往猫身上抽,骂到,打死你这只懒猫,原来以前的工作全是狗干的,要你何用?

猫被主人赶出了家门,猫和狗隔着栅栏门相向泪流。

鼠王召开内阁会议,庆祝猫被放逐。鼠王提议于第二天举行全面大行动,把别人送给主人的好东西全部偷走,将成捆的人民币和茶叶、香烟、人参咬得支离破碎。

主人很是愤怒,于第三天买了鼠药和食物撒到房内各个角落。

傍晚,主人回家看见狗和那只被逐的猫双双死在一堆老鼠中间。

雨越下越大

雨越下越大,浇得她心烦意乱。

抽空出来为发烧的老伴买些鲫鱼,偏偏又下起了雨来。

想到还没给老伴做好早饭,她又愁得皱起眉来。

还好,她突然想起来今天是星期天,儿子、儿媳和宝贝小孙子都在家,他们一定会照顾好老伴的,说不定还能给自己送雨伞来呢。

她的簇着的眉毛终于有些舒展了,眼中闪过一丝希望。

雨越下越大。

她有些舒展开了的眉毛又拧在了一起。她站在凉亭里,踮起小脚使劲让细瘦的脖颈往上长,紧紧盯着那雨濛濛的马路。

忽然,一顶黄色油布大伞出现在一堆花花绿绿的雨伞中,这是她熟悉的颜色。

油布大伞在四周花雨伞的簇拥下在雨幕中蹒跚而来。

她的心一下子凉到脚底继而又像一座火山爆发。她不再顾及倾盆的大雨和凉亭里诡异的目光，拔起小脚一下子扑进那顶黄色的油布大伞。两双干枯的手紧紧地握在一起。

雨越下越大——

范杰，崇明岛人，出生于上世纪70年代，崇明区作家协会会员。在崇明区残联工作。当过工人，搞过旅游。目前在岛上一个群团组织内为基层服务。喜欢读书，喜欢交朋友。相信只要付出就会有收获。

四十九粒黄豆

那天太阳落山有点仓促,据说是为了让一对孤老早一点享用最后一顿晚餐。吃什么呢?——传说中的河豚鱼汤。

这最后一顿晚餐,两老一年前就有设定,只是一直为怎么死而瞻顾:煮一条毒蛇、连皮吞食癞蛤蟆?末日可能如期来临,口感却过于恶心;吞老鼠药,或者喝农药?这样的死法忒绞痛难熬;那么上吊、溺毙呢?除了品相不好外,还因为无关吃喝,享用不到最后的口福,有点遗憾,所以一直犹豫着。

让两老痛下"了断自己"决心的,是十来朵"黄玉子"。

去年深秋时节,白棉花被田主采光了,来不及开朵的,让西北风封冻成了僵棉铃,里面就有黄棉花。黄棉花是屈死在蛋壳里的雏儿,卖相难看,这里的农民却尊称为"黄玉子"。因为两老无田亩,家里的旧棉被又絮破缕断了,老太想着过冬的难处,计划着续一点黄棉花,弹成黄玉子,做条新被子。

那日黄昏时分,她拉着老头摸进人家的棉田里去捡漏。不曾想田主发觉了,老远跑过来,拉开两老的系兜一看,至多十来个棉罗朵,认为不值得动手责打,便伸出小指头朝两老晃了几下,嘴里喷出一句狠毒话：

"老不死的,两只小贼猫猊!"

这句话中有两个字——一个"死",一个"贼",结结实实、当头两棒,在这难熬的冬季,将两位老人骂倒了。

一路无语。回到家,两老才开口说话。

老太说,"贼"的帽子是可以随便扣的吗?我俚是"拾",拾余,不是偷!

老头说,"死"这个字,自己可以随口乱说,对别人可说不得。老太附和,对的,连下午四点钟都要改说十六点钟。老头又说,说"死"这个字,是拿人往死里咒,恶毒透顶! 说着说着,纷纷扰扰地,有关"死"的字眼挤着过来——送死、饿死、作死、病死、死鬼、死猪、喝死你、骂死你……老太脑子好,突然想到了"死"这个字,喜气的一面居然也蛮多:馋死、爱死、爽死、风流死、开心死……最后,他们聊起了"生不如死"、"死去活来",还联想到了西方极乐世界、天堂……

老太老头有了新希望,觉得死不全是不好,也有快乐的一面! 一个"死"字,在他们光秃秃的牙床上颠过来倒过去被咀嚼、磨砺,直到鼓捣出一个大主意来——

两人圈定河豚鱼汤,决定让河豚了断自己。

显而易见,河豚汤再合适不过了:它是这里的名菜,号称"天下第一鲜",历来有"拼死吃河豚"的说法,只是老两口还未曾品尝过。做河豚鱼汤,得由摸着了门道的厨师操持。即使这样的高手,也得尊从民间的规矩,自己做的高汤,须当着食客的面自己先喝第一口,这还不算数,还得在食客眼前待一刻钟,直到说了一句"嘴不麻"之后,才可回厨房。

这种规矩是老头从宅外大厨嘴里听来的,河豚鱼身上有毒的是鱼鳃、鱼肠,最毒的是鱼肝、鱼籽,传说能秒断今生来世之间的牵挂。

那时候,河豚鱼在乡间的沟渠里随处可见,摇头摆尾的,似乎是为了成全像两老这样寻死的人而故意露头的。

午后,阳光撒进一脉浅沟里,老头惊喜地发现了潜水艇模样浮出水面的河豚。他蹲在沟边,锁定了正在浮游的灰背黑点的河豚,用淘米篓子捞起十多条,它们肚子圆鼓鼓的,还"吱吱"叫着。他招手叫来老太,两人蹲着,像小孩子玩耍,用一长段芦苇秆敲打鱼背,每敲一次,河豚的肚子就会鼓一圈,从脚趾头大小一直到小孩的肉拳头一般。鱼嘴却渐渐地缩小,从可吞食一颗红枣到勉强塞得进一粒赤豆。

沟边的田野里,植被已经返黄。一颗黄豆自从地皮下冒出双芽头后,渐渐生长成一株青毛豆,枝丫上挂满了"小关刀",而眼下已成熟,变成了新一代的黄豆,正躲在荚壳里等待主人收取。

他们家那只田园猫闻到了鱼腥味,从破屋的芦笆缝里钻了出来,几个跳跃,蹿到老头的脚边,喵地一声招呼后,便伸出右爪抓鱼,被老头一把挡开,说:

"今次,轮不到你喽!"

猫馋鱼,天生如此。平日里田园猫自己会抓抓鱼,衔回来猫人同享。或许,在猫的眼中,今日的老头太不仗义,抠门了!

终于,两老在太阳落山的余晖中生火开灶。

灶头按在四壁穿风的草屋里,土灶的烟囱已经堵塞,回流的炊烟熏得灶台灶壁乌漆嘛黑。灶君公公的像是早年砌灶时画的,早已面目全非,不识货的人更可能认为画的不是灶神,而是妖魔。一眼灶膛已经闭塞,老太往另外一眼的铁锅里倒满水,一旁的大水缸,水也已见底。豁口的盐钵头仅剩下早已板结的盐垢,老太用断柄的陶瓷调羹刮着钵底,吱吱声中盐末子坠入锅中。老两口按着老法,洗净了的毒性最大的鱼鳃、鱼腺、鱼籽以及鱼肠，和着鱼身一起烧煮。锅面热气升腾，十来条河豚在热水中沉浮翻转，早年老俩口见到的江豚在长江近岸的晨雾中戏水，就是这样的场景。

当河豚鱼汤浓白的鲜香味夜色一般浓重时，老太示意老头在对面的跛脚小板凳上坐稳当了。

老太的脚上已经换上了一双花袜子。这双袜子只用过一次，那是老太太做新娘的那天。经年已久，褪了当年的软熟和颜色。老头眼热，禁不住有点冲动，伸出两只手抚摸起老太的脚面。这是一双大脚。当年，正是她的那双大脚丫，遭人家说三道四，贫穷的老头才捡漏娶了她，世上才有了这对夫妻。

老太的左手边放了一只破旧的木质方底小升箩，里面盛着四十九粒黄豆。

当地葬礼上有种"哭七七"的风俗，丧家请来专事哭丧的婆娘，以女儿的身份吊祭逝者，诉诉说说、念念叨叨，有回忆、有感恩、有叮嘱，每哭一段，就要从升箩里抓一粒黄豆，放进灵牌边上的瓷碗中，直至七七四十九粒，哭吊才算结束。为啥要用四十九粒黄豆计数呢？老道士的说法，就是逝者赴黄泉路或上天堂去，须跨过四十九道坎，穿过四十九个关，所以需要四十九道关爱，以防止因某个环节疏漏而发生意外时有个心理准备。

因为没有后辈治丧，这对孤老为自己办起了白事。

老太捏起一粒黄豆，上身前后晃着，轻声念叨：

"今朝我伲两个去西方，去西方极乐世界。"

老头咕哝说：

"地方是好地方，不过真正怎样，也没见从那边的人回来说起。"

老太把一粒黄豆放进破碗里。伶俐的黄豆骨碌碌转了几圈,停在碗底时像一粒宿命的骰子。

老头日常的反调唱多了,老太不予理会,继续念叨:

"苦啊苦,没有儿女最最苦,奈何!"

老头应声道:"是啊,不知道是啥人不争气!"

两粒黄豆互相碰撞了几回,安静了下来。

"小时候,强盗来了,面孔上抹了灶灰,躲进了稻草堆里。"

老太看了老头一眼,老头回声:

"还好我是男口,只要躲门背后。"

三粒黄豆了。

"当年挑泥围田,可怜我一个小姑娘啊,吃不起分量的白嫩肩胛。"

老太摸了摸一头高一头低的左右肩胛,随后老头也摸了摸自己的膝盖。膝盖关节粗大,弯曲起来像是折拗一根枯竹。也是叫泥担压的。

碗里又多了一粒黄豆。

老太用衣袖抹了抹眼角,只是没见到泪花。

"纺纱织布我在行,老头子挑来棉花担去布。"

大约有十来年,两口子靠纺纱织布过日子。只是,延续了祖祖辈辈的营生,因为上海的洋布厂进了新疆的长绒棉,说断就断了。

"码头上望不见布船来,布老板看中了别地方。"

老头抓了一粒黄豆,往碗里扔。因为生了气,黄豆越过碗沿的一个碟口,躲进了稻草里。

那是一段老汉最滋润的日子。从事的是当年时髦的"代工"活计——到县城从棉布行里挑回来棉花,让娘子纺成纱,织成土布又担回去。尽管酬劳薄得像稀粥,但一不要底本,二不用担心销路,肚皮总算饿不着了。甚至,老头居然还逍遥过几回——偷偷地买过几盒卷烟,占过男人三大嗜好"烟、酒、茶"中的一品。

"天上的太阳,地上的银子。我侬穷啊,买不起地皮,屁股大的一片地叫我侬奈何!"

老头眨巴着眼。

自家没有地皮,别人家砌房子、小囡做生日、有红白喜事,吾俚只好做做帮忙人。小工哪有天天做,自己和老太婆像野狗一样,黄昏去别人的田头拾庄稼。棉花田里拾黄棉花,黄棉花弹成黄玉子;油菜田里捧了一袋一袋的沙土,回家后用筛子捡油菜籽,油菜籽调来菜籽油;稻田的杂边里,翻找被泥土偷埋了的稻谷,轧了稻谷煮粥吃。

"麦稀脖(小腿)原来越细,脚板头越来越大。"老头抚摸起自己的两根枯腿。

"想当年,一步赛三步;眼下头,走一步难似过一条河。"

"天上的恶龙,地上的病痛。傲气的医生滑头的郎中。我侬两个从头到脚一身病,立不起身来跨不出步,眼看要饿死了,奈何?"

"换一个地方去活!"

三四粒黄豆争着落定到碗底。

老太起身走到灶头边,望了望锅里的白汤。她有一些放不下心。

"老头子啊,河豚鱼万一毒不死人,叫我侬两个人奈何?"

老头想了想,"咪——咪"呼来了猫,在锅里捞了一碗河豚,搁在地上。

老两口坐下来,不说话了。怔怔地看着猫,见它有滋有味吃得咂咂有声,咀嚼间还从喉咙深处发出"呼呼"的声音,那是吓阻想象中的同类前来抢食。

在浓浓的满足中,猫睡着了。老头把它拉过来,捧在怀里。猫的嘴角滴着白色的流涎,身体往常一样柔软。

又有了一粒黄豆躺在碗底。

两人的目光从猫咪身上移开,没有交集,也不忍交集,各自看着各自的手指。平日里也没有好菜好饭伺候它,吃的不过是小鱼骨头咸菜皮,反而讨它的好处——衔回家来的田鼠成了他们难得的大餐——毕竟吃细粮长的,老鼠肉又嫩又香。

老头扶着灶头爬起身来,正要用碗盏勺汤喝,老太喝止说:

"猫咪也不留,留这张小矮凳做啥。"

老头一手扶着灶壁,用一只脚将矮凳踹碎,一股脑儿丢进了灶膛。暗红的灶膛里"哔卟哔卟"爆响,几粒火星像是提醒了老头,目光指向屋角落里的一副泥担,那是老头唯一像样的农具。

"那个地方用不着挑担用不着纺纱。"老太下了指令,"拿到屋外放好了,还有纺车。别人用得着。"

老头又指了指头上的屋顶,是不是放一把火,也烧了?

"戆大胚啊老头子,过几天东南风生起了,塌下来的房子正好埋了吾俚。"

葬礼接着演下去——

"黄泉路上带好了九千七(冥币),过桥过路买路钱;碰到恶狗了,拿钱给门卫,叫伊不要放出来;过孟婆河,付了茶钱千万别停下,喝了孟河水啊认不出那一头的亲眷来。"

老头接口说:"带好了二万四(冥币),天堂里嘞买田砌房子!"

这一次,老太往碗里放了两粒黄豆。升斗已经空了,老太翻过来,拍了拍,扔进了红通通的灶膛。

碗里的黄豆垒了半碗。

"数一数。"老太指了指老头。

黄豆尽管不细,老头粗糙而扭曲的手指还是玩不转。老太埋怨了他一眼,接回碗来,倒在手心里,一五一十地拨拉起来,最后得出了精确的数字,也是他们希望的数字:七七四十九粒黄豆。

七七四十九,也是难民在诺亚方舟的度难日,耶稣教也有七七四十九这个数,老太从教堂里听来的。

对于老太周到细致的安排,老头连着点了几下头。他回转到灶台,又要动手捞鱼,老太又喝停:

"老头子啊戆大胚,到了那里没有吃的,肚皮饿了叫我侬奈何?"

"哦,吾懂嘞!"老头答应。两人走出破屋,老头在沟沿旁的一小块地皮上,用一根树枝在泥地上戳洞,老太往泥洞里丢一粒黄豆进去。四十九个小家,未来将出土四十九株黄豆苗苗。对于这世上的最后一次农活,两口子用了第一次播种的心思。

这一晚的月亮又近又明亮,是为了方便这对孤老为明天播种。

所有该留的和不该留的,老头老太都做了安排。当灶膛里的灰烬闪烁着最后的暗示后,老两口心无旁骛,舀起了一碗又一碗的河豚鱼汤。肥厚的河豚鱼皮在塌陷的牙床上溜来滑去,瘪嘴呶动的样子,如同毛毛虫不断地弓起又前伏,在顺着黄豆的枝叶慌忙逃生,那时的黄豆还只是毛豆,那时的毛豆最出味。有生以来,他们第一次尝到了"脂膏"的味道,如同新婚的快乐一样,粘得双唇分不开了,鲜得眼皮也抬不起了。以至于老两口对人世几乎生出留恋,但看起来为时已晚。

"老太婆,嘴里觉着了麻了么?"

"觉着了,麻得想嚼了泥沙,舌头也大了。老头子,你呢?"

老夫妻用芦花笤帚互相掸尽了身上的草屑和灰尘,慢慢地和衣躺在铺展均匀的稻草上。老头满意地望着屋外的月亮,朝老太拍了一拍身边的铺子,老太用眼神回应说:我也不怕羞妞了,慢慢地往老头身边贴了过来……

一直以来,两个孤老以及他们低矮的草房并未得到四方邻居的关注,无论在绿意茏葱的季节里,还是在枯叶翻飞的旷野中,因为它太不起眼了。即使现在房顶不见了,乡邻们也不会察觉,最多觉得是地里的稻草垛在风雨里倾塌罢了。

第二天一早,有人听到了两老在呻吟哀叫。这是往常没有发生过的,这一对对人很和蔼的夫妻,平时很"汉气"(土话,意即硬质,不轻易求人),即使日子再苦,也是咬着牙挺过去。所以,捡漏拾余,被人辱骂诅咒,伤了尊严,他们就舍得用"死"去捍卫。

此时,有位好心人急兜兜赶过来,高一脚低一脚地走在田埂上。这一对老人见是稀客来了,改哭为笑。之前的哭,是因为生也不行,死也不成;现在的笑,是因为天公作美,让他俩明白了一个道理:河豚鱼烧煮时间太长,毒性或许会减弱乃至消失。

沟沿边上的那四十九个小泥窝,因为一个晚上的自愈,洞口盖上了细细的泥沙,不久,四十九颗豆苗将见天日。

(注:本小说根据民间传说改编)

张耀国,1963 年 8 月生于上海市崇明县,现居上海,崇明区作家协会会员。中文专业,小说作者,在《西藏文学》《黄河文学》《鲁北文学》等文学刊物发表多篇中短篇小说,多篇报告文学入集。从事中小学作文教育工作。作品书写都市与乡村的相向地带,虚构出一个愿景,人们在都市和乡村之间来去自由。

图书在版编目（ＣＩＰ）数据

时间会给你最好的答案：上海基层文学组织会员文
集 / 上海市作家协会编. -- 上海：上海文艺出版社，
2024. -- ISBN 978-7-5321-9153-6

Ⅰ. I217.1

中国国家版本馆CIP数据核字第2024TB9535号

发 行 人：毕　胜
责任编辑：徐如麒　毛静彦
封面设计：钱　祯

书　　　名：时间会给你最好的答案：上海基层文学组织会员文集
编　　　者：上海市作家协会
出　　　版：上海世纪出版集团　　上海文艺出版社
地　　　址：上海市闵行区号景路159弄A座2楼 201101
发　　　行：上海文艺出版社发行中心
　　　　　　上海市闵行区号景路159弄A座2楼206室 201101 www.ewen.co
印　　　刷：上海中华印刷有限公司
开　　　本：890×1240 1/32
印　　　张：13
插　　　页：5
字　　　数：302,000
印　　　次：2025年1月第1版 2025年1月第1次印刷
Ｉ Ｓ Ｂ Ｎ：978-7-5321-9153-6/I.7193
定　　　价：68.00元
告 读 者：如发现本书有质量问题请与印刷厂质量科联系　T:021-59404766